KNAUR

Über die Autorin:
Beth Morrey hat bereits Kurzgeschichten in *The May Anthology of Oxford and Cambridge* veröffentlicht und es in die Endauswahl des Wettbewerbs um das beste erste Kapitel des *Grazia/Orange Prize* geschafft. Aktuell arbeitet sie für TV und Fernsehen. Sie lebt mit ihrer Familie und ihrem Hund in London. *Sterne bei Tag* ist ihr erster Roman.

BETH MORREY

Sterne bei Tag

ROMAN

Aus dem Englischen
von Simone Jakob

KNAUR

Die englische Originalausgabe erschien 2020 unter dem Titel
»Saving Missy« bei HarperCollins Publishers Ltd., London.

Besuchen Sie uns im Internet:
www.knaur.de

Aus Verantwortung für die Umwelt hat sich die Verlagsgruppe Droemer Knaur zu einer nachhaltigen Buchproduktion verpflichtet. Der bewusste Umgang mit unseren Ressourcen, der Schutz unseres Klimas und der Natur gehören zu unseren obersten Unternehmenszielen. Gemeinsam mit unseren Partnern und Lieferanten setzen wir uns für eine klimaneutrale Buchproduktion ein, die den Erwerb von Klimazertifikaten zur Kompensation des CO_2-Ausstoßes einschließt. Weitere Informationen finden Sie unter: www.klimaneutralerverlag.de

MIX
Papier aus verantwortungsvollen Quellen
FSC® C083411

Deutsche Erstausgabe August 2020
Knaur Taschenbuch

Redaktion: Gisela Klemt, lüra – Klemt & Mues GbR
Covergestaltung: Carolin Liepins
Illustration im Innenteil: Elizaveta Melentyeva/Shutterstock.com
Satz: Adobe InDesign im Verlag
Druck und Bindung: CPI books GmbH, Leck
ISBN 978-3-426-52492-3

2 4 5 3 1

Für Mum, Dad und Ben – meinen ersten Oikos

Jedes Herz singt ein Lied, unvollkommen,
bis ein anderes Herz zurückflüstert.

Plato zugeschrieben

Teil 1

Lass deine Angel nur hängen;
wo du's am wenigsten glaubst,
sitzt im Strudel der Fisch …

Ovid

Kapitel 1

Es war kalt am Tag des Elektrofischens. So bitterkalt, dass ich fast nicht hingegangen wäre. Ich lag an dem Morgen im Bett, starrte seit Stunden die Wand an und hatte mich nie älter und apathischer gefühlt. Was brachte mich also am Ende doch noch dazu, mich aufzusetzen und meine schrumpeligen Füße in die neuen Schafsfellpantoffeln zu stecken? Vielleicht eine vage Neugier – man sollte sich an den letzten Rest wissbegierigen Verstand klammern, den man noch hat, sonst verliert man den am Ende auch noch.

Im Morgenmantel schlurfte ich in die Küche, kochte Tee und überprüfte meinen E-Mail-Account, um zu sehen, ob Alistair geschrieben hatte. Nun, mein Sohn war anscheinend zu sehr mit seinen Feldforschungen beschäftigt. Aber die Pantoffeln, die er mir zu Weihnachten geschenkt hatte, waren in der morgendlichen Kälte kuschelig warm und bequem. Meine Tochter Melanie hatte mir eine E-Mail geschrieben, aber nur, um mich auf eine Dokumentation aufmerksam zu machen, von der sie annahm, dass sie mir gefallen würde. Sie verwechselte dabei jedoch wie so oft den Geschmack ihres Vaters mit meinem. Ich aß eine trockene Scheibe Toast, dachte über mein letztes Gespräch mit Melanie nach, und heiße Scham überlief mich. Da ich das Gefühl lieber verdrängen wollte, las ich in einer Online-Zeitung und erfuhr, dass David Bowie gestorben ist.

In meinem Alter ist das Lesen von Todesanzeigen ein generationsbedingtes Risiko. Einer nach dem anderen verschwanden meine Altersgenossen von der Bildfläche, jede Anzeige war wie eine leere Kammer in meiner eigenen Revolvertrommel. Eine Weile versuchte ich, sie einfach zu ignorieren, als könnte man dem Tod dadurch von der Schippe springen, dass man ihn nicht beachtete. Aber Menschen starben weiterhin, andere Menschen schrieben darüber, und irgendein kranker innerer Zwang brachte mich dazu, mich auf dem Laufenden zu halten. Bowies Tod machte mir zu schaffen, obwohl ich seine Musik nie wirklich gemocht hatte. Aber ich erinnerte mich noch gut an sein Intro zu dem Zeichentrickfilm *Der Schneemann,* aber als wir ihn uns Weihnachten mit meinem Enkel angeschaut hatten, war das Intro ausgetauscht worden. Dennoch war meine einzige Erinnerung an Bowie, wie er mit traurigem Blick einen Schal in Händen hielt – ein Bild, das aus irgendeinem Grund zutiefst verstörend auf mich wirkte. Mein immer noch ungemachtes Bett lockte, doch dann hörte ich wie so oft Leos Stimme in meinem Kopf sagen: »Komm schon, reiß dich zusammen, Mrs Carmichael! Vorwärts, immer vorwärts!«

Und so zog ich mir im Schlafzimmer einen Wollrock und meine dickste Strumpfhose an und schnitt beim Anblick der unschönen blauen Venen eine Grimasse. Als ich nach unten ging, um meinen Mantel zu holen, knarrten meine Knochen mit den Treppenstufen im Duett. Ich kämpfte mit den Mantelknöpfen, setzte mich danach kurz hin, um zu verschnaufen, und dachte über den Zettel nach, den ich letzte Woche im Park gelesen hatte.

Mein nachweihnachtliches Stimmungstief war in diesem Jahr besonders schlimm und die wohlig warme Feiertagsatmosphäre wie weggeblasen, seit Alistair abgereist war – und mit ihm Arthur, mein wundervoller Enkel, der mittlerweile schon die Sprachmelodie der Australier übernommen hatte. Außerdem fiel es mir immer noch schwer, in den Park zu gehen, ohne von Erinnerungen an Leo überschwemmt zu werden. Er war ein überzeugter Anhänger von Gesundheitsspaziergängen gewesen, bei denen er stets über wichtigtuerische Jogger gescherzt und jovial über Radfahrer geschimpft hatte. Jeder Baum, jedes Wahrzeichen löste düstere Echos aus, trotzdem zog es mich immer wieder in den Park – die graue Dame von nebenan, die ziellos umhergeisterte. Früher hatten wir besonders gern eine bestimmte Eiche besucht – Leo mochte den knorrigen alten Baum, behauptete gar, es handle sich um eine *Quercus*-Version seiner selbst, die mit zunehmendem Alter ebenfalls immer knorriger wurde.

Ich hätte letzte Woche wahrscheinlich noch stundenlang dort herumgestanden, doch die Stimme eines Kindes, die ähnlich klang wie die von meinem Arthur, riss mich aus meinen düsteren Gedanken. Ein Junge in seinem Alter zerrte seine Mutter ungeduldig am Ärmel. Sie überflog gerade eine Bekanntmachung, die an dem Geländer um den Teich angebracht war. Ich trat näher und tat so, als würde ich ebenfalls lesen.

»Mummmmmiiiiiiie!« Der Junge hatte lockige, rotblonde Haare und Kekskrümel in den Mundwinkeln, die förmlich darum bettelten, weggewischt zu werden. Kinder sind einfach wunderbar, makellos wie eine glänzende Rosskastanie, deren Schale gerade aufgegangen ist. Schade nur, dass aus ihnen oft so unangenehme Erwachsene werden.

»Mensch, Otis, jetzt warte doch mal«, sagte seine Mutter mit breitem irischem Akzent und schüttelte seine Hand ab. Sie hatte rot gefärbte Haare, und ich konnte sie auf den ersten Blick nicht leiden. Sie warf mir, der alten Schachtel, die sehnsüchtig ihren Sohn anstarrte, einen Seitenblick zu. Schnell tat ich wieder so, als würde ich den Aushang lesen.

»Was hältst du davon, Oat?«

Oat? Mein Gott, den Leuten heute war wirklich nichts peinlich.

»Sie betäuben die Fische! Mit Stromschlägen. Möchtest du zugucken?«

Die Parkaufseher mussten die Fische mit Strom außer Gefecht setzen, um sie in einen anderen Teich zu bringen, was man offenbar Elektrofischen nannte. Ich hatte noch nie davon gehört und fand es auch nicht allzu interessant, aber wenn ich dabei »Oat« wiedersah, würde die Beklemmung, die mir die Kehle zuschnürte, vielleicht nachlassen. Ich hätte zumindest etwas zu tun …

Seit jenem Nachmittag vor einer Woche hatte ich mich mindestens ein halbes Dutzend Mal umentschieden und darüber nachgegrübelt, ob ich hingehen sollte oder nicht. Am Ende hatte ich beschlossen, mir das Spektakel anzusehen, und sei es nur, damit ich Alistair etwas zu erzählen hatte. Mein Leben war mittlerweile so eingeschränkt, dass ich Angst hatte, er könnte mich für geistlos halten. Und ich las die Zeitung (einschließlich der Todesanzeigen) nur, damit ich wusste, wovon er sprach, wenn er zum Beispiel den Fehltritt eines Politikers erwähnte, und damit ich ihm berichten konnte, welche neuen Theaterstücke gerade im West End liefen. So hatte ich Ali zum Beispiel erzählt, die Turner-Ausstellung sei so beeindruckend gewesen, dass sie das zweimalige Umsteigen in einen anderen Bus bei strömendem Regen wert war.

Zuzusehen, wie ein paar Karpfen per Elektroschockbehandlung umgesiedelt wurden, war zwar keine besonders spektakuläre oder kulturell bedeutende Aktivität, aber es war immer noch besser als nichts. Und so machte ich mich in meinem besten Wintermantel auf den Weg, nachdem ich den Entwurf für die E-Mail, die ich nach meiner Rückkehr senden würde, schon geschrieben hatte. Vielleicht lief mir Otis ja tatsächlich wieder über den Weg, und wir könnten die Enten füttern und uns zusammen mit seiner Mutter anstellen, um einen Kaffee zu holen und … An dem Punkt ließ mich meine Vorstellungskraft im Stich, und ich wäre fast umgekehrt, aber dann wurden meine Beine in der Kälte steif, und die nächstgelegene Bank war die bei den Teichen.

Eine kleine Gruppe von Zuschauern hatte sich bereits um den betreffenden Teich versammelt. Jemand verteilte Croissants, und ich nahm eins an – nicht, weil ich hungrig war, sondern weil ich froh war, dass mich überhaupt jemand bemerkte. Der Geruch des Gebäcks erinnerte mich an eine Parisreise mit Leo, bei der wir am

Ufer der Seine *pain au chocolat* gegessen hatten. Danach waren wir in eine Buchhandlung gegangen, wo er eine wackelige Treppe erklomm, während ich auf einem ramponierten Sofa saß, eine Katze streichelte und mir Blätterteigkrümel aus den Zähnen puhlte. Meine Finger rochen anschließend für den Rest des Tages nach Katze und Schokolade, weil ich mir nirgendwo die Hände waschen konnte. Tränen stiegen mir in die Augen. Leo und ich würden nie wieder nach Paris fahren, obwohl ich nicht mal besonders angenehme Erinnerungen an die Stadt hatte. Sie war mir schmutzig und wenig einladend vorgekommen, es gab kaum Grünflächen, und die Franzosen hatten Leo, obwohl er fließend Französisch sprach, verächtlich angesehen, weil er trotzdem immer wie ein Engländer klang. Mir kamen sie genauso aufgeblasen vor wie ihre Croissants.

Ich schwankte leicht, ließ mich auf die Bank sinken, blinzelte und kämpfte gegen die Kurzatmigkeit an, bis eine warmherzige, kultivierte Stimme sagte: »Ach, Liebes, machen Sie nicht so ein Gesicht – die sind nicht aus dem Supermarkt. Ich hab sie selbst gebacken.« Eine Frau in mittlerem Alter mit kleinen, beerenartigen Augen lächelte mich an und winkte mit einer Serviette, sodass ich rasch an dem Croissant knabberte, ein Dankeschön murmelte und mich verfluchte, weil ich eine so geistesabwesende alte Schachtel war. Sie ging weiter und brachte ihre Backwaren und ihre Scherze unter die Leute. Dann beugten sich plötzlich alle erwartungsvoll vor. Ich erhob mich mühsam und sah, wie zwei Männer in Wathosen aus Gummi und Neonjacken in einem merkwürdig aussehenden Boot auf den Teich hinausfuhren.

An einer runden Vorrichtung, die ungefähr anderthalb Meter über den Bug hinausragte, waren kleine Metallstäbe befestigt, die ins Wasser hingen wie ein riesiges Windspiel. Neben mir erklärte ein Mann einer Frau die Funktionsweise. Es gebe einen Stromleiter am Rumpf, der ein elektrisches Feld erzeuge, und die Spannung reguliere man mit einem Hebel.

Die Männer fuhren in großen Kreisen über den Teich: Einer steuerte und betätigte den Hebel, während der andere sich mit einem Netz auf das Deck kniete. Eine Zeit lang passierte gar nichts, dann kam eine grau glänzende, schaukelnde Boje an die Wasseroberfläche – der erste betäubte Fisch. »Ooooh«, sagten die Zuschauer und klatschten höflich Beifall. Danach tauchten, schlaff und glänzend, weitere auf und wurden aus dem Wasser gefischt. Jedes Mal, wenn der Mann einen Fisch hochzog, jubelte die Menge und stieß mit Pappbechern an.

Doch je länger das Spektakel dauerte, desto verstörender wurde es: das rhythmische *Blubb,* wenn die Fische schaukelnd an die Oberfläche kamen, dann das leise *Wusch* des Netzes und das dumpfe *Rumms,* mit dem sie im Auffangbehälter landeten. Die Betäubung hielt gerade lange genug an, dass die Fische ins Boot gehievt werden konnten. Kaum an Bord, begannen die großen, schlammbedeckten Karpfen sofort wieder, sich zu winden.

Gerade eben schwimmt man noch sorglos durchs Wasser, im nächsten Moment hat man einen riesigen Stab vor der Nase, man sieht Sterne, und plötzlich steht die Welt Kopf, und man schnappt nach Luft. Es ist aber kein Triumph, das Ganze zu überleben, weil man danach in einem anderen Teich weiter im Kreis schwimmt und sinnlos das Maul auf- und wieder zumacht. Da wäre es fast besser, jemand würde einen von seinem Elend erlösen. Asche zu Asche.

Wenn ich den Blick abwandte, ging es vielleicht vorbei. Nicht darüber nachdenken. Rumms, rumms, rumms. Ich klammerte mich an das Geländer, versuchte, die drohend über mir herabhängenden Zweige zu ignorieren, doch meine Haut begann zu prickeln, schien sich aufzublähen, und ich spürte, wie ich – inmitten von ausgestreckten Armen und weit entfernt klingenden Rufen – stürzte und Dunkelheit mich umfing …

Kapitel 2

Etwas Raues fuhr mir über die Wange, das sich anfühlte wie ein Topfschwamm. Stöhnend drehte ich das Gesicht weg.

»Sie kommt wieder zu sich. Zurück!«

Wieder fuhr der Schwamm rau und warm über mein Gesicht, und ich rümpfte die Nase, weil ich säuerlich riechenden Atem wahrnahm.

»Macht doch mal Platz! Nancy, weg da!«

Als ich schwach die Hand hob, bekam ich eine Handvoll Fell zu fassen. Dann spürte ich den Schwamm auf der Hand. Eine Zunge. Ich schob sie weg und stöhnte erneut.

Erneut musste ich kurz das Bewusstsein verloren haben, denn als ich wieder zu mir kam, lag ich auf der Bank, mit einem Mantel als Kissen unter dem Kopf, und die Frau mit den Beerenaugen und den Croissants drückte mir eine nasse Serviette auf die Stirn. Ein paar Schaulustige spähten ihr über die Schulter. Verwirrt versuchte ich, in die Gegenwart zurückzufinden, obwohl die Unterwelt, in der ich mich bis gerade eben befunden hatte, mich noch in ihren Klauen hatte. Ich schloss die Augen, in der Hoffnung, dass sich alles in Wohlgefallen auflösen würde.

»Meine Güte, Sie waren ja ganz schön weggetreten, Liebes«, sagte die Frau. Sie hielt mein Handgelenk umfasst. »Ehrlich gesagt habe ich keine Ahnung, was ich hier mache«, fuhr sie fort. »Was ist ein gesunder Puls? Siebzig, achtzig? Ich habe keine Ahnung. Nein, noch nicht aufstehen.«

»Oh, doch, wirklich, es ist alles in Ordnung.« Ich hievte meine Beine von der Bank. Die Dunkelheit zog sich langsam zurück und wurde vom kalten Schweiß der Scham verdrängt. Meine Wange und meine Hand waren mit einer klebrigen Substanz überzogen, und ich verspürte den Drang, mich zu waschen.

»Wahrscheinlich das Wetter, Herzchen. Ganz schön frisch, was? Bleiben wir noch einen Moment sitzen und genießen die Aussicht.

Die Bäume sind schön, oder? Möchten Sie noch ein Croissant? Bedienen Sie sich, das gibt Kraft. Ich heiße übrigens Sylvie. Und das sind Nancy und Decca.«

Benommen, wie ich war, dauerte es eine Weile, bis ich erkannte, dass sie auf zwei kleine, taubengraue Hunde deutete, die zu ihren Füßen herumwuselten. Als sie sich neben mich auf die Bank setzte, sprangen sie ebenfalls hinauf und hockten sich zu beiden Seiten von ihr hin. Ich machte ihnen Platz und wischte mir den Handrücken am Rock ab. Und so saßen wir da, aßen Croissants und betrachteten die Bäume. Sie waren auf eine kahle, trostlose Art tatsächlich wunderschön, wie sie sich dornenartig vor dem hellen Himmel abzeichneten, während das schwache Sonnenlicht sich an einigen Stellen durch die dünne Bewölkung kämpfte und die Wasseroberfläche des Sees sprenkelte. Die Menge hatte sich zerstreut, obwohl die Männer immer noch mit dem Boot unterwegs waren, um die letzten Fische einzusammeln.

»Anscheinend ist irgendetwas Giftiges ins Wasser geraten«, bemerkte Sylvie und deutete mit dem Kopf auf den Teich. »Ich hoffe, die Fische werden es überleben. Wer ist eigentlich Leo? Ihr Sohn? Möchten Sie, dass ich ihn verständige?«

Leo.

Nichts wünschte ich mir mehr. Dass jemand einfach losziehen und ihn mir zurückbringen würde. Dass er auf mich zumarschiert kam, meine Hand nahm und sagte: »Missy, du albernes altes Mädchen! Was hast du wieder angestellt?« Und wir würden zusammen nach Hause gehen und gegen die Kälte ein Kaminfeuer anzünden. Wieder kamen mir die Tränen, und ich tupfte sie ab, warme Tropfen auf meinen Fingerspitzen.

»Tut mir leid«, sagte Sylvie und tätschelte meine eisige Hand. »Ich hätte nicht nachfragen sollen. Sie haben seinen Namen gesagt, und ich dachte, vielleicht … Wie auch immer, wir bleiben noch kurz sitzen, ja? Kein Grund zur Eile.«

Und so saßen wir schweigend da, nur manchmal deutete sie auf eine bemerkenswerte Pflanze, einen Vogel oder einen Hund, und ich konnte antworten, ohne Angst haben zu müssen, sie zu langweilen oder das Falsche zu sagen. Dann aß ich den Rest des Croissants und wischte mir die Krümel vom Mantel. Anschließend stand ich auf, um mich von dieser unbefangenen, anspruchslosen Frau zu verabschieden, die seit Wochen die erste Fremde war, mit der ich mich unterhalten hatte. Lieber wollte *ich* das Gespräch beenden, ehe sie es tat.

»Ich danke Ihnen«, sagte ich und hielt ihr unbeholfen die immer noch klebrige Hand hin. »Sie sind wirklich zu freundlich, aber ich muss jetzt los …«

»Mist, wir haben es verpasst!«, hörten wir plötzlich.

Wir drehten uns um und sahen, wie Otis' rothaarige Mutter ihren schmollenden Sohn auf dem Weg zwischen den Seen hinter sich herzog und dann zu uns kam. Er trug ein Cape, hatte einen Schild am Lenker seines Rollers befestigt, und seine rötlichen Haare standen in alle Richtungen ab. Ich hätte sie ihm am liebsten glatt gestrichen und dann wieder verwuschelt.

»Ich hab dir ja gleich gesagt, sie krepieren, bevor wir da sind«, schnaubte sie, hievte eine riesige, vollgestopfte Tasche von ihrer Schulter und beugte sich vor, um die Hunde zu streicheln.

»Angela, Liebes«, sagte Sylvie. »Spät dran wie immer. Wie wär's mit einem Kaffee? Ich wollte gerade … ähm …?« Sie drehte sich zu mir um und sah mich erwartungsvoll an.

»Millicent«, murmelte ich und konnte mein Glück kaum fassen. Wäre es in Ordnung, Ja zu sagen? Sicher hatte ich mir doch ein kleines Vergnügen verdient? Aber ich wollte nicht übereifrig wirken.

»… Millicent bitten, uns zu begleiten.«

Angela seufzte und nahm ihre Tasche wieder hoch. »Na gut, warum nicht? Aber ich wollte sehen, wie sie die Fische ausknocken. Otis auch, aber der kleine Schussel konnte sein Spider-Man-Kostüm nicht finden.«

»Millicent, möchten Sie einen Kaffee mit uns trinken gehen? Oder einen Tee natürlich – wir wollen ja niemandem vorschreiben, was er trinken soll!« Die Fältchen um Sylvies Augen kräuselten sich einnehmend, während sie sich bei Angela unterhakte und Otis die Hand hinhielt.

Sie waren so ein nettes Grüppchen. Natürlich wollten sie keine miesepetrige alte Schachtel wie mich mitnehmen, ich wäre ihnen nur ein Klotz am Bein. Also sagte ich, ich hätte noch einen Termin, was auf gewisse Art ja auch stimmte. Ich schaute ihnen nach, als sie die Allee zum Café hinuntergingen. Der Himmel klarte sich auf, als ich loszog, und ich fühlte mich von meinem Ausflug aufgemuntert. Immerhin hatten sie mich gefragt, ob ich mitkommen wollte. Ich erzählte alles Leo und schmückte dabei die Details etwas aus, um es dramatischer klingen zu lassen, was natürlich keine Rolle spielte, denn niemand hörte mir zu. Und so ließ ich ihm ein paar Blumen da und machte mich danach wieder auf den Weg in mein leeres Haus.

In der Küche hörte ich nur das Tick-tick-tick der Uhr, das von keinem anderen Geräusch gedämpft wurde; Leos Sessel im Wohnzimmer war leer, und natürlich hatte ich keine neuen Freunde gefunden – ich würde Sylvie, Angela und Otis nie wiedersehen und musste von jetzt an wohl den Park meiden, damit sie nicht dachten, ich würde ihnen auflauern.

Ich putzte das Haus und erinnerte mich an die Zeiten, als die Kinder noch klein gewesen waren und es unmöglich war, Ordnung zu halten. Jetzt blieb alles makellos sauber. Zu Mittag aß ich ein hart gekochtes Ei, las etwas über David Bowie und dachte an den Schal und *Der Schneemann*. Ich hatte Arthur zu Weihnachten einen Schal gestrickt, weil ich vergessen hatte, dass in Sydney ja gerade Sommer war, und jetzt rollten die Stricknadeln in meiner Besteckschublade herum und erinnerten mich an meinen Fauxpas. Später hatte ich keine Lust, Abendessen zu kochen, aß nur Cornflakes und überlegte, ob ich fernsehen sollte, vielleicht die Dokumentation, aber wozu? Ich machte mich früh bettfertig, überprüfte zuvor die Schränke und fröstelte, als ich mich ins Bett legte und darauf wartete, dass die Laken warm wurden. »*Sibyl hat mir davon erzählt … bevor sie gestorben ist. Ich glaube, sie wusste gar nicht mehr, was sie sagt.*« Ich blinzelte, um das Bild meiner Tochter Melanie loszuwerden, die mit weit aufgerissenen Augen in meiner Küche vor mir zurückwich. Seit jenem schrecklichen Tag nagten ständige Schuldgefühle an mir. Immer wenn ich sie auszumerzen versuchte, schlugen sie noch tiefere Wurzeln.

Und so endete der Tag schließlich, wie er begann. Und doch spürte ich ihn noch in mir – den Funken. Der Beginn von etwas Neuem. Oder das Ende. Wer konnte das schon wissen?

Kapitel 3

»Komm näher, Missy.«

Kensington im Jahr 1942; ungerührt von dem Dröhnen über unseren Köpfen beugte Fa-Fa sich vor, um den Docht einer der Kerzen zu entzünden, dann umfasste er mit einer seiner riesigen Pranken seine Pfeife und paffte ein paar Züge, um sie in Gang zu bringen. Mit jedem Einsaugen der Luft erglühte das zerfurchte Gesicht meines Großvaters im Licht des glimmenden Tabaks. Das Donnern ließ mich kurz zusammenzucken, aber ich war zu neugierig auf seine Geschichte, um die Bomben groß zu beachten. Mein Bruder und ich kuschelten uns in unserem Stockbett unter der kratzigen Wolldecke aneinander, ein halb gegessenes Karottensandwich in der Hand. Fa-Fa blies eine Rauchfahne und lehnte sich zurück.

»Mesopotamien im Jahr 1916. Fliegen umschwirren mein Gesicht.« Er wedelte den grauen Rauch fort, und ich glaubte fast, die Insekten vor meinen Augen zu sehen.

»Das vermaledeite Fieber. Ich war zu schwach, um sie zu vertreiben … Nachdem ich genesen war, bekam ich Heimaturlaub. Nach der schrecklichen Hitze war es der reinste Segen, wieder in London zu sein. Deine Großmutter und ich sind in ein Restaurant gegangen – wo war es noch gleich, Jette? In der Swallow Street? –, um meine Heimkehr zu begießen.«

Meine Großmutter saß schniefend in einer dunklen Ecke. Ich konnte mir nicht vorstellen, warum jemand sie zum Essen ausführen sollte – sie machte, egal ob zum Sprechen oder Essen, kaum je den Mund auf. Sie schenkte uns ein dünnes Lächeln und zog, als ein schrilles Kreischen ertönte, den Kopf ein. Dann eine Pause, wie die Ruhe kurz vor einem Donner. Als es kam, klang es weit entfernt.

»Nach einem zünftigen Gelage sind wir zu Fuß zum Piccadilly Circus gegangen, um uns eine Droschke zu nehmen – es waren keine in der Nähe, in den Seitenstraßen war es dunkel, und ich muss zugeben, wir waren ein bisschen angeschickert.« Er schmunzelte, zog an seiner Pfeife, und Henry und ich kicherten, als wir uns Fa-Fa, und besonders unsere Großmutter, in diesem Zustand vorstellten. Er redete nicht um den heißen Brei herum, und wir liebten ihn dafür.

»Dann fiel Jette in der Dunkelheit hin, und als ich ihr wieder aufhelfen wollte, kam ein Dieb herbeigeflitzt und riss ihr die Handtasche weg, der dreiste Schuft! Ich habe mich natürlich sofort an die Verfolgung gemacht.«

Fa-Fa verlagerte auf dem niedrigen Schemel seinen massigen Körper, während Henry und ich nach Luft schnappten und uns aneinanderklammerten. Jette saß gebeugt im Schatten, eine Maus im Vergleich zu diesem Mann. Ich konnte ihren Gesichtsausdruck im Halbdunkel nicht erkennen, sah nur ihre Hand, die ein Taschentuch umklammert hielt.

»Hab ihn problemlos eingeholt, und als ich ihn stellte, sah ich, dass er fast noch ein Kind war, zu jung, um im Krieg zu kämpfen, aber alt genug, um in diesen Zeiten etwas zu klauen. In der Handtasche war nicht viel von Wert, nur ein bisschen Kleingeld, aber ich wollte natürlich nicht ohne sie zu Jette zurückkehren. Hab ihn ein bisschen durchgewalkt, damit er wusste, mit wem er es zu tun hat. Dachte, das wär's dann, aber er klammerte sich an die Tasche, als ob sein Leben davon abhinge, und sosehr ich mich auch anstrengte, er wollte sie einfach nicht loslassen. Ein Griff wie ein Schraubstock.« Fa-Fa hob eine seiner riesigen Hände mit den hervorquellenden Sehnen, und ein paar Tabakflöckchen schwebten zu Boden. Er beugte sich vor, um sie aufzuheben, ehe er weitererzählte.

»Am Ende habe ich ihm eine richtige Tracht Prügel verpasst, eine Abreibung, die sich gewaschen hatte, aber egal, was ich tat, er ließ die Tasche nicht los.«

Wieder zog er an der Pfeife, und erneut glomm der Tabak auf. Jettes dürre Finger zupften an ihrem Kleid.

»Rechter Haken, linker Haken, rechter Haken, linker Haken! Aber er wollte einfach nicht loslassen. Wie ein Hund mit einem Knochen.«

Wumm!, machten die Bomben. Meine Großmutter putzte sich die Nase. Wir waren alle in Fa-Fas Mief eingehüllt, der mir die Tränen in die Augen trieb, trotzdem konnte ich den Blick nicht von ihm wenden.

»Ich habe ihm gegen das Schienbein und auf die Füße getreten. Kein Mucks. Als ich mit ihm fertig war, lag er zusammengekrümmt zu meinen Füßen, hatte aber *immer* noch die Tasche umklammert. Sie war schon ganz schmutzig und blutverschmiert. Es war klar, dass Jette sie, selbst wenn ich sie zurückeroberte, nicht mehr benutzen würde. Also ließ ich ihn dort auf der Straße liegen, wimmernd wie ein Baby, die Tasche in den blutigen Händen.«

Eine kurze Stille folgte, auch über unseren Köpfen, und Fa-Fa nahm die Pfeife aus dem Mund, putzte seine Brille, die wässrigen Augen konzentriert darauf gerichtet. Seine Hände zitterten leicht, als er sie wieder aufsetzte.

»Der verdammte Rotzlöffel hat die Tasche nicht hergegeben. Dafür habe ich ihn bewundert. Er wollte sie unbedingt haben, und er hat sie bekommen. Gut für ihn.« Großvater beugte sich vor, leckte sich die Finger an und löschte die Kerze an unserem Stockbett.

»Und das ist die Moral der heutigen Geschichte. Wenn ihr etwas wirklich wollt, setzt euch dafür ein. Gebt nicht auf. Klammert euch daran fest, als würde euer Leben davon abhängen.«

»Selbst wenn mich jemand grün und blau schlägt?«, meldete Henry sich zu Wort.

»Selbst dann!«, gab Fa-Fa zurück und zerwühlte ihm die Haare. »Selbst wenn sie dich *ohrfeigen*«, sagte er und zwickte ihn ins Ohr. »Selbst wenn sie dich in den Bauch boxen.« Er tat, als würde er Henry einen Schwinger in den Magen versetzen, dann noch einen, diesmal härter. »Selbst wenn sie dich windelweich prügeln, du lässt nicht los!« Er und Henry fingen an zu kämpfen, anfangs spielerisch, doch dann, als erneut Bomben fielen, wurde aus Spaß Ernst. Fa-Fa nahm Henry in den Schwitzkasten, bis das Gesicht meines Bruders knallrot anlief und seine Augen glänzten, ob vor Aufregung oder vor Tränen, konnte ich nicht erkennen. Jette stand auf und streckte die Hand mit dem Taschentuch aus.

»Vater! Was machst du da?«

Meine Mutter war unbemerkt durch die Kellertür getreten. Sie nahm ihren scharlachroten Schal vom Hals, noch blass vor Kälte und wie üblich aufgebracht. Jette stürzte auf sie zu, um sie zu umarmen, aber Mama ignorierte sie und funkelte meinen Großvater an. Fa-Fa sah auf und ließ Henry los, der auf das Bett zurücksank, die Hände um seinen Hals gelegt.

»Wann begreifst du endlich, dass du mit den Kindern sanfter umgehen musst? Sie sind doch keine von deinen Rekruten! Ich wette, du hast ihnen wieder irgendwelche schrecklichen Geschichten erzählt. Los, Milly, Henry, ab ins Bett mit euch, ihr solltet längst schlafen.« Sie begann mit der üblichen mütterlichen Routine, deckte uns zu und stellte unsere halb gegessenen Butterbrote für den nächsten Tag beiseite.

Fa-Fa zog sich schmollend auf einen Stuhl in der Ecke zurück, um die Pfeife erneut zu befüllen, während Mama sich auf ihre Pritsche legte. Das Letzte, woran ich mich erinnerte, war, wie sie die verbliebene Kerze ausblies, und an das tröstliche Glühen von Fa-Fas Pfeife. Dann lullten die tintenschwarzen Schatten an der Wand mich in einen tiefen Schlaf, den selbst das Donnern über uns nicht stören konnte.

In der folgenden Nacht traf eine SC250-Bombe die Straße vor unserem Haus und legte die Gartenmauer in Schutt und Asche. Niemand wurde verletzt, nur Fa-Fas Brille fiel durch die Erschütterung auf den Boden und zerbrach. Danach entschied meine Mutter, dass wir auf dem Land besser aufgehoben waren, und verfrachtete uns zu meiner Tante Sibyl nach Yorkshire. Doch anscheinend hatte ihre Entscheidung weniger mit der Bombe zu tun als mit der Geschichte von der Tasche, die Henry am nächsten Morgen Mama brühwarm weitererzählte, was einen neuerlichen Wutausbruch auslöste. Es sei unverantwortlich von Fa-Fa, uns irgendwelche wilden Geschichten aufzutischen, die vermutlich nicht einmal wahr seien (Jette wollte sie auf Nachfrage weder bestätigen noch dementieren), und es sei höchste Zeit, dass wir etwas frische Landluft schnupperten, und so weiter und so fort. Und so fuhren wir nach Kirkheaton, wo wir in der Mansarde eines zugigen, alten Pfarrhauses schliefen, in alten Priesterverstecken nach bösen Geistern suchten, uns im Wald Höhlen bauten und den Krieg und Fa-Fas seltsame Angewohnheiten fast vergaßen.

Die Geschichte jedoch vergaßen wir nie und erzählten sie uns immer wieder gegenseitig, während wir in unseren harten, schmalen Betten direkt unter dem Dachgebälk lagen. Wir schmückten sie jedes Mal mehr aus – ein dramatischer Schnörkel hier, ein schmutziges Detail dort –, bis wir uns schließlich nicht mehr sicher waren, wo Fa-Fas Geschichte anfing und unsere endete. Hatte er sie erfunden oder wir? War das alles passiert oder gar nichts? Im Lauf der Jahre neigte ich immer mehr dazu, Letzteres anzunehmen.

Trotzdem – es stimmt, oder? Wenn man etwas wirklich will, muss man daran festhalten.

Kapitel 4

Eine Woche verging ohne besondere Vorkommnisse, über die ich Alistair in einer E-Mail hätte berichten können. Ich verließ nur selten das Haus, um Besorgungen zu machen, wie ein Stück Lammnacken zu kaufen oder ein Rezept einzulösen. Einmal dachte ich, Sylvie würde in der Apotheke vor mir in der Schlange stehen, und senkte den Blick, damit sie mich nicht bemerkte, aber sie war es doch nicht, nur irgendeine andere Frau in mittlerem Alter, die Verdauungstabletten kaufen wollte.

Auf dem Heimweg von der Apotheke gönnte ich mir eine Flasche Wein, auch wenn allein zu trinken ziemlich heikel ist. Aber die Abende wurden manchmal lang, und ein Gläschen gab den Synapsen eine kleine Feinjustierung, verlieh mir ein bisschen *Entheos* – der griechische Rausch des Enthusiasmus. Nur ein Gläschen oder zwei, dann lenkte ich mich vom Restinhalt der Flasche ab, indem ich in den Räumen des Hauses herumstöberte, von denen ich die meisten nicht mehr benutzte. Wozu brauchte ich noch ein Esszimmer? Für die vielen Dinnerpartys?

Bei all dem Staub in Leos Arbeitszimmer musste ich husten. Ich hätte seine Bücher wirklich in Kartons packen und entsorgen sollen, auch wenn er darüber entsetzt gewesen wäre; die meisten waren Erstausgaben und Raritäten, und ich kannte mich nicht gut genug damit aus, um einen angemessenen Preis aushandeln zu können. So wischte ich nur Staub und las die Widmungen: »Für meinen geliebten Leo, Weihnachten '86, in Liebe«; »Leo, lies das hier und bitte sei nett – Asa«; »Dad – noch ein alter Schinken für deine Sammlung – Mel«. Keines der Bücher gehört mir. Ich hatte nach der Geburt der Kinder aufgehört zu lesen.

Einen Abend und einen Besuch beim Weinhändler später fand ich mich in Alistairs Zimmer wieder, das immer noch so aussah wie in seiner Jugend. Seine Arsenal-Poster, seine Lego-Modelle, seine Fossilien. Mein Sohn, der Archäologe! Das Zimmer sah aus wie eine seiner Ausgrabungsstätten; Artefakte und Überbleibsel eines angebeteten Pharaos. Mittlerweile schlief hier der Nächste in der Thronfolge – ich strich das Kissen glatt, wo Arthurs goldener Schopf gelegen hatte. Wie er mir fehlte! Eine Lücke im Regal, wo eine Erstausgabe sein sollte.

An dem Tag, an dem Ali von zu Hause auszog, hatten wir ihn zu seinem Studentenwohnheim gefahren, und Leo hatte etwas über diese modernen Universitäten gegrummelt, während ich, stumm wegen der Anstrengung, nicht zu weinen, lächelte. Wir luden sein Gepäck aus und richteten mit ihm den schmuddeligen kleinen Raum ein, als wäre es einfach nur großartig, dass er allein in die Welt hinauszieht, um sein Glück zu machen. Was für ein Abenteuer! Erst ganz zum Schluss, als er mich zum Abschied umarmte, merkte ich, dass ich ihn nicht mehr loslassen konnte. Leo löste sanft meine Finger von Alistairs Pullover und drückte beruhigend meine Hand. »Weihnachten kommt er ja wieder«, sagte er tröstend. Weihnachten, immer Weihnachten, das seinen Lichterkettenglitzer auf den banalen Alltag warf.

Ich ging zum Kühlschrank, dann in Mels Zimmer, um ein paar ihrer Bücher wegzupacken. Sie besaß jetzt eine Eigentumswohnung in Cambridge, und es sah nicht so aus, als würde sie je wieder zu Besuch kommen – nicht nach jenem schrecklichen Nachmittag. Nachdem ich auf dem Weg ins Schlafzimmer zu meiner Sicherheit in alle Schränke geschaut hatte, fiel mir ein, dass ich im Wohnzimmer das Licht angelassen hatte, und musste mich wieder nach unten schleppen. Als die Dunkelheit den Raum verschlang, wurde die beleuchtete Straße draußen sichtbar, wo ein Pärchen nach einem schönen Abend eng umschlungen nach Hause ging. Die Zähne der Frau blitzten im Licht der Laternen, als sie zu ihrem Begleiter hochlächelte, und er drückte sie noch enger an sich, um sie auf den Kopf zu küssen. Rank, schlank und unbeschwert von all den Fehlern, die sie noch machen würden. Wie Leo und ich vor einem halben Jahrhundert. Ich zog die Vorhänge zu, ging noch einmal durch die anderen Räume, dann taumelte ich ins Schlafzimmer.

Als ich am nächsten Tag mit Kopfschmerzen in die Apotheke ging, sah ich erneut eine Frau, die wie Sylvie aussah, nur dass es diesmal Sylvie *war*. Ich duckte mich, doch es war zu spät.

»Wie schön, Sie zu treffen!«, rief sie. »Sie waren neulich so schnell verschwunden. Wie geht es Ihnen?«

»Gut, danke.« Ich schlurfte in der Schlange nach vorn, in der Hoffnung, sie würde das Paracetamol in meiner Hand nicht sehen. Früher hatte ich es immer vor Leo versteckt. Ein Kater war wie ein Eingeständnis von Schuld. Wenn ich keinen hatte, dann hatte ich am Vortag auch nicht zu viel getrunken.

»Zwei Seelen, ein Gedanke.« Sylvie stieß mit ihrer Schachtel gegen meine. »Ich habe einen Mordskater. Natürlich selbst verschuldet. Angela hingegen kann wirklich was vertragen. Sie ist Journalistin und einiges gewohnt. Und Sie?«

Sie wirkte, als wäre alles im Leben für sie nur ein Spaß, und strahlte eine derartige Leichtlebigkeit aus, dass man in ihrer Gegenwart am liebsten die Schuhe ausziehen, die Beine von sich strecken und mit ihr über dies und das plaudern wollte – in einer Welt, in der nichts eine große Rolle spielte. Aber ich brachte nur ein schwaches Schulterzucken zustande.

»Wie wär's mit einem Kaffee?« Sie deutete auf das Café gegenüber. Es war mit seiner gedämpften Beleuchtung, den Metrofliesen und dem glänzenden Holz ebenso warm und einladend wie Sylvie selbst. Einige Leute arbeiteten dort anscheinend, sie tippten hektisch auf ihre Laptops ein, zwei Mütter mit Kinderwagen steckten die Köpfe zusammen, wenn sie nicht gerade in Babysprache auf ihren Nachwuchs einredeten, und ein Händchen haltendes Paar war in ein Gespräch vertieft. Ich hatte inmitten dieser Betriebsamkeit eigentlich nichts verloren und keine Ahnung, warum Sylvie es überhaupt vorschlug.

»Oh, danke, aber ich muss leider gleich weiter.« Ich bezahlte und griff nach der Papiertüte mit dem Schmerzmittel.

»Na schön, hoffentlich sehen wir uns bald mal wieder, Millicent.« Sie erinnerte sich an meinen Namen.

»Sie können ruhig Missy zu mir sagen«, platzte ich heraus, als sie die Tür öffnete. Ein fröhliches Bimmeln erklang, und sie drehte sich mit hochgezogener Augenbraue um.

»Wie bitte?«

»Na ja, mein Name ist zwar Millicent, aber alle nennen mich Missy«, stammelte ich, ließ prompt das Wechselgeld fallen und spürte, wie mein Gesicht rot anlief.

»Ah, verstehe, dann also Missy! Ich bin sicher, wir laufen uns bald wieder über den Weg, ich bin ständig in der Gegend unterwegs.« Sylvie winkte und verließ die Apotheke, wobei sie ihren Weidenkorb schwenkte wie eine Hausfrau aus den 1950er-Jahren.

Ich war durcheinander und aufgeregt, als ich wieder auf die Straße trat. Außer Leo und Fa-Fa hatte mich nie jemand Missy genannt. Sylvie musste mich für völlig plemplem halten. Mit immer noch brennenden Wangen ging ich über die Straße zu dem Café. Falls sie dort war, würde ich mich nicht mehr so anstellen und einen Kaffee mit ihr trinken, komme, was wolle.

Manche Gäste tippten immer noch auf ihrer Laptoptastatur herum, die Mütter, die ihren Babys etwas vorgurrten, tratschten immer noch, aber das Pärchen war verschwunden. Von Sylvie keine Spur. Trotzdem bestellte ich mir einen Kaffee und setzte mich an einen Tisch. Ich fühlte mich steif und unbehaglich und war überzeugt, alle würden mich beobachten und sich fragen, was eine alte Frau wie ich allein in einem Café zu suchen hatte. Aber niemand schien Notiz von mir zu nehmen, und nach einer Weile trugen die Wärme und die Hintergrundgeräusche dazu bei, dass ich mich entspannte. Jemand hatte auf einem der Nachbartische eine Zeitung liegen lassen. Ich nahm sie und las etwas über Jeremy Corbyn, der ganz in der Nähe wohnte, dann etwas über den Astronauten Tim Peake, der nicht annähernd in der Nähe wohnte, und über Alan Rickman, der nirgendwo mehr wohnte. Er hatte in einem von meinen und Leos Lieblingsfilmen mitgespielt. Darin ging es um einen Geist, der versuchte, seine trauernde Witwe aufzuheitern. Ich war ein bisschen wie Nina, die Frau, die in der Hoffnung auf eine wundersame Auferstehung im leeren Haus herumgeisterte.

Ich blieb für eine Weile sitzen, nippte an meinem Kaffee und las in der Zeitung, und als ich fertig war, räumte die lächelnde Kellnerin meinen Tisch ab, die Mütter schoben ihre Kinderwagen aus dem Weg, um mir Platz zu machen, und ein Mann verließ sogar seinen Laptop, um mir die Tür zu öffnen. Als ich nach Hause schlenderte, nahm ich die Kiefernnadeln auf dem Gehsteig wahr und hielt das Gesicht in die schwache Wintersonne.

Zu Hause begab ich mich, statt mit meiner üblichen Putzrunde zu beginnen, nach oben ins Gästezimmer, holte einen alten Paisley-Überwurf hervor und drapierte ihn versuchsweise im Wohnzimmer auf dem Sofa. Dann ging ich erneut nach oben, holte eine Lampe und stellte sie daneben auf einen flachen Schemel. Ich begutachtete mein Werk, kam mir ein bisschen albern vor und begab mich in die Küche, um mir eine Tasse Tee zu machen.

Später, als es langsam dunkel wurde, wirkten die Lampe und die Decke ganz gemütlich. Diesmal verzichtete ich auf die üblichen Cornflakes und kochte mir Pasta, die ich von einem Tablett auf dem Sofa sitzend aß, während ich mir ein neues Historiendrama ansah. Leo hätte sich über die Anachronismen darin lustig gemacht, doch es war erholsam, mich in die harmlosen häuslichen Irrungen und Wirrungen hineinziehen zu lassen. Ich überlegte, ob ich den Abend mit einem Glas Wein abrunden sollte, dann fiel mir ein, dass die Flasche vom Vortag leer war. Egal, ich konnte morgen eine neue kaufen. Wer weiß, wer mir diesmal über den Weg laufen würde?

Es gab zwar immer noch nichts, was ich Alistair berichten konnte, aber wenigstens war ich auf eine Tasse Kaffee eingeladen worden und hatte die Einladung auf gewisse Art auch angenommen. Kleine Schritte. Alte-Damen-Schritte. Auch wenn ich keine Ahnung hatte, wohin sie mich führen würden.

Kapitel 5

Es war 1956, und ich war wieder in Cambridge, kniete auf dem Boden und versuchte, Feuer zu machen.

Damals lebte ich, Milly Jameson, im zweiten Jahr am Newnham College, in einem eisigen Wohnheimzimmer, war unglücklich und tat trotzdem so, als fände ich es toll, Homer zu lesen. Die anderen Studentinnen waren alle unglaublich glamourös, flanierten lachend durch die langen Korridore und schmuggelten Männer in ihre Zimmer. Das Mädchen nebenan zum Beispiel plapperte unablässig und war hinreißend, das komplette Gegenteil von mir. Sie war winzig, hatte eine kurvenreiche Figur, blond getönte, in perfekte Wellen gelegte Haare und eine Flasche Gin unter dem Bett, für die »Magic-Hour«-Cocktails, die sie ihren zahlreichen Gästen servierte. Alicia Stewart und ihre legendären Soireen – jeden Abend hörte ich das Grammofon spielen und klopfte an die Wand, wenn sie zur Melodie von »Mr Sandman« sang: »Mr Barman, bring me a driiiink … Make it so strong that I can't thiiiink.« Keine Ahnung, wie sie ihren Abschluss schaffen wollte – vermutlich, indem sie die Prüfer bezirzte.

Wie auch immer, Alicias berüchtigte Cocktails gehörten zu den wenigen Dingen, die mir halfen, aus mir herauszugehen, und so waren wir so etwas wie Freundinnen geworden, oder zumindest förderte sie meine Trinkerei. In meinem Zimmer gab es ein Fenster, das praktischerweise auf das Dach eines Anbaus führte und all denen als Fluchtweg dienen konnte, die nach der Sperrstunde im College festsaßen. Und als Gegenleistung für die eine oder andere kleine Zecherei gestattete ich ihr, ihren Männerbesuch auf diesem Weg nach draußen zu schmuggeln. Sie schwor, dass es nie mehr war als Petting – als hätte ich das in irgendeiner Weise beurteilen können, denn ich war ebenso weit davon entfernt, mit jemandem zu »knutschen«, wie bei den Cordettes mitzusingen.

Nach der ersten Hälfte meines zweiten Studienjahrs war mehr als offensichtlich, dass ich nicht die geborene Akademikerin war, für die ich mich gehalten hatte. Meine Doktormutter verglich mich mit »einem Stein, der über die Wasseroberfläche hüpft«, was nur fair war – wer wollte schon darüber nachdenken, was darunter, also in der Tiefe lag? In den elf Jahren, seit mein Vater gestorben war, war ich besonders geschickt darin, tiefere Gewässer zu meiden. Es machte das Leben einfacher.

Und so saß ich, statt mit »Catull 85: Odi et amo« zu kämpfen, an einem kühlen Februarabend auf dem fadenscheinigen Teppich und versuchte, ein Feuerchen auf dem Kaminrost in Gang zu bringen. Wir waren in Peile Hall untergebracht, einem zugigen alten Studentenwohnheim, in dem es noch keine Gasheizung gab. Stattdessen hatten wir Metallbleche, mit denen man das Feuer anfachen konnte – wir nannten sie Sydneys –, doch es gab nur zwei davon für alle Studentinnen. Wir mussten die Flure abklappern und an zig Türen klopfen, um eins davon in die Finger zu bekommen, und als es nun an meiner Tür klopfte, ging ich dementsprechend davon aus, dass jemand auf der Suche nach dem Sydney war. Aber wie sich herausstellte, war es Alicia, die schon ordentlich einen in der Krone hatte und sich am Türrahmen festhalten musste.

»Milisch … Milischent. Was ist das für ein Geruch?«

»Rauch. Ich versuche, Feuer zu machen.«

»Warum?«

»Weil es kalt ist.«

»Wirklich? Na, wenn du meinst … Ich geh auf 'ne Party. Eine neue Lyrik-Zeitschrift wird vorgestellt.«

»Oh, schön. Viel Spaß.«

»Nein. Du musst mitkommen.«

»Warum?«

»Weil ich sie nicht finden kann.«

»Ich hab nichts anzuziehen.«

»Ich kann dir was leihen.«

»Mir ist nicht danach.«

»Da gibt es Wein. Und es ist warm.«

Und so kam es, dass ich in einem von Alicias schwarzen Kleidern, das mir zu kurz und an der Brust zu weit war, auf der Suche nach der Women's Union in Falcon Yard durch die Straßen von Cambridge lief. Als wir schließlich dort ankamen, wünschte ich mir, wir hätten uns die Mühe gespart. Es war laut und dunkel, die spärliche Beleuchtung erhellte nur eine Jazzband, und Leute rezitierten Gedichte, bei denen ich mich innerlich wand. Ich fand das Vortragen von Gedichten – besonders in der Öffentlichkeit – immer peinlich. Es sollte – ähnlich wie religiöse Handlungen oder Jonglieren – am besten im privaten Rahmen praktiziert werden.

Alicia verschwand sofort in der Menge, und ich machte mich auf die Suche nach dem versprochenen Wein. Wenigstens war es bei all den Menschen und der heißen Luft *tatsächlich* warm. Einer der Dichter stand in einer Ecke und deklamierte mit zurückgeworfenem Kopf vor einer ernst dreinblickenden kleinen Menschentraube etwas über Pobacken und Kristalle. Mein Gott, wie schrecklich.

Ich stand irgendwo am Rand, trank hastig den Wein, beäugte meinen Mangel an Dekolleté und fragte mich, wie bald ich wohl wieder abhauen konnte. Dann sah ich plötzlich *ihn*, am anderen Ende des Raumes. Wie alle anderen war auch er betrunken. Aber er war der einzige Mann, der einen Anzug trug und keinen Rollkragenpullover, was ihn, in Kombination mit seiner Körpergröße, zu einer imposanten Erscheinung machte. Als er mich erspähte, grinste er, als würden wir uns kennen – und es war, als käme ich nach Hause. Er schlenderte, immer noch lächelnd, zu mir herüber, doch als er mir direkt gegenüberstand, rief er: »Oje, tut mir leid! Ich dachte, Sie wären jemand anders!«

Aus der Nähe sah er noch betrunkener aus: Er schielte leicht und schwankte wie eine große Eiche in einem Sturm. Aber er war sehr attraktiv – groß, blond, ein Labrador von einem Mann. Der Wein hatte mich kühn gemacht.

»Für wen haben Sie mich denn gehalten?«

Ich hatte noch nie gut flirten können. Ich bekam es auch jetzt, trotz angetrunkenem Mut, einfach nicht hin. Zum Glück war es dank der Musik, der Poesie und den heruntergeworfenen Gläsern so laut, dass es keine Rolle spielte.

»Nun ja, da das Mädchen, für das ich Sie gehalten habe, offensichtlich nicht hier ist – sollen wir uns noch was zu trinken holen?«

Er führte mich zu einem langen Tisch voller Flaschen und schenkte mir ein Glas ein, während ich fieberhaft überlegte, was ich Geistreiches sagen konnte.

»Ein schrecklicher Name für die Zeitschrift, die sie hier aus der Taufe heben: *St Botolph's Review*. Klingt irgendwie wie nach Kirche«, platzte ich heraus. Ach, Mist, wahrscheinlich war er einer der Herausgeber. Doch er lachte nur.

»Ich weiß, aber diesen Eindruck macht die Party hier sofort zunichte. Sie hat definitiv nichts Gottgefälliges an sich.« Er wich einer vorbeifliegenden Weinflasche aus. »Mögen Sie Gedichte?«

»Überhaupt nicht. Das ist mir alles ein bisschen zu prätentiös.« Ich weiß nicht, warum ich plötzlich so offen war. Vielleicht lag es am Alkohol, aber auch an dem seltsamen Gefühl, dass ich nicht anders konnte, als mich immer weiter zu entfalten – wie eine Blume, die in der Sonne aufblüht.

»Wirklich? Und was studieren Sie?«

»Altphilologie. Aber ich bin allgemein eher ein prosaischer Mensch.«

»Dann erzählen Sie mir mal, was Sie so mögen.«

Ich sah mich im Raum um. »Eine Hälfte der Menschheit kann nicht begreifen, was der anderen Freude macht.« Ich kam mir unglaublich belesen vor.

»Ja, zu schade«, erwiderte er und verwandelte mich in ein unbeholfenes Schulmädchen zurück. Auf der anderen Seite des Raumes stand ein wild knutschendes Pärchen, oder vielleicht rangen die beiden auch miteinander, das war schwer zu sagen. Ich musste irgendetwas Spektakuläres tun, spektakulär *sein,* damit ich ihm im Gedächtnis blieb; und wenn die Leute uns später fragten, wie wir uns kennengelernt hatten, konnten wir sagen: »Tja, *das* war eine Geschichte …«

Stattdessen suchte sich Alicia Stewart ausgerechnet diesen Moment aus, um wieder auf der Bildfläche zu erscheinen. Sie winkte mir mit einem Weinglas zu, stolperte über eine herumliegende Flasche, hielt sich an einem Tischtuch fest und übergab sich eindrucksvoll auf mich und ihr eigenes schwarzes Kleid. Der Poet hielt in seiner Rezitation inne, sah neugierig zu uns herüber und nahm dann seinen Vortrag über aufgedunsene Schurken wieder auf.

»Scheiße.« Sie lag auf dem Boden, Rotweintropfen auf den Wimpern wie Blut. Brüllend vor Lachen beugte sich mein Ritter vor, um ihr aufzuhelfen. In seinen Armen sah sie bewundernd zu ihm auf.

»Oooh, Sie sind aber nett!«, rief Alicia aus. Dann sah sich mich an. »Milly, du bist ja voll mit Erbrochenem. Du siehst furchtbar aus. Geh besser nach Hause, das ist ja peinlich …«

Ich funkelte sie an und benutzte das Tischtuch, um das Kleid abzuwischen.

»Erweisen Sie mir die Ehre, Sie beide nach Hause zu begleiten«, sagte unser Held und bot uns seine Arme an.

»Wie reizend«, lallte Alicia und klammerte sich an ihn wie eine Ertrinkende. »Ich bin Alischia, und das hier ist Milisch … Milisch … Mischa.«

»Hallo, Mischa. Ich bin Leo.«

»Ooooh, Leo der Löwe!«, krähte sie. »Nimm uns mit in deinen Bau, Leo!«

Wir bahnten uns einen Weg durch das zerbrochene Glas und nahmen gleich noch eine halb leere Weinflasche mit. In der Eingangshalle wurde ein schluchzendes Mädchen von einem dürren jungen Mann getröstet, der ihr die Schulter tätschelte und sagte: »Mach dir nichts draus, er war sowieso ein Schwein.« Er würde wohl immer nur der gute Freund sein, der die Scherben aufsammelte.

Draußen schwebten unsere Atemwölkchen in der eisigen Luft. Der Himmel war klar, und als wir die King's Parade erreichten, hüllte er sie in seine samtige Decke aus Sternen ein. Sie blinkten über der King's College Chapel, als würden sie uns zuzwinkern. Selbst die Sterne schienen sich über mich lustig zu machen.

Sobald eine angemessene Zeitspanne verstrichen war, ließ ich Leos Arm los und blieb ein Stück zurück, damit er und Alicia ungestört waren, aber die Weinflasche behielt ich. Die Straßenlaternen hoben die goldene Tönung in Alicias Haar hervor. Sie schaute zu ihm auf und lachte auf die glockenhelle Art, wie sie es nur in der Gegenwart von Männern tat – ihr echtes Lachen klang mehr wie das Gackern eines Huhns.

Wir überquerten die Brücke an der Silver Street. Ich schaute auf den träge dahinfließenden River Cam hinunter, und mir fiel wieder ein, wie ich mir früher immer vorgestellt hatte, ein Cambridge-Studium würde nur aus Kahnfahrten nach Granchester bestehen, und aus Fahrradfahrten übers Collegegelände, bei denen mein Kleid im Wind flatterte – leicht wie ein Stein, der über die Wasseroberfläche hüpfte. Stattdessen musste ich überstürzt von der St-Botolph's-Party aufbrechen und besudelt vom Erbrochenen meiner sturzbesoffenen Nachbarin in den frühen Morgenstunden nach Hause gehen, während sie jemanden verführte, den ich zuerst kennengelernt hatte. *Odi et amo.* Ich trank den Wein aus, warf die Flasche in den Fluss und sah zu, wie sie mit Wasser volllief und dann langsam auf den Grund sank. Vermutlich liegt sie immer noch irgendwo dort.

Kapitel 6

Am darauffolgenden Dienstag gab es in meinem neuen Stammcafé eine handgreifliche Auseinandersetzung.

Nach der Begegnung mit Sylvie in der Apotheke hatte ich begonnen, mich öfter in der Gegend herumzutreiben, besonders in dem Café, bis die lächelnde Kellnerin mich wiedererkannte und mir den Kaffee von selbst immer mit kalter Milch statt diesem Schaum-Blödsinn servierte. Sie gaben mir eine kleine Karte, die jedes Mal, wenn ich einen Kaffee bestellte, abgestempelt wurde und für die man, wenn sie voll war, ein Freigetränk erhielt. Das Brot in dem türkischen Laden nebenan war preiswert und frisch, und in der Kinderabteilung der Wohltätigkeitsbuchhandlung stöberte ich herum und nahm als Geschenk für Arthur einen Band von *Thomas, die kleine Lokomotive* für fünfzig Pence mit.

Vorher hatte ich mir nie die Mühe gemacht, meine Umgebung zu erkunden – ich hatte zu viel mit den Kindern und dem Haushalt zu tun, und später, als Leo krank wurde, mit seiner Pflege. Damals hatte ich auch keine Geldsorgen, während ich mich heute auf die Suche nach Schnäppchen machte, auch wenn ich es mir eigentlich nicht leisten konnte. Doch meine Streifzüge halfen, mir die Zeit zu vertreiben und Kleingeld auszugeben. Aber von Sylvie keine Spur.

An jenem Dienstag, als ich gerade wie üblich einen *caffè americano* genoss, kam, wer hätte es gedacht, Angela herein, diesmal jedoch ohne Otis. Sie sah wie immer ungepflegt aus, Strähnen ihrer zu roten Haare lösten sich aus ihrem Dutt, ihr Eyeliner war verwischt, und sie trug eine Lederjacke und klobige Stiefel mit Schnallen, die beim Gehen klirrten. Anfangs bemerkte ich die Frau, mit der sie zusammen war, gar nicht, aber als sie sich in eine Ecke setzten, sah ich, dass die andere weinte und dass Angela sie anscheinend zu trösten versuchte. Sie redete eindringlich auf sie ein, aber die Frau schüttelte nur den Kopf und wischte sich über die Augen.

Sie war schrecklich dünn und hohlwangig, was mich vermuten ließ, dass sie drogensüchtig war.

Dann lehnte sich Angela plötzlich zurück und schlug mit der Hand auf den Tisch, als hätte sie genug, und die andere Frau sprang auf und stürmte zum Ausgang. Angela erhob sich halb und rief etwas wie »Flicks!« hinterher, aber vielleicht fluchte sie auch nur. Die Frau blieb an der Tür stehen und drehte sich um. Sie hatte die Zähne gebleckt, und die Wimperntusche lief ihr in Streifen über die eingefallenen Wangen.

»Du kapierst es einfach nicht!«, fauchte sie. »Du wirst es nie kapieren.«

Sie schienen die anderen Gäste gar nicht wahrzunehmen, die verstummt waren und sie über die Ränder ihrer Tassen beobachteten, als würden sie diese kleine Szene durchaus genießen.

»Ich will dir doch nur helfen«, sagte Angela. »Bitte.« Sie streckte die Hand aus.

Wie bei einem Tennisspiel richteten sich nun alle Blicke auf die andere Frau an der Tür.

»Dann hör auf, dich in mein Leben einzumischen. Lass mich in Ruhe!«, rief sie und zog am Türknauf. Was dann passierte, war schier unglaublich.

Angela stürzte auf sie zu, schlug die Tür wieder zu und versperrte ihr den Weg. Die Frau versuchte, sie beiseitezuschieben, und es entstand ein Handgemenge. Die offenen Münder der Schaulustigen beachteten sie dabei nicht. Plötzlich holte die andere Frau aus und schlug Angela ins Gesicht, die mit einem Aufschrei nach hinten taumelte, und alle schnappten kollektiv nach Luft. Ein Mann, der an seinem Laptop gearbeitet hatte, erhob sich, als wollte er protestieren, doch dann schien er es sich anders zu überlegen, da Hanna, die Kellnerin, herbeieilte und Angela zurückhielt. Die andere Frau beäugte sie schwer atmend, die Haare standen ihr wirr vom Kopf ab, dann riss sie die Tür auf und rannte nach draußen.

Als sie fort war, ertönte ein kollektiver Seufzer der Enttäuschung – was für eine Spielverderberin, es war doch gerade erst richtig losgegangen –, aber ich hatte solche Szenen in aller Öffentlichkeit immer furchtbar gefunden. Leo und ich waren einmal bei einer Party in Streit geraten, hatten dabei jedoch nur hinter vorgehaltenen Gläsern geflüstert und aus dem Mundwinkel gezischt und gleichzeitig vorbeikommenden Gästen freundlich zugenickt. Aber heutzutage kannten die Leute einfach keine Diskretion mehr; sie wuschen ihre schmutzige Wäsche in aller Öffentlichkeit.

Angela, die einen dunkelroten Handabdruck auf der Wange hatte, ließ sich wieder auf ihren Stuhl sinken, nahm ein Päckchen Zigaretten aus der Tasche und zündete sich an Ort und Stelle eine an. Hanna ging zu ihr, um ihr das zu untersagen. Angela schnitt eine Grimasse und drückte die Zigarette auf einer Untertasse aus. Sie barg das Gesicht in den Händen und saß für eine Weile so da, dann nahm sie ihre Tasche und ging zur Tür. Als sie an meinem Tisch vorbeikam, zog sie erschöpft die Augenbrauen hoch.

»Oh, hi, äh …« Im Gegensatz zu Sylvie hatte sie meinen Namen vergessen.

»Millicent.«

»Hi, Millicent. Alles in Ordnung bei Ihnen?«

»Danke, bestens. Ähm … und bei Ihnen?« Zu meiner Bestürzung warf sie plötzlich ihre Tasche auf den Boden, setzte sich zu mir und gab Hanna einen Wink.

»Wie Sie sehen, geht's mir ziemlich beschissen. Ich bleibe ein paar Minuten hier sitzen, wenn es Ihnen nichts ausmacht. Halten Sie mich davon ab, noch mehr Dummheiten zu machen.« Sie zog die Schale mit den Zuckerwürfeln zu sich und biss mit gelben Zähnen ein Stück von einem ab. Sie war sehr blass und hatte dunkle Ringe unter den Augen. Vermutlich von den wilden Gelagen mit Sylvie.

»Natürlich.« Ich hoffte, das bedeutete nicht, dass ich ihren Kaffee bezahlen musste.

Wir saßen eine Zeit lang schweigend da; sie knibbelte an der Haut rings um ihre Nägel, die abgekaut waren und auf denen man noch Flecken von abgesplittertem Nagellack sah. Hanna brachte ihren Kaffee, und sie nippte daran und wischte sich den Mund mit dem Ärmel ab.

Schließlich sah sie mich von der Seite an. »Sind Sie verheiratet?«

Es verschlug mir den Atem. »Ja. Aber er ist nicht … ist nicht mehr …«

Sie winkte ab. »Ich nicht«, sagte sie mit grimmiger Miene. »Und manchmal bin ich darüber scheißerleichtert, wissen Sie? Das macht mehr Ärger, als es wert ist.«

Ich war interessiert genug, um ihr meinerseits eine Frage zu stellen. »Und was ist mit Ihrem Sohn? Ist sein Vater … noch da?«

Sie schnaubte. »Keine Ahnung. Ist besser so, glauben Sie mir. Wie auch immer, reden wir nicht über mich. Haben Sie Kinder? Enkelkinder?«

»Ja, zwei Kinder. Und einen Enkel.«

»Junge oder Mädchen?«

»Junge. Arthur.«

Sie grinste. »Ich wette, er ist ein richtiger Terrorkrümel.«

»Ja«, sagte ich. »Ein Terrorkrümel.« Aber sie war in Gedanken schon wieder woanders, starrte ins Leere, trommelte mit den Fingern den Takt der Jazzmusik mit, die im Hintergrund lief.

»Sie muss die Kinder da rausholen. Und Bob. Das ist das Problem«, murmelte sie, mehr zu sich selbst als zu mir.

Ich schwieg und wartete darauf, dass sie mit ihren Grübeleien zu einem Ende kam. Frauen wie sie hatten in ihrem Leben immer irgendwelche Dramen. Gerade als ich mich fragte, ob es unhöflich wäre, Hanna um die Rechnung zu bitten, lehnte sich Angela zurück, rieb sich das Gesicht und seufzte laut.

»Stimmt, ich darf mich nicht einmischen«, sagte sie.

Ich neigte den Kopf und warf Hanna einen diskreten Blick zu.

Angela rieb sich die Nasenwurzel und schnaubte erneut. »Scheiße.«

Ich finde die Kraftausdrücke, mit denen Gespräche heutzutage gespickt sind, geschmacklos, hässlich und langweilig, obwohl es eher die ständige Wiederholung ist, die mir gegen den Strich geht, als die Worte selbst. Angela benutzte sie so unablässig, dass es fast wie eine Art Interpunktion wirkte, wobei jeder Punkt einen sauren Nachgeschmack hinterließ – in meinem Mund und in ihrem. Ihre Sprache war ebenso schmuddelig wie ihre abgewetzten Schuhe. Ich nahm meine Tasche und stellte sie auf den Schoß, bereit zum Aufbruch.

Hanna brachte die Rechnung. Als sie die Untertasse vor uns hinstellte, drückte sie kurz Angelas Schulter, aber bevor ich erkennen konnte, was die Geste wohl bedeutete, hatte Angela die Rechnung schon in der Hand. »Lassen Sie mal, ich mach das schon.«

Ich schüttelte den Kopf. »Oh, nein, bitte nicht.« Ich griff nach den Münzen in meinem Portemonnaie. Angela winkte ab. »Nein, schon gut. Ich hab mich Ihnen aufgedrängt, dann ist das hier das Mindeste.« Sie klatschte einen Fünfpfundschein auf den Tisch und nickte der wartenden Hanna zu.

»Das ist doch nicht nötig. Wirklich nicht. Aber danke.« Ich stand auf, verlegen wie immer am Ende einer Unterhaltung. Egal, ob es darum ging, Gespräche anzufangen oder zu beenden, ich bekam es einfach nicht hin. »Äh, dann auf Wiedersehen. Ich hoffe, Sie schaffen es, das … einzurenken.« Aber als ich mich zurückziehen wollte, schnappte sie sich ihre Tasche und stand auf. »Ich begleite Sie ein Stück, ich kann etwas frische Luft vertragen.« Jetzt war es an mir, leise zu fluchen.

Angela zündete sich eine Zigarette an, sobald wird draußen waren, und inhalierte ihre »frische Luft« mit zurückgelegtem Kopf und geschlossenen Augen; der Bluterguss auf ihrer Wange färbte sich bereits dunkel. Sie sah mich an, und Rauch kringelte sich aus ihren aufgeblähten Nasenlöchern.

»Und wo ist Arthur jetzt?«

Ich wäre fast gestolpert, so verwirrt – und beleidigt – war ich über die Frage. Angela hatte etwas verstörend Direktes, Eindringliches an sich.

»Er lebt bei seinem Vater, meinem Sohn. In Australien. Sie sind vor drei Jahren dorthin gezogen.« Ich brachte die Worte nur mühsam über die Lippen, alles in mir sträubte sich dagegen. Angela starrte mich eine Sekunde lang an, dann wandte sie den Blick ab und trat nach einem heruntergefallenen Blatt.

»Schöne Scheiße«, sagte sie. »Und wie ist er so?«

Wieder hatte ich einen Kloß der Beklemmung im Hals. »Er ist vier. Und er liebt Lego, Fußball und Batman, das Übliche bei einem Jungen in seinem Alter, schätze ich.« Ich brach ab, doch dann merkte ich, dass ich es nicht dabei belassen konnte. »Ich sehe ihn nicht oft, aber wenn ... Er ist immer mit irgendetwas beschäftigt. Spielen, rennen, kämpfen. Er sitzt kaum still, sprudelt über vor Energie, die ganze Zeit, und wenn er ausnahmsweise einmal innehält, möchte man ihn ... festhalten, irgendwie verankern. Es ist schwer, mit seiner Entwicklung Schritt zu halten. Aber ich möchte es gern. Am liebsten würde ich eine Version von ihm in jedem Alter behalten. Er wird immer größer. Aber mir fehlen all die Babys und Jungs, die er einmal gewesen ist, ich möchte sie alle zurückhaben.« Ich verstummte peinlich berührt.

Angela nickte langsam. »Ja, das kann ich mir vorstellen.«

»Und Otis?«

»Er ist so ein lieber Junge«, sagte sie. »Überhaupt nicht wie ich. Und überhaupt nicht wie sein Vater, Gott sei Dank. Er hat keine dunklen Seiten, keine scharfen Ecken und Kanten. Manchmal kriege ich richtig Angst vor der Liebe. Früher war ich knallhart – das musste ich sein, bei meinem Job –, aber seit ich ihn habe, ist das anders, er hat mich verändert.«

»Er hat Sie weich geklopft«, sagte ich.

»Genau. Er hat mich weich geklopft, der kleine Scheißer, wie ein Steak. Ich bin nicht mehr so gut in meinem Job wie früher.«

Ich mochte sie zwar immer noch nicht besonders, aber sie hatte Otis, und ich hatte Arthur. »Sylvie hat gesagt, Sie sind Journalistin?«

»Ja, aber Freelancerin, da muss man sich immer ganz schön abstrampeln, um Geld ranzuschaffen.« Sie schaltete wieder in den Verhörmodus. »Sie sind im Ruhestand, stimmt's? Was haben Sie denn früher gemacht?«

»Ich war Bibliothekarin. Bevor die Kinder kamen.«

»Heutzutage machen viele Bibliotheken dicht«, erwiderte sie düster.

»Tja, hier wohne ich«, sagte ich, die Hand auf das Zauntor gelegt.

Angela sah nach oben. »Du meine Fresse, das ganze Haus ist Ihres? Ich wohn gleich die Straße runter, in einer Dachgeschosswohnung. Die reinste Sardinenbüchse. Und Sie haben wirklich das *ganze Haus* für sich?«

»Wir haben es in den Sechzigerjahren gekauft. Da war die Gegend noch nicht so gentrifiziert.« Ich dachte an die Straßenschlachten, die Streiks, die Einbrüche. Die Müllhaufen auf den Straßen. Damals waren wir Pioniere gewesen.

Ich fand mich damit ab, dass Angela offenbar mit hineinkommen wollte, trotzdem wagte ich einen letzten Akt des Widerstands. »Und wo ist Otis jetzt?«, fragte ich in der Hoffnung, ihr würde wieder einfallen, dass sie ihn abholen musste.

»Bei der Tagesmutter«, murmelte sie, den Blick weiter nach oben gerichtet. »Das ganze Haus. Wahnsinn.«

Als ich die Haustür aufschloss, spürte ich, wie sie hinter mir erwartungsvoll von einem Fuß auf den anderen trat. Wir gingen hinein.

Ich hatte den Flur 1964 zum ersten Mal betreten. Hochschwanger und eingeschüchtert von der breiten, geschwungenen Treppe war ich nach links gewatschelt und hatte einen entzückenden Salon entdeckt. Sonnenlicht fiel durch ein riesiges Erkerfenster auf die lackierten Holzdielen, Hell auf Dunkel, Staubpartikel tanzten in den Lichtstrahlen, zwischen denen ich hindurchschlenderte. Unmöbliert, wie das Haus war – die Vorbesitzerin war gestorben, und anscheinend war die Verwandtschaft schon hier eingefallen und hatte sich alles unter den Nagel gerissen –, hatte es etwas von einem unbeschriebenen Blatt gehabt. Während Leo mit dem Makler über feuchte Flecken diskutierte, flüsterte das Haus mir zu, dass es mir gehörte.

Heute reißen die Menschen, wenn sie in ein altes Haus ziehen, erst mal alles heraus und entkernen es. Neue Hausbesitzer sind versessen darauf, allem »ihren Stempel aufzudrücken« – was für ein aggressiver Ausdruck, als könnte man einem Haus seine Persönlichkeit aufzwingen. Wir zogen es vor, den Eigencharakter des Hauses durchschimmern zu lassen, und veränderten nichts, ließen nur die Zimmer für die Kinder neu streichen. Genau genommen sah es heute – bis auf allgemeine Renovierungsarbeiten – immer noch genauso aus wie damals, als Miss Edith Crawshay darin gestorben war.

»Scheiß die Wand an«, sagte Angela beim Anblick der Küche. »Es ist, als wäre man in einer verdammten Zeitschleife.« Sie war wohl tatsächlich etwas altmodisch – die Schränke stammten noch aus den 1950ern. Es gab einen AGA-Herd, der nicht so recht in ein Stadthaus zu passen schien, aber er funktionierte einwandfrei, was ich demonstrierte, indem ich einen Wasserkessel auf die Kochplatte stellte. Doch Angela war schon davongeschlichen, um sich im Rest des Hauses umzusehen. Ich eilte ihr nach, um zu verhindern, dass sie …

Leos Arbeitszimmer. Die Tür stand einen Spaltbreit offen. Wie konnte sie es wagen, einfach in mein Haus zu platzen und überall herumzuschnüffeln? Doch als ich den Mund öffnete, um ihr Vorwürfe zu machen, drehte sie sich um, und auf ihrem Gesicht lag ein Ausdruck solcher Verblüffung, dass ich zögerte.

»Oh, Millicent«, hauchte sie. »Das ist ja *sensationell.*« Ehrfürchtig strich sie über Leos John Milton. »Das ist ja die reinste Fundgrube. Nicht zu fassen!«

»Das gehört meinem Mann«, sagte ich, nahm es ihr aus der Hand und stellte es zurück ins Regal.

»Was für ein Sammler«, sagte sie, ohne meine Reaktion zu bemerken, und ging zu seiner verstaubten Dickens-Sammlung hinüber. »Ist er das?« Sie hatte sich zu seinem Schreibtisch umgedreht und nahm ein Foto von uns in die Hand, das kurz nach unserer Hochzeit aufgenommen worden war.

»Ja.«

»Sehr attraktiv«, bemerkte sie und sah mich abschätzig an. »Alle beide.« Sie nahm ein anderes Foto in die Hand. »Sind das Ihre Kinder? Der Sohn, der in Australien wohnt. Und was ist mit dem Mädchen?«

»Melanie. Sie lebt in Cambridge.« Ich widerstand dem Drang, ihr den Bilderrahmen aus der Hand zu reißen.

»Sehen Sie sie oft?« Sie war zur historischen Abteilung weitergegangen.

»Nein. Sie hat viel zu tun. Sie ist Dozentin an der Universität.«

Melanie, wie sie in der Küche vor mir zurückwich. *»Was du getan hast … es war nicht falsch … Mach dir keine Vorwürfe …«*

»Und wer ist Leonard Carmichael?« Angela deutete auf ein Regal, das mit seinen Werken gefüllt war – auf allen Buchrücken prangte sein Name.

»Mein Mann«, sagte ich mit nur leicht zitternder Stimme. »Er hat historische Biografien verfasst. Hauptsächlich von Politikern.«

Wortlos sah sie mich an, dann begann der Wasserkessel zu pfeifen, und ich eilte in die Küche, um Tee aufzusetzen. Als ich ihn ins Wohnzimmer brachte, war sie schon da, schaukelte auf den Fersen und blickte sich mit offenem Mund um.

»Haben Sie vor Kurzem einen Flohmarkt abgehalten oder so?« Sie machte eine alles umfassende Handbewegung.

»Wie meinen Sie das?«

»Na ja … es ist ein bisschen kahl hier, oder?«

Abgesehen von dem Überwurf und der Lampe, die ich neulich Abend geholt hatte, gab es außer dem Sofa, dem Hocker, der als Couchtisch diente, und dem Fernseher auf einem Unterschrank nicht viele Möbel. Keine Teppiche, keine Bilder an den Wänden, kein Krimskrams jeglicher Art. Ich konnte Unordnung nicht ausstehen. Als die Kinder noch klein waren, hatte ich das Gefühl, darin zu ertrinken, und verbannte nach und nach alles auf den Dachboden, denn je weniger *Zeug* um mich herumstand, desto ruhiger wurde ich. Leo war es egal – solange er seine Bücher hatte, war er glücklich.

»Das meiste steht auf dem Speicher.«

Angelas Augen leuchteten bei dem Gedanken an all die unentdeckten Schätze auf, aber in dieses Wespennest würden wir ganz sicher nicht stechen. Sie trank ihren Tee und beklagte sich über einen drohenden Abgabetermin. Dann sagte sie, sie würde gern einen Artikel schreiben über »die Häuser, die aus der Zeit gefallen sind« und meins dafür als Beispiel benutzen – als würde ich etwas derart Abgeschmacktes auch nur in Erwägung ziehen. Aber als sie auf dem Weg zur Haustür mit dem Finger über das Geländer strich und einen letzten Blick zu dem in die Jahre gekommenen Kronleuchter über dem Treppenabsatz hinaufwarf, drückte sie plötzlich verschwörerisch meinen Arm.

»Wie wär's, wenn Sie mir Ihre Nummer geben? Ich hab am Freitag frei und wollte mit Otis in den Park gehen. Sie könnten uns begleiten. Er würde sich freuen. Er hat keine Großmutter, zumindest nicht in diesem Land.«

Das war natürlich Unsinn. Otis hatte mich kaum beachtet. Aber mein Gesicht rötete sich vor Freude, als ich meine Nummer in ihr Handy tippte.

»Vielleicht«, sagte ich. »Wenn das Wetter schön ist.« Ich schloss die Tür hinter ihr und gestattete mir einen seltenen Moment des Triumphes. Zumindest gab es jetzt etwas, das ich Alistair schreiben konnte.

Kapitel 7

Angela brauchte einen Babysitter. Natürlich.

Am Donnerstagabend konnte ich vor Aufregung nicht schlafen und konsultierte den ganzen Tag die Wettervorhersagen im Internet, um mich zu vergewissern, dass es nicht regnen würde, überlegte, was ich anziehen sollte – eine Hose, falls ich mich auf dem Spielplatz bücken musste –, und fragte mich, ob ich einen kleinen Imbiss für Otis mitnehmen sollte, für den Fall, dass er Hunger bekam. Aber ich wusste nicht, welche Einstellung seine Mutter zum Thema Snacks hatte, und so steckte ich stattdessen eins von Arthurs kleinen Autos in meine Manteltasche, nur für den Fall.

Als Kind interessierte sich Mel fürs Theaterspielen und ging zum Vorsprechen für Schulaufführungen. Davor war sie immer schrecklich nervös, rannte im Haus herum und behauptete, sie könne sich nicht mehr an ihren Text erinnern, würde ihn nicht verstehen oder hätte nicht genug Zeit gehabt, um sich vorzubereiten. Ich hatte keine Geduld für solche Dramen, aber Leo hatte Verständnis, zog sie in sein Arbeitszimmer und ging mit ihr ihre Monologe durch. Und heute, eingehüllt in meine Decke, hatte ich selbst das dunkle Gefühl, ich würde beim Vorsprechen durchfallen.

* * *

Am nächsten Morgen saß ich mit verklebten Augen zusammengesunken am Küchentisch, trank starken Tee, um wach zu werden, und las die Nachrichten. Harper Lee war gestorben. Zehn Jahre älter als ich. Würde ich noch zehn Jahre durchhalten? Ich war fit, gesund, *compos mentis*. Aber während alle anderen einer nach dem anderen dahingerafft wurden, hatte ich mehr und mehr das Gefühl, schon zu lange geblieben zu sein. Manchmal war die Einsamkeit überwältigend. Nicht nur die unmittelbare Einsamkeit, die bedeutete, allein in einem riesigen Haus zu leben, während meine Lieben weit entfernt wohnten, sondern eine abstraktere, als würde man in einem leckgeschlagenen Boot auf dem offenen Meer treiben, ohne Anker oder Land in Sicht. Vielleicht ging man unter, oder man trieb immer weiter hinaus, wobei ich nicht entscheiden konnte, was schlimmer war.

Ich fragte mich gerade, ob ich Angela anrufen und ihr absagen sollte, als jemand lautstark an die Tür klopfte. Im Flur hörte ich Angela draußen sagen: »Mensch, Otis, du schlägst noch die Tür ein, wenn du so weitermachst.« Die beiden standen auf der Schwelle, Otis war als der unglaubliche Hulk verkleidet und trug über seiner Maske merkwürdigerweise einen Zaubererhut. Da ich sein Gesicht nicht sehen konnte, verspürte ich einen Anflug von Freude. Darunter hätte auch Arthur stecken können.

»Hallo, Hulk«, sagte ich und zupfte an seinem Hut.

Er murmelte unter der Maske: »Ich bin Bruce Banner.«

»Hallo, Bruce.« Ich führte die beiden in die Küche und fragte mich, ob noch Kekse in der Brotdose waren.

»Tut mir leid, dass wir Sie so überfallen«, sagte Angela. Der Bluterguss auf ihrer Wange war jetzt fleckig und verblasst. »Er war schon um halb sechs auf, und ich dreh langsam durch. Oh, Otis, bedank dich!«, fügte sie hinzu, als ich ihm einen leicht faden Vollkornkeks reichte.

»Möchten Sie eine Tasse Tee?«

»Nein, danke, ich hol mir meine Dröhnung im Park.«

Ich zog meinen Mantel an, tastete nach dem Spielzeugauto in der Tasche, und wir brachen im winterlichen Sonnenschein auf. Otis schlurfte hinter uns her, wirbelte mit den Füßen Laub auf und lüpfte gelegentlich seine Maske, während seine Mutter zu einer Tirade über die Regierung ansetzte. Mir fiel auf, dass sich Dreck in Otis' Hulk-Füßen sammelte. Auf dem Spielplatz sollten wir sie ihm ausziehen. Angelas Stimme wurde immer lauter, aber ich hörte kaum zu und stellte mir vor, Otis wäre Arthur, obwohl die beiden recht unterschiedlich waren. Mein Enkel war ziemlich forsch, während Otis nachdenklicher wirkte. Aber beide hatten den typischen drolligen Charme kleiner Jungen.

»Wie auch immer, das wird schon wieder«, schloss Angela, die anscheinend losgeworden war, was sie hatte loswerden müssen. Als wir die Allee erreichten, die zum Café führte, knisterten die wenigen Blätter, die noch an den Bäumen hingen, wie leise Kastagnetten. Die Luft war klar, eine angenehme Frische, als wäre alles wie neu.

Angela deutete mit dem Kopf auf die Seen. »Ich hab Gerüchte gehört, dass alle Fische gestorben sind. Der Schock war wohl zu viel für sie.«

»Der elektrische Schock?«

»Nein, der Schock, sich in einem fremden Teich wiederzufinden.«

Sie ging ihren Kaffee holen, während ich bei dem Kleinen blieb, der die Ziegen in ihrem Gehege beim Herumtollen beobachtete. Nach zwei Minuten Schweigen sagte er: »Ziegen haben Rechtecke in den Augen.«

Ich schaute zu seiner undurchdringlichen Maske hinunter, aus der mich zwei Augen ernst fixierten.

»Wirklich? Das wusste ich gar nicht.«

»Ja.« Er zog mich näher an den Zaun. »Guck doch!« Als eine dunkle Ziege zu uns kam und die Nase durch den Draht presste, deutete er auf eines ihrer Augen. Ich beugte mich vor und sah, dass ihre Pupille tatsächlich rechteckig war, wie ein horizontaler Schlitz. Ein eher beunruhigender Anblick.

»Wie außergewöhnlich«, sagte ich und drückte seine Hand. »Was glaubst du, woran das liegt?«

»Das bedeutet« – er hatte eine drollige Art zu sprechen –, »das bedeutet, dass sie gejagt werden. Die gejagten Tiere haben rechteckige Augen. Die, die jagen, haben runde.«

»Unsere Augen sind auch rund«, bemerkte ich.

»Ja«, stimmte er zu. »Das heißt, wir sind Jäger.« Er flitzte davon, Angela entgegen, die sich mit einem dampfenden Pappbecher näherte und eine Zigarette rauchte.

»Geht ruhig schon auf den Spielplatz, ich muss die hier noch aufrauchen, bevor ich reindarf. Scheiß Helikoptermütter«, stöhnte sie.

Um diese Tageszeit war der Spielplatz nur spärlich bevölkert, ich sah ein paar andere plaudernde Mütter, deren Kinder überall herumwuselten. Otis kletterte sofort auf das Trampolin, fiel über seine Hulk-Füße, und sein Zaubererhut verrutschte. Als Angela zu uns stieß, hielt ich das Kostüm in der Hand, und Otis sprang in seinen normalen Sachen herum und spielte mit Arthurs Auto.

Angela blieb neben mir stehen und zitterte in ihrer Lederjacke. »Gott, diese Spielplatzbesuche sind schrecklich! In der einen Hälfte der Zeit hab ich Angst, dass er irgendwas kaputt macht oder einem Pädophilen in die Hände fällt, in der anderen Hälfte langweile ich mich zu Tode. Ich könnte einen Drink vertragen, sie sollten hier eine Bar eröffnen oder so.«

Ich fand es ganz nett, den Kindern beim Spielen in der frischen Luft zuzuschauen, aber Angela tippte jetzt schon hektisch auf ihr Handy ein. Sie rannte hin und wieder vom Spielplatz fort, um Bekannte zu begrüßen, obwohl sie mehr an deren Hunden interessiert zu sein schien. Ehrlich gesagt achtete sie nicht so gut auf Otis, wie sie gesollt hätte, und ich schätze, das war der Grund, warum sie mich eingeladen hatte. Ein zusätzliches Paar Jägeraugen.

Jedes Mal wenn sie zurückkam, folgte eine neue Tirade. Die Parkwächter seien Korinthenkacker, die Jogger Wichser, die Fahrradfahrer würden zu schnell fahren, und wer auch immer den Teich und die Fische vergiftet habe, hätte es verdient, ebenfalls toxisches Wasser zu trinken. Sie hielt Vorträge über eine ganze Reihe von Themen, eine weitere Zigarette zwischen zwei Fingern, trotz der missbilligenden Blicke der anderen Besucher. Otis verließ das Klettergerüst, jagte Tauben und durchsuchte die Tasche seiner

Mutter nach Reiswaffeln. Ich war mit Angela zwar immer noch nicht warm geworden, aber ihrem Beruf entsprechend war sie eine ganz gute Anekdotenerzählerin, und ich begann, ihren überwiegend aus Schmähungen bestehenden Redeschwall tatsächlich zu genießen und mir die Schmankerl für Alistair zu merken. Einmal war ein berühmter Nachrichtenkorrespondent bei seiner morgendlichen Joggingrunde von einem Cockapoo gestört worden und hatte einen wütenden Disput mit dessen Besitzer begonnen, »als glaubte er, seine dämlich Joggingrunde wär so wichtig wie Syrien«. Ein anderes Mal war ein Irish Setter irgendwie auf den Spielplatz gelangt, und sein anschließender Amoklauf hatte die Eltern auf die Barrikaden gebracht. »Sollen Sie doch einfach das scheiß Tor zumachen, oder?« Ein Retriever war mit der Perücke einer alten Dame davongelaufen. »Sie war fuchsteufelswild, aber der Hund hatte doch keine Schuld! Es war sein Wichser von Herrchen, zu beschäftigt damit, irgendein Flittchen mit Chihuahua aufzureißen.«

Sie legte eine Atempause ein. »Otis, nicht da!«, brüllte sie dann. »Da pinkeln die Penner.« Sie wandte sich wieder mir zu. »Hören Sie, wo wir schon von Hunden reden … Ich muss Sie was wegen meiner Freundin fragen. Die, die Sie neulich gesehen haben. Sie steckt ganz schön in der Tinte, und ich hab da eine Idee …«

»Angela, Liebes, warum trägst du keinen Mantel?« Wir drehten uns um und sahen Sylvie auf uns zuschlendern. Um ihre Augen bildeten sich Lachfältchen, als sie sich einen Weg durch die herumrennenden Kinder bahnte.

»Ich komme mir richtig komisch vor, so ganz ohne kindliche Begleitung. Millicent! Nein – Missy! Wie nett. Ich wollte euch zum Mittagessen einladen. Ich habe mir ein paar neue Le-Creuset-Sachen gegönnt, mit denen ich angeben will.«

»Gut«, sagte Angela. »Dann gehen wir am besten gleich los. Du hast das Tor offen gelassen, und Decca und Nancy sind reingekommen.«

»Du liebe Güte.« Sylvie drehte sich auf dem Absatz um und sah, wie ihre Hunde hektisch im Sandkasten buddelten und die Kinder in der Nähe mit Sand bespritzten, die vor Lachen kreischten und sich nun gegenseitig Sand ins Gesicht warfen. Schon kamen ihre Mütter mit erhobenen Zeigefingern auf uns zu.

»Ach, verdammt.« Angela packte den gerade an uns vorbeirennenden Otis am Schlafittchen und schob ihn zum Tor. »Nichts wie weg hier, bevor sie noch auf die Rutsche machen.«

Mittagessen bei Sylvie – der fleischgewordene Traum einer verrückten alten Schachtel wie mir … Ich fragte mich, wie ich das nur ablehnen konnte, aber anscheinend gingen sie einfach davon aus, dass ich mitkam, also hob ich Arthurs Auto auf und ergab mich benommen.

»Warum nennt Sylvie Sie Missy?«, fragte Angela, während Sylvie ihre Hunde anleinte und sich vielmals entschuldigte. Wir verließen den Spielplatz.

»Das ist nur ein alberner Spitzname«, antwortete ich ausweichend, weil es mir immer noch peinlich war, es erwähnt zu haben.

»Passt zu Ihnen«, sagte sie, und ich wusste nicht genau, ob ich mich darüber freuen sollte oder nicht.

Sylvie lebte in einem eleganten georgianischen Reihenhaus westlich des Parks, mit einem glänzenden Eisentor und einem repräsentativen Vorgarten. Sie führte uns über den Plattenweg, drehte sich um, als sie aufschloss, und zwinkerte mir zu.

»Mein Domizil«, sagte sie und öffnete die Tür.

Wir wurden von Zimtgeruch und einer prachtvollen schwarzweißen Katze empfangen, die an unseren Beinen entlangstrich. Die Wände waren mit derselben von William Morris entworfenen Tapete beklebt wie die in meinem alten Studentenwohnheimzimmer, und ich empfand ein Gefühl von Nostalgie. Wir gingen in die Küche und begutachteten das kunstvolle Chaos aus Geschirr, Kupferpfannen und Weihnachtssternen; der anheimelnde, warmherzige

Charakter des Raumes entsprach Sylvies eigenem. Bei dem Gedanken an meine eigene kahle, antiquierte Behausung beschloss ich, dass sie sie nie zu Gesicht bekommen durfte.

Wir aßen ein köstliches Mittagessen, wobei wir (in meinem Fall vergleichsweise unsicher) auf hohen Barhockern um die Kücheninsel herumsaßen. Selbst gemachtes Hummus, dicke Oliven, eine noch ofenwarme Quiche, pikanter Blauschimmelkäse, Fladenbrot, das in eine salzige, köstliche Mischung aus Fababohnen und Fetakäse getunkt wurde – alles serviert auf petrolblauem Geschirr. Ich hatte Essen nie als etwas betrachtet, worum man viel Aufhebens machen sollte, aber zu Sylvies ehrlicher Freude genoss ich jeden Bissen.

Otis lag bald darauf mit hummusverschmiertem Mund unter den Hunden und der Katze begraben auf dem Sofa und schaute das Kinderprogramm der BBC. Angela blätterte in der Zeitschrift *Country Living*, tippte gelegentlich empört auf eine Seite und beschwerte sich, wie groß die Häuser der Leute seien, während Sylvie geschäftig herumlief und ihre schicken neuen Töpfe und Schüsseln arrangierte.

»Woher kennen Sie beide sich eigentlich?«, fragte ich und nahm mir noch eine Olive.

»Ich hab Sylvies Hund entführt«, murmelte Angela, den Mund voller Brot.

Sylvie gluckste. »Das stimmt. Vier Jahre ist das her. Sie hat Nancy aus dem Park mitgenommen. Ich habe einen Suchtrupp losgeschickt und einen Hundebesitzer getroffen, der Nancy bei einer verrückten Irin und einem schreienden Baby gesehen hatte. Dann hat mir jemand anders den Weg zu Angies Dachgeschosswohnung beschrieben. Sie saßen alle quietschvergnügt auf dem Sofa, knabberten Haferkekse und guckten sich *Bargain Hunt* an.«

»Es war ein Irrtum«, protestierte Angela. »Ich dachte, sie wäre eine Streunerin.« Sie bückte sich und streichelte einen der Hunde – vermutlich Nancy, obwohl ich die beiden immer noch nicht auseinanderhalten konnte. »Ich war damals *wirklich* ein bisschen verrückt, Otis war erst kurz zuvor zur Welt gekommen. Dachte, ein Hund würde die Familie vervollständigen.«

Als es langsam dunkler wurde, zündete Sylvie Kerzen an und öffnete – viel zu früh – eine Flasche Rotwein. Danach wurde Angela unter Begleitung von Frank Sinatra immer lauter, kippte den Wein nur so in sich hinein und fing wieder an, gegen alles und jeden zu wettern. Sylvie stellte mir viele Fragen über mich, was nett von ihr war, obwohl ich sie nicht mit Einzelheiten langweilen wollte. Ich erzählte ihr von Arthur und bemerkte, wie ihr Blick zu Otis auf dem Sofa hinüberglitt.

Ich driftete ab, während ich meinen Wein trank, bewunderte die tanzenden Flammen im Kamin und ertappte mich dabei, dass ich über Familien und *Oikos* nachdachte, ein wichtiges Konzept im alten Griechenland. Es ist nicht leicht, diese Idee zu beschreiben, denn sie kann sehr verschiedene Dinge umfassen. Ein Haus oder eine Unterkunft, aber auch deren Bewohner. Den heimischen Herd. Das mit dem Herd fand ich immer besonders interessant; ich hatte mir *Oikos* immer wie eine Art Fels vorgestellt – das steinerne Fundament, auf dem die Familie erbaut war. Aber wie groß musste eine Familie sein? Bei Sylvie nahm ich keinen Mangel wahr, während meine Einsamkeit, meine Leere einem Ballon glich, der sich aufblähte und mich davontrug. Als das Haus noch bevölkert gewesen war, als mein Mann und die Kinder noch da waren, hatte ich meinen *Oikos* nicht zu schätzen gewusst. Oder vielleicht hatte ich auch nie einen gehabt. Vielleicht hatte ich die Fäden meines Lebens nie in der Hand gehabt, oder vielleicht hatten sie nur darauf gewartet, außer Reichweite zu flutschen.

»Millicent. Missy!«, blaffte Angela und riss mich aus meinen Gedanken. »Woran denken Sie? Sieht aus, als wären Sie eine Million Meilen weit weg.«

Nur eine halbe Meile die Straße hinunter, um genau zu sein. Die Flasche war fast leer, und plötzlich hatte ich das Gefühl, ich sollte bei der zweiten nicht mehr mitmachen. Es gab einen anderen Ort, an dem ich sein musste.

»Ich muss los«, sagte ich, hielt mich an der Marmortischplatte fest und ließ mich vorsichtig von dem Barhocker gleiten. »Vielen Dank, es war ganz köstlich.«

»Ich komm nächste Woche mal vorbei«, sagte Angela und griff nach dem Korkenzieher. »Ich möchte mit Ihnen über eine Idee von mir sprechen. Und vielleicht möchten Sie noch mal mit Otis in den Park gehen?« Sie sah mich mit unschuldigen großen Augen an.

Wie ich es mir gedacht hatte: Sie brauchte einen Babysitter. Aber diesbezüglich war ich leichte Beute. Ich ging durchs Wohnzimmer und strich Otis über den Kopf, der schläfrig einen Peter-Hase-Cartoon anschaute.

Sylvie begleitete mich in den Flur und schaltete das Licht ein.

»Sie haben ein reizendes Haus«, sagte ich und nahm meine Handtasche.

»Danke, Liebes«, antwortete sie und half mir in meinen Mantel. »Angie sagt, Ihres ist auch sehr schön. Wie wunderbar, hier in der Gegend ein großes Haus zu haben.«

Nicht, wenn man allein darin wohnt. »Kommen Sie doch mal vorbei«, hörte ich mich sagen. »Ich wünschte, es würde mehr aussehen wie das hier.«

»Ich bin Designerin, Liebes – das ist mein Job.« Sie küsste mich auf die Wange. Ich spürte, wie mir die Tränen kamen, schaute zu Boden, ging schnell nach draußen und summte ein Stück von Frank Sinatra, um mich abzulenken.

Draußen im Zwielicht geriet ich mitten in den abendlichen Trubel – Berufstätige, die sich wie ich mit gesenktem Kopf vor der Kälte zu schützen und so schnell wie möglich nach Hause zu gelangen versuchten. Langsam näherte ich mich meinem Ziel, hin- und hergerissen zwischen Hoffnung und Melancholie. Ich hatte einen schönen Tag gehabt, aber die erlebte Wärme und Fröhlichkeit ließen die düstere Aussicht auf mein einsames Zuhause umso düsterer erscheinen.

Nach einem trostlosen Abstecher, bei dem ich Blumen zu der leeren Hülle gebracht hatte, die einst Leo gewesen war, ging ich heim und versuchte mich selbst aufzuheitern. Vielleicht würde Sylvie ja wirklich vorbeikommen. Und ich konnte mit Otis in den Park gehen. Ich schloss die Haustür auf, schaltete die Lampe ein und zuckte angesichts des grellen Lichts zusammen. Ich ging in die Küche, setzte den Wasserkessel auf, öffnete den hypermodernen Laptop, den mein Sohn, der Archäologe, mir geschenkt hatte, und loggte mich in meinen E-Mail-Account ein.

»Liebster Ali«, schrieb ich.

Kapitel 8

Natürlich war ich damals noch Jungfrau. Kein Wunder – es war 1956 und ich eine verklemmte Neunzehnjährige, die behütet in Kensington und Kirkheaton aufgewachsen war. Wochenlang hatte ich mit anhören müssen, wie er durch den Flur zu Alicias Zimmer schlich, wie das Grammofon losplärrte, auch wenn es ihr gellendes Lachen nicht ganz übertönte. Einmal lief er mir im Flur über den Weg, als ich im Bademantel unterwegs zur Toilette war, und ich nickte ihm mit brennenden Wangen zu, gedemütigt von seiner Zurückweisung, obwohl ja eigentlich nie etwas zwischen uns gewesen war. Zum Glück besaß Alicia genug Anstand, mich nicht zu bitten, ihn nach ihren nächtlichen Eskapaden durch mein Fenster nach draußen zu schmuggeln. Aber das zeigte eigentlich nur, dass sie es *wusste,* oder nicht? Ich trank nicht mehr mit ihr und suchte mir andere Möglichkeiten, mir Alkohol zu beschaffen.

Trotz meiner Defizite im Umfang mit Menschen im Allgemeinen und dem anderen Geschlecht im Besonderen war ich keine völlige Einzelgängerin. Indem ich pflichtbewusst die üblichen Partys und Versammlungen besuchte, gewann ich eine Handvoll Freunde und wurde sogar von einem jungen Mann aus dem St Catharine's College ins Theater eingeladen. Ich zog mein bestes grünes Kleid mit herzförmigem Ausschnitt an, legte mir die Haare ausnahmsweise in Wellen und fuhr mit dem Fahrrad zum ADC Theatre. Der junge Mann hieß Percy, wobei ich nicht sagen konnte, ob das sein Vor- oder sein Nachname war. Er wartete vor dem Theater auf mich, und im Licht der Straßenlaterne war deutlich erkennbar, dass er eines Tages kahl werden würde. Das Theaterstück war eigentlich kein Stück, sondern eher eine Aneinanderreihung von Sketchen, von denen ich keinen besonders lustig fand, obwohl sich alle anderen Leute um mich herum vor Lachen ausschütteten.

Nachdem wir in einem nahe gelegenen Café noch etwas getrunken hatten, begleitete Percy mich zu Fuß nach Hause, was unnötig war, da ich ja mein Fahrrad dabeihatte. Er schob es, während ich mich fester in meine Stola hüllte und mir wünschte, ich hätte etwas Wärmeres angezogen. Vor dem Pförtnerhäuschen stürzte er sich plötzlich auf mich und ließ im Eifer des Gefechts mein Fahrrad fallen. Als ich spürte, wie er die Zunge in meinen Mund schob, mir die Finger in die Schultern bohrte und mir dabei das Kleid zerriss, musste ich würgen. Gleich darauf entschuldigte er sich. Ich glaube, die Erfahrung war für ihn ebenso verstörend wie für mich. Also entschuldigte ich mich ebenfalls, und er hob mein Fahrrad auf. Dann ging er zurück zu seinem College, nachdem er mir versichert hatte, er werde mich in der folgenden Woche anrufen, obwohl wir beide wussten, dass das ein leeres Versprechen war.

Zurück in meinem Zimmer weinte ich ein bisschen und hängte das Kleid auf einen Bügel, von dem es wegen der Risse wieder herunterrutschte. Ich holte eine Flasche Sherry aus dem Schrank und goss mir ein Glas ein, dann noch eins und noch eins, sodass ich, als Leo kurz nach Mitternacht an meine Tür klopfte, schon ziemlich betrunken war.

»Kann ich reinkommen? Entschuldige, ich hatte einen schrecklichen Abend.« An den Türrahmen gelehnt, zwinkerte er wie eine Eule und schwenkte eine halb leere Weinflasche. Ich zog den Gürtel meines Morgenmantels enger um mich und war froh, dass meine Frisur noch saß. Natürlich ließ ich ihn herein; das hätte ich schon damals getan, als ich ihn zum ersten Mal in dem überfüllten Raum erblickte.

Wir teilten uns den restlichen Wein, während Leo mir erzählte, dass Alicia mit ihm Schluss gemacht hatte; sie habe jemand anderen kennengelernt, einen Viscount vom St John's College. Leo nahm es gelassen – »Mit dem kann ich es sowieso nicht aufnehmen, er hat ein Schloss in Northumberland« –, und so hatte ich nichts dagegen, als er mich küsste. Er war so ganz anders als Percy oder die linkischen Jungs, die ich kannte.

Auch als er mich zu dem schmalen, quietschenden Bett führte, ließ ich es zu; ich zog ihn sogar auf mich, um die Schwere seines Körpers zu spüren, um mich davon verankern zu lassen. Dann, als der Moment kam, in dem er mir in die Augen sah und »Soll ich?« fragte, nickte ich begierig, weil ich in diesem Moment keine andere Option sah, mich um ihn, um uns zu bemühen. Als es vorbei war, lagen wir friedlich da, die Glieder ineinander verschlungen; er wickelte eine meiner Haarsträhnen um seinen Finger, und ich fühlte mich erfüllt, vollständig. Das geflüsterte Lied meines Herzens war erhört worden.

Aber später, als das Licht der aufgehenden Sonne durch die dünnen Vorhänge drang, ich das Blut auf dem Laken sah, den pulsierenden Schmerz in meinem Kopf und in meinem Herzen spürte, erkannte ich, dass ich alles verdorben hatte. Wieso konnte ich nicht so weltgewandt, erfahren und schwer zu fassen sein wie Alicia und die anderen Mädchen, die durch Cambridge stolzierten, als würde es ihnen gehören?

Während Leo noch schlief, stand ich leise auf, um etwas Make-up aufzutragen. Als er erwachte, sah ich halbwegs gepflegt aus und hatte mich trotz Kopfschmerzen wieder einigermaßen im Griff. Ich lächelte strahlend und machte Konversation, während er sich hastig anzog. Er wollte offensichtlich so schnell wie möglich weg, aber das spielte keine Rolle, alles war in bester Ordnung; ich brachte ihn lächelnd, unablässig lächelnd, zur Tür, und er versprach mir, mich nächste Woche anzurufen. Als er fort war, lehnte ich mich an die Wand, ließ mich zu Boden sinken, dachte an das Blut auf dem Laken und an das zerrissene Kleid, und die Tränen raubten mir den Atem. Wie Jettes Handtasche und Fa-Fas kaputte Brille – zerstörte, ruinierte Dinge, die nicht wieder repariert werden konnten.

Nach einer Weile raffte ich mich auf, ging zum Schreibtisch und schlug mein Wörterbuch auf, um mich auf die Prüfungen vorzubereiten. *Lyō*, altgriechisch *λύω* – lösen, losmachen, losknüpfen, losbinden. Die Botschaft hätte nicht deutlicher sein können. Leo, *lyō*. Ich hatte losgelassen, was ich hätte festhalten müssen. Aber selbst da hatte ich, allen Widrigkeiten zum Trotz, noch einen winzigen Funken Hoffnung, dass er *vielleicht* tatsächlich anrufen würde.

In jenem Sommer machte Leo sein Examen und verließ Cambridge, und ich sollte ihn erst zwei Jahre später wiedersehen.

Kapitel 9

Ich war dank des Mittagessens bei Sylvie so guter Stimmung, dass das Wohlgefühl, die Erinnerung an die Wärme in ihrer Küche, die Kameradschaftlichkeit, mit der wir zusammen auf den hohen Stühlen gehockt hatten, noch die nächsten paar Tage anhielt. Vielleicht war ich doch nicht die Ausgestoßene, für die ich mich gehalten hatte; vielleicht würde ich es schaffen, mir einen kleinen Freundeskreis aufzubauen, der mich über den Verlust von Leo, Ali und Arthur hinwegtrösten konnte.

Ich setzte meine Expeditionen fort, wagte mich in Einzelhandelsgeschäfte, schaute in der Bibliothek vorbei und besuchte eine kleine, rote Backsteinkirche, die nur einen Katzensprung von meinem neuen Lieblingscafé entfernt stand. Ich ging normalerweise kaum in die Kirche – Religion hatte in unserer Familie keine Rolle gespielt, alles, was damit zu tun hatte, wurde mit entgeistertem Schweigen quittiert. Selbst meine Tante Sibby, die einen Pfarrer geheiratet hatte, sprach kaum davon. Trotzdem zündete ich eine Kerze für Leo an, dachte an die Dämmerwelt, in die er hinübergeglitten war, und fragte mich, ob er glücklich war oder sich an mich erinnerte.

Ich war so beschäftigt, dass mir erst nach über einer Woche auffiel, dass Angela sich nicht bei mir gemeldet hatte. Ich war enttäuscht, obwohl sie mir nicht übermäßig sympathisch war, denn ich wollte Otis gern wiedersehen. Als noch weitere Tage vergingen, ohne dass etwas geschah, war ich richtig niedergeschlagen. Hatte ich bei dem Essen vielleicht etwas gesagt, was ihr nicht gefallen hatte? Sie war politisch sehr links eingestellt. Oder ging es vielleicht darum, dass ich *nichts* gesagt hatte? Ich kannte keine witzigen Anekdoten und niemanden von den Bekannten, über die sie gesprochen hatten, und ich war alt, verbittert – wer wollte schon mit mir befreundet sein? Nun, sie brauchte mich nicht zu mögen, um mich auf ihren Sohn aufpassen zu lassen. Aber womöglich dachte sie, ich wäre nicht einmal dazu in der Lage.

Wieder verschanzte ich mich in meinem riesigen leeren Haus, geisterte im Nachthemd umher, grub alte Fotoalben aus und schwelgte stundenlang darin. Ein Bild von mir im Talar, nach meinem Abschluss im Garten von Newnham, im Arm meiner überglücklichen, vor Stolz strahlenden Mutter. Ich dagegen wirkte verstört. Wir standen neben einer Steinstatue von einem kleinen Jungen mit einem Delfin. Er sah aus wie Arthur – nackt, wie mein unbekümmerter Enkel es auch oft war.

Dann ein Foto von Leo und mir an unserem Hochzeitstag, er grinste in die Kamera, während ich, das Gesicht teilweise vom

Schleier verdeckt, zu ihm aufblickte. Ich betrachtete mein jüngeres Ich: die großen Augen unverwandt auf meine Trophäe gerichtet, das dunkle Haar unter einem Netz verborgen, schlank in geborgter Seide, noch faltenlos, aber schon damals nicht mehr frei von Narben.

Wir heirateten in der Kapelle des King's College, und nachdem Leos Freund Tristan, der ebenfalls Historiker war, das Foto aufgenommen hatte, scheuchte Leo die Gäste in den Pub The Anchor, wo es sehr schnell sehr feuchtfröhlich wurde. Ich rührte mein Weinglas kaum an, war schon von der Aussicht trunken, mit diesem flachsblonden Gott verheiratet zu sein, der alle um sich herum überragte. Später nahm meine Mutter mich beiseite und fragte: »Liebling, bist du dir auch ganz sicher?«, als hätte man zu dem Zeitpunkt noch etwas ändern können. Ich hatte mich schon in dem Moment entschieden, als ich ihn im Falcon Yard sah. *Alea iacta est.*

Ich war damals einundzwanzig, und an meinem zweiundzwanzigsten Geburtstag bezogen wir unser kleines Cottage in der Nähe von Jesus Green; ich war mit Melanie schwanger. Ich backte einen Kuchen, was damals noch ein kleiner Luxus war, und wir aßen ihn vor dem Feuer auf dem Boden sitzend, weil wir uns noch kein Sofa leisten konnten. Jenes, das wir schließlich von dem Vorschuss auf Leos erstes Buch kauften, stand heute noch in meinem Wohnzimmer. Und ich stand vor einem weiteren Geburtstag, ohne dass es jemanden gab, mit dem ich ihn feiern konnte.

Woher kam diese Angst, diese Panik davor, allein zu sein, obwohl ich doch nie ein geselliger Mensch gewesen war und keine Mühen gescheut hatte, um gesellschaftlichen Verpflichtungen möglichst aus dem Weg zu gehen? Ich hatte es immer als Zumutung empfunden, an irgendwelchen Dinnerpartys teilnehmen zu müssen, wo ich unweigerlich etwas trank, um mich zu entspannen, und mir ständig Gedanken machte, ob wir auch bloß nicht zu lange aufblieben, weil ich am nächsten Morgen wegen der Kinder früh aufstehen musste. Leo war zwar viel extrovertierter, hatte jedoch seinen Klub, sein Golfspiel und seine Bücher und bekam meist nicht einmal mit, wenn ich Einladungen absagte. Gab es noch einen anderen Grund, warum ich Nein sagte? Je mehr Leute – je mehr *Frauen* – er traf, desto wahrscheinlicher wurde es, dass er erkannte, was ihm zu Hause fehlte. Ich band ihn an mich, hatte aber gleichzeitig ständig Angst, dass er diese Bande lösen könnte.

Als Alistair, der Leos Ebenbild war, geboren wurde, dachte ich, diese Vervollständigung unserer Familie und unseres neuen Heims, des *Oikos,* könne ihn – und mich – sicherer machen. Aber dann war ich in den folgenden Jahren so unglaublich erschöpft. Der Alltagstrott der Kinderbetreuung zermürbte mich, und das Gewebe begann am Rand auszufransen. Während ich kämpfte, hob er ab – Dr. Leonard Carmichael, ein allseits respektierter Historiker, viel gelobter Biograf und Dozent, der um die ganze Welt flog, in Radiosendungen auftrat, für Zeitschriften schrieb. Wenn wir ausgingen, sah er ständig über die Schulter, hielt Ausschau nach Leuten, die er kannte, wie damals schon, als wir uns kennenlernten.

Keine Ahnung, warum ich mir erlaubte, so larmoyant zu werden. Wahrscheinlich lag es am Wein. Zwei Gläser, das klang besser als eine halbe Flasche. Aber wir *hatten* uns geliebt. Er war zwar nicht der Typ für leidenschaftliche Liebeserklärungen, aber wir wussten beide, dass wir füreinander ein Zuhause waren – ein Wissen, das sich darin ausdrückte, dass er am Vorabend immer schon meine Teetasse für den nächsten Morgen auf den Tisch stellte, dass er zärtliche lateinische Gedichte und Zitate für mich im Haus hinterlegte, die ich übersetzen konnte, dass er mich – wie Fa-Fa – Missy nannte und der Einzige war, der wusste, *warum.* Er brauchte seine Liebe nicht noch anders zu artikulieren. Wirklich nicht. Liebe bringt noch mehr Liebe hervor, und ich hatte mehr als genug davon, um sie ihm zurückzuspiegeln.

Und jetzt gab es nur Echos davon in diesem maroden, alten Haus, dem es an Chaos, Licht, Jugend und Lachen mangelte. Ich leerte mein Glas, schlug das Album mit dem Foto meines halb verdeckten Gesichts zu, ging ins Bett, ließ die Vorhänge offen und schaute den Schatten zu, die das Licht der Straßenlaterne an die Wand warf, bis ich in einen unruhigen Schlaf fiel.

Am nächsten Morgen, dem gefürchteten Geburtstag, versuchte ich mich zusammenzureißen. Ich würde einkaufen gehen und Zutaten für einen Kuchen kaufen. Einen einfachen Biskuitkuchen, zur Feier des Tages. Vielleicht würde mir dabei ja jemand über den Weg laufen, und ich konnte es beiläufig erwähnen.

Kurz nach zehn kam die Post. Ich durchwühlte eifrig den kleinen Stapel – überwiegend Werbung –, um zu sehen, ob eine Karte von Alistair dabei war. Vielleicht kam sie auch erst morgen. Man konnte nur schwer abschätzen, wie lange Post aus Australien unterwegs war – die letzte Geburtstagskarte, die ich ihm geschickt hatte, kam eine Woche zu früh bei ihm an. Es war eine Cambridge-Postkarte von Mel dabei, ein lapidar hingekritzelter Gruß, mehr als ich verdient hatte, nach allem, was letztes Jahr vorgefallen war.

Ein kaum wahrnehmbarer Hauch von Frühling lag in der Luft, als ich zur Ladenzeile in der High Street aufbrach. Ich kaufte die Zutaten für den Kuchen, dann beschloss ich, mir einen Kaffee zu gönnen. Hanna lächelte mich an und sagte: »Der geht heute aufs Haus.« Im ersten Moment dachte ich, sie hätte irgendwie von meinem Geburtstag erfahren, doch dann wurde mir klar, dass sie nur einen Blick auf meine Karte geworfen hatte, auf der mittlerweile acht Stempel prangten. Ich saß an meinem üblichen Tisch und hielt nach Sylvie oder anderen Bekannten Ausschau. Ich blieb eine Stunde lang dort, dann lief ich noch ein paar Mal die Straße auf und ab und traf niemanden außer gleichgültigen Fremden.

Ich akzeptierte meine Niederlage, brachte die Einkäufe nach Hause und machte mich nach dem Mittagessen daran, den Kuchen zu backen. Die Zutaten mischte ich eher willkürlich, ich war nie eine besonders gute Köchin gewesen, und schließlich war er nur für mich. Unwahrscheinlich, dass Angela mit Otis vorbeikam und ich ihnen ein Stück anbieten konnte. Schlussendlich war er am Rand etwas verbrannt, da die Temperatur des AGA-Herdes schwer einzuschätzen war, aber ich schnitt mir ein Stück ab und aß es zu meinem Nachmittagstee. Der Kuchen war völlig in Ordnung. Nachdem ich die Küche aufgeräumt hatte, ergriff ich einen von Mels Nancy-Mitford-Krimis und las, bis es zu dunkel wurde. Ich wollte gerade das Licht anmachen, als plötzlich an der Tür ein Höllenlärm zu hören war.

Angela stand – schwankend und sichtlich betrunken – im Türrahmen. Als sie sich an mir vorbeiquetschte, sah ich, dass sie einen Hund an einer Leine hinter sich herzog. Er folgte ihr ins Haus und hockte sich im Wohnzimmer hechelnd vor den Kamin. Trotzdem freute ich mich über die Störung.

»Haben Sie den etwa auch gekidnappt?«

Sie lächelte nicht, strich sich nur die strähnigen Haare hinters Ohr und rieb sich die Stirn.

»Nein. Na ja, doch, irgendwie schon. Das hier ist Bob. Sie bleibt für ein paar Tage bei mir.«

»Sie?«

»Ja, sie.«

»Bob ist doch kein Mädchenname.«

Angela zuckte die Schultern. »Der Name kommt aus *Blackadder*. Haben Sie die Serie gesehen? Bob ist ein Mädchen, das sich als Junge verkleidet.«

»Nein.« Mel war ein Fan der Serie. Einmal hatte sie Leo überredet, sich eine Folge mit ihr anzusehen. Der Anblick der beiden, wie sie sich vor Lachen ausschütteten, hatte ein vages Gefühl von Kummer und Isolation in mir ausgelöst. Mit mir zusammen lachte Melanie nie so.

»Tja, sollten Sie mal. Wie auch immer. Sie müssen mir einen Riesengefallen tun und für eine Weile auf Bob aufpassen.«

»Was um Himmels willen reden Sie da? Ich will keinen Hund.« Ich sah Bob an, die immer noch vor dem Kamin saß. Sie war eine

Promenadenmischung, gefärbt wie ein Schäferhund, aber kleiner, eher wie ein Collie. Eigentlich ganz hübsch, aber ich hatte Hunde nie besonders gemocht. Zu begriffsstutzig und bedürftig.

»Ich hab es doch neulich schon angedeutet. Meine Freundin Fix – Felicity – steckt im Moment in Schwierigkeiten und muss für eine Weile weg, aber sie braucht jemanden, der auf ihren Hund aufpasst.«

»Kann sie ihn nicht ins Tierheim bringen?«

Angela seufzte. »Nein. Bob braucht jemanden, der sich ein paar Monate um sie kümmert, vielleicht auch länger, ich weiß nicht genau …«

»Ein paar *Monate?*« Ich umfasste die Lehne von Leos Sessel.

»Wie gesagt, Felicity hat im Moment ein paar Probleme.«

»Dann sollte sie sich nach einem neuen Heim für Bob umsehen.«

»Sie verstehen das nicht!«, fuhr Angela mich an und setzte sich ungebeten auf das Sofa. »Sie liebt Bob und sie würde sie nie weggeben, aber vorübergehend muss es sein. Sie verlässt ihren Mann.«

»Tja, kann ihr Mann denn den Hund nicht nehmen?«

»Nein. Er ist … kein netter Mensch. Darum verlässt sie ihn ja. Sie hat Kinder. Sie müssen da raus. Sie muss erst ihr Leben wieder auf die Reihe kriegen. Aber den Hund kann sie nicht mitnehmen. Im Moment. Also dachte ich …« Angela verstummte und sah mich erwartungsvoll an.

»Das tut mir sehr leid für Ihre Freundin, aber ich kann mich nicht um ihren Hund kümmern.«

»Warum nicht?«

»Was?«

»Warum können Sie sich nicht um den Hund kümmern?«, fragte sie hartnäckig. »Sie haben ein großes Haus, einen Garten, Sie gehen ständig im Park spazieren. Außerdem sind Sie *einsam.* Sylvie hat es sofort bemerkt. Wir glauben, ein Hund könnte genau das sein, was Sie brauchen.«

»Wie können Sie es wagen …?« Die Vorstellung, dass sie über mich gesprochen hatten, war mir unerträglich; die traurige, einsame alte Dame, ein Fall, um den man sich kümmern musste. War meine Bedürftigkeit so offensichtlich? Für wie erbärmlich sie es halten mussten, dass ich im Park auf und ab ging, in der Hoffnung, jemandem zu begegnen! Es überlief mich heiß vor Verlegenheit und Scham, und ich starrte auf den Boden, um meine brennenden Wangen zu verbergen.

Angela fuhr unbeirrt fort: »Ich könnte Sie beim Gassigehen unterstützen. Und Otis liebt Hunde, er könnte Sie besuchen. Es ist ja auch nur, bis Fix wieder auf den Beinen ist. Bitte. *Bitte.*«

Ich hatte so sehr gehofft, dass mich heute jemand besuchen und mir etwas mitbringen würde, aber so hatte ich mir das nicht vorgestellt. Ausgerechnet heute kam sie in mein Haus geplatzt, beleidigte mich und deutete an, ein heimatloser Köter könnte die Lösung für all meine Probleme sein. Ich hielt den Blick weiter gesenkt, war mir nicht sicher, ob die Tränen, die mir in die Augen stiegen, Tränen der Wut oder der Demütigung waren.

»Warum nehmen *Sie* sie denn nicht? Sie lieben Hunde und Otis auch.«

Angela seufzte. »Weil mein Vermieter es nicht erlaubt. Ich hab ihn schon gefragt. Ich frage jedes Mal, wenn ich den Mietvertrag verlängere. Er bleibt immer hart. Aber ich helfe Ihnen, versprochen. Ich kann das Hundefutter und die Tierarztrechnung bezahlen, was auch immer Sie wollen.«

Ich biss mir auf die Lippen und zwang mich, ihr in die Augen zu sehen. »Es tut mir sehr leid, aber die Antwort ist nein. Ich will keinen Hund.«

Bob gähnte ausgiebig, trottete zu Angela hinüber, sprang aufs Sofa, rollte sich neben ihr zusammen und leckte sich ungerührt die Genitalien.

Angela lachte mit Tränen in den Augen. »Typisch Hund, immer benehmen sie sich daneben, genau wie ich. Tut mir leid, war eine blöde Idee.« Sie leinte Bob wieder an und hob sie vom Sofa.

»Was haben Sie jetzt vor?«, fragte ich sie, als ich sie zur Tür brachte. Ich hatte zwar die Verantwortung abgeschüttelt, aber nicht die Schuldgefühle, die sich bereits schmerzlich bemerkbar machten.

»Ich weiß auch nicht. Ich frag mal im Park rum, vielleicht kann jemand von den Leuten da sie nehmen. Wenn nicht, muss ich sie ins Tierheim bringen.« Sie beugte sich hinunter und küsste Bob auf die Schnauze. »Ein paar Tage kann sie noch bei mir bleiben. Das kriegt der Wichser von Vermieter gar nicht mit.«

Als Angela in die Dunkelheit hinausging, klirrten ihre schnallenverzierten Stiefel, und Bob folgte ihr auf dem Fuß. Ich schloss die Tür und ging zurück in mein leeres, widerhallendes Haus, um meinen großen Tag zu beenden.

Ich verbrachte den Abend damit, mir den Rest Wein einzuverleiben. Was um Himmels willen sollte ich mit einem Hund? Ich mochte Hunde nicht, ich war viel zu alt, es ergab keinen Sinn, sich in derartige häusliche Dramen verwickeln zu lassen. Überhaupt keinen Sinn. Hunde waren übel riechende, dumme Kreaturen, die ständig losliefen, um an ekelerregenden Dingen zu schnüffeln. Es gab wirklich nichts Positives an ihnen. Dann fiel mir Angelas und Sylvies brutales Urteil über mich wieder ein: *einsam*. Eine traurige, erbärmliche alte Frau, die für die Gesellschaft einer dahergelaufenen Promenadenmischung dankbar sein musste. Wie unglaublich demütigend. Ich leerte das Glas, stellte es geräuschvoll auf den Küchentisch und schob es gleich darauf beiseite, um die klebrigen Ringe wegzuwischen. Einsam. Hektisch wienerte ich auf der Tischplatte herum, bis alles wieder sauber war.

Später ging ich durch das Haus, schaltete überall das Licht aus, überprüfte die Türen und dachte über Fix und ihre Kinder nach. Wo waren sie jetzt, und was genau hatte der Ehemann getan? Ob Bob ihnen fehlte? Arthur wünschte sich einen Hund. Er redete ständig davon, und Alistair sagte dann jedes Mal: »Nächstes Jahr.« Und zu Recht, ein Hund war eine große Verantwortung, die man nicht auf die leichte Schulter nehmen durfte.

Als ich noch sehr klein war, hatten wir auch einen Hund gehabt. Einen schwarzen Labrador namens Jonas. Meine Mutter hatte ihn abgöttisch geliebt und sich vor Lachen ausgeschüttet, wenn Henry ihn verkleidete. Eine meiner frühesten Erinnerungen ist, dass sie Tränen lachte, als wir Jonas einen Brautschleier aufsetzten. Der Hund saß nur da und ließ sich alles gefallen. Als der Krieg ausbrach, hatte er eingeschläfert werden müssen. Ich erfuhr erst später davon, erinnerte mich jedoch noch vage, wie meine Mutter schluchzte, als er abgeholt wurde. Natürlich wusste er nicht, was kommen würde – vermutlich ließ er es ebenso über sich ergehen wie die Sache mit dem Schleier. Ich war zu jung, um darüber allzu traurig zu sein, aber ich weiß noch, dass meine Mutter danach monatelang am Boden zerstört war. Sie erzählte mir einmal, sie sei nie darüber hinweggekommen, der Tod ihres eigenen Vaters sei nicht so schlimm gewesen wie jener Tag.

»Es ist besser so«, sagte ich bestimmt zu mir, als ich in die Schränke und unter das Bett sah. Dann, gegen die Kälte fest in die Bettdecke eingehüllt, murmelte ich in die Dunkelheit und die Stille hinein: »Herzlichen Glückwunsch zum Geburtstag, Missy.«

Kapitel 10

In der Nacht träumte ich von Jonas, der diesmal kein williges Lamm auf dem Weg zur Schlachtbank war. Zappelnd und jaulend wurde er in den Transporter verfrachtet, und die Schreie meiner Mutter mischten sich mit seinem Gebell und dem unaufhörlichen Kratzen seiner Krallen an der Tür. Ich wollte ihn unbedingt da rausholen, trommelte, hämmerte und schlug gegen die Tür, bis meine Hände bluteten. Als ich schließlich aufgeben musste, ließ ich mich, den Rücken an die kalte Metalltür gelehnt, zu Boden gleiten und lauschte dem Geräusch seiner Krallen. Kratz, kratz. Kratz, kratz. Ein Klicken, dann ein dumpfes Geräusch. Ich erwachte.

Bei mir wurde eingebrochen.

Es dauerte eine Weile, ehe ich, immer noch benommen und in meinem Traum gefangen, die Geräusche richtig einordnen konnte. Das leise Kratzen, die dumpfen Schläge und das Umhertasten; jedes Geräusch löste Panik in meinem ganzen Körper aus. Aber was konnte ich dagegen tun? Eine wehrlose, achtundsiebzigjährige – nein, *neun*undsiebzigjährige – Frau, allein in einem riesigen Haus um zwei Uhr nachts? Ich lag da, von meiner schrecklichen Angst ans Bett gefesselt, und lauschte, während sie sich in den unteren Räumen zu schaffen machten. Dann fing ich an, zu einem Gott, an den ich nicht glaubte, zu beten, dass sie nicht nach oben kamen. Was würde ich dann tun? Ich musste sie einfach weitermachen lassen, denn die Alternative war undenkbar.

Ich hörte, wie sie die Treppe hochschlichen – es waren mindestens zwei –, und kniff die Augen fest zu, dankbar, dass es so dunkel war und sie nicht sehen konnten, wie sich meine Brust unregelmäßig hob und senkte. Als sie in mein Zimmer kamen, blieb ich ganz still liegen, bewegte mich nicht einmal, als der Taschenlampenkegel über mein Gesicht glitt. Ich hatte Angst, sie würden mein Herz hämmern hören, aber es war ihnen egal, ob ich schlief oder nicht – ich würde sie eh nicht aufhalten. Sie wühlten in meiner Frisierkommode und plünderten meine Schmuckschatulle. Dinge, die Leo mir geschenkt hatte, Erinnerungsstücke, die meine Mutter mir hinterlassen hatte. Ihre Perlen. Der »Regard«-Ring, den Leo mir gekauft hatte, als Mel geboren wurde. Die Rubinohrringe, die er mir zu unserem vierzigsten Hochzeitstag geschenkt hatte. Das Was, das Wer und das Wie interessierte sie nicht.

Ich konzentrierte mich so sehr darauf, still zu liegen, dass ich zuerst gar nicht bemerkte, dass einer von ihnen an mein Bett getreten war und auf mich herunterblickte. Ich konnte ihn natürlich nicht sehen, nur hören, seinen Blick spüren. Obwohl ich bereits völlig still lag, versteifte sich mein Körper weiter, bis ich kaum noch atmen konnte, dann … das Rascheln seiner Kleidung, als er die Hand nach mir ausstreckte. Ich spürte, wie sie über meinem Haar verharrte, es fast, aber dann doch nicht berührte. Dass ich, die sich so sehr nach menschlichen Berührungen sehnte – eine freundschaftliche Umarmung, die Hand eines Kindes zu halten –, so etwas erdulden musste … Ich lag da wie tot, so voller Ekel, dass mir Galle in die Kehle stieg, aber plötzlich zischte sein Gefährte, die Hand wurde weggezogen, und der Mann ging. Dann waren sie fort, und langsam und vorsichtig hauchte ich einen Seufzer der Erleichterung, denn es hätte noch so viel schlimmer kommen können.

Sie verließen das Haus weit weniger leise, als sie hereingekommen waren, immerhin war die Arbeit getan. Ich konnte mich nicht dazu überwinden, nach unten zu gehen und den Schaden in Augenschein zu nehmen, also wartete ich, bis meine Tränen versiegt waren, dann stand ich auf, öffnete die Vorhänge und ließ das Licht der Straßenlaternen ins Zimmer fallen, beobachtete die Schatten an der Wand. Als es zu dämmern begann, ging ich nach unten in die Küche, sah, dass mein neuer Laptop weg war, und fing wieder an zu weinen, weil sich alle meine Fotos von Arthur darauf befanden.

Als die Polizei kam, hieß es, sie hätten wahrscheinlich das Schloss an der Hintertür geknackt. Sie sagten, ich solle mir keine Sorgen machen, sie würden wahrscheinlich nicht wiederkommen, nun, da das Haus »abgegrast« sei, sollte aber dennoch die Schlösser austauschen lassen und über zusätzliche Sicherheitsmaßnahmen nachdenken. Und so ging ich zu einem Notfall-Schlüsseldienst, obwohl ich es mir nicht leisten konnte. Man brachte ein paar zusätzliche Riegel an und empfahl mir eine Alarmanlage. Der Preis, den der Mann mir nannte, war so halsabschneiderisch, dass ich in Panik geriet und ihn so schnell wie möglich aus dem Haus komplimentierte. Keine Männer in meinem Haus, nicht jetzt.

Ich verbrachte den Rest des Nachmittags in der Küche, trommelte mit den Fingern auf den Tisch, um die Stille zu übertönen (das Radio hatten sie auch mitgenommen). Ich dachte an Leo, an Percy, den Kampfküsser, an den Ehemann von Fix, an die Hand des Einbrechers ... Als Kind hatte ich Männer immer als Beschützer betrachtet – besonders Fa-Fa, den gigantischen Torwächter der Familie –, aber in Cambridge war mir klar geworden, dass sie keine Ahnung hatten, wie viel Schaden sie anrichten konnten. Ich kam zu dem Schluss, alle Beschützer seien in der einen oder anderen Hinsicht von Natur aus rücksichtslos. *Ein Ungeheuer ... Zerberus, der rohes Fleisch frisst, den Höllenhund mit der ehernen Stimme ...*

Als es allmählich wieder dunkel wurde, hielt ich es nicht mehr aus, konnte nicht mehr denken. Also zog ich meinen Mantel an, ging nach draußen und marschierte zügig die Straße hinunter zu dem großen Haus, das Angela mir gezeigt hatte. Ich beäugte mit zusammengekniffenen Augen die vielen Schilder, bis ich »7C A. Brennan« fand, und drückte fest auf die Klingel. Nach einer Weile hörte ich eine vertraute Stimme, rau vom Zigarettenrauch. »Ich bin's. Missy«, sagte ich. Die Tür öffnete sich summend, und ich ging nach oben, wobei ich auf jedem Treppenabsatz kurz verschnaufte.

Angela empfing mich mit hochgezogenen Augenbrauen an der Tür. Otis, der hinter ihr stand, reckte den Kopf auf der einen Seite hervor, Bob auf der anderen. Sie wedelte zur Begrüßung mit dem Schwanz.

»Ich nehme den Hund«, sagte ich. »Aber nur, bis Ihre Freundin ihr Leben wieder in Ordnung gebracht hat.«

Eine Sekunde lang zeigte Angela keine Reaktion, dann breitete sich ein strahlendes Lächeln auf ihrem Gesicht aus, sodass Müdigkeit und Besorgtheit wie weggeblasen schienen. Sie umarmte mich – etwas zu fest. Aber ich merkte, dass es mir diesmal nichts ausmachte.

»Sie werden es nicht bereuen«, versprach sie. »Sie ist der bravste Hund überhaupt.«

»Das mit gestern tut mir leid. Ich hatte Geburtstag und war ein bisschen deprimiert.« Ich schämte mich für die beiden Eingeständnisse, schaute beiseite, bevor Angela die Tränen in meinen Augen entdecken konnte, und beugte mich vor, um Bob unbeholfen das Ohr zu kraulen. Sie hechelte und stupste mich an, damit ich weitermachte.

Angela schlug sich die Hand vor den Mund. »Entschuldigung! Ehrlich, tut mir leid, aber ich hatte ja keine Ahnung. Gott, was bin ich für eine blöde Kuh, so bei Ihnen reinzuschneien.«

»Ist schon gut«, sagte ich, zwang mich zu einem Lächeln und richtete mich auf. »Ich schätze, auf Ihre Art haben Sie mir ja ein Geschenk gemacht.«

Sie lachte. »Wie wär's, wenn wir zur Feier des Tages was trinken?«

Sie führte mich in ihre Wohnung, und während ich mich erneut bückte, um Bob und Otis die Köpfe zu tätscheln, hörte ich einen Korken knallen. Angela kam mit zwei sehr großen Gläsern zurück, in denen sich mindestens eine halbe Flasche Prosecco befand.

»Herzlichen Glückwunsch zum Geburtstag, Missy.«

Kapitel 11

Während Otis auf dem Sofa schlief, tranken wir den Prosecco und aßen übrig gebliebene, in der Mikrowelle aufgewärmte Makkaroni mit Käse. Angelas Wohnung war winzig – ein Wohnzimmer mit einer Küchennische an einem Ende, ein klitzekleines Badezimmer, zu dem ein Flur klein wie ein Hasenstall führte, und ein Schlafzimmer mit zwei zusammengeschobenen Einzelbetten – eins für sie, eins für Otis. Ich war ein bisschen schockiert, aber sie versicherte mir, das sei für Londoner Verhältnisse ziemlich gut. Dann erzählte sie mir von ihrer Freundin Felicity und ihrem schrecklichen Mann.

»Sie hat ihn bei der Arbeit kennengelernt – sie ist Journalistin wie ich, aber wesentlich kritischer. Hat über den Klimawandel geschrieben, über die Rettung der Wale und so. Irgendwann hat sie einen Geschäftsmann zu irgendeiner Kampagne interviewt, es ging wohl um Bäume, die gefällt werden sollten. Er hat sie gefragt, ob sie mit ihm ausgehen will, und den Rest können Sie sich denken. Sechs Monate später sind sie verheiratet, und sie hat einen Braten in der Röhre.«

Angela kratzte einen Löffel Käsesauce aus der Schüssel und fuhr fort: »Nach der Hochzeit hat er sich verändert. Es fing schleichend an, mit Bemerkungen über ihr Aussehen und so. Sie war nur noch Haut und Knochen, als er begann, sie zu schlagen. Er ist sehr vorsichtig, und wenn man mit ihm spricht, würde man nie Verdacht schöpfen. Aber ich hab die blauen Flecken gesehen.«

»Warum hat sie ihn nicht früher verlassen?«

»Wegen der Kinder, schätze ich. Obwohl man meinen sollte, dass sie eher ein Grund mehr wären, zu gehen. Aber sie wusste auch nicht, wohin. Er droht ihr, sagt, dass sie die Kinder verliert – und sie glaubt ihm, weil er sie jahrelang fertiggemacht hat. Sie hat seit Ewigkeiten nicht gearbeitet und kein eigenes Geld. Aber ich versuche schon seit Monaten, sie zu überzeugen, und letzte Woche hat sie endlich zugestimmt, aber erst nachdem er sie fast krankenhausreif geschlagen hat, das Schwein.«

Ich trank einen Schluck Wein. »Wo sind sie jetzt?«, fragte ich, obwohl ich nicht ganz sicher war, ob ich es wissen wollte.

»In einem Frauenhaus. Wir versuchen sie dazu zu bringen, ihn anzuzeigen. Aber wenigstens ist sie schon mal da raus. Und dank Ihnen kann sie, wenn sie ihr Leben wieder einigermaßen auf die Reihe gekriegt hat, Bob zurückhaben. Sie liebt diesen Hund wirklich.« Angela beugte sich vor und kraulte Bob, die darauf wartete, dass etwas für sie abfiel. Angela erklärte mir, ich dürfe ihr auf keinen Fall etwas vom Tisch geben, das würde sie nur zum Betteln ermutigen. Man müsse sie zwei Mal täglich füttern, zwei Mal mit ihr Gassi gehen und sie regelmäßig bürsten, damit ihr Fell nicht verfilzte. Dann sei da die Entwurmung und die Antizeckenbehandlung, die Zahnpflege und Gott weiß was noch. Ich fing schon an, meine Entscheidung zu bereuen, aber im nächsten Moment dachte ich an Felicitys Blutergüsse und an meine Hintertür, und ich beschloss, das Beste daraus zu machen.

Als ich meine Tasche nahm und den Mantel anzog, spitzte Bob die Ohren und rannte aufgeregt herum. Ihre plötzliche Begeisterung war irritierend.

»Sehen Sie? Sie will mit«, bemerkte Angela, die jetzt auf dem Sofa saß, ihren Prosecco austrank und den schlafenden Otis streichelte.

»Tja, ich gehe aber nicht mehr mit ihr spazieren oder so, nur zurück nach Hause«, sagte ich und leinte sie an.

»Kann sein, dass sie auf dem Heimweg noch mal muss«, warnte mich Angela. »Oh, da fällt mir was ein.« Sie sprang auf, ging in ihre winzige Küchenzeile, wühlte in einer Schublade, und dann hielt sie triumphierend eine Verpackung hoch. »Hundehäufchenbeutel! Die werden Sie brauchen.«

Das war meiner Meinung nach der bisher abschreckendste Aspekt davon, einen Hund zu haben. Ich konnte mir nicht vorstellen, wie ich damit zurechtkommen sollte, aber ich nahm die Beutel entgegen und steckte sie in die Manteltasche.

»Tja, dann gehe ich mal. Ähm, danke schön«, sagte ich ziemlich steif und machte mich auf den Weg zur Tür.

Angela kam zu mir und legte mir die Hand auf die Schulter. »Nein. Ich danke *Ihnen*. Sie haben etwas Großartiges getan. Ich verspreche Ihnen, es wird Ihnen gefallen. Es gibt eine Menge Leute, die mit ihren Hunden im Park spazieren gehen, und sie sind echt nett. Ich stelle sie Ihnen gern vor.«

Vorsichtig hielt ich auf dem Nachhauseweg Bobs Leine und ging meine kleine Sorgenliste durch – was, wenn sie wegrannte? Würde sie mich umwerfen? Wie sollte ich sie zurückhalten? Und dann die verwirrende Anzahl von Nahrungsmitteln, die für Hunde giftig waren und die man unbedingt von ihnen fernhalten musste: Schokolade, Trauben, Zwiebeln – was sonst noch? Alles giftig, wie der See im Park. Bei dem Gedanken an Angelas Angebot war ich mir nicht sicher, ob ich mit den Gassigehern dort in Kontakt kommen wollte. Ich hatte sie gesehen, und sie kamen mir ein bisschen exzentrisch vor, gerieten ständig in Streit mit Fahrradfahrern, Eltern und so ziemlich jedem anderen, der ihr Haustier nicht so sehr zu schätzen wusste wie sie selbst. Aber jetzt hatte ich eine Entscheidung getroffen, also musste ich damit zurechtkommen. Zumindest war Bob preiswerter als eine Alarmanlage. Vielleicht sogar die bessere Gesellschaft.

Wir kamen zu Hause an, und ich schloss die Tür auf, lauschte nach Eindringlingen. Bob begann sofort, schwanzwedelnd im Haus herumzuschnüffeln, es auszukundschaften. Ich ging in die Küche, kochte mir Tee und nahm ihn mit ins Wohnzimmer, wo ich die Hündin eingerollt auf dem Sofa vorfand. Angela hatte aber gesagt, sie dürfe nicht auf die Möbel, und ich hatte nicht die Absicht, ihr solche schlechten Angewohnheiten durchgehen zu lassen.

»Runter!«, sagte ich streng, hielt einen Finger hoch und kam mir vor wie die Hundetrainerin Barbara Woodhouse. Bob starrte mich an und kratzte sich mit einem Hinterbein hinter dem Ohr.

Sie hatte wahrscheinlich Flöhe. Ich ging zum Sofa und gab ihr einen Stoß. Eine Sekunde lang wehrte sie sich, dann kippte sie in einem Gewirr aus Beinen vom Sofa. Schnell kam sie wieder hoch, gewann ihr Gleichgewicht und ihre Würde zurück, schlich zu Leos Sessel und beäugte mich vorsichtig. Sie brauchte natürlich einen Ort, wo sie sich hinlegen konnte. Ich sah mich im Zimmer um, aber es gab keine Teppiche, und so opferte ich meinen Sofaüberwurf und legte ihn vor dem Kamin auf den Boden. Sie stellte sich darauf, drehte sich im Kreis, bevor sie sich mit einem übertriebenen Seufzer niederließ. Schade, dass kein Feuer brannte.

Ich nahm Mels Buch in die Hand, las eine Weile und schaute nur gelegentlich nach Bob, die sich auf die Seite gelegt hatte und schnarchte; ihre Nase und ihre abgespreizten Beine zuckten heftig. Es war seltsam einschläfernd, und nach und nach sank das Buch in meinen Schoß, und ich döste ein.

Ich erwachte von einem lauten, ausgiebigen Gähnen vor dem Kamin und stellte fest, dass es schon nach Mitternacht war. Bob beobachtete mich mit schief gelegtem Kopf. Dann gähnte sie erneut.

Mit steifen Gelenken schlurfte ich zur Tür, drehte mich noch einmal um und betrachtete sie auf ihrem improvisierten Bett.

»Tja, dann gute Nacht. Bleib.« Bobs Schwanz klopfte auf den Boden.

Ich schleppte mich nach oben und machte mich bettfertig, aber gerade als ich das Licht ausmachen wollte, hörte ich das Klicken von Krallen, und eine Sekunde später tauchte ihr Kopf in der Tür auf.

So war das nicht geplant. Sie sollte unten bleiben und Eindringlinge abwehren, nicht in meinem Schlafzimmer herumlungern. »Nein!«, sagte ich bestimmt und führte sie wieder nach unten. Sie folgte mir schwanzwedelnd, dann setzte sie sich im Wohnzimmer erwartungsvoll hin, während ich überlegte, was ich tun sollte. Am Ende zog ich zwei Stühle aus dem Esszimmer zur Treppe und errichtete am unteren Absatz eine Art Barriere. Vielleicht sollte ich so ein Absperrgitter für Kleinkinder kaufen. Noch mehr Kosten.

Ich ging wieder ins Schlafzimmer, schloss die Tür und lauschte, ob Bob winselte oder kratzte, hörte aber nichts. Angela hatte gesagt, sie sei ein braver Hund. Man musste nur konsequent sein. Ich schlief ein, während ich darüber nachdachte, wo wir am nächsten Tag spazieren gehen sollten und ob wir vielleicht Otis begegneten. Er konnte ein Stöckchen für Bob werfen, und sie würde natürlich vor dem Spielplatz warten müssen, wenn er schaukeln wollte.

Ich schlief tief und fest, und als ich am nächsten Morgen erwachte, fielen mir zwei Dinge auf. Erstens: Bob lag laut schnarchend zusammengerollt am Fußende meines Bettes – die Decke mit Hundehaaren übersät, die Tür zu meinem Schlafzimmer geschlossen. Und zweitens: Zum ersten Mal in meinem Leben, seit Fa-Fa uns die Geschichte von dem Serienmörder erzählt hatte, der im Schrank versteckt Kinderlieder gesungen hatte, bevor er seine Opfer aufschlitzte, hatte ich nicht die Schränke kontrolliert, bevor ich ins Bett gegangen war.

Cave canem. Hüte dich vor dem Hund.

Teil 2

»Über der Wolke mit dem Schatten
steht der Stern mit seinem Licht.«

Pythagoras

Kapitel 12

Im Sommer 1958 sah ich zum Dach des Senate House hinauf und grübelte darüber nach, wie sie es wohl geschafft hatten, den Transporter da hinaufzubefördern. Ein typischer Cambridge-Studentenstreich. Zum damaligen Zeitpunkt war er natürlich schon wieder verschwunden, aber es hatte fast eine Woche gedauert, und am Ende mussten sie ihn auseinandernehmen und in Einzelteilen nach unten bringen. Eigentlich schade – irgendwie hatte es mir gefallen, wie er dort oben auf dem First balancierte. Wenn so etwas möglich war, schien *alles* möglich zu sein.

Ich war jetzt stolze Hochschulabsolventin, arbeitete als Archivarin in der Bibliothek der altsprachlichen Fakultät und fragte mich, was ich als Nächstes tun sollte. Anders als bei meinen Altersgenossinnen übte in meiner Familie nun, da ich meinen Abschluss hatte, niemand Druck auf mich aus, endlich zu heiraten. Henry war damit beschäftigt, Karriere in der Politik zu machen, und Mama hätte mir eher geraten, mir einen Tiger als Haustier zu halten, als mir einen Ehemann zu suchen. Als junges Mädchen war meine Mutter – damals noch Lena Schorel – aus dem Haus geschlichen, um sich eine Rede von Sylvia Pankhurst anzuhören, und war frustriert, als der Erste Weltkrieg ausbrach, weil er ihrer noch jungen Laufbahn als Suffragette ein abruptes Ende setzte. Als die Frauen endlich das Wahlrecht bekamen, war sie sogar etwas enttäuscht, weil sie es so genossen hatte, für eine gerechte Sache zu kämpfen.

Weder mein Bruder noch meine Mutter interessierten sich also für meinen Familienstand, und da ich sonst praktisch keine Angehörigen hatte, war ich mir selbst überlassen. Vielleicht hätte mein Vater ein Wörtchen mitgeredet, aber William Jameson gehörte zu den Opfern des Zweiten Weltkriegs, und wir sprachen nur selten von ihm, weil der Verlust ein zu heikles Thema war. Fa-Fa war kurz nach Kriegsende gestorben; als er eines Morgens Tabak kaufen ging, fiel er auf der Straße um wie ein Baum. Das hätte ihm gefallen – ein sauberer Tod, ohne großes Aufhebens. Jette hatte sich danach sogar noch weiter in sich zurückgezogen, und als sie, kurz nachdem ich nach Cambridge gegangen war, in aller Stille verstarb, fiel es kaum jemandem auf. Vielleicht waren wir da schon zu sehr an den Tod gewöhnt. Tante Sibby kümmerte sich nur um ihre Tiere, und so übernahm meine Mutter ihr Elternhaus in Lancaster Villas und machte es zu einer Art Basiscamp für diverse Aktivistinnen. Wäre ich dorthin zurückgegangen, hätte sie mich garantiert für eins ihrer Anliegen eingespannt.

Was also tun? Ich wusste es weiterhin nicht, als ich an einem Augustabend, nachdenklich einen Stapel Bücher an die Brust gepresst, die King's Parade hinunterging. Im nächsten Moment sah ich Leo Carmichael auf mich zukommen, sein goldenes Haar glänzte in der Sonne, und mich durchfuhr die Erkenntnis, dass er alles war, was ich je gewollt hatte. Für eine Sekunde wurde ich von der Flut der Erinnerungen überwältigt, mir wurde schwindelig, und ich schwankte. Meine Mutter, die im Wohnzimmer flüsterte; das kalte, grelle Licht; wie ich im Bett lag, an die Decke starrte und die trocken gewordenen Sandwiches ignorierte. Er durfte nichts davon wissen, durfte nie erfahren, wie viel mir all das bedeutet hatte. Ich presste die Bücher fester an mich, wappnete mich und versuchte, unbeteiligt und gleichgültig zu wirken. Als er näher kam, dachte ich kurz, er würde mich nicht einmal erkennen, aber dann hellte sich sein Gesicht auf, und er lächelte, anscheinend ehrlich erfreut.

»Milly!«, sagte er, packte meine Hand und schüttelte sie enthusiastisch. Natürlich ließ ich die Bücher fallen, und wir verbrachten die nächsten Minuten damit, sie aufzusammeln. Anschließend waren meine Haare zerzaust, und ich war vor Anstrengung und Verlegenheit ganz außer Atem.

»Möchtest du was trinken gehen?«, fragte er und deutete in Richtung Fluss.

Ich wollte auf keinen Fall übereifrig wirken – sollte er ruhig glauben, ich hätte öfter Verabredungen, würde interessante Partys mit interessierten Partygästen besuchen.

»Ja, gern.«

Er nahm meine Bücher, und wir gingen zusammen zum The Anchor, ein Lieblingstreffpunkt der Studenten. Als wir uns dem River Cam näherten, war ich mir schmerzlich meines Zustands bewusst – dass mein rechter Schuh am kleinen Zeh drückte, dass mir ein Schweißtropfen den Nacken hinunterlief und dass ich immer noch außer Atem war. Ich sah zum Queens' College hinüber, wo die Kahnfahrer vorsichtig ihre Stecken unter der Mathematical Bridge hindurchmanövrierten. Der Legende nach war sie von Sir Isaac Newton entworfen und anfangs ohne jegliche Verbindung zwischen den Fugen gebaut worden. Dann, so hieß es, hatte eine Gruppe von Studenten sie auseinandergenommen, konnte sie aber nicht wieder zusammensetzen, sodass sie mit Muttern und Bolzen verschraubt werden musste. Das stimmte natürlich nicht, aber die Vorstellung gefiel mir. Auf ähnliche Art würde ich auch meine und Leos Beziehung mit ein paar Muttern und Bolzen sichern. Und vor allen Dingen durfte er nie erfahren, wie viel Wasser seitdem unter *unserer* Brücke hindurchgeflossen war.

In jenem Sommer gab ich mir alle Mühe, eine Frau darzustellen, die erobert werden musste. Wenn wir etwas trinken gingen, brach ich früh wieder auf, mit der Erklärung, es hieße, ein paar Studenten hätten einen Spitfire in den Trinity Great Court geschleppt. Als er mich einlud, mir mit ihm *Zwei Städte* im Kino anzusehen, erklärte ich, ich könnte Dirk Bogarde nicht leiden. Als er mich fragte, ob ich mit zu einer Vorlesung von F. R. Leavis gehen wolle, sagte ich zu, sorgte aber dafür, dass wir auf dem Weg mehreren Bekannten über den Weg liefen, mit denen ich unbedingt sprechen musste. Ich ließ ihn warten.

Warum all diese Verschleierungstaktiken? Ich spürte instinktiv, dass Leo, der selbst so direkt und geradeheraus war, diese Eigenschaften an anderen nicht bewunderte. Er mochte es, wenn jemand mit List handelte, ihn verunsicherte. Er mochte das schwer zu Fassende. Und so wurde ich genau das. Kurz vor Weihnachten machte er mir einen Antrag, hinterließ einen Ring in einer Ausgabe der *Odyssee,* mit der kleinen Nachricht, dass für mein Antlitz ebenfalls tausend Schiffe in See stechen würden, obwohl ich mich eher wie das trojanische Pferd fühlte als wie die schöne Helena. Er lungerte im Türrahmen herum und sah zu, wie ich das Buch aufschlug, ein schiefes Grinsen im Gesicht und eine Sektflasche in der Hand. »Was meinst du?«, sagte er und hielt mir die Flasche hin, während ich mich zusammenreißen musste, um nicht in Tränen auszubrechen. Wir heirateten an einem trockenen, kühlen Tag im Januar – auf dem Foto, das Tristan vor der Kapelle des King's College machte, war ich bereits schwanger, obwohl ich es damals noch nicht wusste. *Alea iacta est.*

Und wo lag bei alldem das Problem? Der Fehler in meinem Plan? Nachdem ich einen Ring am Finger hatte, ein Baby im Bauch und das kleine Haus am Jesus Green … wann konnte ich mich endlich entspannen, die Muttern und Bolzen herausziehen und sehen, ob es dennoch hielt?

Nie. Nachdem ich ihn so gezielt an mich gebunden hatte, konnte ich nie mehr loslassen; ich musste an ihm festhalten.

Kapitel 13

Als ich am nächsten Morgen mit Bob im Park spazieren ging, fühlte ich mich unbehaglich und geradezu wie eine Hochstaplerin. Der Hund, der mir auf den Fersen folgte, schien nicht zu mir zu passen, und ich hatte Sorge, die Passanten, die uns begegneten, könnten denken, ich hätte ihn gestohlen oder dass wir lächerlich zusammen aussahen – wie ein ziegenbärtiger alter Mann und seine sexy junge Freundin.

Bob war so ein lebhaftes, natürliches Wesen, wie sie, scheinbar lächelnd, zu mir aufschaute, hierhin und dorthin rannte, um an Laternenpfählen zu schnüffeln, auf Pflanzen zu urinieren oder sich zu kratzen. Hundebesitzer sehen ihren Tieren ja angeblich ähnlich, und in meiner Vorstellung wäre mein Hund eine Art Wolfshund gewesen – groß, grau und misstrauisch. Kein so munter dahintänzelndes Tier mit herbstlicher Färbung und verschmitzten Seitenblicken. Sie war die Art von Hund, die Alicia Stewart besessen hätte. Alicia, Leos glamouröse erste Liebe, die ebenfalls durchs Leben tänzelte und erwartete, dass alle sich nach ihr richteten.

Nichtsdestotrotz erinnerte ich mich an Angelas Vorträge darüber, wie wichtig genügend Auslauf für einen Hund war, und so drehten wir im Park pflichtbewusst unsere Runde. Die Luft war jetzt wärmer, Narzissen schoben sich durch den mittlerweile getrockneten Frühjahrsmatsch. Als ich einmal den Kopf hob, entdeckte ich zierliche Blüten an den Bäumen – eine kurze, aber wunderschöne Phase in dieser Jahreszeit. In Japan repräsentiert die Sakura – die Zeit der Kirschblüte – die Vergänglichkeit des Lebens; dort werden ihr zu Ehren Festivals veranstaltet, die der Beobachtung des Aufblühens gewidmet sind. Die Blüten sind zart, zerbrechlich und kurzlebig, was einem die Unausweichlichkeit des eigenen Todes bewusst macht.

Meine Grübeleien wurden von Bob unterbrochen, die winselnd an der Leine zerrte und mich in immer neue Richtungen zog. Auf unserem Zickzackkurs durch den Park kam uns ein anderer Hundebesitzer entgegen. Mir waren weder er noch seine Hunde allzu sympathisch, und so machte ich diskret einen Riesenbogen um sie. Die Hunde waren Boxer, keine Rasse, die ich besonders gut fand (falls es überhaupt eine gab, die ich gut fand), und ihr Besitzer sah selbst ein bisschen aus wie ein Faustkämpfer – mit rasiertem Kopf, Knollennase, Armeejacke mit hochgeschlagenem Kragen und eingehüllt in eine Wolke von Zigarettenrauch. Aber natürlich entwickelte Bob mit ihrer eigenwilligen Art ein großes Interesse an seinen Hunden, zog mich zu ihnen hinüber, rannte um sie herum und warf sich schließlich auf den Rücken. Ich zog gereizt an der Leine. »Komm!«

»Sie will los.«

»Wie bitte?« Typisch, mein erster Spaziergang mit einem Hund, und ich musste einem wildfremden Schlägertypen begegnen und von ihm in ein Gespräch verwickelt werden.

»Sie will los. Von der Leine.« Er nahm die Zigarette mit seinen Wurstfingern, deren Nägel schwarz waren, aus dem Mund und deutete damit auf Bob. »Sie will spielen.« Er hatte einen ausgeprägten Akzent – Newcastle oder so ähnlich.

Ich sah Bob an, die jetzt wieder herumsprang und kläffte. »Aber was, wenn sie wegläuft?«

»Macht sie nicht.« Er steckte die Zigarette wieder in den Mund. »Und wenn doch, kommt sie garantiert zurück.«

Widerstrebend ließ ich Bob von der Leine, woraufhin sie sofort wie wild mit den Boxern herumzutoben begann. Sämtliche Zähne wurden gebleckt, aber alle schienen ihren Spaß zu haben, und wenigstens bekam Bob ein bisschen Bewegung.

Ich beobachtete das Spektakel, mein Gefährte zog weiter an seiner Zigarette. Dann sah er mich an.

»Wie heißt sie?«

»Äh, Bob«, erwiderte ich. Anscheinend war es üblich, dass Hundebesitzer höflich Small Talk machten, eine zahmere Imitation der Interaktion ihrer Hunde. »Und Ihre?«

»Das da ist Badger, das da Barker«, sagte er und deutete nacheinander auf die Hunde, die ich, ähnlich wie Sylvies, nicht auseinanderhalten konnte. »Bob ist doch ein Jungenname«, bemerkte er dann und streifte auf dem Deckel eines Abfalleimers die Asche ab.

»Er kommt aus *Blackadder*«, bemerkte ich, in der Hoffnung, es nicht näher erläutern zu müssen.

Der Mann runzelte kurz die Stirn, dann schmunzelte er. »Japp. Guter Name für 'nen Hund.« Ich war kurz geschmeichelt, als wäre es mein Einfall gewesen.

Die Hunde legten eine Verschnaufpause ein, und ich nahm das als Stichwort, leinte Bob wieder an und wollte gerade sagen: »War schön, Sie kennenzulernen …« Aber die Worte erstarben mir auf den Lippen, denn Bob suchte sich genau diesen Moment aus, um sich ungraziös hinzuhocken und dem Ruf der Natur zu folgen. Das war der Moment, den ich gefürchtet hatte. Ich würde tätig werden müssen – und das auch noch unter Beobachtung eines wildfremden Mannes.

Ich wühlte in meinen Taschen auf der Suche nach den Beuteln, fischte einen heraus, holte tief Luft und bückte mich, um zur Tat zu schreiten. Der Geruch war widerlich, das Häufchen dampfte leicht in der Frühlingsluft. Wie benutzte man so etwas? Sollte ich es über den Boden ziehen oder das Häufchen mit einem Stock hineinbugsieren? Hin und her überlegend, atmete ich aus Versehen ein und musste sofort würgen. Es war schrecklich. Ich würde Bob zu Angela zurückbringen, dann kam sie eben in ein Tierheim. Ich würde wieder meine Schränke kontrollieren, und vielleicht konnte ich das Geld für die Alarmanlage irgendwie zusammensparen. Der Beutel fiel mir aus der zitternden Hand.

»Kann man helfen?« Der Fremde hockte sich neben mich, nahm die Tüte, zog sie über die Finger wie eine Handpuppe, beugte sich vor und hob die Extremente mit einer geschickten Bewegung auf. Erneut musste ich würgen. Er verknotete den Beutel und überreichte ihn mir mit einer galanten Verbeugung wie ein Geschenk. Angewidert und verlegen nahm ich ihn mit spitzen Fingern an.

»Ihr erstes Mal, nehm ich an?«

»Ja«, antwortete ich und warf das grässliche Ding in eine in der Nähe stehende Mülltonne. »Sie ist … nicht mein Hund. Ich passe nur auf sie auf. Danke für … für …«

»Schon gut«, sagte er, schnippte mit den Fingern, und seine Hunde waren sofort an seiner Seite. Ziemlich beeindruckend. »Ich heiß übrigens Denzil. Vielleicht treffen wir uns mal wieder, falls Sie noch mal Hilfe brauchen. Aber mit der Zeit fällt es einem leichter.« Er winkte mit der Zigarette in der Hand und schlenderte davon. Seine Hunde sprangen um ihn herum. Ich sah ihm einen Moment lang nach und kämpfte gegen den Drang an, ihn zurückzurufen, für den Fall, dass Bob beschloss, sich noch einmal zu entleeren.

Dann drehte ich mich um, und sie stand eifrig schwanzwedelnd vor mir, als wollte sie sagen: »Und was machen wir jetzt?«

Aber ich hatte fürs Erste genug. Sie hatte ihren Spaziergang gehabt, ihr ekliges Geschäft verrichtet und mich blamiert. Wir konnten guten Gewissens nach Hause gehen und uns ein bisschen ausruhen, bis ich es später am Tag noch einmal tun musste. Und wieder und wieder und wieder, bis Fix sie zurücknahm oder ich das Zeitliche segnete.

Mit der Zeit wird es leichter, hatte der Mann gesagt. So war es doch bei allen Dingen, oder? Zumindest meistens.

Kapitel 14

Und so nahm eine seltsame, höchst unwillkommene Routine für Bobby und mich ihren Anfang. Ich hörte zu oft »Bob ist doch eine Jungenname«, und da ich ihre Namenspatronin nicht kannte, fühlte ich mich nicht qualifiziert, die Geschichte näher zu erklären. Also nannte ich sie Bobby, das klang etwas weiblicher, und sie hatte anscheinend nichts dagegen. Angela hatte mir aus der Bibliothek ein Buch über das Verhalten von Hunden mitgebracht, und der Autor erwähnte in einem Kapitel, dass Hunde besser auf zweisilbige Namen hören. Die Umbenennung, und war sie auch noch so minimal, stärkte meine Autorität und meinen Besitzanspruch, auch wenn ich nur eine widerstrebende Besitzerin war. Vielleicht eher eine Pflegerin.

Wir schlugen uns bei unseren zwei Spaziergängen pro Tag irgendwie durch. Ich biss die Zähne zusammen, hielt mir die Nase zu und hob ihre »Hinterlassenschaften« auf, wie Sylvie es nannte. Ich brachte das Ganze immer noch nicht ohne Würgen über mich, wurde aber immer geschickter, was den Schaden in meiner Speiseröhre minimierte. An den meisten Vormittagen trafen wir Denzil; er grüßte mich, und seine Hunde (Bodger? Barker?) tobten kurz mit Bobby herum. Ich lernte noch eine Reihe anderer Hundebesitzer kennen, die freundlich und hilfsbereit waren – und deren kluge Ratschläge einander komplett widersprachen. Eine Gruppe traf sich jeden Tag zu einer bestimmten Zeit an einem speziellen Picknicktisch bei den Tennisplätzen, aber ich war zu schüchtern, um mich zu ihnen zu gesellen. Doch eines Morgens liefen uns Sylvie, Decca und Nancy über den Weg, und sie schlenderte unbekümmert zu der Gruppe hinüber, sodass ich mich verpflichtet fühlte, ihr zu folgen.

Während sie von einem zum anderen ging und sowohl Hunde als auch Menschen mit Namen ansprach, hatte ich Mühe, mitzuhalten, nickte und lächelte, während alle einfach losplapperten und ihre Schützlinge ignorierten, die durch die Gegend tollten und jede Menge Unfug anstellten. Was mir an Hundebesitzern am häufigsten auffiel, war, dass sie in Bezug auf ihre Tiere völlig unbekümmert waren. Ihre Hunde liefen Joggern und Fahrradfahrern vor die Füße, rissen Kinder um, verrichteten vor Fußgängern ihr Geschäft, hoben an Kinderwagenrädern das Beinchen, klauten Sandwiches und leisteten sich Gott weiß was für andere Missetaten, doch ihre Besitzer schienen es entweder gar nicht mitzubekommen oder höchstens lauwarmes Bedauern darüber zu empfinden. Ich dagegen hatte das Gefühl, mit einem Schild um den Hals herumlaufen zu müssen, auf dem eine wortreiche und allumfassende Entschuldigung stand. *Mea culpa* oder eher *canis culpa*. Das erwähnte ich eines Tages Angela gegenüber, als sie mich besuchte, doch sie lachte nur darüber.

»Die Hunde haben genauso viel Recht, im Park zu sein, wie alle anderen«, sagte sie und zerzauste Bobbys Fell. »Du machst dir zu viele Sorgen.« Bobby dagegen machte sich anscheinend höchstens darüber Sorgen, ob ich sie wirklich um genau acht Uhr morgens und acht Uhr abends fütterte und um genau neun Uhr morgens und um vier Uhr nachmittags mit ihr spazieren ging. Sie schien über eine außergewöhnlich präzise innere Uhr zu verfügen, tauchte immer pünktlich zu den genannten Stunden auf, setzte sich kerzengerade hin, sah mich mit schräg gelegtem Kopf an und kläffte mehrmals, bis ich nachgab. Wie beneidenswert, so schlichte Prioritäten zu haben und sie so effektiv einfordern zu können.

Jetzt war es zum Beispiel drei Uhr nachmittags, und ich konnte die Gesellschaft von Angela und Otis nur eine Stunde genießen, bevor Bobby mich wieder aus dem Haus treiben würde. Otis sah sich auf meinem neuen Computer, der an diesem Vormittag angekommen war, einen Cartoon an; Alistair hatte das Gerät vom Büro in Sydney aus bestellt. Er war fassungslos gewesen, als er von dem Einbruch erfuhr, und bestand darauf, mir den Laptop sofort zu ersetzen. Er hatte mir sogar versprochen, mir – als Ersatz für die verlorenen Bilder von Arthur – einen USB-Memory-Stick mit Fotos von meinem Enkel zu schicken, den man anscheinend nur an den Computer anzuschließen brauchte. Wären doch nur alle Erinnerungen so leicht abzurufen und zu bewahren …

Angela trank Tee und ließ wie üblich eine ihrer Schimpftiraden vom Stapel, während ich für Otis Plätzchen backte. Sie lagen zum Abkühlen auf einem Rost, und Bobby saß sabbernd davor. Obwohl ich ihr nie etwas vom Tisch gab, sondern immer nur aus ihrem Napf, hielt sie das nicht davon ab, bei jeder Gelegenheit zu betteln und alles abzustauben, was sie in die Schnauze bekam – Sylvie meinte, sie müsse einen Labrador unter ihren Vorfahren haben, so unersättlich war sie. Am Vormittag hatte sie bei unserem Spaziergang einen Hühnerknochen hinuntergeschlungen, der neben einer Mülltonne lag – wie abscheulich. Der Sofaüberwurf, der ihr als Bett diente, war inzwischen mit einer Schicht Hundehaare bedeckt und roch nach muffigen alten Socken.

»Und dann behaupten sie, sie würden das Geld dem NHS geben, aber wir alle wissen, was das für ein Schwachsinn ist!«, schnaubte Angela, als ich die Plätzchen auf einen Teller legte und diesen anschließend auf den Tisch stellte. Otis griff danach, ohne den Blick vom Bildschirm zu lösen. Angela nahm sich ebenfalls ein Plätzchen und öffnete den Mund, um weiterzureden, wurde jedoch von einem Klopfen an der Tür unterbrochen. Bobby fing sofort wie verrückt an zu bellen.

»Du liebes bisschen, jetzt sei doch still!«

Als ich mich bereit erklärt hatte, sie aufzunehmen, hatte ich mir zwar genau diese Reaktion von ihr erhofft, aber sie schien weniger ein Wachhund zu sein als eine sehr laute Türglocke, denn wenn sie jemanden draußen hörte, bellte sie wie besessen, aber wenn tatsächlich jemand das Haus betrat, zog sie sich unter den Tisch zurück. Trotzdem, wahrscheinlich würde der Lärm Eindringlinge abschrecken. Oder der Geruch.

Als ich aufstand, sagte Angela, den Mund voller Plätzchen: »Das ist Sylvie.«

Sylvie begrüßte mich an der Schwelle und reichte mir einen großen Müllsack. »Für dich«, sagte sie, während sie an mir vorbeirauschte. Im Flur blieb sie stehen und murmelte: »Du meine Güte. Das gibt's ja nicht!«

Ich drehte mich zu ihr um, in der Hand die schwarze Plastiktüte, und sah, wie sie den Kronleuchter und die geschwungene Treppe anstarrte. »Angela hatte recht«, bemerkte sie. »Das hier ist wirklich die reinste Schatzkiste. Ach, ich kann's kaum erwarten.«

Sylvie war eine erfolgreiche Innenarchitektin und unterrichtete am Chelsea College of Arts Design. Sie hatte im Park ein paarmal erwähnt, dass sie vorbeikommen und mir ein paar Tipps geben wolle, aber ich hatte es nie ernst genommen, denn da sie das beruflich machte, wäre es mir unverschämt vorgekommen, ihre Dienste umsonst in Anspruch zu nehmen. Aber als Sylvie Angela entdeckte, die im Türrahmen zur Küche lehnte, den Mund immer noch voller Plätzchen, rief sie: »Du hattest völlig recht, Liebes. Es ist wundervoll. Was könnte man daraus nicht alles machen!«

»Hab's dir ja gesagt«, nuschelte Angela. »Was ist in der Tüte?«

»Ach, ein Geschenk für Missy, oder genauer gesagt für Bobby.« Sylvie strich über das Geländer. »Von den anderen Hundebesitzern. Sie haben eine Spendensammlung veranstaltet.«

Ich öffnete den Müllbeutel und schaute hinein. Auf den ersten Blick sah es aus wie ein riesiges, luxuriös flauschiges Kissen, aber als es auf den Boden fiel, stellte ich fest, dass es ein Hundebett war.

»Cool«, sagte Otis, der sich an seiner Mutter vorbeischob, um zu sehen, was los war.

»Das ist aber schön«, sagte Angela. Bobby, die ebenfalls nichts verpassen wollte, ging zu dem Bett und beschnüffelte es. Sie umkreiste es ein-, zweimal, dann kletterte sie hinein und ließ sich schnaufend darin nieder.

»Die Hundebesitzer wollen mir das schenken?«, fragte ich, einen Kloß im Hals. »Warum?«

»Tja, sie haben gehört, dass du keins besitzt und dich um Bobby kümmerst, um Angela und ihrer Freundin einen Gefallen zu tun, und da sind sie auf diese Idee gekommen. Einer von ihnen kriegt Rabatt in einem schicken Zoogeschäft in Highgate.« Sylvie klang so unbekümmert, als würden Fremde einander jeden Tag teure Geschenke machen. Um meine Verlegenheit zu überspielen, scheuchte ich Bobby auf und brachte das Hundebett ins Wohnzimmer. Ich ergriff den müffelnden Überwurf, stopfte ihn in die Mülltüte und platzierte das neue Bett vor dem Kamin. Bobby ließ sich sofort wieder darauf nieder. Innerhalb von Sekunden schlief sie, ein Auge noch offen, ein.

»Sieht aus, als würde es ihr gefallen«, sagte Angela.

Ich schaute gerührt auf Bobby und das Hundebett. »Würdest du … den anderen für mich danken?«, fragte ich Sylvie mit rauer Stimme. »Es ist wunderschön.«

»Das kannst du ihnen selbst sagen«, entgegnete Sylvie. Dann ging sie mit prüfendem Blick durch das Wohnzimmer. »Mannomann, das ist wirklich unglaublich.«

»Es müsste ein bisschen aufgemotzt werden«, sagte Angela. »Hat was von einem Mausoleum.«

Immer noch überwältigt, hörte ich mich sagen: »Ich habe noch ein paar Sachen. Oben auf dem Dachboden.« Alle drei sahen mich erwartungsvoll an. Fast bereute ich meine Worte, aber sie hatten mir ein Geschenk gemacht, sie aßen meine Plätzchen und sie füllten mein leeres Haus mit Leben, also …

»Da steht noch das eine oder andere«, fuhr ich fort. »Ich könnte es euch zeigen.«

»Cool«, sagte Otis.

Kapitel 15

Leo und ich hatten damals ebenfalls vor, das Haus auf Vordermann zu bringen, uns wohnlich darin einzurichten. Aber nach Unterzeichnung des Kaufvertrags und unserem Einzug war ich hochschwanger, sodass Miss Crawshays Haus praktisch unverändert blieb; wir stellten nur einige unserer Möbel hinein und strichen Alistairs zukünftiges Zimmer. Leo hatte eine neue Stelle am University College in London angenommen, und ich musste mich um die Kinder und den Haushalt kümmern – so wie man es damals machte. Alles andere blieb auf der Strecke.

Wir kauften das Haus 1964 von dem Erlös für unser Cottage in Cambridge in der Nähe von Jesus Green und dem Geld, das meine

Mutter mir hinterlassen hatte. Im Jahr zuvor war auch mein Bruder Henry überraschend gestorben – an einem Herzinfarkt, wie Fa-Fa. Das war nicht nur für mich, sondern vor allem für meine Mutter sehr schwer; in ihrem Inneren schien etwas erloschen zu sein. Und dann schrieb sie mir in einem Brief: »Liebling, es gibt keine angenehme Art, jemandem so etwas mitzuteilen, aber ich muss dir sagen, dass ich vermutlich Krebs habe.« Sie war immer sehr von ihrer eigenen Meinung überzeugt gewesen, und so machte sie sich nicht die Mühe, eine offizielle Diagnose einzuholen. Ich glaube auch nicht, dass sie es sehr schwer genommen hat. Nach Henrys Tod verlor sie jeglichen Kampfgeist. Als sie mir schrieb, war der Krebs schon weit fortgeschritten, doch sie wollte nicht, dass ich sie besuchte. Ich tat es trotzdem, und Tante Sibby und ich kümmerten uns um sie, bis ihr Licht endgültig erlosch.

Als wir danach ihre Sachen durchgingen, fand ich eins ihrer politischen Banner, auf das in violetten, weißen und grünen Buchstaben »Für das Frauenwahlrecht« gestickt war. Ich weinte in den Stoff und sehnte mich nach den Tagen zurück, an denen sie, erhitzt und triumphierend, von einer Demonstration oder einem Treffen zurückkam. Meine Mutter hätte ihren Beruf nie für den Haushalt an den Nagel gehängt. Sie marschierte im Rhythmus ihres eigenen Trommelschlags, während ich mich immer nur an dem aller anderen orientierte. Hauptsächlich Leos. Er schlug vor, in das Elternhaus meiner Mutter zu ziehen, aber dort lauerten zu viele Erinnerungen, die mich zu überwältigen drohten. Mein Vater, Fa-Fa, Jette, Henry und dann meine Mutter. Die Fäden des Gewebes lösten sich, einer nach dem anderen, und ließen mich ohne feste Bindung zurück.

Wir brauchten einen Neuanfang. Leo hatte seinen Doktortitel in der Tasche, und das Stellenangebot aus London schien ein Glücksfall zu sein, wenn man zu dem Zeitpunkt überhaupt etwas so nennen konnte. Sibby und ich einigten uns darauf, das Haus in Kensington zu verkaufen, und mit meinem Anteil und dem Geld aus dem Verkauf des Cottages in Cambridge hatten wir ein gutes Startkapital für unser neues Heim in London. Obwohl wir uns ein großes Haus gewünscht hatten, war ich entschlossen gewesen, etwas Günstiges zu finden. Und so hatten wir in unmodernen Wohnvierteln gesucht und waren schließlich in Stoke Newington fündig geworden. In jenen Tagen galt der Stadtteil als schmuddelig, ungepflegt und von »zwielichtigen Gestalten« bevölkert, wie Fa-Fa es genannt hätte, aber wir besichtigten das Haus an einem sonnigen Tag und waren fest davon überzeugt, dass wir uns gut in die Nachbarschaft würden integrieren können. Am Ende ging Leo natürlich ganz in seiner Arbeit auf, und ich war völlig von der Kinderbetreuung in Anspruch genommen, und wir gaben uns beide keine große Mühe, uns in die Nachbarschaft zu integrieren, sie blieb einfach draußen vor unserer Tür.

Drinnen randalierten die Kinder, und ich kam zu kaum etwas anderem, als hinter ihnen herzuräumen. Ich verbrachte eintönige Tage damit, Nasen, Hinterteile, Tische und Böden abzuwischen – warum hatte ich nur so viele Zimmer gewollt, die sauber gehalten werden mussten? Als Mel und Ali größer wurden, schienen sie weiterhin nichts als Unordnung zu hinterlassen – Spielzeug, Bücher, Kleidung und alles mögliche andere, das ich wieder aufheben musste. Hin und wieder kaufte ich etwas Neues für die Einrichtung, oder wir bekamen etwas geschenkt, aber nach einer Weile, wenn die Kinder es mehrfach umgeworfen oder etwas darauf verschüttet hatten oder wenn ich schlicht die Nase voll davon hatte, ein weiteres Teil sauber zu halten, schaffte ich es auf den Dachboden und damit aus dem Weg.

Auch alle Besitztümer meiner Mutter waren direkt dorthin gewandert und warteten auf den Moment, in dem ich mich endlich dazu aufraffen konnte, mich damit zu befassen. Aber es ergab sich nie, weil ich so sehr mit Putzen, Aufheben und Herumschreien beschäftigt war, dass ich am Ende des Tages völlig erschöpft war und nur noch einen Drink wollte.

In den unteren Stockwerken gelang es mir, zumindest oberflächlich, die Flut einzudämmen, aber auf dem Dachboden geriet alles außer Kontrolle. Als Melanie und Alistair von zu Hause auszogen und ich endlich die Gelegenheit gehabt hätte, etwas auszusortieren, brachte ich es nicht übers Herz. Dann, als Leo krank wurde, musste ich mich um ihn kümmern, und das Abwischen, Aufheben und Herumschreien begann von vorn. Und als er nicht mehr da war, hüllte mich die Stille ein und überwältigte mich. Es kam mir so vor, als wäre mein gesamtes bisheriges Leben eine Kakofonie gewesen, ein ständiges Rauschen und Plappern im Hintergrund, und als Leo weg war, kam diese absolute, allumfassende Stille. Stille, Schweigen und Raum. Wonach ich mich in all den Jahren angeblich gesehnt hatte, war in Wirklichkeit schrecklich, unerträglich. Ich fürchtete um meine geistige Gesundheit, und so fing ich an, die Gegend zu erkunden. Wieder in den Park zu gehen, dem Wind in den Bäumen zu lauschen, dem Gesang der Vögel, dem Bellen der Hunde – alles, um nicht in meinem leeren Heim sein zu müssen.

Als ich mit Sylvie, Angela, Otis und Bobby an jenem Tag auf den Dachboden ging, war es das erste Mal seit Jahren, und ich fühlte mich durch ihre Anwesenheit sowohl getröstet als auch gestört. Auf dem Weg in den ersten Stock schrie Sylvie weiterhin ständig entzückt auf, während Angela und Otis weniger interessiert waren, weil sie diesen Teil des Hauses schon kannten, und Bobby kam nur mit, um dabei zu sein. Oben auf dem Treppenabsatz schaute Angela zur Decke hoch.

»Wo ist sie?«, fragte sie.

»Wo ist was?« Ich folgte ihrem Blick.

»Die Dachbodenklappe.«

»Es gibt keine. Aber eine Treppe.« Ich führte sie zum Ende des Treppenabsatzes und durch etwas, das auf den ersten Blick wie ein Schrank aussah. Nachdem ich die Tür mit jenem Schlüssel aufgeschlossen hatte, den ich in der Küche aufbewahrte, zog ich an einer

Schnur. Das Licht ging an und erhellte eine kleine hölzerne Wendeltreppe.

»Wow!«, rief Otis und trat vor.

»Vorsicht!«, rief ich, aber er war schon nach oben verschwunden, und Bobby sprang hinterher. Angela und Sylvie folgten ihnen, und ich bildete die Nachhut, klammerte mich an dem nur aus einem Seil bestehenden Geländer fest.

Auf dem Dachboden blieben Sylvie und Angela stehen und sahen sich staunend um. Da ich selbst jahrelang nicht dort gewesen war, war auch ich über seine schiere Größe verblüfft. Es gab zwei große Räume, beide hatten schräge Decken zu beiden Seiten und waren durch eine Tür voneinander getrennt. Jeder Raum besaß ein Dachfenster mit Blick auf die Straße, und am Ende des hinteren Raumes befand sich ein kleines, rundes, von jahrzehntealtem Schmutz verkrustetes Fenster. Jeder Zentimeter des Fußbodens war mit Möbeln und Kartons zugestellt; Kisten über Kisten, vollgestopft mit Krimskrams, Büchern, Spielzeug, Kleidung und natürlich dem Nachlass meiner Mutter.

»Wahnsinn«, sagte Angela, die Hände in die Hüften gestützt.

»Mannomann«, murmelte Sylvie. Sie nahm kurz meine Hand und drückte sie.

Otis tauchte mit staubbedeckten Haaren und einer Spielzeuglok auf, die er an sich drückte. »Das ist so was von cool!«, sagte er und ging wieder in den hinteren Teil des Raumes, um seine Erkundungen fortzusetzen. Bobby kam zu uns; sie trug einen abgewetzten Teddy im Maul.

»Nein, das ist nichts für dich.« Ich zog ihn fort, tippte Bobby auf die Schnauze.

Sylvie nahm mir den Teddy aus der Hand und betrachtete ihn von allen Seiten. »Der ist ja von Steiff«, sagte sie.

»Ja«, erwiderte ich, klopfte den Staub von dem Stofftier und widerstand dem Drang, ihn an mich zu pressen. Arbuthnot. Arbuthnot Bär. »Er gehörte mir, als ich noch klein war.«

Angela hatte eine alte Truhe geöffnet und stöberte darin herum. Sie zog ein Kleid heraus, hielt es vor ihren Körper und drehte sich vor uns. Es war ein zartes grünes Seidenkleid mit Perlen und Federn aus den Zwanzigerjahren.

»Ist das ein Original?«, fragte sie.

»Ja, es gehörte meiner Großmutter«, antwortete ich.

»Du liebe Güte!«, sagte Sylvie. »Ich glaub, ich bin gestorben und im Himmel.«

Plötzlich wollte ich unbedingt wieder nach unten. »Ich geh jetzt mit Bobby spazieren«, sagte ich und packte sie am Halsband. Bei dem Wort »spazieren« hatte sie die Ohren gespitzt.

»Ich komme mit«, antwortete Angela und legte das Kleid, nachdem sie ein letztes Mal über die weichen Federn gestrichen hatte, zurück in die Truhe. »Ich will noch Wein kaufen. Kann ich Otis bei dir lassen, Sylvie?«

»Klar, kein Problem«, sagte Sylvie geistesabwesend und ließ sich auf einer Kiste nieder.

Unten in der Küche ergriff ich die Hundehäufchentüten und Angela ihre Tasche. Bobbys Nachmittagsspaziergang war kürzer als der am Morgen, meist gingen wir nur eine Runde um den Block zu einer kleinen Grünfläche, wo sie schnüffeln und ihr Geschäft verrichten konnte. Angela verschwand in dem Spirituosengeschäft an der Ecke und kam ein paar Minuten später mit einer Flasche in einer Papiertüte zurück.

»Hör zu«, sagte sie. »Ich weiß, dass du es in Wahrheit nicht so toll findest, wenn wir uns da oben umsehen.« Ich fing an zu widersprechen, aber sie winkte mit der Flasche in der Hand ab. »Nein, ich weiß, es gefällt dir nicht, aber du solltest uns dir helfen lassen. Auf dem Dachboden muss mal ausgemistet werden, und wir könnten es zusammen machen, und Sylvie wird dafür sorgen, dass dein Haus wieder hübsch aussieht, und dann fühlst du dich besser. Wegen deinem Mann und so.« Sie hakte sich bei mir unter, und wir gingen zurück. »Als Sean, der Vater von Otis, abgehauen ist, hab ich monatelang in meiner Wohnung gehockt. Dann hab ich Nancy geklaut und mit ihr und Otis auf dem Sofa gesessen, bis Sylvie an die Tür gehämmert hat. Ich dachte, ich könnte alles ausblenden. Aber irgendwann musste ich sie reinlassen.«

Ich antwortete nicht. Bobby hockte sich vor meinem Haus in den Rinnstein. Ich hob ihre Hinterlassenschaft auf und warf sie in eine Mülltonne.

»Du wirst langsam richtig gut darin«, sagte Angela, die mich vom Tor aus beobachtete. »Eine echte Expertin.«

Ich schnaubte und nahm ihr die Flasche ab, während ich mich an ihr vorbeischob. »Komm schon rein«, sagte ich und schloss die Tür auf.

Wir verbrachten den Abend damit, die Flasche zu leeren und auf dem Dachboden herumzustöbern. Otis entdeckte eine Truhe mit Spielzeug, durchwühlte sie begeistert, ließ Züge durch den Staub fahren und stellte Dinky-Toy-Spielzeugautos in einer Reihe auf. Angela probierte die alten Kleider, Hüte und Schuhe meiner Großmutter an und stolzierte in dieser Aufmachung mit dem Spiegel in der Hand herum. Sie war überraschend hübsch, wenn sie nicht gerade eins ihrer klobig androgynen Outfits trug. Sylvie förderte unter begeisterten Ausrufen diverse Möbel und Stoffe zutage und machte sich Notizen. Ich saß in einem alten Ledersessel, las die Briefe, die meine Mutter meinem Vater im Krieg geschrieben hatte und die, zusammen mit seinen Sachen, an uns zurückgeschickt worden waren, nachdem er gefallen war. Bobby lag leise hechelnd neben mir. Ich hatte ihr eine Hand auf den Rücken gelegt; er hob und senkte sich beim Atmen. Immer wenn mich etwas aufregte oder verunsicherte, strich ich ihr über das Fell. Es war warm und flauschig, wie ihr neues Hundebett.

»Okay, das reicht für heute, ich bestell uns was zu essen«, sagte Angela, als wir die Weinflasche ausgetrunken und sie den gesamten Inhalt von Jettes Truhe anprobiert hatte. Ich riss mich von den Briefen los und legte sie zurück in ihren kleinen Ordner. Sylvie schaute auf und stellte eine Vase hin, die sie gerade begutachtet hatte.

»Ich glaube, ich muss hier einziehen«, sagte sie. »Dieses Haus ist wirklich ein Wunder.«

Wir gingen wieder nach unten, und Angela orderte telefonisch etwas zu essen. Wie ich dem vertraulichen Tonfall entnehmen konnte, nicht zum ersten Mal. Ich wusste nicht genau, ob ich Curry überhaupt mochte.

»Missy«, sagte Sylvie, zog einen Stuhl unter dem Küchentisch hervor und setzte sich zu mir. »Du musst mir einen riesigen Gefallen tun. Lass mich den Dachboden aufräumen. Ich sortiere alles. Und ich kann dir sagen, was wertvoll ist, die Sachen nach unten holen, mit denen man die Wohnräume gemütlicher gestalten kann, und alles Überflüssige wegwerfen. Das hier ist ein Traum für mich, verstehst du? Als hätte ich gerade die Dachböden von Knole entdeckt … Vergiss es einfach«, sagte sie, als sie meinen verwirrten Gesichtsausdruck sah. »Aber bitte: Lass mich das übernehmen.«

Ich stand auf, um den Wasserkessel auf den Herd zu stellen, und dachte darüber nach. Ich selbst wollte die Sachen da oben nicht aussortieren, dafür fehlte mir die nötige körperliche und emotionale Energie – und so wäre es mit einem Minimum an Mühe für mich verbunden. Außerdem käme ich dadurch in den Genuss ihrer Gesellschaft – ihrer Lebensfreude, ihres unbefangenen Charmes und ihres fröhlichen Konsums von Essen, Büchern und Menschen. Sie erinnerte mich auf mehr als eine Art an Leo. Beide hatten die gleichen sonnigen Qualitäten, die die Menschen um sie herum anzogen, und beide weckten in mir den Wunsch, mich in ihrem Perihelium, dem Punkt der größten Nähe in ihrem Orbit, aufzuhalten. Sie hatten etwas an sich, dem man nur schwer widerstehen konnte.

»Na schön, abgemacht«, sagte ich. Sylvie klatschte vor Freude in die Hände, während ich den Tee vorbereitete. Die Vorstellung, dass diese beiden lebenssprühenden, unterhaltsamen Frauen Zeit mit mir verbringen wollten, war ein ebenso willkommenes Geschenk für mich wie das Hundebett. Ich hatte eigentlich nie richtige Freundinnen gehabt. Aber obwohl ich mir befahl, nicht naiv zu sein, mir sagte, dass Sylvie nur ein rein professionelles Interesse an meinen Besitztümern hatte und dass Angela es praktisch fand, wenn ich auf ihren Sohn aufpasste – es blieb immer noch die Tatsache, dass sie hier waren und dass wir an diesem mit Alubehältern übersäten Küchentisch zusammen Curry aßen, während Bobby sabbernd darunter lag. Otis und ich teilten uns ein mildes, cremiges Hähnchencurry, das so lecker war, dass ich die Saucenreste mit indischem Brot aufwischte und lachte, als sie uns das Kinn hinunterlief.

Selbst nachdem sie gegangen waren – Otis hatte sich müde wie ein Koala an seine Mutter geklammert, und Sylvie hatte versprochen, im Lauf der Woche wiederzukommen, um mit ihrer Bestandsaufnahme zu beginnen –, schien das Haus nicht mehr von diesem erdrückenden Schweigen erfüllt zu sein. Sobald ich die Überreste unseres Abendessens abgeräumt und Bobby Wasser aus ihrem Napf geschlabbert hatte, ging ich zurück nach oben, um einen letzten Blick auf den Dachboden zu werfen, bevor er zu Sylvies Domäne wurde. Ich begutachtete die Kisten, Kartons und Truhen, die Überbleibsel verlorener Leben: Fa-Fa, Jette, meine Mutter, mein Vater, Leo, selbst Alistair und Mel, seit sie woanders ein neues Leben begonnen hatten. Ich bildete mir ein, ihrer aller Echo in ihren Dingen zu hören. Fa-Fas Geschichten, Jettes vor sich hin ratternde Singer-Nähmaschine, meine Mutter, die politische Slogans skandierte, Leo, der über *Radio 4* schmunzelte, Ali, der mit lautem »Brumm-brumm« mit seinen Autos in der Diele spielte, und Mel, die auf ihrer Gitarre klimperte. Ich konnte sie alle hören, was bittersüß war, aber immer noch besser als nichts.

Schließlich schaltete ich das Licht aus, ging mit Bobby an meiner Seite wieder nach unten und schloss die Tür hinter mir. Als ich mein Schlafzimmer erreichte, setzte Bobby sich auf den Treppenabsatz und sah mich erwartungsvoll an. Bisher hatte ich sie jeden Abend ins Erdgeschoss verbannt, und jeden Morgen hatte sie unerklärlicherweise einen Weg an mein Fußende gefunden. Es war kleinlich – und sinnlos –, sie weiterhin angesichts solch verblüffender und, nun ja, hartnäckiger Entschlossenheit auszusperren. Und so öffnete ich die Tür, sagte »Ach, na dann komm halt rein!« und sah zu, wie ihre fedrige Rute in meinem Zimmer verschwand.

Wie Angela gesagt hatte, irgendwann musste ich sie hereinlassen.

Kapitel 16

»Erst wenn du richtig ›sitz‹ machst. Sitz!«

Ich hielt den Napf über meinen Kopf, während Bobby kläffend um mich herumsprang und mich mit ihrer feuchten Nase anstupste. Hunde sind unglaublich emotionale Wesen, was vielleicht auch der Grund war, warum ich mich in ihrer Gegenwart unbehaglich fühlte. Offen mit seinen Gefühlen umzugehen, seine Hingabe so unmissverständlich zu zeigen, kam mir leichtsinnig vor, als würde man es geradezu darauf anlegen, abgewiesen zu werden. Bobbys Mimik und Körpersprache waren so lebhaft und ausdrucksstark, dass ich angefangen hatte, auf ihre unausgesprochenen Forderungen zu reagieren – zuerst meist ablehnend. Aber je mehr Zeit verging, desto mehr freute ich mich auf unsere »Unterhaltungen«, dankte ihr dafür, dass sie mich daran erinnerte, die Hintertür abzuschließen, tadelte sie, wenn sie vergaß, mich darauf hinzuweisen, dass ihr Wassernapf leer war, und lachte über ihr Murren, wenn ich sie vom Sofa scheuchte. Wir fragten uns, wie das Wetter am nächsten Tag sein würde, beschlossen, in den Park zu gehen oder uns einen Keks zu genehmigen. Sie riss mich aus meinen Grübeleien, wenn ich mir Fotos anschaute und trübsinnig wurde, und ich erzählte ihr von Leo. Wenn ich auch sonst niemanden hatte, mit dem ich über ihn reden konnte – mit ihr konnte ich es.

Ein paar Tage später vollführte Bobby gerade ihr allmorgendliches Frühstückstänzchen, als es an der Tür klopfte. Ich hob einen dicken, cremefarbenen Umschlag vom Fußabtreter auf und entdeckte Sylvie auf der Schwelle, mit einem Notizbuch in der Hand und in einem Overall, die Haare unter einem altmodischen Kopftuch verborgen, wie eine übereifrige Schülerin, die es kaum erwarten kann, ein naturwissenschaftliches Experiment durchzuführen. Während der Hund geräuschvoll einen Hundekeks fraß, machte ich Sylvie einen Kaffee und dachte, wir würden vielleicht vor dem Hundespaziergang kurz plaudern, aber sie war sichtlich erpicht darauf, loszulegen, und so gab ich ihr die Schlüssel vom Dachboden und ließ sie machen. Sie blieb den ganzen Tag dort oben – gelegentlich hörte man ein Poltern, gefolgt von einem »Alles in Ordnung!«. Sie kam erst wieder herunter, nachdem wir von Bobbys zweitem Spaziergang zurückkehrten, bedeckt vom Staub der Jahrzehnte und mit verrutschtem Kopftuch, aber ihre Augen glänzten.

»Das ist wirklich phänomenal!«, sagte sie, ließ sich auf einen Küchenstuhl sinken und griff nach einer Teetasse. »Darf ich? Deine Mutter, deine Großmutter oder wer auch immer es war, hatte einen exquisiten Geschmack. Es sind ein paar echte Schmuckstücke dabei. Eine hübsche kleine Vase aus Muranoglas und ein wunderbarer kleiner Schreibtisch von Maple & Co., der sich hervorragend in deinem Wohnzimmer machen wird. Und was hat der Aubusson-Teppich da oben zu suchen? Du hast Glück, dass er noch nicht mottenzerfressen ist.«

Den Teppich hatte uns eine von Leos Tanten zur Hochzeit geschenkt, aber ich war ständig darübergestolpert, und eines Tages war ich wirklich darübergefallen, *und* Alistair hatte sich darauf übergeben, und so rollte ich ihn aufgebracht zusammen und verbannte ihn auf den Dachboden. Ein Hochzeitsgeschenk … Ich spielte mit dem Umschlag herum, der immer noch auf dem Tisch lag, und Sylvie beäugte ihn neugierig. »Was ist das, eine Einladung?«

Ich zögerte. Darüber hatte ich schon den ganzen Tag nachgegrübelt. »Meine Tochter Melanie heiratet.«

Sylvie hüpfte auf ihrem Stuhl auf und ab. »Wie aufregend! Das hast du noch gar nicht erzählt.«

»Ich wusste bisher selbst nichts davon. Sie sind schon seit Jahren liiert. Keine Ahnung, warum sie das jetzt überhaupt tun.«

»Wann ist denn die Hochzeit?«

»In zwei Wochen. Ich bin mir nicht sicher, ob ich hingehe.«

Sylvie machte große Augen. »Aber … es ist die Hochzeit deiner Tochter!«

Ich stellte die Milch zurück in den Kühlschrank, um Sylvie nicht anschauen zu müssen. »Ich weiß nicht genau, ob sie mich überhaupt dabeihaben will. Die Information kommt so auf den letzten Drücker. Wir verstehen uns nicht allzu gut.« Mels schockierender Vorwurf – *»Du hast mich nie gewollt«* – schoss mir durch den Kopf. Mein ganz eigener griechischer Chor, allgegenwärtig, gleichgültig, wie sehr ich mich bemühte, ihn zu ignorieren. Wie konnte ich da zu ihrer Hochzeit gehen?

»Aber sie hat dir eine Einladung geschickt.«

»Wahrscheinlich nur aus Höflichkeit, um mich darüber in Kenntnis zu setzen.« Ich wollte eigentlich nicht mehr darüber sprechen und hatte das Gefühl, der Umschlag brächte all meine mütterlichen Versäumnisse ans Licht. Sylvie spürte offenbar mein Unbehagen, denn sie wechselte das Thema.

»Ich mache mir ein bisschen Sorgen um Angela«, sagte sie und nippte an ihrem Tee.

»Warum?« Ich hatte sie seit dem Abend mit dem indischen Essen nicht mehr gesehen.

»Ich weiß nicht genau, sie wirkt niedergeschlagen. Es ist schwierig für sie, Otis ganz allein großzuziehen.«

»Sieht er seinen Vater eigentlich manchmal?« Mir tat es leid, dass Otis keine männliche Bezugsperson in seinem Leben hatte. Mel und Ali hatten Leo vergöttert, obwohl er nicht mehr so oft da gewesen war, als das mit den Konferenzen und Lesetouren anfing. Aber sie lebten für die Tage, an denen er – der siegreiche Held – nach Hause kam, seinen Koffer im Flur abstellte und sie in die Arme schloss. Kinder brauchen einen Vater.

»Nein, nie. Ich glaube, nach Otis' Geburt ist er einmal gekommen, um ihn zu sehen. Otis erinnert sich natürlich nicht daran, aber Angela … sie glaubt, sie hätte versagt, weil sie Otis keinen anständigen Vater präsentieren konnte. Denkt, sie hätte es besser wissen, bessere Entscheidungen treffen müssen.« Sylvie rührte langsam in ihrem Tee, leckte den Löffel ab. »Männer, stimmt's? Die müssen das Chaos ja auch nicht beseitigen.«

Ich dachte an Denzil mit der Häufchentüten-Handpuppe. Vielleicht war er die Ausnahme. Es stimmte, dass sich Leo angesichts der Putzerei, Aufheberei und Schreierei meist in seinem Arbeitszimmer verkrochen hatte. Er kam nicht ein einziges Mal heraus, um mir Hilfe anzubieten, nicht einmal an dem Tag, als ich mir beim Sturz über den Aubusson-Teppich den Fuß verknackste und Ali krank war. Ich hob ihn, weinend vor Schmerz, mit einem Arm hoch, machte mit der anderen den Teppich sauber, dann humpelte ich mit dem verdammten Ding auf den Dachboden, während unten beide Kinder weinten.

Sylvie war nicht übermäßig neugierig, und sie hatte etwas Vertraueneinflößendes an sich, und so wagte ich es, ihr die Frage zu stellen. »Wolltest du je heiraten?«

Sie lachte. »Das ist nicht mein Ding. Ich bin glücklich, so wie ich bin, kann ganz nach meiner Façon leben.«

Ich nickte. Sylvie war eine moderne Atalante, eine Jägerin, die sich immerwährende Jungfräulichkeit geschworen hatte.

»Aber erzähl doch noch mehr von Melanie. Wen heiratet sie? Einen schneidigen Akademiker?«

»Kann man so sagen.« Ich nahm den Umschlag wieder in die Hand, zog die Einladung heraus und drehte sie in den Händen. Mel hatte ziemlich nachlässig *»Bring mit, wen du willst«* auf die Rückseite der Karte gekritzelt. »Ich gehe nicht gern allein zu solchen Veranstaltungen.«

Sylvie stellte die Tasse auf den Tisch. »Wieso fragst du nicht Angie, ob sie mitkommen will? Sie ist Leib und Seele jeder Party. Wenn sie dabei ist, besteht keine Gefahr, dass du als Mauerblümchen dastehst.«

Angetan von der Idee, setzte ich mich aufrechter hin. »Otis könnte auch mitkommen. Wir veranstalten einen Tagesausflug nach Cambridge. Im Frühling ist es da ganz hübsch.«

»Eine wunderbare Idee«, sagte Sylvie. »Mach das.« Sie stand auf. »Tja, ich muss jetzt langsam los. Ich hatte so einen schönen Tag, es war das reinste Vergnügen! Danke dir.«

Ich brachte sie zur Haustür, und Bobby schoss sofort hinter uns her und hechelte aufgeregt, als wären wir nicht gerade erst von einem Spaziergang zurückgekommen. Sie war wirklich eine gnadenlose Opportunistin.

»Ganz ruhig, wir gehen nirgendwo hin, du Verrückte.«

Ich fragte mich, wo ich sie am Tag der Hochzeit unterbringen sollte. Ich hätte Sylvie fragen können, aber Bobby hatte eine tief sitzende Abscheu vor Katzen. Wann immer sie eine auf der Straße sah, stellten sich ihr die Nackenhaare auf, und sie gab ein ersticktes Grollen von sich, als würde es ihr schon bei der bloßen Gegenwart einer Katze die Kehle zuschnüren. Es war eine seltsame Mischung aus Aggressivität und Angst, denn wenn eine Katze sie anfauchte, schmiegte sie sich, immer noch knurrend, aber auch zitternd, an mich. Sie war wirklich ein albernes Ding. Wie auch immer, jedenfalls bedeutete das, dass Sylvies Haus für sie tabu war, denn deren Katze Aphra war dort die unangefochtene Herrscherin.

Nachdem Sylvie fort war, öffnete ich in der Küche das Kuvert erneut und las wieder die kursive Schrift.

Melanie und Octavia
laden am Samstag, den 14. Mai 2016
ins Newnham College, Cambridge,
ganz herzlich zu ihrer Hochzeit ein.

Dass die Hochzeit in meiner Alma Mater stattfinden sollte, fand ich irgendwie unpassend, obwohl Octavia dort als Fellow angestellt war. Aber sie hätten sich auch für Girton College entscheiden können, wo Mel studiert hatte, oder für das Clare College, an dem sie jetzt unterrichtete. Oder einfach für das Standesamt oder ein Restaurant. Ich war seit Jahrzehnten nicht mehr in Newnham gewesen, genauer gesagt seit einem Dinner für Alumni Anfang der 1990er, bei dem ich keine Menschenseele gekannt hatte und alle mich nach meinem Mann, dem berühmten Dr. Carmichael, fragten, dessen beißend scharfsinnige Biografie von Disraeli anscheinend jeder gelesen hatte.

Ich hatte ebenfalls den einen oder anderen Vortrag gehalten, als ich noch in der Universitätsbibliothek arbeitete. Natürlich waren sie nicht so grandios wie Leos – die Studenten kamen von meilenweit her, um an seinen Lippen zu hängen. Aber meine Rede über den Codex Sinopensis hatte durchaus Anklang gefunden. Doch danach hatte ich mich ganz dem Hausfrauendasein »gewidmet« und das darauffolgende Hirnvakuum mit Putzen auszufüllen versucht. Alle anderen hatten sich weiterentwickelt, allen voran Leo, der ständig zu Konferenzen und Lesungen fuhr, während ich zu Hause mit Schürze und dem Essen im Ofen auf ihn wartete.

Kein Wunder, dass ich trank, um zu vergessen – zu vergessen, was ich vergessen hatte, und dass ich vergessen *war*. Kein Wunder, dass Mel, die ihren liebevollen, abwesenden Vater anbetete, auf ihre ständig anwesende, mürrische Mutter, die zu oft ein Glas in der Hand hielt, weit kritischer reagierte. Alistair hatte es mit jungenhafter Unbekümmertheit ignoriert, aber wenn ich mir in der »Magic Hour« (noch etwas, das ich Alicia Stewart zu verdanken hatte) einen Gin Tonic eingoss, spürte ich Mels vorwurfsvollen Blick. Sie konnte Schwäche nicht ausstehen, denn sie war nicht schwach – sie war sich ihrer selbst und ihrer Meinungen so sicher wie meine Mutter. Sie erwähnte ihre Sexualität nie – wenn man von der eher unnötigen Ansprache absah, die sie bei der Party anlässlich ihres dreißigsten Geburtstags gehalten hatte; der arme Leo war aus allen Wolken gefallen. Ich hatte natürlich davon gewusst – spätestens seit wir sie in einer Aufführung von *Calamity Jane* gesehen hatten –, es jedoch vorgezogen, nicht darüber zu sprechen.

Mel und Octavia lebten jetzt schon seit Jahren glücklich ohne Trauschein zusammen, und es gab keinen Grund, warum sie daran etwas ändern sollten. Wie alt war sie jetzt, sechsundfünfzig, siebenundfünfzig? Trotzdem … Kinder liebten Hochzeiten. Als Ali und Mel noch klein waren, hatten wir sie zu der Hochzeitsfeier von Leos Freund Tristan mitgenommen und dort alle zusammen getanzt. Ali hatte meinen Hut getragen und konzentriert die Zunge herausgestreckt, als wir zu »Do You Know The Way To San José« das Tanzbein schwangen. Ich weiß noch, wie wir uns zu viert an den Händen hielten, auf der Tanzfläche herumwirbelten, unseren kleinen Kreis öffneten und uns wieder aufeinander zubewegten. So sollte es bei einem *Oikos* sein – zusammen, auseinander, und dabei doch immer verbunden. Manchmal brauchte es eine Hochzeit, um einem das in Erinnerung zu rufen.

Vielleicht würde es schön werden. Etwas wiedergutmachen. Ich dachte an die Worte, die ich mit Mel hier in meiner Küche gewechselt hatte. »Manche Dinge bleiben besser ungesagt«, murmelte ich, und Bobby legte den Kopf auf mein Knie.

Als Angela am nächsten Morgen Otis bei mir absetzte, damit sie eine Deadline erfüllen konnte, nahm ich all meinen Mut zusammen und zeigte ihr die Einladung. Sie las die Karte, dann sah sie mich fragend an. »Octavia?«

»Ja«, antwortete ich, ohne auf ihre unausgesprochene Frage einzugehen. »Sie sind schon seit Jahren zusammen.«

»Eine Oxbridge-Hochzeit, na so was!«, rief sie aus. »Ich hätte natürlich riesige Lust, all die Blaustrümpfe anzugaffen. Kann Otis auch mitkommen? Es würde seinen winzigen Horizont erweitern.«

»Natürlich«, sagte ich und steckte die Karte zurück in das Kuvert. »Ich dachte, wir nehmen den Zug, das geht so schnell, dass wir nicht über Nacht zu bleiben brauchen.« Ich wollte Extraausgaben vermeiden, schließlich musste ich ja noch das Hochzeitsgeschenk einkalkulieren.

Aber da kam Sylvie ins Spiel, oder vielmehr eine Woche später vom Dachboden, in der Hand ein altes Schwarz-Weiß-Foto, das sie vor mich auf den Küchentisch legte. Ich sah mich als Zweiundzwanzigjährige mit Baby Melanie auf dem Arm, und meine Mutter, die vor unserem Haus in Jesus Green die Arme um uns beide legte. Ich schaute lächelnd auf Mel hinunter und Lena auf mich. Es war das einzige Foto von uns dreien; ich hatte vergessen, dass es überhaupt existierte, und konnte mich beim besten Willen nicht an den Moment erinnern, als es entstanden war. Einen Augenblick lang war ich sprachlos.

»Du könntest es doch für deine Tochter rahmen lassen«, sagte Sylvie sanft. Ich nickte, schluckte die Dornen in meinem Hals hinunter, und wieder ging mir durch den Kopf, wie dankbar ich sein konnte, dass sie all das für mich tat, dass sie als Vermittlerin zwischen mir und dem emotional aufgeladenen Inhalt der Räumlichkeiten über mir fungierte. Ich war seit jenem ersten Abend nicht mehr oben gewesen, zog es vor, Sylvie einfach machen zu lassen. Aber ich war fest entschlossen, ihr die Muranovase zu schenken, wenn sie fertig war.

Kapitel 17

»Wie heißt sie?«

Meine Mutter hatte sich über die Korbwiege gebeugt, und das dunkle Haar fiel ihr ins Gesicht, verdeckte die Sicht auf das Baby. In unserem winzigen Cottage auf dem Jesus Green war es trotz der Wintersonne dunkel, die Luft trotz des Feuers im Kamin frostig. Ich hatte vor Kurzem eine Werbeanzeige für Gaszentralheizungen gesehen, aber im Jahr 1959 war das ein unerschwinglicher Luxus, selbst dann, wenn man ein Neugeborenes warm halten musste.

Ich zuckte die Achseln und sagte: »Ich weiß noch nicht. Wir haben uns noch nicht entschieden.« Dann, missmutig: »Leo will sie Venetia nennen.«

Lena kitzelte das Baby an der Wange, dann sah sie amüsiert auf. Meine Mutter fand meinen Mann oft amüsant. »Nach dem Roman von Disraeli?«

Ich runzelte die Stirn. »Natürlich nur ein Scherz. Bisher hat er nicht einen vernünftigen Vorschlag gemacht.«

»Tja, hast du denn keine Idee?«

Ich wandte den Blick ab und merkte, dass ich Tränen wegzublinzeln versuchte. Wo kamen sie her? Meine Brüste schienen kurz vor dem Bersten, Milch lief mir in die Bluse, die mir das Baby schon vollgespuckt hatte. Seine Lider flackerten, sein Blick richtete sich auf mich; sofort begann das Geschrei, unaufhörlich und aufreizend rhythmisch. Schmunzelnd griff meine Mutter in die Wiege, hob die Kleine hoch, umfasste und hätschelte sie mit einer Leichtigkeit, die mir völlig fremd war. Das Schreien brach trotzdem nicht ab.

»Ich glaube, sie hat Hunger.« Lena hielt sie mir hin, ich nahm sie unbeholfen an und drehte mich so, dass ich mich auf den Stuhl neben dem Kamin sinken lassen konnte. Die Lehne war hart und unbequem, aber wir hatten kein Sofa.

Lena schaute auf die Stelle, wo es hätte stehen können, und fragte: »Brauchst du was aus dem Londoner Haus?« Ich antwortete nicht, weil ich damit beschäftigt war, das brüllende Baby in Position zu hieven und ihm verzweifelt eine schmerzende Brustwarze in sein klaffendes, schwarzes Loch von einem Mund zu pressen, in der Hoffnung, dass es sich daran festsaugte. Als es ihm schließlich gelang, schoss mir nicht nur die Milch ein, sondern mir schossen auch Tränen in die Augen. Das Gefühl war mit nichts zu vergleichen, was ich bisher empfunden hatte – ein scheußliches Kribbeln rings um die Brustwarze, als hätte sich ein winziger Hai mit tausend gekrümmten Zähnen daran festgebissen. Das Baby trank und trank, und die Tränen, die geräuschlos meine Wangen hinunterliefen, flossen weiter und weiter. Meine Mutter beobachtete uns aufmerksam. Die vielen Flüssigkeiten, die aus jeder Körperöffnung flossen, der Blutverlust – ich fühlte mich völlig ausgetrocknet, als wäre ich nur noch eine leere Hülle von mir.

»Hab ich dir je von der Frau erzählt, die mir das Stillen beigebracht hat?«, fragte Lena und setzte sich zu meinen Füßen auf den Boden.

Schniefend befreite ich eine Hand, um mir die Nase abzuwischen. »Beigebracht?« Ich sah Bilder von einer Lehrerin vor einer Tafel vor mir.

»Na ja, schon. Es war ungefähr eine Woche nach deiner Geburt, und es ging mir nicht gut, du wurdest immer dünner, und ich fühlte mich elend, aber dann bekam ich Besuch von einer Hebamme.«

»Meine Hebamme schimpft nur mit mir«, murmelte ich und verzog das Gesicht. »Sagt, ich soll öfter rausgehen.«

»Ach, das hat meine auch getan«, erwiderte meine Mutter fröhlich. »Aber dann erschien eine andere. Eine, die ich vorher noch nie gesehen hatte. Eine Französin. Sie war *wundervoll.*«

Ich öffnete den Mund, um zu antworten, doch kein Laut kam heraus; meine Kehle war wie ausgedörrt. Meine Mutter sah meine Not, sprang auf und kam mit einem Glas Wasser zurück. Sie hielt es mir an die Lippen, und ich trank dankbar. Danach trafen sich unsere Blicke, und sie drückte mir kurz die Schulter, bevor sie sich wieder zu meinen Füßen niederließ.

»Wo war ich stehen geblieben? Ach ja, meine wundervolle französische Hebamme. Tja, sie sah sofort, in welchem Zustand ich war, der dunkle Raum, das Durcheinander, die verschwitzten Laken, und du, wie du in deiner Wiege dahinsiechtest. Und weißt du, was sie gemacht hat? Sie hat mir ein Glas Wein eingeschüttet! Um elf Uhr vormittags!« Mutter warf den Kopf in den Nacken und lachte, und ich lachte mit, obwohl ich ganz vergessen hatte, wie das ging, und es klang wie ein Röcheln, wie das Bellen eines Seehunds.

»Wie auch immer, der Wein half mir, mich zu entspannen, und sie zog die Vorhänge auf, arrangierte Blumen in einer Vase am Fenster, und als der Raum wieder einladend aussah, setzte sie sich zu mir ans Bett, nahm meine Hand und sagte mir Folgendes.«

Meine Mutter ergriff meine Hand, sah mich eindringlich an. »Du bist eine ausgezeichnete Mutter, du machst das sehr gut, und wenn ich dir jetzt beibringe, wie man sein Kind stillt, hast du eine wertvolle Fähigkeit erlernt, die nicht immer ganz so instinktiv funktioniert, wie die Leute behaupten.«

Ich leckte mir über die gesprungenen Lippen. »Und dann hat sie es dir beigebracht?«

Meine Mutter lächelte. »Und ob. Ich habe es nie vergessen, und es wäre mir eine große Ehre, es jetzt *dir* beibringen zu dürfen. Ja?«

Ich nickte, und sie setzte sich zu uns auf den Stuhl, und ihre wallenden Haare kitzelten meine tränenüberströmten Wangen.

»Steck ihr erst mal den kleinen Finger in den Mund, um sie von der Brust zu nehmen, dann machen wir es noch einmal ganz von vorn.«

Und sanft, mit unendlicher Zärtlichkeit, zeigte sie mir, wie ich meine Tochter dazu brachte, korrekt zu saugen; wie ich ihren Kopf in genau dem richtigen Winkel ansetzte; wie ihr Mund von unten angelegt werden musste. Dass man jedes Mal auf der korrekten Position bestehen musste, denn wenn man es nicht von Anfang an richtig machte, würde man es für immer falsch machen. Eine Lektion für die Ewigkeit.

Dann hatte ich plötzlich den Dreh raus, das Baby saugte sich an mir fest, und zum ersten Mal tat es nicht weh; der schreckliche, durchdringende Schmerz blieb aus, und wieder weinte ich, aber diesmal vor Erleichterung über diese göttliche Abwesenheit von Schmerzen. Meine Mutter tätschelte mir die Schulter, machte mir Mut, und ich sah, dass die Kriegerin in ihr von einer Heilerin abgelöst wurde, und war ebenso dankbar dafür wie meine Kehle für das Wasser. Wir saßen zusammen auf dem harten Stuhl, wiegten und hätschelten das Baby, und schließlich, als es gesättigt aufhörte zu trinken, sah ich meine Mutter an und hauchte: »Wie hieß sie?«

Ein leichtes Stirnrunzeln. »Wie hieß wer?«

Ich war ungeduldig, musste es unbedingt wissen. »Die französische Hebamme.«

Ihre Stirn glättete sich. »Oh! Sie hieß Mélanie.«

Ich schaute auf das schlafende Baby hinunter. »Melanie«, sagte ich versuchsweise. Sie schnarchte leise.

»Melanie Carmichael«, sagte meine Mutter nachdenklich.

Ich überlegte. »Ich vermute, wir müssen ihr Emmeline als zweiten Vornamen geben.«

»Melanie Emmeline *Jameson*-Carmichael?«, schlug Lena, die eingefleischte Suffragette, vor.

Ich lachte; jetzt wusste ich wieder, wie es geht. »Schwer zu sagen, ob Leo das gutheißen würde. Es sei denn, wir machen Melanie Emmeline *Venetia* daraus.«

Meine Mutter stand auf und hielt mir, uns beiden, die Hände hin. »Komm. Ich muss deiner Hebamme recht geben. Du solltest wirklich öfter rausgehen. Sorgen wir also dafür, dass Melanie frische Luft bekommt.«

Zusammen traten wir in den Vorgarten unseres kleinen Cottages in Jesus Green, um meiner Tochter die Sonne zu zeigen.

Kapitel 18

An dem Samstag, als die Hochzeit stattfand, war es sonnig und klar, das perfekte Wetter zum Heiraten, und ich fühlte mich recht munter, als ich mein hoffentlich passendes Outfit anzog. Mel war meist dezent gekleidet und hätte sich vielleicht über mich lustig gemacht, wenn ich zu aufgedonnert war, und so begnügte ich mich mit einem marineblauen Kreppkleid (etwas Blaues für die Blaustrümpfe) und steckte mir eine der Broschen meiner Mutter an den Kragen, eins von Sylvies Fundstücken. Als ich in den Frisierspiegel schaute, sah ich Bobby hinter mir stehen, die den Kopf schräg legte. »Wie seh ich aus?«

Sie kam zu mir, legte mir eine Pfote aufs Knie und hinterließ Hundehaare auf dem Krepp.

»Na schön, ich bürste dich.«

Ich steckte das gerahmte und als Geschenk verpackte Foto in meine Handtasche, leinte die frisch gebürstete Bobby an und machte mich auf den Weg, um Angela abzuholen.

Die Sache mit dem Hund war problematisch gewesen. Wir konnten sie nicht allein zu Hause lassen, weil wir spät zurückkommen würden; Angela hatte gesagt, sie sollte nicht länger als vier Stunden allein bleiben. Ich hatte mich stets gewissenhaft an diese Regel gehalten, bis auf neulich, als ich hastig von meinem Einkaufsbummel in einem Kaufhaus, bei dem ich den Rahmen für Mels Bild gekauft hatte, aufbrechen musste. Ich hatte in der Spielzeugabteilung die Zeit vergessen und konnte nicht anders, als eine kleine Lego-Batman-Taschenlampe für Arthur und auch eine für Otis zu kaufen. Als ich nach 16 Uhr nach Hause kam, sah ich, dass Bobby in ihrer Verzweiflung eine Pfütze auf dem Küchenfußboden hinterlassen hatte. Sie sah so schuldbewusst aus, dass es schwer war, böse zu sein, außerdem war es ja meine eigene Schuld. Statt sofort sauber zu machen, ging ich zu ihrer »Leckerli-Dose« – eine

Tupperdose mit Trockenfutter, die neben dem AGA-Herd stand – und gab ihr eine Handvoll. Sie schlang es hinunter, als wäre sie monatelang nicht gefüttert worden. Danach leckte sie mir die Hand, und ich versuchte, nicht an die Keime zu denken.

Schließlich rief ich Mel an. Als sie Octavia sagte, sie solle den Fernseher leiser stellen, hörte ich Octavia »*Wirklich?*« sagen und spürte einen Anflug von schlechtem Gewissen. Die kurzen, steifen Telefongespräche, die wir seit unserem Streit geführt hatten, waren immer von meiner Tochter ausgegangen.

»Ich habe jetzt einen Hund«, sagte ich, nachdem wir die Begrüßung hinter uns gebracht hatten.

»Schön«, sagte Melanie. »Freut mich für dich.«

»Ich kann sie Samstag nicht zu Hause lassen und …«, begann ich zu erklären, aber Mel unterbrach mich.

»Bring sie einfach mit«, sagte sie forsch. »Je mehr, desto besser.«

»Aber im College sind Hunde doch nicht erlaubt, oder? Außer Blindenhunde, und na ja, ich glaube nicht, dass wir damit durchkommen.«

»Keine Sorge«, antwortete Mel. »Octavia besorgt uns eine Sondergenehmigung der Rektorin. Wenigstens ist es eine Hündin.«

Wie immer war ich mir nicht sicher, ob sie scherzte. »Danke.«

»Wie heißt sie denn?«, fragte Mel. »Wegen der Platzkarten.«

»Bob«, sagte ich und bemerkte erst im Nachhinein, dass ich nicht die Koseform benutzt hatte.

»Das ist doch kein Mädchenname.«

»Er stammt von einer Figur in *Blackadder*.« Ich verzog das Gesicht und wartete auf das unausweichliche Zitat. Mel hatte in ihren Dreißigern viel Zeit damit verbracht, Ausschnitte aus dem Drehbuch zu zitieren, obwohl ich mich nur an eins erinnern konnte, das sie immer dann verwendete, wenn etwas anders lief als gedacht: »Und wieder reihert Fortuna auf mein Daunenbett.«

»Seltsamer Name für ein Mädchen, aber ein vollkommen normaler Name für einen strammen, jungen Hund«, sagte sie sofort.

»Du weißt, dass ich die Sendung nie gesehen habe«, antwortete ich gereizt.

»Warum hast du dann deinen Hund danach benannt?«

»Sie ist nicht mein Hund, ich kümmere mich nur um sie und … es ist eine lange Geschichte.«

»Tja, dann bring sie einfach mit und erzähl mir die Geschichte am Samstag. Es kommen auch noch zwei Gäste der menschlichen Spezies mit dir, nicht wahr?«

»Ja«, erwiderte ich. »Ich hab dir ihre Namen geschrieben – es ist doch in Ordnung, oder?«

»Natürlich«, sagte sie. »Es ist schön, dass deine Freunde dich begleiten. Ich hatte schon Angst …«

»Dann bis Samstag«, sagte ich hastig und legte auf, unfähig, ihr Mitleid zu ertragen, das sich unweigerlich wieder in irgendeine Form von Kritik verwandeln würde.

Und so waren wir also auf dem Weg zu meiner Tochter, die ihre Freundin heiraten würde: die alte Schachtel, die alleinerziehende Mutter, der Superheld und die adoptierte Promenadenmischung. Wir müssen einen seltsamen Anblick geboten haben, als wir am Bahnhof Finsbury Park aus dem Bus stiegen. Otis war als Iron Man verkleidet, und Angela hatte darauf bestanden, Bobby eine weiße Samtschleife umzubinden – »für die Suffragetten«; sie selbst trug einen extravaganten schwarzen Pailletten-Jumpsuit, den ich für nicht ganz angemessen hielt. Unter anderem, weil sie darin zitterte wie ein Windhund.

Im Zug öffnete Angela ihre geräumige Mary-Poppins-Tasche und entnahm ihr eine Reihe von riesigen Spielzeugen – darunter ein Plastikparkhaus –, um Otis bei Laune zu halten, der allerdings lieber mit zwei Toilettenrollen spielte, die er zu einem Fernrohr zusammengeklebt hatte. Er schaute damit aus dem Fenster, als wir langsam aus London hinausratterten und auf die Fens zufuhren. Gelegentlich machte er eine Bemerkung über die Landschaft – »Schafe!«, »Kühe!«, »Gelber Teppich!«. Angela verdrehte die Augen und murmelte: »Typisch Stadtkind …«, während sie mit seiner Zaubertafel spielte.

Bobby rollte sich im Gang zusammen und sprang jedes Mal empört auf, wenn andere Passagiere sich an ihr vorbeizuzwängen versuchten, und ich fand mich damit ab, dass der Tag eine Mischung aus stressig und peinlich werden würde. Zumindest war die Reise relativ kurz, und eingelullt vom rhythmischen Rattern des Waggons genoss ich den Ausblick.

Wir kamen früh in Cambridge an und reihten uns in die Schlange vor dem Taxistand ein, um zum College zu fahren. Leider mussten wir geraume Zeit warten, bis wir einen Fahrer fanden, der nichts gegen Hunde in seinem Wagen hatte. Ein paar schüttelten sofort den Kopf und winkten dem Nächsten in der Reihe zu. Allmählich wurde es zeitlich knapp, und Angela hatte Gänsehaut, weil es in Cambridge immer ein paar Grad kälter ist als in London. Otis fing an, sich zu langweilen, klammerte sich an den Arm seiner Mutter und maulte, er hätte sein »Feahnglas« im Zug vergessen. Langsam wünschte ich, ich hätte Bobby zu Hause gelassen; ich hätte den Küchenfußboden mit Zeitungen auslegen können.

Schließlich hielt ein Taxi vor uns, dessen älterer Fahrer sich aus dem Fenster beugte und mit osteuropäischem Akzent rief: »Sie haben Hund? Ich liebe Hunde!« Wir stiegen ein, ich nahm auf dem Vordersitz Platz, Otis auf dem Schoß seiner Mutter auf dem Rücksitz, und Bobby hockte hechelnd neben ihnen im Fußraum.

Während der quälenden Stop-and-go-Fahrt nach Newnham erfuhren wir, dass Jakubs Familie in Polen Greyhounds gezüchtet hatte, die ihm immer noch fehlten. Er lehnte sich ständig nach hinten, um Bobby hinter den Ohren zu kraulen, was mir etwas Sorge machte, weil er dabei den Blick nicht auf die Straße richtete.

Eine bekannte Umgebung rauschte an mir vorbei, während Jakub sich einen Weg durch den dichten Verkehr bahnte und beschrieb, wie stur Greyhounds sein konnten. Der Botanische Garten, Sheep's Green – Orte, an denen ich als Studentin gepicknickt hatte oder spazieren gegangen war – und der träge River Cam, bereits von diversen Kahnfahrern bevölkert, Newnham Village. Dann brausten wir plötzlich die Sidgwick Avenue hinunter, und plötzlich erstreckten sich zu meiner Linken die vertrauten, eleganten roten Backsteingebäude. Ich tippte Jakub auf die Schulter, und er hielt mit quietschenden Reifen an, sodass wir alle nach vorn geschleudert wurden. Er schien Bobby so sehr zu mögen, dass ich kurz überlegte, ihn zu bitten, sie den Tag über im Taxi mitzunehmen. Aber sie stand ja auf der Gästeliste.

Die Zeremonie sollte schon in fünf Minuten beginnen, aber das Pförtnerhäuschen befand sich nicht mehr dort, wo ich es vermutet hatte, und nachdem wir es schließlich gefunden hatten, mussten wir uns in einem Labyrinth aus Gängen und Sackgassen zurechtfinden. Nichts war wie früher, und ich geriet in Panik. Warum konnte ich mich an nichts erinnern? Schließlich näherte sich uns eine Studentin und fragte, ob wir uns verirrt hätten. Ich wollte erwidern: »Ich war schon vor Ihnen hier, dieser Ort gehört mir mehr als Ihnen«, aber das stimmte nicht mehr. Cambridge verschlang einen und spuckte einen irgendwann wieder aus, um einen neuen Geschmack zu probieren. Mittlerweile waren wir viel zu spät, rannten, zerrten den quengelnden Otis hinter uns her, und Angelas riesige Tasche schlug ihr klappernd gegen die Hüfte. Bobby trabte los, begeistert von dem Tempowechsel, und als wir uns unserem Ziel näherten und einen Sänger einen Jazzsong singen hörten, schlüpfte sie plötzlich aus ihrem Halsband und stürmte vor lauter Freude über die plötzliche Freiheit durch die offene Tür, ehe einer von uns sie aufhalten konnte. Angela und ich sahen uns entsetzt an und rannten ihr nach. Zu dritt platzten wir in den Saal, schwitzend und außer Atem, und schauten uns hektisch nach meinem auf Abwege geratenen Hund um. Die Musik verstummte abrupt, und die sitzenden Gäste drehten sich geschlossen zu uns um, während Bobby sich einen Weg zu Melanie und Octavia bahnte, die zusammen ganz vorn standen. Als sie mit klickenden Krallen über das Parkett zu ihnen galoppierte, beugte sich meine Tochter ruhig zu ihr hinunter, hielt sie am Nackenfell fest, zog ihr die weiße Schleife ab und schlang sie ihr als improvisierte Leine um den Hals. Octavia winkte mir kurz zu. Ich fragte mich, wie viel Melanie ihr von unserem Streit erzählt hatte. Hastig stolperte ich zu ihnen und legte Bobby ihre Leine um.

»Du lieber Himmel«, sagte Mel. »Das muss Bob sein.«

»Tut mir schrecklich leid«, murmelte ich, rot vor Verlegenheit. »Macht doch bitte weiter.« Ich zog die widerstrebende Bobby nach hinten zu Angela, die das Gesicht in die Hände gelegt hatte und vor Lachen kaum noch Luft bekam.

Ich setzte mich neben sie und schob Bobby unter meinen Sitz. Die Musik setzte wieder ein, und Mel und Octavia fassten sich an den Händen. Ihr Festredner, der mir vage bekannt vorkam – irgendein Schauspieler? – stand im Frack vor ihnen. Mel hatte gesagt, sie würden schon am Vortag standesamtlich heiraten, und das hier sei nur ein Spektakel für ihre Freunde. Wenigstens hatte Bobby ihren Teil dazu beigetragen.

»Warum stehen da zwei Frauen?«, fragte Otis laut. Angela hielt ihm den Mund zu und zischte: »Du kommst aus Stoke Newington, Herrgott! Jetzt reiß dich mal zusammen.«

Der Schauspieler begann mit einer kleinen Rede, um alle Gäste vorzustellen, und ich schaltete ab, ließ den Blick durch den Saal schweifen und erinnerte mich an die Seminare und Konzerte, die ich hier vor sechzig Jahren besucht hatte. Melanie trug ein langes, cremefarbenes Kleid und hatte die Haare zu einem Knoten gebunden. Sie sah aus wie ich, wenn auch in einer jugendlicheren Inkarnation, was einer der Gründe war, warum ich mich in ihrer Gegenwart nicht wohlfühlte – als wäre ich die uralte, fehlerhafte Dachbodenversion. Octavia, die kleiner und kräftiger war, trug einen malvenfarbenen Hosenanzug, drehte sich ständig um und schnitt Grimassen für ihre Freunde in der ersten Reihe, die sich anscheinend schon über den Wein hergemacht hatten. Mich juckte es ebenfalls in den Fingern, mir ein Glas zu nehmen.

Mehrere Leute standen auf, um etwas vorzulesen, und es fühlte sich wieder an wie damals bei der St-Botolph's-Party im Falcon Yard. Wenn es um Liebe geht, wird jeder zum Poeten. Unerträgliches Zeug – eine der Frauen hatte die Augen während des gesamten Vortrags geschlossen, wie die kleine Miss Quasselstrippe in dem Kinderbuch. Wieder spürte ich, dass Angelas Schultern neben mir zitterten. Bobby gähnte ausgiebig. Otis saß unter dem Stuhl seiner Mutter und spielte mit den Plastikautos. Dann sagte der Schauspieler: »Und nun lasst uns singen«, warf seine Frackschöße nach hinten und setzte sich ans Klavier. Ich erkannte die Melodie eines schlichten Folksongs. Jemand aus der Reihe vor uns drehte sich um und reichte uns ein Stück Papier mit dem Text, und während sich die Wörter vor meinen Augen kristallisierten, standen die Leute um uns herum auf und sangen mit, anfangs verhalten, doch dann, als immer mehr einfielen, zunehmend selbstbewusster und lauter. Als wir den Refrain sangen, erinnerte ich mich plötzlich an das Lied, das Mel oft als Teenager in ihrem Zimmer gesungen hatte, während sie sich dazu auf der Gitarre begleitete, an den Toast, den ich ihr gemacht hatte und der noch unberührt neben ihr auf dem Bett stand. Die Erinnerung rüttelte mich auf, und ich sang mit den anderen, ohne einen Blick auf den Text in meiner Hand werfen zu müssen:

»Every day I need to say I love you.«

Melanie und Octavia lächelten sich an, während sie sangen, neben mir grölte Angela mit, und Otis fiel gelegentlich unter dem Stuhl mit ein. Selbst Bobby hechelte im Takt, blickte mit ihren braunen Augen in meine.

»Ich liebe dich.«

Hatte sie das tatsächlich gesagt, oder hatte ich es mir nur eingebildet? Leo hatte es nie gesagt, weder am Telefon, noch bevor er morgens aus dem Haus ging, noch im Bett, er hatte es nicht einmal in Latein auf einen Zettel gekritzelt. Und weil er es nie gesagt hatte,

hatte ich das Gefühl gehabt, es ebenfalls nicht sagen zu dürfen. Hätten wir es tun sollen? Hätte es irgendetwas geändert? Ein paar Dinge blieben besser ungesagt, was besonders für Mel und mich galt. Aber so wie sie und Octavia sich ansahen, hatte man nicht den Eindruck, als bliebe zwischen ihnen viel ungesagt. Ich dagegen hatte einen Großteil meines Lebens damit verbracht, die Dinge, die ich gern sagen wollte, *nicht* zu sagen. *Ich liebe dich. Hör auf damit. Nein. Es war ein Fehler. Bitte geh nicht. Ich will das nicht. Ich wünschte, ich hätte das nicht getan. Ich weiß nicht, was ich sonst tun soll. Ich liebe dich.* Warum hatte ich all das nie laut ausgesprochen?

Ich versuchte, mich am Riemen zu reißen und die Tränen zurückzuhalten. Das Lied endete, und wir setzten uns wieder. Mel und Octavia tauschten Ringe und Eheversprechen, dann war es vorbei. Zwei Kellnerinnen kamen mit Tabletts herein, und alle stürzten sich auf die Getränke. Wir mischten uns unter die Leute, und ich war dankbar, dass Angela, Otis und auch Bobby bei mir waren, sodass ich nicht allein am Rand herumstehen musste und zu schnell trank, weil ich nichts anderes zu tun hatte. Dank ihnen konnte ich andere Menschen anlächeln und sogar ein paar Worte mit ihnen wechseln. Ein paar Gäste beugten sich zu Bobby hinunter, um mit ihr zu plaudern, und sie genoss die Aufmerksamkeit in vollen Zügen und ergatterte sogar ein paar Cocktailhäppchen.

Schließlich bahnte ich mir einen Weg zu meiner Tochter und ihrer Frischangetrauten, um ihnen zu gratulieren. Mel drehte sich um, als ich mich näherte, und wir beäugten uns misstrauisch. Seit unserer letzten Begegnung und dem schrecklichen Wortwechsel in meiner Küche war sie nicht einmal an Weihnachten gekommen, als Ali und Arthur da waren, mit der Begründung, sie habe schon lange einen Besuch bei Freunden im Norden geplant. Sie und Ali hatten sich nie besonders nahegestanden, und ihre distanzierte Zuneigung für Arthur beschränkte sich auf Karten und Geschenkgutscheine zu besonderen Anlässen. Hatte ich ihr meine Gefühlskälte vererbt und Arthur dadurch seiner Tante beraubt?

»Danke, dass du gekommen bist«, sagte sie, als ich zögernd vortrat, um sie auf die Wange zu küssen.

»Es war eine wunderschöne Zeremonie. Das mit Bobby tut mir leid.« Ich deutete auf die Hündin, die gerade ein Cocktailwürstchen hinunterschlang. Als sie ihren Namen hörte, schaute sie auf und wedelte mit dem Schwanz.

»Schon gut«, sagte Octavia. »Es war eine nette Abwechslung. Sie ist ein wirklich hübscher Hund. Hast du sie schon lange?«

»Erst seit ein paar Wochen«, entgegnete ich. »Wir sind noch dabei, uns kennenzulernen.« Bobby würgte, als ihr das Würstchen im Hals stecken blieb, was selbst durch den Hintergrundlärm deutlich zu hören war. Ich hätte sie treten können.

»Ich liebe Hunde«, sagte Octavia.

»Ich auch«, pflichtete Mel ihr bei. »Aber du mochtest sie doch nie besonders, wenn ich mich recht erinnere?« Sie sah mich neugierig an, und wieder spürte ich, wie ich rot wurde.

»Ich kümmere mich nur um Bobby, um einer Freundin einen Gefallen zu tun.« Ich tätschelte die Hündin mit geheuchelter Zuneigung und zerrte gleichzeitig an der Leine, als sie den Kopf verdrehte, um einer vorbeigehenden Kellnerin nachzuschauen.

»Tja, sie ist uns sehr willkommen«, sagte Mel. »Wir essen später in der College Hall, und sie hat einen Sitzplatz neben dir. Aber sorg bitte dafür, dass sie nicht noch einmal wegläuft.«

»Danke, und ich gebe mir Mühe«, erwiderte ich und fragte mich, wie sich Bobby in der Nähe von so viel gutem Essen benehmen würde. Dann ging ich zu Angela zurück, die ein Glas Sekt in der Hand hielt und mit einem Cocktailspieß in den Zähnen herumstocherte.

»Ich amüsiere mich großartig«, verkündete sie und schnappte sich ein Wurstbrötchen. »Der Typ, der die Zeremonie abgehalten hat, hat schon bei *Inspector Barnaby* mitgespielt und kennt allen möglichen Klatsch und Tratsch. Und die Frau da hinten dreht Dokumentationen für BBC *2*. Ich hab gerade zwei Leute Chaucer zitieren hören. Der kollektive IQ in diesem Raum muss jenseits von Gut und Böse liegen.«

Ich schaute mich um. »Und wo ist Otis?«

»Irgendeine Professorin hat ihn mit in die Bibliothek genommen, um ihm eine Geheimtreppe zu zeigen«, sagte sie und trank ihr Glas aus. »Komm, schauen wir uns die berühmten Gärten an.«

Wir traten durch die Fenstertür auf ein kleines Rasenstück hinaus.

»Das ist doch scheiße«, sagte Angela und sah sich mit hochgezogener Oberlippe um. »Ich dachte, das Ganze wäre viel größer.«

Wortlos führte ich sie weiter, bis wir Newnhams weitläufige und wunderschöne Gartenanlagen erreichten. Der Kies knirschte unter unseren Füßen, während wir den tiefer gelegenen Rosengarten bewunderten, den Apfelbaumgarten, die wilde Blumenwiese und den streng gestutzten Repräsentationsgarten, die sich vom Hintergrund der rötlich bernsteinfarbenen, ins Licht des Spätfrühlings getauchten Queen-Anne-Gebäude abhoben. Angela setzte sich auf eine hölzerne Bank und betrachtete die großen Eichen, die den Hauptrasen dominierten. Bobby legte sich ins Gras und wälzte sich hingebungsvoll, die Pfoten fröhlich in die Luft gereckt.

»Ja, wirklich ganz hübsch«, sagte Angela und warf mir einen Seitenblick zu. »Muss schwer sein, einen neuen schönen Platz zum Wohnen zu finden, wenn man hier gelebt hat. Selbst dein Haus wirkt dagegen ein bisschen runtergekommen.«

Ich lugte zu den glänzenden Fenstern von Peile Hall hinüber. »Die Zimmer selbst sind gar nicht so schön, zumindest waren sie es früher nicht. Zugig. Nicht allzu komfortabel. Ein bisschen wie ein Mausoleum, könnte man sagen.«

Angela grinste. »Hast du hier deinen Mann kennengelernt?«, fragte sie und zeichnete mit dem Fuß Muster in den Kies. Heute trug sie Schuhe mit Keilabsätzen statt ihrer üblichen Stiefel.

»Nein. Newnham ist ein reines Frauen-College. Leo war auf dem King's«, sagte ich und machte mich auf den Weg zurück zur

Hochzeitsgesellschaft, die sich auf den Rasen verlagert hatte, wo Fotos gemacht wurden. Otis rannte aus einem der Gebäude auf uns zu, und ich fing ihn auf und lächelte, während er zu mir hochstrahlte.

»Ich hab ein Geheimzimmer gesehen!«, sagte er. »Es war ein bisschen wie dein Dachboden, nur mit Büchern. Ich hab mir ein paar angeschaut, aber die waren total langweilig.«

»Anscheinend ist Platos *Politeia* nicht sein Ding«, sagte die Frau, die ihm folgte. Sie sah leicht erschöpft aus.

»Nein«, stimmte ich ihr zu. »Er ist eher der *Gute-Nacht-lieber-Mond*-Typ.« Ich dankte ihr und ging mit Otis zurück zu seiner Mutter; sie unterhielt sich inzwischen mit einer kleinen Frau, die im Profil fast so alt aussah wie ich. Als wir näher kamen und sie sich umdrehte, war ich geschockt. Die Zeit lief rückwärts, ich wurde wieder zu der linkischen Studentin, die in ihrem Zimmer dem glockenhellen Lachen, dem Gläserklirren und dem Grammofon von nebenan lauschte, und ich sah ein Mädchen, das sich an einen Jungen schmiegte. *Odi et amo*. Es war Alicia Stewart.

Kapitel 19

Alicia hatte sich gut gehalten; ihre Haare waren immer noch golden, wenn auch mit hellgrauen Einsprengseln, und die Augen hinter der Brille mit Drahtgestell immer noch verblüffend himmelblau. Die feinen Fältchen, die ihr Gesicht überzogen, verliehen ihrem hübschen Gesicht Charakter.

»Das hier ist Dr. Hargreave«, sagte Angela. »Sie sagt, sie hat in den Fünfzigerjahren auch in Newnham studiert. Ich dachte, ihr kennt euch vielleicht.«

»Ja«, erwiderte ich. »Ja, das tun wir tatsächlich.«

Wie oft hatte ich über Alicia Stewart und ihre Marilyn-Allüren nachgegrübelt, obwohl ich sie seit fast fünfzig Jahren nicht mehr gesehen hatte! Der Anfang ist immer das Wichtigste, und Leo und ich hatten nicht den besten Start gehabt, weil das platinblonde Gespenst seiner Verflossenen über uns schwebte. Was wäre gewesen, wenn sie den Viscount nicht kennengelernt hätte? Wäre sie dann an Leos Arm den Kirchengang hinuntergeschwebt, hätte *sie* seine Kinder großgezogen, ihre Karriere hintangestellt, hinter ihm hergeputzt und das pflichtbewusste Frauchen gespielt? War es ihr Herz, das ihm etwas zuflüsterte?

Ich war ihr gegen Ende der 1960er noch einmal über den Weg gelaufen. Ich ging gerade in der Oxford Street einkaufen, sie kam aus dem Selfridges, und wir versuchten beide, dasselbe Taxi anzuhalten. Ich wollte es dringend nehmen, um zu entkommen, aber als sie es sah, wollte sie es ebenfalls, winkte, und natürlich hielt der Fahrer vor ihr. Sie bemerkte, dass ich den Arm sinken ließ, lächelte und sagte: »Milly Jameson! Wie seltsam, dich hier zu sehen.« Ich hielt mir wie zum Schutz die Taschen vor den Körper und sagte: »Ich heiße jetzt Milly Carmichael.« Kurz sah sie verwirrt aus, dann hellte sich ihr Gesicht auf.

»Natürlich! Leo! Was für ein reizender Mann, wie schön.«

Ich dachte: Sie weiß nicht mal mehr, was damals passiert ist. Es hatte ihr nichts bedeutet, für mich und auch für Leo hatte ihre kurze Affäre jedoch immer einen misstönenden Nachhall gehabt, wie eine hängen gebliebene Grammofonplatte. Schließlich nahm ich das Taxi und gab dem Fahrer kein Trinkgeld, als er mich vor meinem großen Haus absetzte, in dem ich mit Leo und unseren Kindern wohnte, und ich sah Alicia nie wieder, bis zu diesem Tag im Garten von Newnham, an dem Angela uns ahnungslos einander vorstellte, und wir schauten uns an und suchten beide nach den jungen Frauen, die wir früher einmal gewesen waren.

Sie hielt mir eine Hand hin, die ebenso mit blauen Adern überzogen war wie meine, und ich ergriff sie.

»Milly Jameson«, sagte sie, und diesmal korrigierte ich sie nicht.

»Was machst du denn hier?«, platzte ich heraus, dann fing ich mich wieder. »Ich meine, woher kennst du Melanie?«

»Ich kenne sie eigentlich gar nicht«, antwortete sie. »Aber ich war auf dem Clare College Octavias Doktormutter, und wir sind Freundinnen geblieben. Ich freue mich sehr für sie, sie sind so ein wunderbares Paar.«

Die Vorstellung, dass Alicia – Alicia mit dem glockenhellen Lachen, die auf Partys betrunken vom Stuhl fiel – ein Cambridge-Fellow war, war verstörend. Ich hatte immer angenommen, sie hätte ihren Viscount oder irgendeinen anderen Adeligen geheiratet und sich für ein Leben voller feuchtfröhlicher Abendgesellschaften entschieden. Und jetzt stellte sich heraus, dass sie Akademikerin geworden war. Ich spürte, wie es mir den Boden unter den Füßen wegzog, und da Bobby an ihrer Leine zerrte, entschuldigte ich mich damit, dass sie einen Spaziergang brauchte, und ging davon, um mich wieder zu sammeln. Als ich außer Sicht war, ließ ich mich auf eine Bank sinken, presste mir die Finger an die Schläfen und versuchte, Ordnung in meine Gedanken zu bringen. Bobby leckte mir die Hand.

»Das ist jemand, den ich von früher kenne«, murmelte ich. »Jemand, den ich nicht besonders mag.«

Bobby legte mir den Kopf aufs Knie und grummelte.

Ich lachte schwach und zerzauste ihr das Fell. »Danke, nicht nötig.«

Alistair hatte oft versucht, mich zu überreden, mich auf Social-Media-Seiten anzumelden, wo die Leute Bilder von sich posten – er sagte, das sei gut, um in Kontakt zu bleiben, denn dann wüsste man, was die anderen so treiben. Aber ich sah mir ein paar der Seiten an, die er mir zeigte, und sie waren schrecklich – virtuelle Räume voller Menschen, die protzten oder wütend ihre politischen Meinungen zur Schau stellten. Leute in meinem Alter schrieben Karten und Briefe, um sich gegenseitig auf dem Laufenden zu halten, obwohl wir uns im Grunde so gut wie nie die Mühe machten, außer an Weihnachten – ich schätze, diese grässlichen Round-Robin-Briefe, die zusammen mit Weihnachtskarten verschickt werden, sind die sozialen Medien meiner Generation. Prahlereien über das eigene Leben, in der Hoffnung, dass sie jemanden interessieren oder beeindrucken.

Dementsprechend hatte ich keine Ahnung, was aus meinen Altersgenossinnen geworden war. Ich ging davon aus, dass viele von ihnen Karriere gemacht hatten – so war es bei etlichen Cambridge-Absolventen, und manchmal war es besser, nichts davon zu wissen, denn man konnte leicht Minderwertigkeitskomplexe bekommen, wenn man hörte, dass der und der den Booker Prize gewonnen hatte oder zum Commander of the British Empire ernannt worden war. Mit dem Privatleben der anderen Ehemaligen kannte ich mich noch weniger aus – wer wen geheiratet hatte, ob sie Kinder bekommen hatten, wohin sie in den Urlaub fuhren, wann sie krank geworden waren. Mit all diesen Frauen hatte ich jahrelang in der Cambridge-Blase zusammengelebt, mir ein Badezimmer geteilt, hatte mit ihnen gekocht und gelernt; dann ertönte plötzlich der Startschuss für das richtige Leben, und wir zerstreuten uns in alle Winde. Nicht zum ersten Mal schämte ich mich für mein begrenztes Interesse an der Außenwelt – an allen Menschen, die nicht Leo waren. Ich hätte wissen sollen, was aus Alicia geworden war. Es hätte mir so viele bittere Mutmaßungen erspart. Ich war immer davon ausgegangen, dass sie Leo nicht gewollt hatte, weil sie hinter einem Adelstitel her war. Doch anscheinend war Dr. Hargreave der einzige Titel, an dem sie interessiert gewesen war.

Der Fotograf tippte mir auf die Schulter und riss mich aus meinen Gedanken, und ich setzte mein bestes Mutter-der-Braut-Lächeln auf, obwohl ich wahrscheinlich aufgewühlt und abgelenkt aussah, Bobbys Leine schlaff in der Hand. Sobald die Fotos im Kasten waren, wurden wir zum Dinner in die College Hall gerufen. Der Saal sah noch genauso aus, wie ich ihn in Erinnerung hatte: die Wände mit verschlungenen Friesen verziert, auf einer Seite von riesigen weißen Rundbogenfenstern mit Bleiverglasung mit Blick auf den Rasen gesäumt, auf der anderen von gigantischen Ölporträts der Großen und Guten von Newnham – Leute, die in ihrem Leben weit mehr erreicht hatten als ich.

Während des Essens sah ich, dass Alicia sich weiter unten am Tisch angeregt unterhielt, Speis und Trank reichlich zusprach. Allen Newnham-Frauen war ein gewisser Blick zu eigen – »Luchsaugen«, wie Leo es genannt hatte, was auf Alicias himmelblaue Augen bestimmt zutraf. Ich schätze, ich hatte sie auch, obwohl wir charakterlich so komplett gegensätzlich waren. Ich war verstört über die Wesensverwandtschaft, hätte sie am liebsten nicht eingestanden. Aber nach mehreren Gläsern Wein fielen mir ein paar Dinge ein, an die ich jahrzehntelang nicht gedacht hatte – wie jener Abend, an dem Alicia und ich nach draußen in den Garten geklettert waren, um barfuß durch das nasse Gras zu gehen, eine stibitzte Flasche Black-&-White-Whisky hin und her reichten, zwischen Schluckauf und Gelächter die Geschichte erzählten, wie wir ihn ergattert hatten. Alicias Angewohnheit, so zu tun, als würde sie sich aufhängen, wann immer ihr unsere Furie von Newnham-Hauswirtschafterin auf den Fluren über den Weg lief. Der Schwung ihres Handgelenks, wenn sie den Rand ihres Martiniglases mit einer Zitronenschale einrieb. All diese Erinnerungen kehrten zurück, während *Entheos* in mir aufstieg und den alten Groll verdrängte.

Ich zog die Schuhe aus, streichelte Bobby unter dem Tisch mit dem Fuß und beobachtete meine ehemalige Nemesis.

»Nur eine alte Freundin«, murmelte ich und hielt Bobby ein Stück Rindfleisch vor die Nase. Sie setzte sich auf und riss es mir aus den Fingern.

Als hätte sie etwas gespürt, ließ Alicia den Blick durch den Saal schweifen, bis er meinem begegnete. Sie neigte kurz den Kopf, hob das Glas, dann, nach kurzem Zögern, stand sie auf und kam zu mir.

»Hast du Lust, dir unsere alten Zimmer anzusehen?«, fragte sie.

Wir gingen zusammen durch den langen Flur, und Bobby trottete hinter mir her.

»Ich lebe schon seit Jahren wieder in Cambridge, aber ich war seitdem nie wieder hier«, erzählte Alicia. »Ich hab zwar ein paar Konferenzen und ein paar Pudding-Seminare und so besucht, aber in Peile Hall war ich nie. Mein Mann Cedric und ich haben am Clare College unterrichtet und – tja, eigentlich ist das kein Grund. Aber dich hier zu sehen, hat die Erinnerungen zurückgebracht. Vielleicht ist niemand zu Hause, aber es ist einen Versuch wert.«

Als wir an die Tür von Alicias Zimmer klopften, machte tatsächlich niemand auf. Dann klopften wir an meine, und eine Studentin öffnete uns, die über den Besuch zweier alter Damen sichtlich erstaunt war, uns aber bereitwillig hereinließ und sogar in den Gemeinschaftsraum ging, während wir an der Schwelle stehen blieben und uns umsahen.

Das Zimmer war in besserem Zustand als zu der Zeit, in der ich darin gewohnt hatte, löste aber trotzdem einen Anflug von Nostalgie in mir aus – die schmalen, hohen Fenster, durch die der Herrenbesuch sich nach der Sperrstunde davongemacht hatte, das schmale, quietschende Bett, der zerkratzte Schreibtisch, der Geruch nach Möbelpolitur und den »langweiligen« alten Büchern. Tage, die ich hier zitternd und lesend unter einer Decke verbracht hatte, und Nächte, in denen ich wach gelegen und die Bäume beobachtet oder ein zerrissenes Kleid in den Schrank gehängt hatte. Diese flüchtige Zeit war so intensiv gewesen, dass es schien, es hätte ein ganzes Leben voller Schlüsselerlebnisse darin stattgefunden. Selbst nach all den Jahren fühlte es sich noch wie zu Hause an.

Wir standen da, starrten in den Raum, nahmen ihn in uns auf, dann sagte Alicia, den Blick immer noch geradeaus gerichtet: »Es tat mir sehr leid, als ich das mit Leo gehört habe. So ein reizender Mann. Unglaublich brillant.«

»Ja«, sagte ich. Ich konnte nicht mehr hinsehen, drehte mich um und ging den Flur hinunter. Sie schloss die Tür und folgte mir, und als sie mich einholte, sang sie plötzlich:

»Mr Barman, bring me a drink,
Make it so strong that I can't think,
Give it two shots, and I'm in clover,
Then keep 'em coming till the night is over …«

Dann lachte sie ihr schmutziges Lachen, an das ich mich noch so lebhaft erinnerte, und ich ertappte mich dabei, dass ich ebenfalls losprustete.

»Du warst schon immer eine lausige Sängerin«, sagte ich. »Schrecklich, diese Katzenmusik.«

»Und du warst immer eine lausige Trinkerin«, entgegnete sie. »Du konntest nie mithalten.«

»Nein, mit dir konnte ich nie mithalten«, sagte ich bedächtig. »Du und dein Mann habt am Clare College unterrichtet?«

»Ja«, sagt sie. »Er ist Mathematiker. Furchtbar intelligent, das komplette Gegenteil von mir!« Wieder lachte sie dreckig. »Wir sind jetzt allerdings beide im Ruhestand. Zwei alte Knacker, die durch Cambridge schlurfen.«

»Also hast du den Viscount doch nicht geheiratet«, stellte ich fest.

Verwirrt sah sie mich an. »Welchen Viscount? Gab es einen Viscount? Ich erinnere mich nicht. Und was ist mit dir? Hast du deinen glänzenden Abschluss gut genutzt? Ich dachte immer, du wärst Professorin geworden.«

Ich schwieg für ein paar Sekunden, ließ jenes andere Leben vor meinem inneren Auge ablaufen, in dem ich eine illustre Akademikerin war. »Nicht ganz. Die Kinder haben dazwischengefunkt.«

Sie lachte. »So was kommt vor. Und Kinder erfordern eine ganz andere Art von mentaler Stärke. Da sind wir wieder.«

Wir hatten den Festsaal erreicht. Die Tische waren an die Wand gerückt worden, und alle tanzten; Angela hüpfte wild mit Otis durch die Gegend. Sie winkte mich heran. »Komm, tanz mit uns!«

Und genau das tat ich. Ich tanzte durch den Saal und unterhielt mich, und das ausnahmsweise völlig unbefangen. Das ganze Gewebe war auseinandergefallen und wieder neu zusammengesetzt worden, die Muster waren jetzt deutlicher, die Fäden ineinander verwoben, so wie es sein sollte. Hin und wieder fiel mein Blick auf Alicia, die mit einem älteren Herrn am Tisch saß – vermutlich ihr Mann Cedric, der Mathematiker. Sie steckten ständig die Köpfe zusammen, um sich über die Musik hinweg zu unterhalten. Zwei alte Knacker, genau wie Leo und ich es hätten sein sollen.

Angela, Otis und ich fassten uns an den Händen und wirbelten im Kreis über die Tanzfläche, während Bobby, die ich an ein Tischbein angebunden hatte, geduldig wartete und gelegentlich von einem mitleidigen Gast einen Leckerbissen zugesteckt bekam. Irgendwann setzte ich mich wieder zu ihr, während Angela und Otis weitertanzten. Wir tranken noch etwas, aßen von der Hochzeitstorte, und meine Haare lösten sich aus dem Knoten. Otis sagte, ich sähe aus wie eine Hexe; ich formte meine Finger zu Krallen, nahm den Zauberstab aus Angelas Tasche und tat, als wollte ich ihn verhexen, und er rannte schreiend und lachend davon. Als wir schließlich widerstrebend, mit roten Gesichtern, zerzausten Haaren und kichernd aufbrachen, war es fast zehn Uhr abends.

Eine Freundin von Mel rief uns ein (hundekompatibles) Taxi. Otis hatte sich erschöpft auf den Schoß seiner Mutter sinken lassen. Als ich den Mantel anzog und meine Sachen zusammensuchte, tauchte Melanie auf; Octavia blieb im Hintergrund.

»Ich hab dein Geschenk ausgepackt«, platzte Mel heraus und klang ungewöhnlich verlegen. »Es ist wunderschön. Ich kannte das Bild gar nicht. Wo hast du es her?«

»Vom Dachboden«, erwiderte ich befriedigt. Mel sagte selten etwas Anerkennendes, besonders mir gegenüber. »Meine Freundin Sylvie hat einiges aussortiert.«

»Tja, es ist wunderschön. Vielen Dank. Auch dafür, dass du gekommen bist und deine Freunde mitgebracht hast. Es war schön, dich zu sehen.« Sie streckte die Hände aus und umfasste meine, die unter ihrer Berührung aufhörten zu zittern. Das Echo unserer Auseinandersetzung hallte zwar immer noch nach, aber wie mir schien, nicht mehr ganz so laut.

»Es war auch schön, dich zu sehen.« Ich verstummte, wusste nicht genau, was ich noch sagen sollte. »Ich wünschte, dein Vater könnte hier sein. Er wäre … sehr stolz gewesen.«

Sie nickte mit feuchten Augen. »Das wäre eine Rede epischen Ausmaßes geworden.«

Ich lächelte, während ich den Hund losband. »Ich bin froh, dass ich hergekommen bin. Tut mir leid, dass Bobby fast die Hochzeit verdorben hätte.«

Beide lachten.

»Du bist … anders«, sagte Mel. »Es geht dir offensichtlich besser.«

»Ja«, sagte ich. »Es geht mir besser. Zumindest ein bisschen.« Ihr Mund öffnete sich wieder, aber ich war noch nicht bereit, schüttelte den Kopf, und sie brach ab. Stattdessen trat sie vor und umarmte mich unbeholfen.

»Ich komme zu Besuch«, flüsterte sie mir ins Ohr. »Bald. Natürlich hauptsächlich wegen Bobby. Ich würde meine neue Adoptivschwester gern besser kennenlernen.«

»Das würde mich sehr freuen.«

Angela, die Otis auf den Arm genommen hatte, sagte, das Taxi sei da, und so gingen wir zur Tür. Ich warf einen letzten Blick zurück und sah, wie Alicia mir mit ihren Luchsaugen nachschaute und zum Abschied die Hand hob; ich nickte ihr zu, und wir gingen den Gang hinunter zur Sidgwick Avenue und hinaus in die Nacht.

Kapitel 20

Melanie. Abgeleitet vom griechischen μελανία, was »die Schwarze« bedeutet. Es war eine leichte Schwangerschaft gewesen – ich war jung, gesund und verliebt, ein Schiff in voller Fahrt. Ich war immer ein Mensch mit Ecken und Kanten gewesen, sowohl körperlich als auch vom Charakter her, aber in der Schwangerschaft legte ich an Gewicht zu, was die Ecken und Kanten abrundete, und war ausgeglichener als je zuvor. Die Tage jenes Sommers waren lang, sonnig und voller Erwartung.

All das änderte sich mit der Geburt.

Niemand hatte mich davor gewarnt, wie schrecklich so etwas sein konnte. Leo blieb anfangs im Zimmer, zog sich aber rasch zurück, als er das wogende Fleisch sah, die Hebammen, die mich aufs Bett drückten, als ich mich wand und aufbäumte, und das feuchte Haar, das mir im Gesicht klebte. Ich sah es in seinen Augen, als er zurückkam, um das Baby zu begrüßen. Er säuselte und knuddelte sein »kleines Igelchen«, dann sah er mich an, und ich hatte das Gefühl, dass er dachte: *Was hast du für ein Theater gemacht*. Ich hatte einen wichtigen Test nicht bestanden; Leo hatte eine Eins plus erwartet, und ich hatte nur eine magere Drei minus geschafft. Er schenkte mir jenen »Regard«-Ring, den die Einbrecher gestohlen hatten. Die Anfangsbuchstaben der Edelsteine bildeten das Wort »Regard« – Zuneigung –, ein Rubin, ein Smaragd, ein Granat, ein Amethyst, noch ein Rubin und ein Diamant. Dazu bekam ich eine seiner lateinischen Notizen: »*Sicut mater, ita est filia eius*« – wie die Mutter, so ist auch die Tochter. Ich war ernüchtert. Zuneigung, nicht Liebe. Und das schlichte »*sicut mater*« war auch nicht gerade ein Kompliment.

Von dem Moment an, in dem sie geboren wurde, schien Mel wütend zu sein – eine kleine, mit den Fäusten wedelnde Furie, das Gesicht ständig vom Schreien verzerrt. Ich schien nichts tun zu können, was sie beruhigte; sie saugte mir (selbst nach den Ratschlägen meiner Mutter) das Blut aus den pulsierenden, wunden Brustwarzen, malträtierte mich mit Fäusten, wenn ich sie im Arm wiegte, und starrte mich mit ihren dunklen Haiaugen an, wenn ich ihr die Windeln wechselte. Sie schien ständig schlecht gelaunt zu sein, kreuzunglücklich – und ein Kreuz, das ich tragen musste.

Ich hatte es mir nicht so vorgestellt, dass ich abgehetzt in unserem kleinen Cottage hin und her lief und ständig die Mutterrolle spielen musste. Stattdessen war ich davon ausgegangen, dass ich die gleichen Dinge tun würde wie zuvor, in der Stadt spazieren gehen, ein Museum besuchen, in einem Café etwas trinken gehen, wenn auch mit einem kleinen Bündel Mensch auf dem Arm. Aber ich konnte sie wegen des ständigen Geschreis und der darauf folgenden missbilligenden Blicke nirgendwo mit hinnehmen. Stattdessen trottete ich erschöpft im strömenden Regen jenes endlosen Winters durch leere Parks, in dem Versuch, die markerschütternden Schreie aus dem Kinderwagen zu ignorieren.

In der Schwangerschaft war ich aufgeblüht – jetzt welkte ich dahin, schleppte mich durch den Alltag, wünschte mir mein Leben fort und ihres auch. Heutzutage hätte man mir sicher eine Diagnose gestellt, mir die notwendigen Medikamente und Therapien verordnet. Aber damals war das anders. Als mein Arzt mir allerdings vorschlug, mir eine neue Art von Pille zu verschreiben, die Schwangerschaften verhindert, wäre ich ihm am liebsten um den Hals gefallen, weil ich so große Angst hatte, all das noch einmal durchmachen zu müssen. Leo, der Mel vergötterte und sich nicht um sie kümmern musste, begann, Andeutungen zu machen, sobald sie krabbeln konnte, und ich stimmte ihm zu, weil ich ihm nichts von der Pille erzählt hatte und dachte, ich könnte einfach so tun, als wäre ich ebenso überrascht wie er, dass nichts passierte.

Leider wurde ich nachlässig, was die Einnahme anging, vertraute zu sehr darauf, dass ich dank des neuen Medikaments schon in diesem gesegneten Zustand der Unfruchtbarkeit bleiben würde.

Außerdem war ich abgelenkt, als der Brief meiner Mutter eintraf, in dem sie schrieb, dass sie krank sei. Deshalb achtete ich nicht auf die ersten Anzeichen. Ich war ständig müde, doch ich fuhr mit Melanie nach London, um meine Mutter zu besuchen. Ein paar Wochen lang war ich, obwohl Tante Sibby mir zur Hand ging, so sehr von ihrem Sterben – der Pflege, dem Waschen und dem Durchgehen des Nachlasses – in Anspruch genommen, dass ich endgültig erschöpft war. Danach verfiel ich in eine Art Erstarrung, und als ich wieder in unserem chaotischen Cottage war, beschwichtigte ich Melanie mit Keksen, und wir wurden beide dicker und dicker. Am Ende ging ich zum Arzt. Er warf einen Blick auf meinen Bauch, dann sah er mich an, als hielte er mich für begriffsstutzig. Ich ertappte mich bei dem Wunsch nach einer anderen Diagnose – lieber eine Krankheit wie die meiner Mutter als das Offensichtliche.

Im Lauf der Schwangerschaft wurde ich wieder etwas munterer, und als wir uns im Spätsommer des Jahres 1964 das Haus in Stoke Newington anschauten, spürte ich zum ersten Mal seit Melanies Geburt wieder Regungen des Lebens und sah einen Lichtschimmer am Horizont.

Bei Alistairs Geburt war alles anders. Sie verlief wesentlich leichter als die erste. Ich war konzentrierter und hatte das Gefühl, meine Anstrengungen würden sich diesmal auszahlen. Er kam schnell, blinzelte mit den runden Augen, wedelte mit den Ärmchen, als suchte er nach mir, und fing sofort dankbar an zu saugen. Die Hebammen klopften mir auf die Schulter und gratulierten mir. Leo blieb bei uns im Raum. Beim zweiten Versuch bekam ich eine Eins.

Wir nahmen Alistair mit nach Hause. Melanie war natürlich entrüstet über den Neuankömmling, obwohl sie ihn mit der Zeit lieben lernte. Er war so einfach, so freundlich, ein Ebenbild von Leo, groß, golden und mit einem kindlichen Strahlen. Er gluckste und plapperte vor sich hin, tat all die Dinge, die normale Babys eben taten. Nach ein paar Monaten konnte ich ihn in Cafés und

Spielgruppen mitnehmen, und niemand starrte uns an. Um uns herum trauerten immer noch alle um Churchill, aber Ali und ich waren in unserem Kokon geborgen, unberührt von allem Bösen dieser Welt. Er heilte mich, machte alles wett – meine Fehler bei Mel, den Tod von Henry und meiner Mutter, ganz zu schweigen von den anderen Übeln, die besser unerwähnt bleiben. All das spielte keine Rolle mehr, weil ich diesen lebensfrohen, strahlenden Jungen produziert hatte. Der Gott, an den ich nicht glaubte, meinte es anscheinend doch gut mit mir. Wenn Mel mein Kreuz war, dann war Ali mein Balsam. Natürlich ist es falsch, Lieblingskinder zu haben, aber ich fühlte mich dadurch gerechtfertigt, dass es bei Leo genau andersherum war. Er fand Alistairs Geradlinigkeit zu einfach, mochte Mels kompliziertere, herausforderndere Psyche lieber. Und so hatten sie beide einen liebevollen und einen kritischen Elternteil, was, wie ich annehme, gut für die Charakterbildung ist. Das war unser *Oikos,* das Yin und das Yang, bei dem das Ganze größer war als die Summe seiner Teile. Ich glich Leos Versäumnisse aus und er meine. Aber nun, da er nicht mehr lebte, würde ich mich mit beiden Kindern arrangieren und versuchen müssen, Wiedergutmachung zu leisten.

Klack-klack, klack-klack ratterte der Zug, während wir auf dem Weg nach Finsbury Park allmählich wieder von der Stadt verschluckt wurden. Otis hing schlaff in Angelas Armen, die betrunken vor sich hin döste, Bobby lag ausgestreckt unter dem Sitz, und ich starrte in die Dunkelheit hinaus. Ich sah mein eigenes Spiegelbild in der dunklen Scheibe, eine Melanie der Zukunft – hagerer, grauer, verbitterter. Natürlich fand ich sie schwierig, weil ich mich in ihr wiedererkannte, all ihre Fehler sprangen mir direkt ins Auge, dazu aber auch all die Stärken, die ich nicht besaß. Melanie war die Missy, die Leo vorbehaltlos lieben konnte. Sie hatte sein Herz erweicht, wie ich es nie vermocht hatte. Jetzt, da ich langsam wieder nüchtern wurde, der *Entheos* wieder verblasste, fragte ich mich, ob der kurze Moment des Einvernehmens vor der Abreise von Dauer sein würde. Jener schreckliche Tag, jener schreckliche Streit würde gewiss für immer nachhallen …

Nach unserer Ankunft in Finsbury Park hievte Angela Otis auf ihre Schulter und trug ihn aus dem Bahnhof, und ich zog Bobby, die eine lästige Besessenheit von den urinbesudelten Laternenpfählen in der Seven Sisters Road entwickelt hatte, hinter mir her. Zum Glück fanden wir bald ein Taxi samt Fahrer, der nichts gegen Hunde einzuwenden hatte, aber als er uns in unserer Straße absetzte, hatte ich Kopfweh und war bedrückt. Angela winkte mir mit dem freien Arm und machte sich auf den Weg zu ihrer Wohnung, während ich Bobby nach Hause zog.

Ich sah, dass im Wohnzimmer Licht brannte, dachte mir jedoch nicht viel dabei, weil Sylvie gesagt hatte, sie wolle eventuell kurz vorbeischauen, um noch ein paar Dinge auf dem Dachboden zu sortieren. Sie hatte einen Schlüssel und vermutlich vergessen, das Licht auszumachen. Ich ging in die Küche, um den drohenden Kater mit einer Tasse Tee zu bekämpfen. Bobby stand winselnd an der Hintertür, weil sie rauswollte, und ich öffnete die Tür und schnalzte missbilligend mit der Zunge, als ihr fedriger Schwanz im dunklen Garten verschwand. Ich wandte mich wieder dem Wasserkessel zu, machte mir eine Tasse Tee und wollte mich gerade an den Küchentisch setzen, als mir das Licht wieder einfiel. Ich musste Strom sparen.

Während ich mich dem Wohnzimmer näherte, merkte ich, dass sich etwas verändert hatte. Der Lichtschein, der von dort ausging, war anders – milder, wärmer. Ich öffnete die Tür, sah die Verwandlung und blieb stehen, den Türknauf vor lauter Staunen noch in der Hand. Sylvie hatte Wunder gewirkt. Ich würde nicht länger in einem Mausoleum leben.

Als Kind hatte ich das Buch *Sara, die kleine Prinzessin* verschlungen und wieder und wieder gelesen, bis meine Ausgabe fast auseinanderfiel. Ich war verzaubert und zugleich entsetzt, genoss die detailreichen Beschreibungen von Sara Crewes Leben, der Extravaganz ihres Vaters, dann gruselte ich mich genüsslich vor der Schilderung ihres darauffolgenden Absturzes in die Mittellosigkeit. Es machte mir klar, dass sich das Leben im Handumdrehen komplett wandeln kann – in einem Moment spielte sie noch mit einer Puppe, die ebenso prächtig gekleidet war wie sie selbst; im nächsten schenkte sie, selbst verarmt, einer Bettlerin Brötchen.

Aber die Szene, die mich am meisten faszinierte, war die, in der der mitfühlende Gentleman, der nebenan lebte, beschloss, Saras Zimmer heimlich umzudekorieren. Während sie schlief, schickte er seinen Diener über das Dach zu ihr, und als sie am nächsten Morgen erwachte, entdeckte sie, dass ihre trostlose Mansarde in einen zauberhaften Salon voller exquisiter Annehmlichkeiten verwandelt worden war. Als ich mich jetzt in meinem Wohnzimmer umsah, fühlte ich mich ebenfalls wie eine Prinzessin, wie geblendet von der Wohltätigkeit eines anderen Menschen und überwältigt von dem Gedanken, jemandem wichtig genug zu sein, dass er so etwas für mich tat.

Der Aubusson-Teppich lag vor dem Kamin, und sein leuchtendes Rot fand ein Echo in den verglimmenden Kohlen. In einer Ecke stand der Schreibtisch, davor ein geschnitzter Stuhl mit blass graugrünem Chenillepolster. Es gab neue Vorhänge aus grün geblümtem Leinen, dazu passende Kissenbezüge, und mein Paisley-Überwurf war gewaschen und über der Sofaarmlehne drapiert worden. Eine zweite Lampe war vom Dachboden geholt worden und stand jetzt auf dem niedrigen Tischchen neben Leos Sessel, zusammen mit der mit Andonisröschen gefüllten Muranovase. Adonisröschen für den verlorenen Adonis.

Überall sah ich Fotos und Bilder, an den Wänden, auf dem Kaminsims – jeder Winkel hatte sein eigenes Memento. Es befanden sich Gemälde darunter, die ich ganz vergessen hatte, unter anderem ein hübsches Ölporträt meines Vaters, das entstanden war, bevor er in den Krieg zog. Ich blieb davor stehen, blickte in sein sensibles, nachdenkliches Gesicht. William Jameson. Er war Pazifist gewesen, obwohl er zu viel Angst gehabt hatte, es zuzugeben. Meine Mutter hatte nur selten über ihn gesprochen, sie hatte nur gesagt, er sei der feinste Mann gewesen, dem sie je begegnet sei, und ich war traurig, dass ich keinerlei Erinnerungen an ihn hatte. Ich wusste nur, dass er der Grund war, warum ich Missy genannt wurde – weil mein Bruder meinen Namen in seinem Beisein einmal falsch ausgesprochen hatte. Nachdem er gegangen war, hatte Fa-Fa den Spitznamen übernommen, und er war mir geblieben, obwohl er und mein Vater die Einzigen gewesen waren, die mich so nannten. Die Briefe an meine Mutter, die ich auf dem Dachboden gefunden hatte, waren mit »Alles Liebe an alle, bes. Henry & die kleine Missy« unterschrieben.

Wie hatte Sara Crewe, die kleine Prinzessin, es noch gleich genannt? »Der Zauber, der dafür sorgt, dass es doch nie zum Schlimmsten kommt.« Natürlich kommt es trotzdem oft zum Schlimmsten, oder? Väter ziehen in den Krieg und kehren nie wieder zurück, geliebte Menschen sterben, Enkel wandern aus und noch weitaus schrecklichere Dinge. Doch es gibt auch die Stärkungstonika des Lebens: Einladungen zum Essen, geschenkte Hundebetten oder auf Hochzeiten so zu tun, als sei man eine Hexe.

Was für eine E-Mail würde die Geschichte von heute ergeben! Aber während ich mich umdrehte, um zu meinem Laptop in die Küche zu gehen, änderte ich meine Meinung und beschloss stattdessen, einen schönen, altmodischen Brief zu schreiben. Nachdem ich Bobby wieder ins Haus gelassen hatte, setzte ich mich an meinen alten Sekretär, der praktischerweise schon mit allem Notwendigen ausgestattet worden war, zog ein blütenweißes Blatt Papier aus dem Stapel und suchte nach einem Füller. Die neu auf dem Kaminsims platzierte Uhr schlug bereits eins, aber was ich zu erzählen hatte, konnte nicht warten. Bobby lag schnarchend auf dem Sofa, als ich zu schreiben begann, in dem Wissen, dass die Worte ausnahmsweise einmal leicht fließen würden.

»Liebe Melanie«, schrieb ich.

Kapitel 21

Es ist schon seltsam, wie schnell sich alles ändern kann. Noch vor wenigen Monaten war es so kalt gewesen, dass das gefrorene Gras unter den Schuhsohlen knirschte, der Himmel war bleischwer von noch nicht gefallenen Schneeflocken, der Wind hatte ein arktisches Pfeifen an sich, und auf dem Fenstersims lagen einzelne Schneeflocken, die sich weigerten zu schmelzen. Wenn ich dagegen jetzt, Anfang Juni, nach draußen schaute, spürte ich die Hitze der Sonne auf der Scheibe. Unter dem leuchtend violetten Immergrün schmolz der Asphalt der glühenden Straßen, und die Pendler, die in den U-Bahn-Stationen ein und aus gingen, zogen ein Kleidungsstück nach dem anderen aus.

Zu den zwei Spaziergängen mit Bobby pro Tag kamen inzwischen noch weitere Aktivitäten – Kaffeetrinken mit einem anderen Hundebesitzer, der gerade Zeit hatte, ein Essen bei Sylvie oder ein Abstecher in die Stadt, um eine günstige Matineevorstellung zu sehen, die mir Angela empfohlen hatte. Vormittags passte ich regelmäßig auf Otis auf, was das reinste Vergnügen war. Wir gingen zusammen spazieren und auf den Spielplatz. Bobby wartete geduldig vor dem Tor, während Otis schaukelte, die lange Rutsche hinunterrutschte oder sich in den Büschen versteckte und darauf wartete, von mir gefunden zu werden.

Als ich Mutter geworden war, ging ich davon aus, dass ich allgemein nicht gut mit Kindern umgehen konnte, weil ich mit Melanie nicht zurechtkam. Aber im Lauf der Jahre begriff ich, dass die einzige Grundvoraussetzung dafür, gut mit Kindern auszukommen, die war, dass man gut mit ihnen auskommen *wollte*. Bei Mel war das nicht so gewesen, weil es immer noch etwas anderes gab, das mich ablenkte; vermutlich rührte ihre ständige Wut daher, dass sie wusste, ich schenkte ihr nicht meine gesamte Aufmerksamkeit. Wenn man Kinder hat, ist es schwer zu akzeptieren, dass einem seine Zeit nicht mehr selbst gehört – sie gehört ihnen, jede wertvolle Sekunde. Wenn ich sah, wie Otis seine Mutter am Arm zerrte, während sie auf ihr Smartphone schaute, hätte ich sie am liebsten geschüttelt. Aber wir machen alle die gleichen Fehler, sei es wegen eines Handys, wegen des Putzens oder weil wir darauf warten, dass unser Ehemann nach Hause kommt. Und so spielte ich mit Otis, er kletterte auf Baumstämme und brachte mir Käfer mit. Ich verbrachte jeden einzelnen Augenblick damit, ihn zu beobachten, ihm Aufmerksamkeit zu schenken und seine unzähligen Fragen zu beantworten, weil ich wusste, dass es nicht ewig so sein würde, wir uns jedoch beide daran erinnern würden. Für Melanie hatte ich das nicht getan, und für Arthur konnte ich es nicht tun, also tat ich es für Otis.

Angela nervte mich immer noch mit ihrer Kopflosigkeit, dem Rauchen, Fluchen und ihrem ständigen Meckern über die Politik, aber sie war zumindest unterhaltsam, und wenn sie Otis abholte, blieb sie unweigerlich auf eine Tasse Tee. Dann marschierte sie in der Küche auf und ab, hatte Otis' Zauberstab wie eine Zigarette in der Hand und hielt mit ihrer heiseren Stimme und ihrem irischen Akzent eine Schimpfkanonade auf die Politik, die sich gewaschen hatte. Da ich das meiste davon nicht verstand, beschränkte ich mich darauf, den beiden etwas zu essen zu machen, mein neu dekoriertes Kaminsims zu bewundern und Bobby das eine oder andere Plätzchen zu geben, nachdem ich die Schokostücke herausgepuhlt hatte. Sie klopfte ihren Dank mit dem Schwanz auf den Boden und sabberte auf den Aubusson-Teppich. Sie war wirklich ein gutes Mädchen.

»Die kann man alle in den gleichen scheiß Sack stecken«, schloss Angela, als sie endlich Luft holen musste. »Das Wohnzimmer ist übrigens wirklich nicht wiederzuerkennen. Sylvie ist ein verdammtes Genie. Da fällt mir ein, am zweiundzwanzigsten findet ein Pub-Quiz statt. Sylvie und Denzil wollen ein Team zusammenstellen. Bist du dabei?«

Natürlich freute es mich, dass sie an mich gedacht hatten. Leo hätte sich sicher darüber lustig gemacht. Er fand Ratespiele … nun ja, kindisch. Aber das war nun einmal die Art von Wissen, die mir lag – das oberflächliche Wissen eines Steins, der über die Wasseroberfläche hüpft – und die ich mir hier und dort im Lauf meines langen Lebens angeeignet hatte.

»Und wer kümmert sich um Otis?«

»Ich besorg einen Babysitter. Der Pub ist gleich um die Ecke. Aber Sylvie ist ganz schön fanatisch, wenn es ums Pub-Quiz geht. Sie würde dich glatt lynchen, wenn du einen Fehler machst. Darum beantworte ich auch keine Fragen. Ich betrinke mich nur und brülle laut rum.«

»Also alles wie immer.«

»Ganz schön frech! Und, machst du mit?«

»Ist der Pub denn hundefreundlich?«

Ich hatte es mir angewöhnt, Bobby überallhin mitzunehmen. Sie saß, an einem Laternenpfahl angebunden, vor der Metzgerei, und wenn ich zurückkam, spitzte sie die Ohren und schnüffelte an meiner Tüte. Die Besitzerin der Wohltätigkeitsbuchhandlung hatte nichts dagegen, dass sie mich in die Kinderbuchabteilung begleitete, und als es wärmer wurde, saßen wir zusammen vor dem Café, und Hanna brachte ihr einen Napf mit Wasser. Bobby war eine genügsame Gefährtin, die nur zu froh war, mir überallhin folgen, neben mir liegen und leise hecheln zu können, während ich die Zeitung las. Da sie mit ihrem ockerfarbenen Fell ein hübscher Hund war, blieben viele Passanten stehen, um sie zu bewundern und zu streicheln, was ich ziemlich schmeichelhaft fand.

Etwa eine Woche vor dem Pub-Quiz kam ein Päckchen von Melanie. Vermutlich hatte sie es ein paar Tage nach Erhalt meines Briefes zur Post gebracht. Es war wesentlich leichter gewesen, ihn zu schreiben, als ihn zur Post zu bringen, und er hatte eine Weile in meiner Handtasche gelegen, bevor ich den Mut dazu aufbrachte.

Wie sollte man die brutalen Worte zwischen uns ungeschehen machen? »Liebe Melanie« sagen, wenn ich sie nie dementsprechend behandelt hatte? Ich beäugte das Paket mit einiger Beklemmung, aber als ich es öffnete, fand ich nur eine DVD darin und eine Nachricht: »Damit Bob etwas über ihren Stammbaum lernt.« Es war die zweite Staffel von *Blackadder*.

Ich hatte mir noch nie eine Sitcom angeschaut; Leo und ich sahen hin und wieder eine Dokumentation oder einen Film, aber davon abgesehen war der Fernseher ein selten genutzter Kasten in der Ecke. Leo war stolz auf die Tatsache, dass er so gut wie nie fernsah, und es war einer der wenigen Streitpunkte zwischen ihm und Mel, die eine große Affinität zu dem Medium hatte. Ich erinnere mich noch, wie mir einmal, als ich darauf wartete, dass sie ihre Diskussion darüber endlich beendeten, auffiel, mit was für einer dicken Staubschicht der Fernseher bedeckt war, und ich loslief, um ein Staubtuch zu holen.

Anfangs fand ich die Sendung mit den aufwendigen Tudor-Kostümen und den behelfsmäßigen Kulissen zu theatralisch und übertrieben, aber dann gab ich mich der Albernheit des Ganzen hin und amüsierte mich über die deftigen Wortspiele und die grotesk überzeichneten Figuren. Einmal leisteten Angela und Otis mir beim Anschauen Gesellschaft; Angela brachte Fish and Chips mit, und wir tranken Wein und kicherten, wenn Baldrick seinen nächsten raffinierten Plan enthüllte. Ich hielt mich für einen Fan, bis ich zur letzten Folge kam, die ich allein anschaute; Bobby lag neben mir auf dem Sofa und hatte den Kopf auf meinen Schoß gelegt. Alles war so albern und lustig wie immer, aber am Ende wurden alle ermordet, der Boden war buchstäblich mit Leichen übersät, was mich aus irgendeinem Grund zutiefst verstörte. Ich ging ins Bett, und zum ersten Mal seit Monaten überprüfte ich zuvor wieder alle Schränke. Ich schlief schlecht, und als ich schon bald wieder aufwachte, beobachtete die Schatten an der Wand, lauschte dem Schnarchen und Schniefen des Hundes und suchte Trost in seiner Gesellschaft. In den frühen Morgenstunden fiel ich in einen tiefen Schlaf, die Hand auf Bobbys Kopf gelegt.

Ich wurde erst spät wach und hörte Bobby unten in der Küche geräuschvoll aus ihrem Napf trinken. Rasch zog ich mich an, ging ebenfalls nach unten und nahm sie an die Leine. Wir drehten unsere Runde im Park, und weil es nicht unsere übliche Zeit war, sahen wir nicht so viele bekannte Gesichter wie sonst. Wir saßen eine Weile draußen vor dem Café und beobachteten die Hirsche, und Bobby knurrte eine Papiertüte an, die vom Wind davongeweht wurde.

Wieder zu Hause, aß ich eine Schale Suppe. Danach hörte ich mir in meinem neuen Radio die Nachrichten an, während ich den Inhalt eines Kartons vom Dachboden überprüfte, den Sylvie mir zum Aussortieren gegeben hatte. Es waren hauptsächlich Briefe meiner Mutter, die ich behalten wollte, um sie irgendwann in Ruhe zu lesen. Ich warf ein paar alte Unterlagen über den Verkauf des Hauses in Kensington weg, behielt jedoch ein Foto davon, das kurz nach dem Krieg aufgenommen worden war. Außerdem fand ich eine Art Schmuckkästchen, in dem sich zwei Milchzähne und ein zusammengerolltes Stück Papier befanden. Darauf stand in der Handschrift meiner Mutter: »Henry 1940 & Milly 1944«. Bei meinen eigenen Kindern hatte ich so etwas nie getan. Ich rollte das Stück Papier wieder zusammen und legte es, zusammen mit den beiden elfenbeinfarbenen Schätzen, wieder in das Kästchen. Eine neutrale Stimme im Radio verkündete, eine Abgeordnete sei auf offener Straße von einem Wähler niedergestochen worden. Sie war ebenfalls Mutter gewesen.

Ludwig und sein blutiger Dolch, das wahllose Morden. Eine Mutter, die die Zähne ihrer Kinder aufbewahrte, eine andere, die es nicht tat. Ein Elternteil, der starb, ein anderer, der überlebte. Leben, sterben, lieben, nicht lieben – all das war so willkürlich und zufällig, dass die Ungerechtigkeit und Unvorhersehbarkeit mir den Atem raubte. Wieder hasste ich mich für die Entscheidungen, die ich getroffen hatte, für die Dinge, die ich gesagt, und die, die ich nicht gesagt hatte. Ich wünschte, Leo wäre da, um meine Hand zu halten und mir zu sagen, alles werde wieder gut, aber sein Sessel war leer, und so vergrub ich die Hände im glänzenden Fell des Hundes, spürte, wie sich ihr Brustkorb hob und senkte, hob und senkte.

»Lebe«, sagte Bobby, und ich erschrak, aber es war nur ein Gähnen gewesen.

Ich kraulte ihr das Fell, sah mich in meinem gemütlichen Wohnzimmer um, wo die Bilder meiner Familie im Licht der Lampe glänzten und mein Vater auf mich herunterlächelte. Was für ein Glück, was für ein ungeheures Glück ich gehabt hatte. Es fing an zu regnen, ein regelrechter Wolkenbruch, der gegen die Scheibe prasselte. Bobby stupste mich mit der Schnauze an, legte sich auf den Rücken und präsentierte mir ihren hellen Bauch.

»Ich bin so froh, dass du da bist.« Ich kraulte ihr das weiche Fell, und sie wand sich näher an mich heran, damit ich weitermachte.

Kein Zauber kann verhindern, dass das Schlimmste geschieht. Es geschieht jeden Tag, die ganze Zeit. Und dann geht das Leben weiter, man selbst macht weiter und hofft, dass man die paar Krümel und die winzigen weißen Zähne, die noch da sind, behalten kann.

Kapitel 22

»Frage Nummer sieben: Die griechische Militärdiktatur, die auch bekannt war als das Regime der Obristen, endete in welchem Jahr?«

»Ach, Mist, war das 1972? 1973?«

»Wohl eher 1975, oder?«

Bobbys Kopf lag auf meinem Knie; sie schien uns Glück zu wünschen, und ich hätte es ihnen sagen können, doch ich fühlte mich plötzlich in eine Nacht vor knapp fünfzig Jahren zurückversetzt, als die besagten Obristen noch an der Macht waren und Leo und ich einen Streit hatten, bei dem ich ihm beinahe alles erzählt hätte.

Es war 1970, und an jenem Abend, als Leo und ich nach Cambridge fuhren, um an einem Dinner in einem Hotel in der Nähe des Queens' College teilzunehmen, lagen noch ein paar geisterhaft bleiche Schneereste auf dem Boden. Es war eine Veranstaltung, die irgendetwas mit Tourismus und Griechenland zu tun hatte, aber ich war abgelenkt gewesen, als Leo mir von der Einladung erzählte, denn ich hatte alle Hände voll zu tun mit meinem anstrengenden fünfjährigen Sohn, der es darauf anzulegen schien, das Haus in Schutt und Asche zu legen, und meiner zehnjährigen Tochter, die eher an eine Dreiundzwanzigjährige mit einer Vorliebe für Dramen erinnerte. Und so zog ich an jenem Nachmittag einfach nur ein Kleid an, auf dem keine Flecken von *ihrem* Dinner prangten, und wir bestiegen den Zug, dann ein Taxi und fuhren eilig zur River Suite, weil Leo aus irgendeinem Grund unbedingt früher dort sein wollte. Auf dem Weg zum Hotel fiel mir eine kleine Menschenmenge auf, die uns anstarrte, und jemand rief uns etwas zu, das höhnisch klang, aber ich dachte mir nichts dabei, weil wir so in Eile waren.

Das Ambiente wirkte auf mich nicht besonders griechisch, ich entdeckte nur ein paar illustre Persönlichkeiten der Stadt, die herumstanden und kräftig becherten, aber bald wurde deutlich, dass etwas nicht stimmte. Die Kellner hatten etwas Gehetztes, Angespanntes an sich, als erwarteten sie, die Küche könnte jeden Moment in die Luft fliegen. Da mich derartige Veranstaltungen sowieso immer nervös machten, blieb ich am Rand stehen, während Leo seinen Rundgang durch den Raum begann, und ehe ich michs versah, hatte ich drei Gläser Sekt getrunken. Als er schließlich zu mir kam, hatten die Hintergrundgeräusche eine Art Echokörper bekommen, der sie überlagerte. Anfangs dachte ich, der Lärm wäre nur in meinem Kopf. Geschrei drang von draußen in den Raum, und die Gäste flüsterten hinter ihren Drinks miteinander.

»Vor dem Hotel gibt es ein paar Proteste«, murmelte Leo, schnappte sich ein Glas und trank es in einem Zug aus. »Tristan sagt, sie stehen da schon seit geraumer Zeit. Zum Glück waren wir früh hier.«

»Wer denn?«

»Hauptsächlich Studenten.«

»Und wogegen protestieren sie?«

»Griechenland. Die Militärjunta.«

Ich hatte bisher nur mit Altgriechisch zu tun gehabt: Mythen und Metaphern, Berge und Magie, und die brutale Realität einer modernen Diktatur kam mir dagegen bizarr vor, ebenso wie dieses Dinner, das mir plötzlich unsagbar albern erschien.

Wir begaben uns zu unseren Plätzen, und obwohl ein paar immer noch nicht besetzt waren, wurde der erste Gang serviert, mit merklich zittrigen Händen. Oliven, Paprika, frittierte Tintenfischringe und diverse Dips, dazu flache, am Rand gekräuselte Brotstreifen. Alle um mich herum machten demonstrativ Konversation über die diversen Tavernen, die sie besucht hatten, um zu beweisen, wie weit gereist sie waren. Plötzlich ertönte Musik, und zwar so laut, dass einige sich genervt die Ohren zuhielten. Mehrere Gäste drehten den Kopf, um die Quelle ausfindig zu machen, aber für mich war es offensichtlich, dass dies keine sanfte akustische Begleitung für unseren Abend sein sollte. Dadurch und durch das Geschrei von draußen entwickelte sich der Abend zusehends zur Farce.

Nach einer geflüsterten Diskussion mit Tristan und einem lauernden Kellner wandte Leo sich mir zu. »Sie haben draußen Lautsprecher aufgestellt.«

»Wie reizend von ihnen«, erwiderte ich und nippte an meinem Wein.

Dann stand irgendein Würdenträger auf und versuchte – zur dröhnenden Begleitung von Zorbas' Sirtaki –, eine Rede über die Magie griechischer Küstenlandschaften zu halten. Leos Schultern zitterten; er und sein Freund Tristan rissen einen Witz nach dem anderen. Das Geschrei kam jetzt von allen Seiten, und irgendwann gab der Redner auf, verstummte, sah seine Kollegen an und zuckte hilflos mit den Schultern.

Die Kellner schwitzten sichtlich und unterhielten sich gestikulierend, die Sprechchöre draußen wurden immer lauter, die Gäste immer verstörter und abgelenkter. Dann traf ein Stein eins der großen Fenster mit Aussicht auf den Fluss. Die Scheibe zerbrach zwar nicht, aber das Ganze war so bedrohlich, dass eine Frau aufschrie. Mehr brauchte es nicht, um das Fass zum Überlaufen zu bringen. Ein Kellner ließ mit lautem Getöse ein Tablett mit Avocadoscheiben fallen, ein weiterer Stein wurde geworfen, das Fenster ging kaputt, und zwei plakatschwenkende junge Männer stürmten in den Saal. Sie wurden zwar sofort abgefangen und wieder nach draußen gebracht, aber plötzlich sprangen alle auf und stürzten drängelnd zum Ausgang, obwohl niemand zu wissen schien, wohin, und in diesem Moment amüsierte ich mich plötzlich besser als in all den Jahren zuvor.

Ich war nicht allein mit zwei quengelnden Kindern zu Hause eingesperrt; hier übernahm jemand anders das Abwischen; ich trug ein hübsches Kleid, und mein Mann hielt meine Hand. Das Geschrei, sowohl drinnen als auch draußen, war mittlerweile ohrenbetäubend, Männer brüllten Anweisungen, Frauen kreischten und hielten ihre Kleider zusammen, als stünden Plünderungen und Vergewaltigungen bevor. Das Ganze hatte irgendwie etwas Bacchantisches, und als Leo mich aus dem Raum bugsierte, ließ ich von einem wankenden Tablett eine offene Sektflasche mitgehen und winkte dem verwirrten Kellner kurz zu.

Draußen im Empfangsbereich war es nicht besser, Personal irrte ziellos umher, niemand fühlte sich verantwortlich. Ein Mann, der aussah wie der Oberkellner, klatschte ständig sinnlos in die Hände, aber niemand nahm von ihm Notiz. Mehrere Frauen waren hysterisch, obwohl abgesehen von etwas Lärm und der zerbrochenen Fensterscheibe eigentlich nichts vorgefallen war. Wie schnell wir in Panik und Chaos verfielen! Ich kicherte, während ich die dramatischen Szenen, die sich vor meinen Augen abspielten, in mich aufnahm, und trank einen Schluck Sekt. Leo war in eine heftige Diskussion mit Tristan verwickelt, aber als er sich umdrehte und mich ansah, grinste er mich über den Raum hinweg an, und ich war wieder die junge Frau, die auf der Mathematical Bridge ihre Bücher an sich drückte. Das, was zwischen uns war, hatte noch Bestand, wir hielten immer noch zusammen, er und ich. Trotz allem.

Leo kam, weiterhin lächelnd, auf mich zu, und ich hielt ihm die Flasche hin, und als er sie mir zurückgab, fiel mir auf, dass er meinen Mantel in der Hand hatte.

»Tja, anscheinend wollen alle nach oben gehen und sich verstecken, bis das hier vorbei ist«, sagte er.

»Hm«, sagte ich und beäugte mit fragendem Gesichtsausdruck erst ihn, dann meinen Mantel.

Ganz Gentleman bot er mir den Arm an. »Was hältst du davon, wenn wir uns einfach aus dem Staub machen?«

Ich hakte mich bei ihm unter, und kichernd wie die Schulkinder liefen wir an den hitzig diskutierenden Gästen vorbei zum Ausgang. Vor der Tür hielten wir kurz inne, um uns zu wappnen.

»Bereit?«, fragte Leo und sah mich mit einem schelmischen Funkeln in den Augen an.

»Bereit«, erwiderte ich, und wir traten nach draußen.

Sofort waren wir von wogenden Körpern umgeben, eine vor Wut kochende, wie berauschte Menschenmasse. Ich sah mehrere Polizisten in ihrer Mitte, die sich ihnen in den Weg zu stellen versuchten, aber es müssen sich Hunderte von Menschen in der winzigen Sackgasse befunden haben, und sie hatten keine Chance. Wir stürzten uns, Hand in Hand und mit eingezogenen Köpfen, ins Getümmel. Zuerst war es schwer, voranzukommen, und ich hatte Sorge, wir könnten verprügelt und zurückgedrängt werden, aber nach und nach bahnte Leo sich einen Weg, ohne meine Hand auch nur eine Sekunde loszulassen. Wir hatten die Menge fast durchquert, als es anfing zu regnen. Zumindest dachte ich, dass es Regen war, aber die Sturzflut war zu heftig – schon nach kurzer Zeit war ich völlig durchnässt, so wie alle anderen um mich herum ebenfalls, und als wir nach oben schauten, entdecken wir einen Mann am Fenster des ersten Stocks, der uns feixend mit einem Feuerwehrschlauch nass spritzte. Dann brach die Hölle los, die Leute drängten in diese und jene Richtung, die Farbe auf den Protestplakaten verlief und verschwamm. Die ganze Zeit über hielt Leo meine Hand, unsere Handflächen waren zusammengepresst, die Finger verschränkt. Er würde mich nicht loslassen.

Dann waren wir plötzlich jenseits des Getümmels, rannten eine Seitenstraße hinunter und zurück in die Zivilisation, zogen neugierige Blicke von Passanten auf uns, weil wir mit schmatzenden Schritten an ihnen vorbeistürmten und nicht aufhören konnten zu lachen. Als wir schließlich keuchend eine kleine Seitenstraße hinter dem St Catharine's College erreicht hatten, blieben wir völlig aufgelöst, aber triumphierend stehen. Ich reichte Leo erneut die Flasche und er mir meinen feuchten Mantel.

»Was zum Teufel hatten wir eigentlich da zu suchen?«, fragte ich schwer atmend, zog den Mantel an und schüttelte mir das Wasser aus den Haaren.

Leo trank einen Schluck und prustete. »Tristan hatte mich eingeladen, er ist ja Halbgrieche. Ich dachte, vielleicht springt ein Gratisurlaub dabei heraus!« Er hielt sich an einem schmiedeeisernen Tor fest, lachte und schnappte nach Luft, dann griff er nach meiner Hand, und wir rannten weiter über das dunkle Kopfsteinpflaster.

»Wo wollen wir denn hin?«, erkundigte ich mich schnaufend, während Leo mich in eine Gasse hinter der King's Parade zog.

»An einen Ort, den ich von früher kenne«, war alles, was aus ihm herauszubekommen war.

Es war dunkel und kalt, und die Lichter der Colleges funkelten in der Finsternis. Für einen kurzen Moment fehlte mir das alles, der Kokon des akademischen Lebens, das zarte Auseinanderpflücken von Wörtern in luftigen, pittoresken Elfenbeintürmen statt animalischer, erdiger Mutterschaft. Am Ende hatte ich mein Examen mit sehr gut bestanden. Wie hätte mein Leben aussehen können, wenn ich keine Kinder bekommen hätte? Aber damals war mir das gleichgültig – Hand in Hand mit Leo, der mich über einen Friedhof links von der Round Church zog, bis ein gotisches rotes Backsteingebäude in der Dunkelheit vor uns aufragte. Die Cambridge Union Debating Chambers. Leo ging hinein, führte mich durch mehrere Flure, dann eine kurze Treppe hinunter. Wieder hörte ich Musik, wenn auch diesmal eine völlig andere.

Wir betraten einen Keller, einen Ort, der mir unbekannt war, aber bald erkannte ich, dass das düstere unterirdische Gewölbe in eine Art improvisierten Jazzklub verwandelt worden war. Am anderen Ende des schwach beleuchteten Raumes spielte die Band, in der Mitte tanzten einige Paare, andere saßen an Tischen um die Tanzfläche. Leo sah sich kurz um, dann seufzte er zufrieden.

»Genau so, wie ich es in Erinnerung hatte«, bemerkte er anerkennend. »Möchtest du etwas trinken?«

Wir suchten uns einen Tisch, und ich setzte mich, während Leo sich auf die Suche nach Getränken machte. Nach einer Weile kam er mit einer Flasche Wein zurück.

»Hier gefällt es mir viel besser«, sagte er, setzte sich und goss uns beiden ein Glas ein. Wir prosteten uns zu, und ich dachte, wie wundervoll es hier war und dass wir so etwas viel zu selten machten, weil er immer zu viel zu tun hatte und ich zu erschöpft war. Aber vielleicht würde hier in diesem düsteren Keller ja endlich Licht in mein Dunkel kommen. Vielleicht würde es all das am Ende wert sein. Alles, was ich hatte durchmachen, was ich hatte aufgeben müssen, war nichts als eine Prüfung gewesen, die die Belohnung am Ende noch befriedigender machte. Je leichter es mit den Kindern wurde und je sicherer Leos berufliche Laufbahn, desto mehr Zeit konnten er und ich zusammen verbringen, und er würde lernen, mich auf die aufrichtige, allumfassende Art zu lieben, die ich mir ersehnte.

»Dr. Carmichael!«, stotterte ein dunkelhaariger, errötender junger Mann mit Brille, der vor uns aufgetaucht war. Leo erhob sich sofort und schüttelte ihm die Hand.

»Dawson!« Und weg waren sie. Leo wurde ans andere Ende des Raumes zu einer Gruppe Studenten bugsiert, die ihn begeistert begrüßten: Der siegreiche Held war heimgekehrt, während ich allein mit meiner Flasche am Tisch zurückblieb und es niemanden gab, mit dem ich sie teilen konnte.

Er blieb fast eine halbe Stunde fort, um zu plaudern und Leuten auf den Rücken zu klopfen, und als er schließlich zu mir zurückgeschlendert kam, mit gelockerter, schief hängender Krawatte und vor geschmeichelter Eitelkeit leuchtenden Augen, war die Flasche leer, und ich war bereit, meine eigene Protestaktion zu starten, mit Plakaten, Sprechchören und selbstgerechter Empörung. Mit versteinerter Miene, verschränkten Armen und ziemlich betrunken saß ich da. Leo ließ sich auf seinen Stuhl fallen und zog beim Anblick der leeren Flasche die Augenbrauen hoch.

»Alles ausgetrunken, wie?«, bemerkte er und band sich die Schnürsenkel zu.

»Gab ja nichts anderes zu tun«, beschwerte ich mich, klopfte mit dem Fuß auf den Boden und wartete auf eine Entschuldigung.

»Tut mir leid, Liebling, du weißt doch, wie das ist.«

Wir verharrten einen Augenblick lang schweigend, dann begrüßte er abermals diverse Bewunderer, und irgendwann hielt ich es nicht mehr aus.

»Du … du verstehst es einfach nicht«, sagte ich und verzog angesichts meines unzulänglichen Gestammels selbst das Gesicht.

Verblüfft sah er mich an. »Was?«

»Wie schwer das ist. Du. Mit deinem … Doktortitel. Und ich, mit meinem … Morgenkaffee.« Nichts, was ich sagte, ergab einen Sinn, ich war zu betrunken. Trotzdem sprudelten die Worte weiter aus meinem Mund. Etwas von dem Zorn der Demonstration hatte mich infiziert, hatte ein Feuer in mir entfacht, das jetzt unaufhaltsam wütete, nicht mehr gelöscht werden konnte. »Es ist nicht fair!«

Er war baff. »Was ist nicht fair?«

»Du darfst alles machen! Und ich fast nichts! Nur zu Hause versauern.« Ich lallte jetzt; es war schrecklich, aber ich konnte nicht anders. Er war der Diktator, ich das frustrierte Volk, und das hier war mein Staatsstreich, miserabel vorbereitet und schon jetzt außer Kontrolle geraten. Trotzdem konnte ich ihn nicht aufhalten.

Und so saß er da, gelangweilt und gereizt, und trommelte mit den Fingern auf den Tisch, während ich ihm die Leviten las, aber ich merkte, dass es ihn völlig kaltließ, nichts davon kam bei ihm an, denn er brauchte sich nur zu sagen, dass ich betrunken war und nicht wusste, was ich tat. Es war nicht *fair*. So viele Jahre hatte ich die Abstumpfung meiner Intelligenz ertragen, hatte unzählige Opfer gebracht, kleine und große, und er ahnte nichts davon, erkannte nicht einmal im Ansatz, dass er sich alle Freiheiten herausnahm und tun konnte, was er wollte. Diese Selbstzufriedenheit – diese unglaubliche Ichbezogenheit – hatte an mir genagt, bis sich die Wunde entzündete. Der Drang, ihm einen Schlag zu versetzen, drohte mich zu überwältigen, und ich ertappte mich dabei, dass ich es endlich aussprechen, ihm endlich das sagen wollte, was ich all die Jahre in mir begraben hatte. Die eine Sache, die nie gesagt, ja nicht einmal gedacht werden durfte, denn das wäre das Ende von allem gewesen. Doch bevor ich mich zurückhalten konnte, waren die Worte schon aus meinem Mund gesprudelt.

»Du hast ja keine Ahnung, was ich für dich getan habe! Auch früher schon. Das kann nie mehr ungeschehen gemacht werden.«

Im selben Moment wollte ich es schon wieder zurücknehmen, die Worte hinunterschlucken, selbst wenn ich daran erstickte. Leo, der irgendwo einen Whisky ergattert hatte, hielt mit gerunzelter Stirn inne, das Glas noch an den Lippen, plötzlich ganz Ohr.

»*Was* hast du getan?«

Ich taumelte am Rande des Abgrunds, fing mich gerade noch rechtzeitig und wich hastig zurück, nach dem Blick in die Tiefe wie erstarrt.

»Nichts.«

»Du wolltest doch irgendwas sagen. Was hast du damit gemeint? Was kann nie ungeschehen gemacht werden?«

»Nichts. Keine Ahnung, was ich damit gemeint habe. Nichts.« Ich schloss die Augen, um den Gedanken daran zu verbannen. »Tut mir leid, ich habe zu viel getrunken.«

Leo stellte das Glas hin, nahm meine Hände, dann hob er mein Kinn, damit ich ihn ansah. »Missy, gibt es etwas, das du mir sagen möchtest?«

Mit äußerster Willensanstrengung lächelte ich in das klare Blau seiner Augen. »Nein, Leo. Es tut mir leid. Ich bin einfach nur müde. Die Sache im Hotel war etwas überwältigend.«

Er drückte meine Hände. »Ich weiß.« Dann grinste er lausbübisch. »Aber es war auch lustig, oder?«

Ich rang mir ein Lachen ab, als er mich auf die Füße zog. »Mrs Carmichael, selbst mit nassen Haaren sehen Sie heute Abend bezaubernd aus. Würden Sie Ihrem Ehemann die Ehre geben?« Lachfältchen bildeten sich um seine blauen Augen.

Die Band spielte ein langsames Lied, das ich nicht kannte. Er zog mich an sich, ich schmiegte die Wange an seine Brust, und wir wiegten uns im Takt der Musik, während unsere Schuhsohlen am schmutzigen Boden kleben blieben. Ich spürte, wie er seinen Kameraden über meinem Kopf hinweg zunickte, immer noch um Publikum buhlte, und der Text des Liedes sickerte in mein Gehirn: *»Keep your head, and keep your calm … that way you'll keep your guy.«*

»Bertie«, flüsterte ich. In diesem düsteren, lauten Keller konnte es niemand hören, konnte niemand sehen, wie mir Tränen über die Wangen liefen, während ich darüber nachdachte, dass ich um ein Haar alles zerstört hätte. In eine Millionen Scherben zersplittert wie das Fenster in der River Suite.

Bobby leckte mir ermutigend die Hand. Ich riss mich aus meinen Gedanken. »Es ist 1974«, sagte ich und tippte auf das Antwortblatt, auf dem Sylvie herumkritzelte. Alle starrten mich an.

»Das mit der Junta«, erläuterte ich, froh, endlich auch etwas beizutragen.

»Das wissen wir, Dummerchen«, sagte Angela, den Mund voller Chips.

»Wir sind jetzt beim Geburtsjahr von Saddam Hussein«, sagte Denzil. »Bleib bei der Sache.«

Dave, der Quizmaster, war ein Mann mittleren Alters aus dem Norden, der sich für einen Komiker hielt, ständig Dinge sagte wie »Wer auf's Handy guckt, wird gleich nach Hause geschickt« und mit den Teams an den verschiedenen Tischen scherzte, die hauptsächlich aus nerdig aussehenden jungen Männern zu bestehen schienen. Sylvie schnalzte jedes Mal missbilligend mit der Zunge, wenn er sich an einem Witz versuchte, und Angela, die schon angetrunken war, rief in unregelmäßigen Abständen: »Bingo!« Denzil sorgte dafür, dass der Getränkenachschub nicht abriss, und raunte Sylvie gelegentlich aus dem Mundwinkel eine Antwort zu.

Bobby kam von einem Raubzug unter den anderen Tischen zurück, und ich strich ihr über die seidigen Ohren, atmete ihren Hundegeruch ein und versuchte, meinen Erinnerungskater abzuschütteln. Sie sah mir in die Augen, rülpste leise, und ich wich vor dem Geruch zurück.

Mit einem Großteil der Fragen konnte ich nichts anfangen – in der Film- und Fernsehrunde hatte ich von den meisten Sendungen noch nie gehört, und obwohl ich ein paar Filme kannte, waren die Fragen für mich zu obskur. Der Name des Schiffs in *Der weiße Hai?* Sylvie kritzelte hektisch etwas hin. Angela beugte sich vor und schrieb etwas daneben, und beide kicherten los. Ich griff nach den Chips und hielt einen unter den Tisch. Sekunden später spürte ich das Kitzeln eines Fells, und er war weg.

»He, Missy«, sagte Denzil. »Alles okay?«

Ich zuckte die Achseln. »Ich weiß eben nichts.«

Er lächelte mich schief an. »Du hast noch unerschlossenes Potenzial. Deshalb bist du hier.« Ich sah ihm eine Sekunde lang in die Augen und dachte, was für ein freundlicher Mann er doch war, so ganz anders als der Fremde, dem ich beim ersten Spaziergang mit Bobby hatte aus dem Weg gehen wollen. Das war etwas, das ich ihr zu verdanken hatte – sie räumte erste Hürden aus dem Weg. Den Rest schaffte ich dann allein. Oder zumindest lernte ich es allmählich.

In der letzten Runde tippte Dave gegen das Mikro, und alle verzogen das Gesicht, als die Rückkoppelung ertönte. Ich sah meine Freunde an und dachte: Wenn ich nur eine Frage beantworten könnte, nur eine Frage, die niemand sonst beantworten kann, dann würde ich glücklich nach Hause gehen. Lass mich mein Potenzial erschließen.

»Letzte Runde, Ladys und Gentlemen!«, rief Dave heiser. »Und das Thema ist … Hunde!«

Die Nerds stöhnten auf. Unser Team jubelte.

»Yessss!«, rief Angela und präsentierte unseren Nachbarn das Victory-Zeichen. Denzil rieb sich die Hände, und Sylvie drehte ihren Bleistift in der Hand und zwinkerte mir zu. Meine Freude war etwas verhaltener; obwohl Bobby mir den Kopf auf den Schoß legte, war das nicht unbedingt mein Spezialgebiet.

»Ganz schön knifflig, diese Runde«, verkündete Dave, ließ das Mikro fallen und sagte aus Versehen »Scheiße« hinein, als er es aufhob.

»Jackpot!«, rief Angela.

»Jetzt mach schon«, entfuhr es Sylvie, die ihre Stifte ordnete.

»Frage Nummer eins«, sagte Dave. »Wie heißt Hagrids Hund in *Harry Potter?*«

Das wusste ich: Fang. Aber alle anderen wussten es ebenfalls. Und so ging es weiter. Adam Bedes Hund (Gyp), Mr Rochesters Hund in *Jane Eyre* (Pilot), Dorothys Hund in *Der Zauberer von Oz*

(Toto). Sie kannten auch Hunde, die mir unbekannt waren, wie Elliotts Hund in *E. T.* (Harvey) und den Hund in *Zurück in die Zukunft* (Einstein). Es lief gut – das erkannten wir an den gequälten Blicken an den Tischen um uns herum, wohingegen wir immer mehr in Fahrt kamen und immer überschwänglicher wurden. Wir wussten sogar den Namen des Hundes in *Peter Pan* (Nana). Dann war die letzte Frage dran, und Sylvie sagte, das sei die entscheidende, ein Quiz werde immer bei der letzten Frage gewonnen oder verloren, und deshalb müssten wir sie unbedingt richtig beantworten.

Dave räusperte sich und rülpste ins Mikro. Bobby wedelte anerkennend mit dem Schwanz.

»Und last but not least, meine Damen und Herren«, sagte er. »Wie lautet der Name von Odysseus' Hund in der *Odyssee?*«

Eine Sekunde lang herrschte absolutes Schweigen, dann schnaubte jemand höhnisch.

»Was zum Teufel …«, sagte Angela. Sie schaute Sylvie an, die achselzuckend Denzil anschaute. Der schüttelte den Kopf. Dann sahen sie mich an.

Wie berauscht vor Genugtuung beugte ich mich vor und flüsterte leise, aber voller Selbstvertrauen: »Argos.«

Angela verzog das Gesicht. »Wie der Einzelhändler?«

»Und der Hund des Odysseus«, erwiderte ich bestimmt, während Bobby zur Unterstützung meine Hand leckte.

»Na schön«, sagte Sylvie und schrieb es auf unser Blatt. »Ich hoffe, du behältst recht. Mein guter Ruf steht auf dem Spiel.«

»Klopf auf Holz«, sagte Denzil, pochte sich mit den Fingerknöcheln gegen die Schläfe und grinste mich an.

Ich lehnte mich zurück, und eine immense Befriedigung durchflutete mich. Dave und die Barfrau zogen sich zur Auszählung zurück, und Denzil holte noch mehr Drinks. Scumbag College, die amtierenden Champions, beäugten uns argwöhnisch. Es blieb spannend bis zur letzten Minute. Nach einer quälend langen Wartezeit trat Dave zurück ans Mikro, die Lösungsblätter in einer Hand, ein Bier in der anderen.

»Tja, diesmal war es echt knapp, Leute«, verkündete er und trank einen Schluck. »Aber die Gewinner sind, mit einem Punkt Vorsprung …« Er schaute auf das Blatt. »Votey McVoteface!«

Sylvie sprang auf, wandte sich dem Scumbag-College-Team zu und reckte jubelnd die Faust.

»Nehmt das, IT Crowd!«, brüllte Angela, während Sylvie eine Ehrenrunde drehte und fast von einem Papierflieger getroffen wurde. Es ertönten mehrere Buhrufe. Niemand mag schlechte Gewinner.

Ich gab Bobby noch einen Chip, während Denzil unseren Preis abholte. Wir hatten zweiundvierzig Pfund und ein signiertes Jeremy-Corbyn-Ausmalbuch gewonnen, das Angela sich begeistert an die Brust drückte. Einige der anderen Teams kamen, um uns zu gratulieren und um Bobby zu streicheln, und Sylvie erzählte allen, ich sei die Einzige gewesen, die den Namen von Odysseus' Hund gewusst hätte. Nur eine andere Person im Raum hatte ihn ebenfalls gewusst, ein älterer Herr aus einem Team namens Mason und die Argonauten, und er sah mich an und tippte sich an den Stroh-Fedora. Wir gaben noch dreißig Pfund für Wein aus, dann taumelten wir nach Hause, kauften für die restlichen zwölf Pfund Fish and Chips, teilten uns das Essen in meinem Vorgarten, an die Wand des Hauses gelehnt, fütterten Bobby mit Stücken der Panade und ließen unseren Sieg noch einmal Revue passieren. Ich fühlte mich plötzlich wieder wie eine Studentin, als ich, die fettige Tüte in der Hand, über Angelas Imitation der Computerfreaks lachte, wie sie sich tief über ihr Lösungsblatt beugten.

»Ihr wart alle großartig, ganz besonders ich«, schloss Sylvie und leckte sich Fett von den Fingern. »Ich muss jetzt nach Hause und vorbeugend eine Ibuprofen einwerfen, bevor ich ins Bett gehe. Es war mir ein Vergnügen, ihr Lieben. Tschüssikowski!« Und sie rauschte durch Dunkelheit davon, zurück zu Decca, Nancy und Aphra.

»Du bist echt in Ordnung, Missy«, sagte Denzil, salutierte mir betrunken und ging in die entgegengesetzte Richtung davon.

Angela hickste, stieß sich von der Wand ab und begann, die Straße hinunterzutaumeln, dann drehte sie sich noch einmal um und hob mahnend den Zeigefinger. Es fiel ihr schwer, den Blick zu fokussieren. »Und vergiss nur ja nicht, morgen wählen zu gehen«, warnte sie mich und bog abrupt zu ihrem Wohnhaus ab.

Ich ließ Bobby noch ein bisschen schnüffeln und sah zum samtig blauen, weit entfernten Himmel auf, an dem trotz des Stadtlichts ein paar Sterne funkelten. Schließlich kam Bobby zu mir und legte sich zu meinen Füßen nieder – das noble Tier.

»Er hat sein Schicksal der Treue erfüllt«, sagte ich zu ihr und verdrückte eine Träne. »Er hat nicht losgelassen.« Aber sie war schon wieder zwischen den Rosenbüschen verschwunden, man hörte nur noch ein Rascheln.

»Argos«, flüsterte ich. Ich war der Hund, Leo Odysseus, und trotz allem, was er getan hatte und was ich getan hatte, würde ich immer auf ihn warten, egal, wie lange es dauerte.

Teil 3

*»Daher nützt die Freundschaft immer,
die Liebe hingegen schadet auch manchmal.«*

Seneca

Kapitel 23

Ich wusste noch vor Leo selbst, dass er mich betrog. Er begann, früher aufzustehen und bei den Vorbereitungen für das Frühstück zu helfen; manchmal brachte er sogar Alistair zur Schule. Er war fröhlicher als sonst, und vor allem war er wesentlich fokussierter. Bis dahin hatte Leo häufig abgelenkt gewirkt, »er weilt wieder in seinem Historiker-Wolkenkuckucksheim«, wie sein wunderbarer Freund Tristan immer sagte, wenn Leo sich in seinen Büchern vergrub. Aber in jenen Tagen war er präsenter, als ich ihn je gekannt hatte, er verbrachte weniger Zeit in seinem Arbeitszimmer, schlug Ausflüge vor, kochte sogar ein paarmal das Abendessen, wobei er die Küche allerdings in ein Schlachtfeld verwandelte. Ich hatte keine Ahnung für den Grund all dieser Veränderungen, bis ich eines Tages mitbekam, wie er sich im Spiegel über dem Kaminsims betrachtete. Er strich sich die Haare zurück, und als er bemerkte, dass ich ihn ansah, grinste er schuldbewusst. Weil er schuldig war.

So hatte er sich auch immer die Haare zurückgestrichen, wenn er sich mit Alicia traf. Ich hatte einmal gesehen, wie er vor ihrem Zimmer stand und sich anschickte, einzutreten. Er hatte sein Spiegelbild im Flurfenster angeschaut und genau das getan: die widerspenstigen Haare an seinen Schläfen glatt gestrichen. Von da an wurde ich immer nervöser, suchte nach Anzeichen dafür, dass er fremdging. Immer wenn er zu einer Konferenz aufbrach, war ich überzeugt, dass er sich mit ihr traf, suchte auf seinen Quittungen nach Hinweisen, durchwühlte seine Taschen, las seinen Terminkalender. Ich fand nichts Verdächtiges, aber das bedeutete nichts.

Dann trafen wir sie eines Tages, als wir auf dem Weg zum Theater noch kurz in seinem Büro vorbeischauten, um seine Tasche zu holen. Seine Sekretärin gab sie uns, und als wir wieder gingen, kam ein Mädchen mit einem Stapel Bücher an uns vorbei. Er begrüßte sie ziemlich verlegen. »Carrie! Ich wusste gar nicht, dass Sie noch hier sind.« Sie tat überrascht, und ich wusste Bescheid. Sie war klein, rothaarig, und natürlich war sie eine seiner Studentinnen. Ich konnte an der Art, wie sie miteinander umgingen, erkennen, dass noch nichts zwischen ihnen vorgefallen war; sie waren noch in dem Stadium, in dem man sich umkreist und inständig auf Erfüllung hofft. Dieses Erwartungsvolle, die erzwungene Zurückhaltung, all das muss für beide sehr aufregend gewesen sein. »Wir dürfen Millicent und den Kindern nicht wehtun.« Sich für einen Märtyrer im Bann einer großen Leidenschaft zu halten, der man dann schließlich doch nachgibt – was für eine Achterbahnfahrt der Gefühle!

Am Ende sagte ich nichts, ließ es einfach zu. Er demütigte mich nie, indem er mir in dieser Situation Blumen schenkte, aber auf dem Höhepunkt seiner kleinen Geschichte führte er mich in ein schickes, neues Restaurant in Islington zum Abendessen aus. Wir saßen in einer Art Atrium, bei gedimmtem Licht und gedämpfter klassischer Musik, ich schaute zu, wie er mit dem Besteck hantierte, und dachte darüber nach, wie sehr ich ihn trotz allem liebte. Er erwiderte im Kerzenschein meinen Blick, und feine Lachfältchen bildeten sich in seinen Augenwinkeln, ein leichtes Lächeln, das nur für mich reserviert war. Er war mir gegenüber während der gesamten schäbigen Affäre besonders nett, wahrscheinlich aus Dankbarkeit dafür, dass er eine so entgegenkommende Frau hatte, die wegschaute und keine Szene machte. Aber keine Szene zu machen war das Schwerste, was ich je getan habe.

Ein paar Monate lang machte er sich im Haus nützlich, tauschte einen gebrochenen Pfosten vom Treppengeländer aus, zerrte ein paarmal unbeholfen den Staubsauger durch die Räume und schleppte eines Tages ein riesiges Schaukelpferd für Alistair an. Der arme Ali war dafür schon zu groß, aber als ich sah, wie er seinem Vater höflich dankte, versetzte es mir einen Stich. Es war ein prächtiges, handgeschnitztes Ding mit einer Mähne aus echtem Rosshaar und einem Sattel mit Samtüberzug. Ich konnte es danach nie wieder ertragen, Samt zu berühren, bekam dabei immer eine Gänsehaut.

Dann war es plötzlich vorbei. Eines Abends kam Leo niedergeschlagen nach Hause, sagte, er sei müde, habe zu viel gearbeitet, und verschwand in seinem Arbeitszimmer. Er begann sein neues Buch zu schreiben, und wir kehrten wieder zur Normalität zurück. Die heißeste Liebe hat oft das kälteste Ende. Ich sah sie ein paar Wochen später in der Gower Street, Arm in Arm mit jemandem in ihrem Alter. Nachdem das Schaukelpferd in Alis Zimmer lange genug Staub angesetzt hatte, spendete ich es einem Kinderheim in Highbury. Als ich Leo davon erzählte, wollte er Einspruch erheben, biss sich jedoch auf die Zunge – was so gut wie ein Schuldeingeständnis war. Er hielt sich gern für grundlegend anständig, und die dauernde Heimlichtuerei war ihm wahrscheinlich nicht leichtgefallen. Ich war immer viel besser darin gewesen, meine Gefühle zu verbergen.

Im Lauf der Zeit fand ich mich damit ab und glaubte sogar, dass seine Affäre unsere Beziehung auf gewisse Art gestärkt hatte. Vielleicht hatte erst der Blick in den Abgrund ihm bewusst gemacht, dass er eigentlich gar nicht springen wollte. Die Zuneigung, die er mir während dieser Zeit entgegenbrachte, blieb. Als die Kinder älter wurden, nahmen sie nicht mehr so viel von meiner Zeit in Anspruch, und ich war weniger gereizt und konnte mich mehr darauf konzentrieren, Ehefrau zu sein. Nachdem ich mich daran gewöhnt hatte, dass auch Ali nicht mehr bei uns wohnte, war es mit uns beiden allein im Haus eigentlich ganz schön. Zum Abendessen kam Leo aus seinem Arbeitszimmer, und wir unterhielten uns über seine Forschungen und genossen den einen oder anderen Ausflug – Oxford, Bath, Brighton –, wo Leo in Buchhandlungen ging und ich mir die Zeit in Galerien und Cafés vertrieb. Wir luden Freunde zum Abendessen ein, gingen ins Theater und machten die eine oder andere Auslandsreise. Wie bei unserem gemeinsamen Tänzchen auf Tristans Hochzeit dehnte sich unser *Oikos* aus und zog sich wieder zusammen, blieb dabei jedoch immer erhalten.

Am Morgen nach dem Quiz im Pub machte ich mich fertig, um wählen zu gehen, alles in allem ganz optimistisch gestimmt, zum einen wegen unseres Sieges, zum anderen, weil ich es irgendwie geschafft hatte, einem unangenehmen Kater zu entgehen. Nach der lauen Nacht gestern war es trüb, und da es nach Regen aussah, nahm ich einen Schirm mit, als ich mich mit der ebenfalls munteren Bobby, die hierhin und dorthin huschte, auf den Weg machte.

Nach einer schnellen Runde durch den Park, bei der ich Denzil traf und Sylvie wegen ihrer Kopfschmerzen mein Beileid bekundete, ging ich zum Wahllokal, das sich nicht weit von meinem Haus in einer Aula befand. Doch je näher ich meinem Ziel kam, desto langsamer und nachdenklicher wurde ich. Leo war immer euroskeptisch eingestellt gewesen. *Skepsis* … altgriechisch für Zweifel. Vielleicht wäre es schön, so zu wählen, wie er gewählt hätte. Es war ja nicht so, als würde es einen Unterschied machen – das hier war ein Abgrund, in den ich für ihn springen konnte, sicher in dem Wissen, dass alle anderen mich auffangen würden.

Als ich mich zögernd wieder in Bewegung setzte, schaute Bobby mich fragend an.

»Ich überlege, ob ich wählen soll oder nicht«, erklärte ich ihr.

Sie zerrte an der Leine, zog mich vorwärts, was wie die Bestätigung wirkte. Als ich sie am Geländer vor der Aula anband, bemerkte ich zu meiner Erheiterung, dass es in Stoke Newington üblich zu sein schien, seinen Hund mit zur Wahl zu nehmen. Bobby setzte sich geduldig neben einen Border Terrier und einen Labradoodle mit Remain-Sticker am Halsband, was mich in meinem Entschluss sogar noch bestärkte. Karthago musste zerstört werden.

Drinnen ließ ich mir meinen Wahlschein geben. In der wackeligen kleinen Kabine überflog ich ihn kurz, dann nahm ich den an einer Schnur befestigten Kuli und machte mein Kreuzchen. Zufrieden warf ich den Zettel in die Urne, lächelte die Wahlhelfer an und ging wieder nach draußen, wo ich von Bobby überschwänglich empfangen wurde. Ihre Begrüßungen waren immer exzessiv, sie stellte sich auf die Hinterbeine, jaulte ekstatisch und schnappte vor Freude und Erleichterung nach meinen Handgelenken. Für Bobby gab es nur Schwarz oder Weiß. Wenn ich ging, dann war es für immer, wenn ich zurückkam, auch. Sie lebte in einer Welt der Absolute.

Ich verließ das Wahllokal trotz des immer dunkler werdenden Himmels mit federnden Schritten. Statt Leo wie üblich Blumen vorbeizubringen, ließ ich ihm meine Wahlbenachrichtigung als eine Art Opfergabe da.

Als ich mit Bobby zu Hause eintraf, fielen die ersten fetten Regentropfen, und wir schafften es gerade noch ins Haus, bevor der Himmel seine Schleusen öffnete. Ich trocknete Bobby in der Diele mit einem alten Handtuch ab, sie gab mir gehorsam beide Pfoten, damit ich sie abrubbeln konnte. Als ich fertig war, gab ich ihr einen Kuss auf die Schnauze, und sie leckte mir im Gegenzug das Gesicht.

Es war so dunkel, dass ich Licht anmachen musste, und ich genoss wieder einmal das künstlerische Chaos in meinem veränderten Wohnzimmer. Die gute Sylvie, hoffentlich ging es ihrem Kopf schon besser. Ich machte Tee, füllte Bobbys Wassernapf auf, dann setzte ich mich eine Weile auf das Sofa und las, während sie in ihrem Hundebett schnarchte und zuckte – das Eichhörnchen, das sie im Traum jagte, immer knapp außer Reichweite.

Wir gingen früh zu Bett, eingelullt vom unablässigen Trommeln des Regens gegen die Scheiben; Bobby schlief an ihrem Stammplatz am Fußende.

Am nächsten Morgen war der Regen strahlendem Sonnenschein gewichen, obwohl wir im Park durch riesige Pfützen waten mussten, aus denen Bobby gierig trank. Abgesehen davon, dass wir die ziemlich düster aussehenden anderen Hundebesitzer grüßten, sprachen wir mit niemandem. Als ich schon auf dem Rückweg war, schickte Angela mir eine Textnachricht, in der sie ein Treffen in unserem Café vorschlug, und da ich mich nach einem warmen Plätzchen und einem kleinen Plausch sehnte, sagte ich zu. Wir verabredeten uns für elf Uhr, dann war der frühmorgendliche Andrang meist schon abgeebbt. Sie saß gebeugt an unserem üblichen Tisch. Otis hockte auf einem Stuhl neben ihr und saugte gierig an dem Strohhalm in seinem Milchshake. Hanna kam, um meine Bestellung aufzunehmen, und mir fiel auf, dass ihre Augen rot waren, als hätte sie geweint. Vermutlich Liebeskummer.

»Ich kann es nicht glauben«, sagte Angela, rührte in ihrem Kaffee und drehte den Löffel wie eine Zigarette zwischen den Fingern. »Wie konnten sie nur? Diese Vollpfosten. Wissen die denn nicht, was das heißt? Die Wirtschaft im Arsch, alle Rassisten und Fanatiker im gesamten Land kriechen aus ihren Löchern, die Fördermittel gehen den scheiß Bach runter, mit dem Reisen ist es auch vorbei, und Gott weiß was sonst noch. Was haben die sich dabei gedacht? Es ist unfassbar, unfassbar, sage ich dir!«

»Wovon um Himmels willen sprichst du?«

Sie starrte mich ungläubig an. »Natürlich von der Wahl!«

»Wieso? Was ist passiert?«

Sie nahm eine Zeitung vom nächsten Tisch und hielt mir die Titelseite unter die Nase. Ich las die Schlagzeile. Die Worte verschwammen mir vor den Augen, dann wurden sie wieder scharf. Ich blinzelte.

»Nicht zu glauben.« Ich hielt den Kopf gesenkt, damit sie meinen Gesichtsausdruck nicht sehen konnte, ergriff die Zeitung und las weiter.

»Warte ab, wie alles aus den Fugen gerät! Dieser ganze Scheiß von wegen freier Handel und Souveränität. Was für ein Haufen Schwachsinn!«

Hanna brachte mir meinen Kaffee, ich dankte ihr und legte die Zeitung beiseite. Die Leute dramatisierten oft alles übermäßig, vermutlich würde dieses ganze Gerede über eine Rezession und die Ausweisung von Ausländern im Sande verlaufen. Ich beschäftigte mich damit, Milch in meinen Kaffee zu gießen und an den kleinen Mandelkeksen zu knabbern, die es immer dazu gab, und mir wurde klar, dass Angela nicht mal im Traum auf den Gedanken kam, ich könnte nicht für dasselbe gestimmt haben wie sie und alle anderen, die wir kannten. Ich beschloss, dass sie nie erfahren durfte, was in der Wahlkabine geschehen war, wie weit ich vom Weg abgekommen war. Wie all die anderen unaussprechlichen Dinge musste es zusammengerollt, versteckt und vergessen werden.

Wir gingen auf den Spielplatz, wo Angela weiterschimpfte, während ich Otis half, aus Zweigen ein Vogelnest zu bauen. Ich beobachtete, wie Bobby schwanzwedelnd hin und her trottete und hieran und daran schnüffelte. Ich hatte mich bei diesen Spaziergängen sehr an ihre Gesellschaft und an die der anderen, die wir dabei kennengelernt hatten, gewöhnt. In den wenigen Monaten, seit sie bei mir war, war ich mit mehr Leuten ins Gespräch gekommen als in den fünfzig Jahren davor. Die Erkenntnis beschämte mich ebenso wie die Schlagzeile vorhin.

Ich sah Otis beim Schaukeln zu, der mit den Beinen Schwung holte, um höher und höher zu kommen, und ich fragte mich, welche Möglichkeiten ihm aufgrund des Wahlergebnisses verloren gehen würden, welche Chancen ihm verwehrt blieben, was er verpassen würde. Vielleicht würde trotzdem alles unverändert bleiben, vielleicht aber auch in einer Katastrophe enden, oder irgendwas dazwischen. Wie auch immer, ich musste damit und mit meinem Anteil daran weiterleben. Ein weiteres Kreuz, das es zu tragen galt.

Kapitel 24

Der Juni ging in den Juli über, und die Sonne versengte das Gras im Park, bis es gelb und vertrocknet war. Bobby war schlapp und verbrachte einen Großteil des Tages damit, in der Diele auf dem kühlen Fliesenboden zu liegen. Ihr Fell war so dick, dass ich überlegte, sie zum Hundefriseur zu bringen, um sie scheren zu lassen, aber als ich es Angela gegenüber erwähnte, war sie entsetzt.

»Sie ist wie Samson, das nimmt ihr die Stärke!«, sagte sie und klatschte über Bobbys gespitzten Ohren in die Hände. Aber es bestand kein Zweifel daran, dass Bobby das Wetter sehr zu schaffen machte, und so ging ich schon frühmorgens mit ihr spazieren, um der schlimmsten Hitze zu entgehen. Es war schön, im Park herumzuschlendern, bevor er von anderen Leuten in Beschlag genommen wurde. Der Beginn jedes Sommertags bot eine Fülle von Potenzial, und anders als Bobby mochte ich die Hitze, die meinen Körper durchströmte – im Sommer fühlte ich mich nicht ganz so steif und alt.

An einem Samstag bekam ich Besuch von Mel, ihr erster seit unserem Streit, und wir waren beide überrascht, wie gern wir zusammen waren. Nach einem schnellen Mittagessen in der Küche brachten wir Leo Blumen, was uns noch ein wenig mehr miteinander verband. Auf dem Rückweg brach sie das feierliche Schweigen, in das wir verfallen waren.

»Er fehlt mir.«

Ich starrte auf die riesigen knorrigen Bäume, die die Allee säumten. »Mir auch.«

»Manchmal rede ich mit ihm, als wäre alles wie früher. Als würde er gleich sagen: ›Reiß dich zusammen, Igelchen! Immer vorwärts!‹«

Ich versuchte zu lachen, aber es klang mehr wie ein Schluchzen. »Hast du …« Ich wollte sie fragen, ob sie meinen Brief bekommen hatte, aber plötzlich überforderte es mich. »Habt ihr euch die Wohnung in der Eltisley Avenue angesehen?«

Mel und Octavia überlegten, in eine größere Wohnung zu ziehen, weil sie Platz für ihre vielen Bücher brauchten, konnten sich aber nicht zwischen einer in der Nähe des Midsummer Common und einer anderen in der Nähe von Newnham entscheiden. Mel fasste für mich die Vorteile von beiden Wohnungen zusammen, und dann erwähnte sie, dass sie Angst habe, die finanzielle Förderung für ihre Forschungen könne als Folge des britischen Austritts aus der EU gekürzt werden. Wie Angela stellte sie dabei meine eigene Haltung zu dem Thema gar nicht infrage. Ich sprach es natürlich auch nicht an, schließlich war ich nicht so dumm, die wackelige Brücke, die wir gerade bauten, wieder einzureißen. Ich erwähnte aber, dass Leo vielleicht anders gewählt hätte.

Mel starrte mich erstaunt an. »Natürlich hätte er nicht für Leave gestimmt! Allein die Vorstellung!«

»Aber …« Ich wollte Begründungen liefern, ohne mich zu verraten. »Er hat doch ständig über die Brüsseler Bürokraten gemeckert …«

Mel prustete. »Ja, und er hat auch immer über Disraelis miese Romane gemeckert, aber das hat ihn nicht davon abgehalten, ihn für ein Genie zu halten.«

Die Tatsache, dass ich Leo mit meiner Wahl eine Stimme hatte geben wollen und mich anscheinend für die falsche entschieden hatte, erhöhte meine Scham noch. Jeder Tag hatte bisher eine neue Geschichte mit sich gebracht, die zu meinem ohnehin schon überladenen schlechten Gewissen beitrug. Angela hatte mir zum Beispiel erzählt, Hanna, die Kellnerin, sei eines Abends nach der Arbeit nach Hause gekommen und habe entdeckt, dass jemand »Polen, geht nach Hause!« an ihre Tür geschrieben hatte. Die Wirtschaft sei im freien Fall, sagten alle, das Pfund verliere so schnell an Wert, dass es bald nicht mehr wert sein würde als die Stöckchen, die Bobby bei unseren Spaziergängen anschleppte. Was würde aus meiner

Rente werden? Das Geld war ohnehin schon knapp genug, dauernd kamen Rechnungen, die ich ignorieren musste, und neulich hatte ich einen Anruf von Horace Simmonds bekommen, unserem Bankberater. Er war ein alter Freund von Leo, und es gelang mir, ihn mit halbherzigen Zusicherungen hinzuhalten. Mir war bewusst, dass ich meine finanziellen Probleme eigentlich nicht ignorieren durfte, aber das alles war für mich ein zu großes Problem, als dass ich mich im Moment damit befassen konnte – es war leichter, es zusammenzurollen und wegzupacken. Mel durfte ich nichts davon erzählen – sie würde nur wieder davon anfangen, dass ich mich verkleinern sollte –, und so schlug ich ihr stattdessen vor, noch eine Runde mit dem Hund spazieren zu gehen.

Als wir nach Hause kamen, wartete Angela schon mit Otis und einer schwarzen Tüte am Tor auf uns. Das erinnerte mich an jene, die Sylvie damals mitgebracht hatte und in der sich das Hundebett befand, das mittlerweile mit einer Schicht Haare überzogen war und nach Bobbys säuerlichem Alte-Socken-Geruch müffelte, mit dem ich nach und nach zu leben lernte. Als wir näher kamen, zog Angela etwas Blaues aus Plastik aus der Tüte, das sie uns triumphierend vor die Nase hielt.

»Hast du einen Gartenschlauch?«, fragte sie grinsend. Es war ein Planschbecken.

Wir gingen auf den Rasen hinter dem Haus, und Angela blies das Ding auf, während Mel den Schlauch aus dem Schuppen holte. Es war nur ein kleines Planschbecken mit drei Plastikringen, aber es erinnerte mich an die Sommer, als die Kinder noch klein waren und ich die Sprinkleranlage für sie einschaltete und zusah, wie sie – kreischend vor Freude – unter dem Wasserstrahl hin und her rannten. Ich war gerührt von der Erinnerung, sie erschien mir wie eine Oase in der Wüste, weil ich ja normalerweise die deprimierende Neigung besaß, jene Jahre nur als endlose, elende, erschöpfende Plackerei zu sehen. Als würde man sich trotz einer Flut von Komplimenten auf die einzige Kritik konzentrieren, rief ich mir meine

Fehlschläge öfter in Erinnerung als meine Triumphe: Für jeden Sprinkleranlagen-Schnappschuss schien es ein ganzes Album von verwackelten Bildern zu geben, die meine Unzulänglichkeit demonstrierten. Dabei hatten Mel, Alistair und ich wirklich schöne Zeiten zusammen gehabt. Ich musste mir einfach mehr Mühe geben, mich *daran* zu erinnern.

Sobald das Planschbecken aufgeblasen war, füllte Mel es mit Wasser. Angela half Otis, seine Badehose anzuziehen, während er vor lauter Vorfreude von einem Bein auf das andere hüpfte. Bobby umkreiste das Planschbecken träge schwanzwedelnd, dann setzte sie sich davor und sah hechelnd zu, wie Otis einen Zeh ins Wasser tauchte. Es dauerte zehn Minuten, in denen er ihn immer wieder hineinhielt und aufkreischte, bis er sich schließlich ganz hineinwagte, aber danach gab es kein Halten mehr – Otis planschte und jauchzte, und sein kleiner, dürrer Körper glänzte in der Sonne. Wir tranken das Pimm's und die Limonade, die Mel mitgebracht hatte, saßen auf Sylvies grünen, geblümten Kissen und schauten Otis zu. Nach ungefähr einer Stunde wurde ihm kalt, und ich holte ihm ein Handtuch; danach saß er quietschvergnügt auf dem Schoß seiner Mutter, während wir müßig weiterplauderten und Bobby mit heraushängender Zunge neben uns lag.

Schließlich suchten wir Abkühlung im Haus, und Mel entfuhr ein Ausruf des Erstaunens, als sie meine neue Wohnzimmereinrichtung sah. Sie bewunderte das Porträt ihres Großvaters William Jameson, und Angela überredete sie, zum Essen zu bleiben. Sie suchten die Imbissspeisekarte, und nachdem ich den Wasserkessel aufgesetzt hatte, ging ich nach draußen, in der Absicht, mit dem Wasser aus dem Planschbecken meine Pflanzen zu gießen, was längst überfällig war. Aber dann blieb ich angesichts des Anblicks, der sich mir bot, wie angewurzelt stehen.

Hin und wieder entfachte irgendein innerer Dämon in Bobbys Gehirn eine kurze, aber heftige Raserei. Sylvie nannte es ihre »dollen fünf Minuten«. Wir hatten es schon ein paarmal im Park beobachten können, wenn Bobby etwas Interessantes roch, einen Hund traf, den sie besonders mochte, oder einfach in der Stimmung war.

Jetzt hatte das Planschbecken einen ausgewachsenen Anfall ausgelöst. Bobby sprang hemmungslos spritzend hinein und wieder hinaus und flitzte im Garten herum, dann ging das Ganze wieder von vorn los. Je länger es andauerte, desto witziger sah das Ganze aus, und ich musste kichern. Angela, Otis und Mel gesellten sich zu mir, und bald lachten wir alle, bis wir uns Tränen und die Wasserspritzer aus dem Gesicht wischen mussten, mit denen Bobby uns benetzte. Schließlich kam sie, schlitternd und heftig hechelnd, vor uns zum Stehen, und weil das nasse Fell ihr am Körper klebte, sah sie nur halb so dick aus wie sonst.

»Sie ist verrückt«, sagte Otis bewundernd, während Bobby sich ein letztes Mal schüttelte und sich dann zum Trocknen in die Spätnachmittagssonne legte.

Bobbys Toberei hatte das Wasser im Planschbecken zwar etwas reduziert, aber es reichte immer noch für meine Rosen, während wir auf das bestellte Essen warteten. Ich sah, wie Bobbys Fell sich kräuselte und ihre ausgestreckten Pfoten zuckten, und beneidete sie um ihre Fähigkeit, sich so gehen zu lassen. Sie hatte keine Geheimnisse, nichts, wofür sie sich schämen, nichts wofür sie sich entschuldigen musste – sie ließ einfach alles raus.

Das restliche Wasser plätscherte leicht gegen den Rand des Beckens, also streifte ich die Sandalen ab und stieg hinein. Das Wasser fühlte sich kühl und seidig zwischen den Zehen an; ich blickte nach unten, wo es meine Füße umspielte. Wie gern hätte ich hier meine Sünden weggewaschen, sie abgestreift wie eine alte Haut, und wäre erfrischt und unbefleckt wieder hinausgetreten, frei von Schuld.

Eine meiner frühesten Erinnerungen war, dass meine Mutter mich ins Parliament-Hill-Lido-Freibad mitnahm. Ich weiß noch, wie sie das Schwimmbecken durchmaß und ihre langen dunklen Haare sich im Wasser bauschten. Am anderen Beckenrand wendete sie, schwamm zu mir zurück und streckte mir die Arme entgegen. »Komm, Milly!« Ich stand da in meinem kleinen, gestrickten Badeanzug, der an den Schultern juckte, und das Wasser hätte das Jucken sicher gelindert, aber ich konnte nicht reinspringen, weil mir eine Spinne im Weg saß. Oder vielleicht war es auch keine Spinne, sondern ein Riss in den Fliesen, aber es hätte eine Spinne sein können. Und so stand ich da, wollte unbedingt ins Wasser springen, blieb jedoch wie gebannt am Beckenrand stehen. Schließlich schwamm meine Mutter davon.

Bobby richtete sich schnaufend auf, kam zum Planschbecken und beobachtete eine Fliege, die auf der Oberfläche schwamm. Ich hatte bemerkt, dass Bobby Melanie sehr zu mögen schien, die ihrerseits jede Gelegenheit nutzte, sich mit Bobby zu beschäftigen und ihr zu sagen, was für ein schönes Tier sie war. Überrascht merkte ich jetzt, dass ich ein bisschen eifersüchtig war, zupfte Bobby am Ohr und seufzte. »Sie erinnert mich an all die Dinge, die ich falsch gemacht habe«, murmelte ich leise. Ich dachte an den Streit mit Melanie, die Schuldgefühle, die meinen Zorn noch allumfassender gemacht hatten. Ein Zorn, der mittlerweile verraucht war, aber seltsamerweise die Luft immer noch statisch auflud. Obwohl Mel und ich unausgesprochen eine Art Frieden geschlossen hatten, wollte ich lieber nicht mehr an jenen Tag denken; wenn ich ihn lange genug aus meinen Gedanken verbannte, würde er vielleicht verblassen wie ein altes Foto.

»Mum, was machst du denn da?« Mel stand mit einer vollen Papiertüte in der einen und einem Papadam-Fladen in der anderen in der Tür. Hastig stieg ich aus dem Planschbecken und schlüpfte wieder in meine Sandalen.

»Ich hab's nur mal ausprobiert«, sagte ich, nahm ihr das Papadam ab und ging an ihr vorbei. Kopfschüttelnd folgte sie mir ins Haus, die immer noch feuchte Bobby zwängte sich zwischen unseren Beinen hindurch. Ich würde mir meine dollen fünf Minuten für einen anderen Tag aufheben müssen.

Kapitel 25

Lancaster Villas
Kensington W8
21. September, 1942

Liebster Will,
neulich habe ich einen Brief von Sibyl bekommen. Das hat mich überrascht, weil sie, wie du ja weißt, nicht der Typ für längere Nachrichten ist – oder für jegliche andere Art von Kommunikation, um genau zu sein. Sie hat zu viel mit ihren Hühnern zu tun. Wie auch immer, sie hat geschrieben, dass mit Henry & Milly alles in bester Ordnung ist, dass sie zur Schule gehen und offenbar das Landleben sehr genießen. Besser noch, Sibby hat eine Nachricht von Milly selbst beigelegt! Ich bringe es nicht über mich, sie dir mitzuschicken, für den Fall, dass sie verloren geht, aber das Folgende ist eine wortwörtliche Abschrift:
Libe Mama,
ich hap dich lib. Unser zimer ist gros. Es gipt schafe.
Milly
Ist das nicht schön? Ich bin so froh, dass Sibby nicht versucht hat, Millys Schreiben zu korrigieren, dann hätte ich mich nicht annähernd so sehr darüber gefreut. Milly hat auch ein Bild dazu gemalt, das, glaube ich, eins der Schafe darstellen sollte.
In London ist so ziemlich alles beim Alten. Vater geht bei den Luftangriffen nicht mehr in den Keller. Sagt, entweder er stirbt oder er stirbt nicht, und ob er nach unten geht oder nicht, macht keinen Unterschied. Mutter hat wieder angefangen zu nähen, was immer ein schlechtes Zeichen ist.
Seit die Kinder und du nicht mehr da seid, bin ich froh, meine Arbeit zu haben. Die Krankenwagen sind ziemlich schwer zu

fahren, aber allmählich gewöhne ich mich daran. Ich arbeite meist von sechs Uhr abends bis acht Uhr morgens. Wir fahren raus, sobald die ersten Bomben fallen, sonst ist niemand mehr da, den wir retten könnten. Anfangs war es beängstigend, aber jetzt sind wir normalerweise zu beschäftigt, um überhaupt darüber nachzudenken. Neulich Abend wurde das Theater in der Tottenham Court Road von einer Bombe getroffen. Es saßen viele Soldaten auf Heimaturlaub in der Vorführung – viele Opfer waren noch in Uniform. Sie wurden auf der Straße aufgebahrt und mit Tüchern abgedeckt, aber wir hatten zu überprüfen, ob sie wirklich alle tot waren, damit klar war, wen wir ins Krankenhaus und wen in die Leichenhalle bringen mussten.

Ich fand einen Lebenden unter ihnen und hielt seine Hand, bis er gestorben war. Er flüsterte zuletzt: »Sagt Elsie, dass ich sie liebe«, und ich antwortete, das würde ich tun. Dann luden wir ihn und die anderen in den Wagen und fuhren sie zur Leichenhalle, aber dort wollten sie sie ohne einen von einem Arzt ausgestellten Totenschein nicht annehmen. Am Ende mussten wir die Toten in einer Seitenstraße abladen. Keinem von uns gefiel das, aber was hätten wir sonst tun sollen? Es gab ja noch welche, die eine Überlebenschance hatten und denen wir helfen mussten.

An meinen freien Tagen habe ich mich in Fitzrovia mit ein paar anderen Frauen getroffen; wir überlegen, ob wir ein Komitee ins Leben rufen sollen, um für mehr Rechte zu kämpfen, zum Beispiel für gleiche Bezahlung. Die Diskussionen sind ziemlich lebhaft, und neulich Abend waren wir so in unser Streitgespräch vertieft, dass wir erst, als wir anschließend nach draußen gingen, merkten, dass es einen Totalstromausfall gegeben hatte, und ich musste die weißen Bordsteine als Orientierungshilfe nutzen, um zur Bushaltestelle zu finden. Der Fahrer war auch nicht der Geschickteste, er trat ständig zu fest auf die Bremse. Ich war erst nach zehn Uhr zu Hause. Mutter war schon hysterisch.

Ich muss Schluss machen, meine Schicht beginnt gleich, aber ich schreibe dir wieder, sobald ich kann. Ich hoffe, ich kriege bald Urlaub, damit ich im nächsten Monat oder so mal nach Yorkshire fahren kann. Vielleicht gelingt es mir dann, deine kleine Missy zu überreden, dir auch einen Brief zu schreiben. Wäre das nicht wundervoll?

Für immer deine dich liebende
Lena

Ich entdeckte den Brief von Sibby ebenfalls, zusammen mit meiner Nachricht, auf der tatsächlich unten eine Zeichnung von einem Schaf prangte und die vom häufigen Lesen ganz zerknittert und schmuddelig geworden war. Ich fand, das Schaf sah eher aus wie eine Sonne hinter einer Wolke, aber das hing wohl davon ab, aus welchem Blickwinkel man es betrachtete.

Und all die Jahre hatte ich gedacht, das Schlimmste sei gewesen, dass Jonas, der Labrador, abgeholt wurde …

Der Gedanke, den ich kaum ertragen kann, ist, dass sie uns tatsächlich in Yorkshire besuchen kam und mich bat, meinem Vater zu schreiben, und ich es nie tat, weil wir so damit beschäftigt waren, mit Tante Sibbys Tieren zu spielen. Könnte ich doch nur die Zeit zurückdrehen, dachte ich, während Bobby mich anstupste und mir die Tränen vom Gesicht leckte, dann würde ich in unser Dachbodenzimmer gehen und ihm den längsten, fehlerhaftesten Brief schreiben, den ich zustande brachte. Denn ich blieb:

Für immer in Liebe
seine Missy.

Kapitel 26

Leo hatte darauf bestanden, an Melanies dreißigstem Geburtstag eine Party zu geben. Sie wollte es nicht, ich ebenfalls nicht; ich hatte keine Lust auf die Umstände – die Einladungen schreiben, einen Veranstaltungsort finden und meine Verlegenheit dabei, als Gastgeberin einer derartigen Feierlichkeit in Cambridge zu fungieren. Ali war gerade auf Reisen und konnte somit nicht helfen, und nachdem Leo die Entscheidung getroffen hatte, fuhr er zu einer Konferenz, sodass es mir überlassen blieb, alles zu organisieren, herumzutelefonieren und einen Saal im King's College zu buchen. Zudem murrte Mel, ihr wäre ein Abendessen im Peking wesentlich lieber gewesen.

Am Morgen der Party wachte ich verkatert auf, denn ich hatte mir am Vortag ein paar starke Gin Tonics genehmigt, weil ich mit einigen Zusagen in letzter Minute hatte fertigwerden müssen – »Nein, natürlich, das ist *überhaupt* kein Problem« – und mit Mühe versucht hatte, in Alis Hotel anzurufen, um zu erfahren, ob er rechtzeitig aus Ägypten zurück sein würde. Ich hatte Kopfschmerzen, in meinen Schläfen pulsierte es unablässig, und die spätsommerliche Hitze im Haus tat ihr Übriges. Hektisch packte ich Mels Geschenk ein (eine Erstausgabe von Wollstonecraft, die ihr liebender Vater für teures Geld bei Bonhams erstanden hatte) und erledigte einen Anruf beim Catering-Service. Dann kam Leo nach Hause und gab noch seinen Senf zu allem dazu, fragte nach der Weinauswahl und sagte, wir hätten uns vielleicht doch lieber für einen Veranstaltungsort im Freien entscheiden sollen. Als wir in den Wagen stiegen, waren wir beide verschwitzt und gereizt und wechselten auf der Fahrt kaum ein Wort miteinander.

In der King's Hall stellten die Kellner die Tische falsch auf, und Leo ging zu ihnen, um sich zu beschweren, während ich in die kühle Kapelle flüchtete, mich setzte, den Kopf ans Kirchengestühl lehnte und mir wünschte, es wäre schon vorbei.

»Hallo, Mum.« Mel nahm neben mir Platz, ergriff eins der Gesangbücher und blätterte geistesabwesend darin. »Konntest du schon mit Ali sprechen?«

»Er hat den Flug verpasst«, sagte ich seufzend und presste mir die Finger gegen die Schläfen. »Er lässt lieb grüßen.«

Mel schnaubte. »Typisch. Hätte ich mir ja denken können.« Sie ließ das Buch krachend auf das Regal vor uns fallen und verschränkte die Arme. Sie und Ali verstanden sich zwar ganz gut, waren aber menschlich grundverschieden.

Ich schloss die Augen. »Es ist nicht seine Schuld, er wurde bei seinen Ausgrabungen aufgehalten. Du weißt doch, wie das ist.«

»Na, und ob ich das weiß! Wie viele Gäste sind es jetzt eigentlich?«

»Um die hundert, schätze ich.«

»Gott, wie furchtbar. Dieser Ort ist übersät mit den Kuhfladen der satanischen Herde des Teufels, wie es so schön in *Blackadder* heißt.«

»Was ich an dir besonders liebe, Melanie, ist deine Dankbarkeit.«

»Nun, wir wissen alle, wie herzlich wenig du an mir liebst, Mutter«, scherzte sie, traf aber trotzdem ins Schwarze. Ich war allerdings zu ausgepowert, um mich mit ihr zu streiten, und so starrte ich stattdessen das Gemälde über dem Altar an. *Die Anbetung der Könige aus dem Morgenland.* War es das, was Mel wollte? Anbetung? Wohingegen ich ihr auf Geheiß ihres Vaters nur Kanapees und eine Liveband schenkte?

Mel stand auf. »Bringen wir es hinter uns, okay?«

In der Halle waren die Tische umgestellt worden, und die Kellner eilten mit Blumen und Kerzen hin und her. An einem Ende des Saals stand ein Tisch für die Getränke, und ich trat näher, um ihn zu inspizieren und mir verstohlen ein Glas einzuschenken. Es war schließlich schon fünf vor sechs. Während ich mich im Raum umsah, dachte ich darüber nach, wie seltsam es war, dass Leo so erpicht darauf schien, Melanies Geburtstag groß zu feiern, unseren Hochzeitstag dagegen nicht. Dieses Jahr war es auch der dreißigste gewesen, und wir hatten genau hier geheiratet. Aber er war an dem Tag nicht da, und als er nach Hause kam, brachte er mir eine Navajo-Halskette mit. Ein hübsches Teil, aber mit Türkisen, sehr unpassend. Zum dreißigsten Hochzeitstag schenkte man Perlen. Ich hatte ihm einen Brieföffner mit Perlmuttgriff gekauft, und als er das Geschenk öffnete, sagte er: »Was für ein seltsames Ding!«, als würde sich ihm sein Sinn nicht erschließen. Aber Mel bekam die King's Hall mit ihrer Eichenvertäfelung, ihren Ölgemälden und Echos.

Sobald ich das Glas halb ausgetrunken hatte, begannen die Kopfschmerzen nachzulassen, und als die ersten Gäste kamen und das Essen serviert wurde, hatte ich mich wieder gefangen. Ali würde bald nach Hause kommen, und es gab schließlich noch weitere Hochzeitstage. Leo spielte den aufmerksamen Gastgeber mit der Sektflasche in der Hand, während Mel von ihren alten Kommilitonen umringt wurde, die ihr alle auf den Rücken klopften, als hätte sie mehr geleistet, als nur drei Jahrzehnte lang zu leben. Ich stand am Rand herum, erlaubte den Kellnern, mir regelmäßig nachzuschenken, und zählte die Minuten rückwärts.

Dann, als die Band anfing zu spielen, tauchte Leo mit ausgestreckter Hand vor mir auf. Ich nahm sie, und meine Kopfschmerzen waren, gemeinsam mit allen anderen Problemen, wie weggeblasen. Es gab nur noch uns, seine Hand auf meiner Taille, die Lachfältchen um seine Augen, als er auf mich herunterblickte. Ich weiß, dass ein Teil davon nur Show war – die stolzen Eltern auf dem Präsentierteller –, aber wenn er mich in seinen Armen hielt, war mir das egal. Wir hörten unser Lied, und ausnahmsweise übertönte es alles andere.

»Gut gemacht«, sagte er. »Eine schöne Party. Selbst der Wein ist nicht übel.«

Ich lachte. »Bis auf den Jahrgang neunundfünfzig, fürchte ich.«

»Ich weiß, wie viel Arbeit das war. Tut mir leid, dass Ali nicht dabei sein kann.« Er küsste mich auf die Wange. »Jetzt bereite ich mich mal besser auf meine Rede vor. Sorg dafür, dass du ganz vorn stehst, Mrs Carmichael.«

Es war noch heißer und lauter geworden, und als Leo gegen sein Glas schlug und wir uns alle auf einer Seite versammelten, um ihm zuzuhören, fühlte ich mich nach unserem gemeinsamen Moment niedergeschmettert und desorientiert, konnte mich nicht auf seine Worte konzentrieren. Er gratulierte sich dazu, eine hochgebildete Tochter mit Doktortitel und Forschungsstipendium zu haben, die in die Fußstapfen ihres Vaters trat … Meine Gedanken schweiften ab. Der Türkis, Talisman der Könige, der türkische Stein, der vor Stürzen und Schaden bewahren soll. Vielleicht war das doch besser als Perlen. Ich sah Leo an, der immer noch redete, und lächelte, als er das Glas hob und Melanie zuprostete. Dann kam er zu mir, während Mel unter den Anfeuerungsrufen ihrer Freunde nach vorn ging. Anfangs war ich so erfreut darüber, Leo wieder an meiner Seite zu haben, dass ich nicht gleich bemerkte, wie Mel jemanden hinter sich herzog. Ihre Freundin – Octavia? Eine fröhliche Frau, die viel zwinkerte. Und plötzlich wusste ich, was passieren würde, und trat einen Schritt vor, als wollte ich es verhindern. Aber ich konnte Mel nicht davor bewahren, dass sie bei Leo in Ungnade fiel. Und so hielt ich den Blick fest auf mein Glas gerichtet, während mein Mann neben mir erstarrte.

Mels Rede war kurz und präzise. Octavia stand strahlend neben ihr, und die Leute reagierten unterschiedlich – tosender Beifall von ihren Freunden, höfliche Verwirrung von unseren. Ich spürte die Fassungslosigkeit, die Leo ausstrahlte, obwohl er jovial und entspannt zu wirken versuchte, als wäre er nicht unglaublich geschockt. Er lebte so selbstvergessen, so isoliert in seinem Elfenbeinturm – ich sah, wie er seinen Traum, dass sie eines Tages einen angesehenen Professor heiraten und hochbegabte Kinder bekommen würde, begraben musste.

Unter Jubel und Applaus nickte Leo anderen Gästen mit einem künstlichen Lächeln im Gesicht zu und zischte mir aus dem Mundwinkel zu: »Wusstest du es?«

Ich zuckte die Achseln, starrte weiterhin mein Glas an.

»Warum hast du mir nichts gesagt?«

Ich trank einen Schluck Wein, winkte Tristans Frau Isabel zu, die mir mit fragendem Blick zuprostete. »Ich war mir nicht sicher. Sie hat nie etwas gesagt.«

»Du hättest mich warnen sollen! Was soll ich denn jetzt machen?«

»Es ist nicht meine Schuld. Wir müssen halt das Beste daraus machen.«

»Du meinst, *ich* muss das Beste daraus machen.«

Er ließ mich stehen, schüttelte Hände und drückte Schultern, schlenderte auf seine Tochter zu. Ich sah, wie er mit dem Kopf auf die Tür deutete, und beide machten sich heimlich davon. Kurz bevor sie den Saal verließen, schaute Mel Octavia an und verdrehte dabei die Augen, und ich kam nicht umhin, einen Anflug von Befriedigung zu empfinden – Mel hatte den Rubikon überschritten, die Allianz war zerschlagen. Ich stellte mein Weinglas ab und folgte ihnen.

Draußen auf dem Rasen am Fluss war ein heftiger Streit im Gange; ihr fast einträchtig wirkendes, symmetrisches Gestikulieren hätte fast über die Feindseligkeit hinwegtäuschen können.

»Wie konntest du nur?«, fragte Leo. »Vor all diesen Leuten? Unseren Freunden?«

»*Ich* schäme mich nicht!«, gab Mel zurück. »Und du?«

»Darum geht es doch gar nicht. Du hättest mir sagen müssen, dass du vorhast … vorhast … Darum hätte es heute nicht gehen sollen.«

»Worum denn dann? Um die Feier der Fortführung deines Erbes?«

Eine Sekunde lang fehlten ihm die Worte, und ich musste ein Feixen über diese wirkungsvolle Retourkutsche unterdrücken. Ich dachte an unser Geschenk unter all den anderen Geschenken auf dem Tisch. *Die Verteidigung der Frauenrechte*. Ich war nach draußen gegangen, um Frieden zu stiften, aber sie bemerkten mich – wie üblich – nicht einmal, und so zog ich mich langsam zurück. Vielleicht war es genau das, was sie brauchten. Keine saubere Trennung der Bande, sondern ein allmähliches Ausfransen. Anschließend konnte ich dann Schadensbegrenzung betreiben, Leo trösten und vielleicht ausnahmsweise einmal der tolerantere Elternteil sein. Ich begab mich wieder zu den Gästen und nickte zustimmend, wenn jemand sagte, wie tapfer Mel doch sei, was für eine mutige junge Frau, die ihren eigenen Weg ging.

Nach und nach verabschiedeten sich alle, das Personal begann diskret mit den Aufräumarbeiten, und Mel und Octavia wurden in die King's Bar bugsiert, um dort weiterzufeiern. Am Ende saßen nur Leo und ich im Wagen, dessen Rücksitz mit übrig gebliebenen Flaschen und Blumen vollgepackt war. In der Dunkelheit legte er den Kopf kurz auf dem Lenkrad ab, dann sah er mich an.

»Tut mir leid«, sagte er. »Es ist natürlich nicht deine Schuld. Ich wünschte nur …«

Ich legte ihm die Hand auf die Schulter. »Ich weiß.«

Er seufzte. »Vor ein paar Jahren hat mir so ein netter Kerl vom Gonville and Caius College geschrieben und mir Fragen zu Disraeli gestellt, und dann haben wir uns an Alan Taylors achtzigstem Geburtstag kennengelernt, und ich dachte: Das wäre der Richtige …« Er verstummte und starrte in die Ferne.

»Es ist sinnlos, sich vorzustellen, was hätte sein können«, murmelte ich und streichelte über seinen Hinterkopf, über seine immer noch glänzenden, ergrauenden Locken.

»Aber man hofft doch, oder …?« Er warf mir einen Seitenblick zu. »Dass sie finden … was *wir* gefunden haben.«

Dort in der Dunkelheit, in unserem alten Wagen ging mein Herz auf wie ein Partyballon. Ich wollte … so vieles sagen. Ihn fragen, was genau wir gefunden hatten – war es bei uns beiden dasselbe?

Ihm sagen, was *ich* gefunden hatte – ein Heim, meinen *Oikos*, ein Herz, das mein Lied zurückflüsterte. Ich wollte diesen Augenblick ganz auskosten, ihn bereichern und gleichzeitig Leo beschwichtigen, aber es war einfach zu viel, und ich verpatzte es. »Ich bin sicher, dass diese Octavia auch sehr nett und klug ist.«

Völlig unzureichend. Leo setzte sich gerade hin und wich meiner suchenden Hand aus. »Sie kommt von *deinem* College«, sagte er mit leicht anklagendem Unterton. Und als er den Motor startete, um auf die King's Parade zu fahren, würgte er ihn ab, der Wagen ruckelte, und …

… ich wachte in Angelas Wohnzimmer auf. Die Uhr an der Wand verriet mir, dass es fast elf war. Ich blinzelte und richtete mich auf dem Sofa auf. Meine Gelenke waren steif geworden. Als ich mühsam auf die Beine kam, hörte ich den Schlüssel in der Tür, und Angela trat ein, barfuß, die Riemchenschuhe in der Hand. Als sie mich sah, zog sie fragend die Augenbrauen hoch.

»Alles in Ordnung«, sagte ich und rieb mir die Augen. »Er ist seit acht im Bett. Und der Baumchirurg? Ist er nett?«

Sie verzog das Gesicht. »Wie sich herausstellte, sind Bäume todlangweilig.«

»So schlimm?«

»Wir waren Pizza essen und haben uns die Rechnung geteilt, aber als ich Trinkgeld hingelegt habe, hat er es sich geschnappt, um damit meinen Pinot Grigio zu bezahlen.«

»Oje. Tut mir leid.«

»Muss es nicht. Andere Mütter haben auch schöne Söhne. Schöne, weniger geizige Söhne. Ich schau nur kurz nach Oat.«

Ich folgte ihr, als sie ins Schlafzimmer schlich. Sie öffnete die Tür, und Otis drehte sich blinzelnd zu ihr um.

»Hallo, Mummy«, sagte er schläfrig. »Missy hat mir eine Geschichte erzählt, in der alle mit Pfeilen erschossen werden.«

»Tut mir leid«, sagte ich von der Türschwelle aus. »Es war die Geschichte von Achilles.«

Angela warf mir über die Schulter einen Blick zu und grinste mich an, dann wandte sie sich an Otis. »Ach, wirklich? Na, da hast du ja Glück gehabt. Und jetzt schlaf weiter, bevor sie dir noch eine erzählt.« Sie zog die Bettdecke glatt und strich ihm die Haare zurück. Otis musste nicht an der Ferse in einen Fluss getaucht werden, damit er geschützt war. Männer und Frauen, Frauen und Frauen, Mütter und Söhne, sogar alte Damen und Hunde. Liebe war einfach nur Liebe, mehr nicht. Fehlerhaft, voller Makel, kompliziert, sich überschneidend, aber immer essenziell.

»Tut mir leid«, sagte ich noch einmal, als wir ins Wohnzimmer zurückgingen. »Bei genauerer Betrachtung war das wohl keine so gute Idee.«

»Ist schon okay«, sagte Angela und rieb sich die Augen. »Niemand ist vollkommen.« Sie bemerkte die leere Flasche auf dem Couchtisch. »Kein Tropfen mehr drin, du kleiner Gierschlund.«

Ich lächelte und sammelte meine Sachen zusammen, aber an der Tür drehte ich mich noch einmal um, die Hand schon auf der Klinke. Angela lag inzwischen auf dem Sofa, die bloßen Füße auf dem Tisch, und knabberte übrig gebliebene Brezeln.

»Nur, dass du's weißt«, sagte ich. »Otis braucht keinen Vater. Er ist auch so glücklich.« Dann schlüpfte ich nach draußen und schloss die Tür hinter mir, bevor sie antworten konnte.

Zu Hause wurde ich von Bobby überschwänglich begrüßt. Mir fiel auf, dass ich die Post vom Morgen noch gar nicht geöffnet hatte, und so setzte ich mich ins Wohnzimmer und ging sie durch. Das meiste waren wie immer Rechnungen, aber der letzte Brief war ein dickeres Kuvert aus Cambridge. Ich steckte den Finger seitlich in den Schlitz und öffnete es. Darin lagen zwei Fotos und eine Nachricht von Mel. *Dachte, du würdest dich über diese beiden freuen.*

Es waren Fotos von der Hochzeit. Melanie und Octavia, fast dreißig Jahre nach der Geburtstagsparty immer noch unzertrennlich. An das erste Bild erinnerte mich, es war auf dem Rasen entstanden, kurz nachdem wir Alicia getroffen hatten. Ich stand, ziemlich steif und befangen, zwischen dem glücklichen Paar, und Bobby zog an der Leine und war nur halb im Bild. Das andere war kurz vor unserem Aufbruch gemacht worden, ohne dass ich es mitbekommen hatte. Wir gingen den Flur hinunter auf den Fotografen zu, allen voran Bobby, die in die Kamera zu grinsen schien. Angela trug Otis, sein lächelndes Gesicht war an ihre Schulter geschmiegt; sie sagte etwas zu mir, und ich warf den Kopf in den Nacken und lachte schallend. Was hatte sie gesagt? Ich konnte mich nicht erinnern, aber ich hatte mich selbst noch nie so gesehen.

Das erste Foto fasste einen Großteil meiner Persönlichkeit zusammen, das zweite jedoch enthüllte mein anderes Ich, jenen winzigen Teil von mir, der so herzlich lachen konnte. Am liebsten hätte ich diesen Teil immer größer werden lassen, bis die Steifheit, die Verlegenheit und all die anderen Schwächen, die ich so an mir verachtete, verdrängt wären. Um ganz diese entspannte, lebhafte Frau sein zu können, sie ins Rampenlicht zu stellen und die andere ins Dunkel zu verbannen.

Aber wie Angela gesagt hatte, niemand war vollkommen. Leo nicht, Melanie nicht und ich erst recht nicht. Ich stellte die Fotos auf das Kaminsims, das eine hinter das andere. Morgen würde ich nach Rahmen für beide suchen.

Kapitel 27

Im September wurde Otis eingeschult, und im Lauf der darauffolgenden Wochen wusste ich nichts mehr mit mir anzufangen. Ich hatte mich an unsere gemeinsamen Vormittage gewöhnt; meist blieb er sogar bis zum Nachmittag, oder Angela kam zum Tee, und wir plauderten eine Weile, ehe sie sich auf den Heimweg machten.

Bobby und ich gingen natürlich weiterhin spazieren, trafen uns mit anderen Hundebesitzern zum Kaffee, und gelegentlich besuchte ich Sylvie, aber Otis fehlte mir ebenso wie die Vorfreude auf seine Besuche, die mir eine Art Anker gewesen waren. Angela sagte, er mache sich gut in der Schule, und eines Tages holten wir ihn sogar zusammen ab. Wir standen vor seiner Klasse, und als sich pünktlich um halb vier die Tür öffnete, kam er herausgerannt, und sein Rucksack schwang wild hin und her, als er sich seiner Mutter in die Arme warf. Dann sah er mich an, sagte »Missy!« und umschlang meine Knie. Wir gingen mit ihm in die Bibliothek, und ich las ihm eine Geschichte vor, während Angela nach Büchern von Maeve Binchy suchte. Auf dem Weg nach draußen deutete sie auf das Schwarze Brett.

»Guck mal, das wäre doch was für dich.«

Sie suchten Vorleser für die Veranstaltung »Geschichtenzeit für Kinder« am Donnerstagvormittag.

Ich schüttelte den Kopf. »Glaub ich nicht. Das ist was für arbeitslose Schauspieler. Warum sollten die eine alte Frau wie mich wollen?«

»Blödsinn«, sagte sie. »Du bist eine tolle Vorleserin. Du hast die Stimme dafür.«

Ich seufzte und zuckte die Schultern, doch zu Hause musste ich ständig daran denken. Leo hatte immer gesagt, ich hätte eine angenehme Sprechstimme, und Ende der 1950er, als ich für die Universitätsbibliothek arbeitete, hatte mich eine Wohltätigkeitsorganisation gefragt, ob ich mit ihnen ein Hörbuch machen wollte. Aber einer Gruppe überdrehter Kinder etwas vorzulesen war etwas anderes, und ich war mir nicht sicher, ob ich das gut konnte. Trotzdem behielt ich es im Hinterkopf, und in der folgenden Woche fand ich mich bei einem meiner Spaziergänge vor der Bibliothek wieder und ging nach einigem Zögern hinein. Die Nachricht hing immer noch am Schwarzen Brett.

»Kann ich Ihnen helfen?«

Eine Frau mittleren Alters mit einer Frisur wie Iris Murdoch, die ihre Brille an einer Kette um den Hals trug, spähte in meine Richtung. Ich deutete auf das Schwarze Brett.

»Sind Sie immer noch auf der Suche nach Vorlesern?«

Sie strahlte. »Na, und ob! Möchten Sie es versuchen?«

Keine Ahnung, warum ich mich dafür anmeldete, aber irgendwie hatte ich das Gefühl, mein lachendes Alter Ego hätte kein Problem damit, einer Horde von Kindern etwas vorzulesen. Natürlich führte die Entscheidung zu einer Reihe von unruhigen Nächten, in denen ich die Schatten beobachtete und träumte, ich würde nackt aus dem Haus gehen.

Einige Tage später nahm ich Otis' Ausgabe von *Glenys, die kitzlige Hexe* mit zur Bibliothek, während ich mich zitternd für meinen Wagemut verfluchte. Mittlerweile war die lachende Partylöwin auf dem zweiten Foto von Mels Hochzeit völlig von dem alten Weib auf dem ersten verdrängt worden. Die letzte Nacht war die bisher schlafloseste gewesen, ich hatte mich hin und her geworfen, bis selbst Bobby sich so sehr gestört fühlte, dass sie aus dem Bett sprang und sich beleidigt auf dem Boden zusammenrollte. Dort schlief sie sofort wieder ein und begann laut zu schnarchen, was meiner Nachtruhe auch nicht zuträglich war. Ich hatte dagelegen, hatte versucht, in den Schatten an der Wand Figuren zu erkennen, und mir gewünscht, Leo wäre hier, um mir gut zuzureden.

Am Morgen hatte ich nur trockenen Toast hinunterbekommen, und als ich bei der Bibliothek ankam, war ich wie ausgehungert. Die Dame mit der Iris-Murdoch-Frisur, die Deirdre hieß, empfing mich mit einer Tasse Tee und einem Keks mit Cremefüllung, und dann verschlimmerte sie meine Nervosität noch, indem sie mir mitteilte, einige Kinder seien schon da. Als ich mich schließlich in die Vorleseecke setzte, zitterten meine Hände, und ich hatte eine raue Kehle. Die Kinder rannten herum, und ihre Eltern – beziehungsweise Mütter – standen im Hauptteil der Bibliothek und plauderten. Deirdre hatte kleine Stühle aufgestellt und Sitzkissen hingelegt. Mittlerweile stand sie neben mir und klatschte in die Hände.

»Setzt euch, wir fangen jetzt an!«

Die Kinder marschierten im Gänsemarsch zu ihren Plätzen und setzten sich, immer noch schwatzend, während die Mütter im Hintergrund blieben. Warum hatte ich mich nur dazu bereit erklärt? Es war immer noch nicht vollständig leise, und ich hatte keine Ahnung, wie ich sie dazu bringen sollte, ruhig zu sein. Ich holte tief Luft.

»Die Eule schoss hinab und setzte sich auf den Hut der Hexe«, krächzte ich.

Deirdre nickte ermutigend, und das Getuschel der Kinder verstummte; sie rutschten zwar noch unruhig hin und her und ließen ihre Blicke schweifen, schauten aber gelegentlich auch mich an.

»Dann zog er sie mit dem Schnabel an ihrem Zopf.« Ich hatte mir die langen Haare heute zufällig selbst zu einem Zopf geflochten, und mir fiel ein, dass Otis mich eine Hexe genannt hatte – nun, da Halloween kurz bevorstand, passte das eigentlich ganz gut. Ich warf den Zopf nach hinten, die Kinder kicherten, und da erwachte – endlich – mein lachendes Ich zum Leben und übernahm die Kontrolle.

»Die Hexe schwang ihren Stab mit einem Zisch, und er verwandelte sich in einen Frühstückstisch!«

Und so machte ich weiter, und meine Stimme hallte aus der kleinen Ecke hinaus, zog andere Kinder und ihre Mütter an. Ich schlüpfte in die verschiedenen Rollen meiner Geschichte und stellte zu meinem Entzücken fest, dass die Kinder wie gebannt waren, sich die Bilder anschauten, die ich ihnen zeigte, und aufgeregt miteinander flüsterten. Die Mütter lächelten über ihre Kleinen. Nach und nach fingen die Kinder an, den Refrain »Zisch!« mitzusprechen, und ich beendete die Lektüre mit einem boshaften Flüstern: »Und zum letzten Mal schwang die Hexe den Stab, woraufhin sie nie mehr gesehen ward!« Dann sah ich auf, und ein paar der Mütter applaudierten. Deirdre fragte, ob ich noch ein Buch mitgebracht hätte, und ich verneinte, aber immerhin waren wir in einer Bibliothek, und wir fanden ein *Hairy-Maclary*-Buch, das ich ebenfalls vorlas.

Nachdem sich einige der Frauen am Ende bedankt hatten, fragte Deirdre mich, ob ich mit ihr Mittagessen gehen wollte. Wir begaben uns in ein Café um die Ecke, und bei einer Backkartoffel bot sie mir eine Stelle an. Es sei nichts Großartiges, sagte sie, und es sei ihr fast unangenehm, mir den Vorschlag zu machen, nun, da sie meinen beruflichen Werdegang kenne, aber sie bräuchten eine neue Bibliotheksassistentin, wofür ich natürlich überqualifiziert sei. Ich sagte, ich würde darüber nachdenken, schlang auf dem Heimweg die Arme um mich und wünschte mir, jemand anderem als Bobby davon erzählen zu können. Ich überlegte, ob ich Angela oder Sylvie eine Textnachricht schicken sollte, wollte aber nicht eingebildet klingen. Am Ende schrieb ich Alistair eine E-Mail und Mel eine Textnachricht, auf die sie kurz darauf mit charakteristischem Pragmatismus antwortete:

> Großartige Neuigkeiten, herzlichen Glückwunsch. Du musst natürlich lernen, mit dem neuen Computersystem umzugehen, vielleicht können sie dir eine Schulung anbieten?

Vielleicht war es eine dumme Idee, in meinem Alter noch mal zu arbeiten anzufangen. Die Technik hatte sich weiterentwickelt – und dann ich, mit meinen Karteikarten und meinen Altgriechisch-Wörterbüchern! Bobby sah mich mit schief gelegtem Kopf an und lauschte meinem Monolog, durch den ich wieder auf den Boden der Tatsachen zurückkam. Ich kraulte sie hinter den Ohren, und sie seufzte vor Wonne. Ich sollte besser mit ihr spazieren gehen – nun, da es nicht mehr so lange hell war, mussten wir früher aufbrechen. Aber als ich ihre Leine nehmen wollte, summte mein Handy, und eine Nachricht von Angela leuchtete auf.

> Notfall, sitze bei der Arbeit fest, Otis noch in der Schule. Könntest du ihn abholen? Das Losungswort ist Batman. Sorry und danke!

Wir gingen zu Otis' Schule, und der Hund war etwas beleidigt, weil wir nicht den üblichen Weg nahmen. Ich band sie am Zaun vor dem Gebäude an und ging hinein. An der Tür zur Eingangshalle traf ich auf eine Frau, die gerade mit ihren Kindern nach draußen gehen wollte. »Hallo! Sie waren großartig heute, Bella fand die Geschichten toll, nicht war, Bel? Besonders die mit dem walisischen Drachen.«

Ich wurde rot, bedankte mich stotternd und trat durch die Tür, die sie mir offen hielt. Otis kam auf mich zugerannt, und seine Lehrerin gab mir einen Stapel Papier, den er bekritzelt hatte. Er hatte außerdem Käsestangen gebacken und gab mir stolz eine davon; sie war blass und schlaff wie ein Leichenfinger. Ich knabberte daran, und sie schmeckte nach trockenem Mehl.

»Sehr lecker«, sagte ich und nahm noch einen Bissen. »Köstlich!«

Er hüpfte neben mir her und erzählte mir von seinem Tag. Er habe mit seinem Freund Ethan eine Rakete gebastelt, ein Mädchen habe sich vor der Toilette übergeben, und seine Lehrerin Belinda habe ihnen »k, k, k« beigebracht – er hob die Hand, um mir die Geste zu zeigen, die sie dabei gemacht hatte. Ich war mir nicht sicher, ob ich diese phonetischen Methoden gutheißen sollte. Zu meiner Zeit hatten wir nur Lesen und Schreiben gelernt.

Wir gingen mit Bobby kurz um den Block, dann nach Hause, wo ich Pfannkuchen für Otis backte, während er im Haus herumrannte; er hatte sich ein Geschirrtuch als Cape in den Halsausschnitt seines Pullovers gestopft. Als Angela später an die Tür klopfte, hockten wir gerade auf dem Teppich im Wohnzimmer und spielten mit den Dinky-Autos vom Dachboden.

»Tut mir echt leid.« Angela reichte mir eine eingewickelte Weinflasche. »Ein absoluter Albtraum. Gott, ich hasse meinen Job.«

Ich nahm den Wein. »Das wäre doch nicht nötig gewesen, du weißt, wie gern ich ihn hierhabe.«

»Aber das ist doch eine Zumutung, oder? Ich wollte nie eine dieser Mütter werden.« Sie hockte sich zu Otis auf den Teppich und zerzauste ihm das Haar. »Und, warst du ein braver Junge?«

»Ja«, sagte er. »Das mit der Kotze vor dem Klo war ich nicht.«

»Du musst seine Käsestangen probieren«, sagte ich.

Nach ein paar Schlucken Wein und einigen Leichenfingern beschwerte sich Angela über ihren jüngsten Auftrag (»Hatten Babyboomer es zu leicht im Leben?«), dann fragte sie mich nach dem Vorlesen. Ich erzählte ihr von Deirdre und dem Stellenangebot. »Das ist doch super!«, sagte sie und prostete mir zu. »Wann fängst du an?«

Ich zuckte die Achseln. »Ich weiß nicht, ob das so eine gute Idee ist. Ich bin doch ein bisschen zu alt dafür, außerdem muss ich an Bobby denken.«

»Schwachsinn«, schnaubte Angela. »Du würdest das super hinkriegen. Hör auf, dein Licht unter den Scheffel zu stellen, und mach's einfach.«

Ich strich mit dem Finger über den Rand meines Glases. »Es ist nur … meine letzte Anstellung ist schon eine Ewigkeit her. Alles ist anders. Heute geht nichts mehr ohne Computer. Ich mache bestimmt alles falsch.«

Angela nahm ihr Handy zur Hand und tippte drauflos. Ich setzte mich etwas beleidigt aufrechter hin, aber sie schüttelte den Kopf und tippte weiter. Als sie das Handy weglegte, schlug sie mit beiden Händen auf den Tisch.

»Ich habe gerade Denzil angetextet und ihm gesagt, er soll sich bereithalten, dir zu helfen. Er ist ein verdammtes Computergenie, er hat ein Vermögen gemacht, indem er sein Internet-Start-up verkauft hat, und jetzt scharwenzelt er nur noch mit seinen Boxern durch die Gegend und kauft Kunst. Der bringt dich schon auf den neuesten Stand. Siehst du?« Ihr Handy hatte gesummt, und sie hielt es hoch, damit ich seine Antwort sehen konnte.

Wird gemacht. Sag Missy herzlichen Glückwunsch.

»Okay. Sonst noch irgendwelche Ausflüchte?« Angelas Augen – die auch etwas Luchsartiges hatten – blitzten, und ich schüttelte den Kopf. Vielleicht würde ich Deirdre sagen, dass ich noch ein bisschen länger darüber nachdenken musste.

»Gehst du zu Denzils Party?«, fragte Angela und wischte sich Käsestangenreste von der Jeans.

»Vermutlich.« Ich runzelte die Stirn. »Auch wenn es so klingt, als müssten wir uns richtig schick anziehen.« Wir hatten die Einladungen per Post bekommen – was eine willkommene Abwechslung zu den Rechnungen war, auch wenn ich mich etwas zu alt für einen Dresscode fühlte.

Angela rümpfte die Nase. »Mach dir keine Gedanken – letztes Jahr hat Sylvie da jemanden im Frack gesehen und jemand anderen in einem Overall mit Farbflecken. Denzil mag Künstler – und die sind alle schräg. Wie ich höre, hat er einen Damien Hirst im Keller.«

Bald darauf ging sie mit Otis nach Hause, und ich werkelte in der Küche herum, stellte den übrig gebliebenen Wein in den Kühlschrank und wärmte mir zum Abendessen Suppe auf. Bobby schlang ihr Futter hinunter, wobei ihr Halsband klappernd gegen den Napf schlug, ein Geräusch, das ich mittlerweile gern hörte. Ich aß in der Küche, fütterte sie mit gebuttertem Brot und machte dann meinen Laptop an. In meinem E-Mail-Account entdeckte ich eine Antwort von Alistair. Arthur kam in der Schule gut zurecht, konnte seinen Namen schon schön schreiben und erzählte, er wolle Polizist werden. Emily hatte einen Aborigine-Muschelhaufen entdeckt – ich hatte keine Ahnung, was das bedeutete –, und Ali war zu einer Konferenz eingeladen worden, die später im Jahr in New York stattfinden sollte. Ich wünschte mir, sie wäre in London. Schließlich schrieb er, er finde, das mit dem Stellenangebot höre sich super an, und es sei bestimmt genau das Richtige für mich. »Du hast so viel zu bieten«, schrieb er. »Dad wäre stolz auf dich.«

Hatte ich wirklich so viel zu bieten? Vor sechs Monaten hätte ich den Gedanken noch vehement abgetan, aber neuerdings spürte ich, dass sich so etwas wie Optimismus bei mir eingeschlichen hatte – die Vorstellung, dass es Dinge gab, auf die ich mich freuen konnte, dass mir diverse Möglichkeiten offenstanden, war ziemlich berauschend. Und doch fürchtete ich, meine neue Lebenslust könnte flüchtig sein, so zerbrechlich wie Otis' Käsestangen. Wäre Leo tatsächlich stolz auf mich gewesen? Er hätte wahrscheinlich gemeckert, dass ich nicht zu Hause blieb – er hatte es gern, wenn ich zu Hause war, selbst wenn er sich in seinem Arbeitszimmer vergrub. Er sagte immer, er könne meine Anwesenheit im Haus auch dann spüren, wenn er mich nicht sah oder hörte, und dass sie beruhigend sei. Mir ging es genauso. Aber *er* war nicht mehr da, und damit musste ich leben.

»Was meinst du, Bobby?«, sagte ich, als sie sich in ihrem Bett vor dem Kamin drehte, um sich hinzulegen. »Ist so etwas in meinem Alter eine Dummheit?«

Bobbys Brauen zuckten, während sie darüber nachdachte.

»Das ist das berufliche Äquivalent dazu, in ein Planschbecken zu springen«, ergänzte ich und strich ihr über den Kopf.

Ihr Schwanz klopfte auf den Boden.

Ich beschloss, die Stelle anzunehmen. Es würde immer Risse in den Fliesen oder Spinnen geben, die einen davon abhielten, ins Wasser zu springen, aber manchmal musste man es trotzdem tun. Ich hatte das Gefühl – die Hoffnung –, dass sich das Ganze, genau wie die Aufnahme von Bobby, als genau das Richtige für mich herausstellen könnte.

Kapitel 28

Eines Morgens Anfang November traf ich mit Bobby bei unserem Spaziergang auf die Parkwächter, die Metallzäune abbauten und den Müll des Bonfire-Night-Feuerwerks wegräumten. Bobby nahm die verbliebenen Gerüche in sich auf, und ich stieg über verglühte Wunderkerzen hinweg und freute mich auf Weihnachten.

Meine Besessenheit davon begann als Kind im Krieg, als die gesamte Familie sich zum Fest bei meiner Tante Sibyl in Kirkheaton versammelte. Fa-Fa zog an Heiligabend los und kam mit einer gewaltigen Fichte wieder, woraufhin Tante Sibby mit ihm schimpfte, dann dekorierten wir gemeinsam den Baum und bestaunten die exquisiten kleinen Christbaumornamente; die meisten hatte Großmutter Jette, die in solchen Dingen gut war, selbst gebastelt.

Am Morgen des ersten Weihnachtstages gingen wir alle zusammen nach nebenan in die Kirche, um Onkel Randolphs Predigt zu lauschen, wobei Fa-Fa die ganze Zeit vor sich hin moserte. Dann zogen wir wieder nach Hause, um eins von Sibbys Hühnern zu essen, dem zur Feier des Tages der Hals umgedreht worden war. Wir hörten uns die Ansprache des Königs an, danach durften wir die Geschenke auspacken. Damals waren das natürlich nur bescheidene Dinge, selbst gestrickte Handschuhe oder ein Windrädchen aus fadenscheinigem Papier, alles ein bisschen wie in *Betty und ihre Schwestern,* aber soweit ich mich erinnere, war ich nie enttäuscht. Anschließend spielte meine Mutter Klavier, und wir versammelten uns um sie und sangen Weihnachtslieder. Ich mochte die traurigen am liebsten; sie gaben mir einen angenehmen Stich in der Seele, als würde man einen schmerzenden Muskel reiben.

Gegen Ende des Krieges wurde Vater getötet, und Weihnachten war nie wieder wie früher, aber als ich älter wurde, versuchte ich, den Geist jener goldschimmernden Zeit aufleben zu lassen. Als meine Kinder noch klein waren, war mir Weihnachten extrem wichtig, und selbst Leo wusste, dass er aus seinem Arbeitszimmer kommen und an den straff organisierten Feierlichkeiten teilnehmen musste. Vielleicht waren sie etwas *zu* straff organisiert, denn ich ließ die Kinder nie beim Schmücken des Baumes helfen, damit nichts in die Brüche ging. Heute war ich nachsichtiger, und Arthur würde sich dieses Jahr mit dem Lametta so richtig austoben dürfen.

Sie kamen jeden Dezember für zwei Wochen aus Australien her, was der Höhepunkt meines Kalenderjahrs war, besonders, seit Leo nicht mehr lebte. Ich fand, wir könnten mal eine Abwechslung von dem üblichen Truthahn gebrauchen und ich könnte mich an einem Lendenbraten vom Rind oder sogar einer Gans versuchen, obwohl ich so etwas noch nie zubereitet hatte. Ich war ungewöhnlich fröhlich, schmiedete Pläne für Alis und Arthurs Besuch, weshalb ich, als mir Denzil über den Weg lief und mich noch einmal mündlich zu seiner Vorweihnachtsparty einlud, gleich Ja sagte, anstatt zu zaudern und zu glauben, er hätte mich nur eingeladen, um höflich zu sein.

»Du musst dich aber schick anziehen, hörst du? Kleines Schwarzes oder so. Ist schließlich 'ne noble Veranstaltung.«

Denzil war unglaublich nett zu mir gewesen, seit ich angefangen hatte, in der Bibliothek zu arbeiten. Er hatte mir geholfen, mit Talis zurechtzukommen, einer Art Katalogisierungssystem, das wir benutzten, um Buchanfragen, Bestellungen, Rechnungen und so weiter zu bearbeiten. Dank seiner Unterstützung kam ich allmählich damit zurecht, und jetzt war der tägliche Gang zur Arbeit keine ganz so nervenaufreibende Angelegenheit mehr wie am Anfang. Genau genommen machte es mir sogar Spaß, und mittlerweile konnte ich ein paar Stammkunden mit Namen begrüßen, wusste, welche Autoren sie schätzten, und konnte ihnen die richtigen Regale zeigen. Vieles hatte sich gewandelt, seit ich zuletzt gearbeitet hatte, aber manche Dinge hatten sich nicht verändert. Die Leute lasen immer noch Bücher, unterhielten sich gern, sahen die Bibliothek als Treffpunkt und in manchen Fällen auch als Zuflucht.

Nach zwei weiteren produktiven Wochen, in denen ich dank Arbeit und Bobby alle Hände voll zu tun hatte, fiel mir am Tag von Denzils »nobler Veranstaltung« siedend heiß ein, dass ich nichts Passendes zum Anziehen hatte. Und ich hatte trotz des Gehalts für die Arbeit in der Bibliothek kein Geld für etwas Neues, ganz besonders nicht jetzt, da sich die Rechnungen, die Briefe und Anrufe von unserer Bank immer mehr häuften. Vor ein paar Tagen war ich aus Versehen ans Telefon gegangen, aber als ich Horace' kultivierte

Stimme »Ist da Millicent Carmichael?« sagen hörte, antwortete ich sofort mit irischem Akzent, den ich mir bei Angela abgeschaut hatte, er habe sich verwählt.

Nachmittags kam Bobby ins Schlafzimmer, wo überall Sachen verstreut lagen und ich mir Kleider vor den Körper hielt und sie gleich wieder verwarf. Sie sah mein stirnrunzelndes Spiegelbild an.

»Ich suche nach einem Kleid für die Party.«

Sie wedelte aufmunternd mit dem Schwanz.

»Ich möchte einmal im Leben glamourös aussehen.«

Bobby krabbelte unter das Bett, und kurz sah ich nur noch ihr Hinterteil, dann förderte sie Arbuthnot, meinen alten Steiff-Teddybären, zutage. Mir fiel wieder ein, wie Angela damals die Kleider meiner Großmutter anprobiert hatte. Natürlich! Ich nahm Bobby das Stofftier ab und ging auf den Dachboden, wo jetzt, nachdem Sylvie ausgemistet hatte, alles sehr viel übersichtlicher war, und wühlte in den alten Truhen, bis ich ein schwarzes Zwanzigerjahrekleid mit ausgestelltem Saum, Flügelärmeln und feiner Spitze am Ausschnitt fand. Ich zog es an Ort und Stelle an und musterte mich in einem alten Spiegel, der noch in einer Ecke stand. Im trüben Licht und in all dem Staub sah ich aus wie Jette. Vielleicht hätte ich mir die Haare schneiden lassen sollen, es hätte ordentlicher ausgesehen, aber Otis gefiel es vielleicht nicht, er mochte meinen langen Hexenzopf. Ich suchte weiter und entdeckte eine cremefarbene Stola mit Fransen, die meine faltigen Arme verdeckte, und ich trat einen Schritt zurück, um mich erneut in Augenschein zu nehmen. Bobby tauchte schwanzwedelnd hinter mir im Spiegel auf.

»Tja, es hat eher was von einem Trauerkleid als von einem kleinen Schwarzen«, sagte ich und dachte an die Melancholie meiner Großmutter. »Kommst du denn ohne mich zurecht?«

Sie schaute mich mit schräg gelegtem Kopf an, und ich sah ihr an, dass sie plante, auf meinem Sofa herumzulümmeln.

»Nichts da. Auf gar keinen Fall. Aber ich gebe dir ein Stück Leberwurst, bevor ich gehe.«

Denzils Haus war genauso eindrucksvoll, wie Angela angekündigt hatte, ein prachtvolles, imposantes Gebäude mit riesigen Erkerfenstern und weißen Vorhängen, einem schmiedeeisernen Tor und zwei Steinhunden, die es bewachten. Als ich klingelte, fühlte ich mich unbehaglich in meinem alten Kleid. Denzil öffnete mir die Tür in einem matt karmesinroten Satinjackett und wedelte mit einem Zigarettenhalter zwischen den Wurstfingern. Seine Glatze glänzte im Licht des Kronleuchters, der in der Eingangshalle hing, und ich fühlte mich geblendet.

»*Entrez*«, sagte er und begrüßte mich. Ich reichte ihm meinen hausgemachten Pflaumen-Walnuss-Kuchen, der in dieser Umgebung viel zu rustikal wirkte. Ich ging in Richtung der Stimmen und der wummernden Musik und fand mich gleich darauf in einem riesigen Wohnzimmer mit raumhohen Fenstern zu beiden Seiten wieder. Die Wände waren in Grau und Dunkelblau gehalten, die Beleuchtung aufwendig, und es gab mehrere riesige, ungewöhnliche Kunstwerke. Denzil musste wirklich sehr wohlhabend sein.

Ein Kellner drückte mir ein Glas Champagner in die Hand, und Angela, die schon betrunken wirkte, steuerte direkt auf mich zu. Ich entspannte mich und ließ den Blick durch den Raum schweifen. In einer Ecke stand Sylvie mit einem kleinen Mann, der eine Art Toga zu tragen schien. Er redete eindringlich auf sie ein und hielt ihr einen Finger vor die Nase. Als sie mich sah, zwinkerte sie mir zu, beugte sich vor und sagte ihm etwas ins Ohr. Sekunden später war sie bei mir, zwei Gläser in der Hand.

»Alter Partytrick«, sagte sie. »Immer zwei Gläser dabeihaben, und wenn einen irgendein nerviger Kerl in ein Gespräch verwickelt, sagt man einfach: ›Ich muss das hier noch abliefern!‹, und macht sich vom Acker.«

Angela lachte dreckig. »Das würd ich nicht hinkriegen, ich würde beide Gläser leer trinken.«

»Wo ist Otis?«, fragte ich sie.

Sie trank einen Schluck Wein. »Hab's geschafft, ihn zu einem Schulfreund abzuschieben, er übernachtet auch dort. Also bin ich ausnahmsweise mal frei und ungebunden.« Sie gab ihr Glas einem vorbeikommenden Kellner zum Auffüllen.

»Hübsches Kleid«, sagte Sylvie. »Eins von Jette?« Ich nickte, und sie stieß mit mir an, dann segelte sie wieder davon. Angela sagte, sie sei zu betrunken, um noch länger zu stehen, und so setzten wir uns auf eine Chaiselongue, deren Polster mit marineblauer Seide bezogen waren. Ich nippte an meinem Sekt, während sie auf verschiedene Partygäste deutete und Klatsch über sie zum Besten gab. Weil die Musik so laut war, musste sie fast schreien, damit ich sie hörte, mit dem dubiosen Ergebnis, dass die Betroffenen sie womöglich hören konnten.

»Das da drüben ist Desiderata Haber. Sie ist Historikerin, aber eine ziemlich kontroverse. Sie schreibt gerade ein Buch darüber, dass Elisabeth die Erste insgeheim lesbisch war. Ich steh total auf sie, sie sieht aus wie Nigella Lawson, diese Köchin aus dem Fernsehen. Desiderata, nicht Elisabeth. Obwohl ich auch auf die stehen würde, wenn sie nicht tot wär. Verdammt, ist der Champagner gut.« Sie stieß mich in die Seite und verschüttete prompt etwas davon. »Da, guck mal, das ist Denzils Freund Miguel. Der ist echt scharf.«

»Denzil hat einen Freund?« Ein dunkelhaariger, geschmeidiger junger Mann mit schmalen Hüften in schwarzer Jeans gestikulierte beim Reden, er unterhielt sich mit der Historikerin, die als Nigella-Double durchgehen konnte. Sie nickte lächelnd und wiegte sich verführerisch zur Musik.

»Ja, sie sind schon seit Jahren zusammen, aber sie sehen sich kaum, weil er in Spanien lebt, Denzil nur ungern fliegt und die Hunde nicht allein lässt. Miguel ist Choreograf. Der Hammer, hätte nichts dagegen, wenn er mich choreografieren würde.«

»Ich bezweifle, dass ihm das etwas gibt«, erwiderte ich, und mir fiel auf, dass Miguels Blick zu Denzil hinüberwanderte, der vor dem Marmorkamin stand und auf den Fersen vor und zurück schaukelte.

Angela nickte. »Die Besten sind immer schwul.« Sie trank ihren Wein aus und nahm sich noch ein Glas. »Komm, lass uns eine kleine Hausbesichtigung machen.«

»Dürfen wir das denn?«

»Das merkt sowieso keiner, die sind alle hackedicht.«

Kichernd schlichen wir nach unten in ein Gewölbe, um Denzils Schätze zu beäugen, darunter der berühmte Damien Hirst. Es war ein in einer Glasvitrine stehendes Bonbonglas, das ein in Kunstharz eingelegtes, von einem Stahlbolzen durchbohrtes Herz enthielt. Auf einem kleinen Schild darunter stand: »Love Struck«. Angela starrte es mit der Eindringlichkeit einer sehr Betrunkenen an.

»Genau so ist es«, sagte sie schließlich. »Wie eine Wunde, die niemals heilt.«

»Das ist ja schrecklich.«

»Das *ist* schrecklich.« Sie streckte die Hand aus und strich mit einem Finger dort, wo der Bolzen verlief, quer über das Glas, bis sie die Spitze erreicht hatte. Ich dachte an die Geschichte über Achilles, die ich Otis erzählt hatte. Was man nicht alles aus Mutterliebe tat. Es war die falsche Geschichte gewesen. Oder vielleicht war sie auch zu richtig gewesen. Manchmal war es besser, nicht ins Schwarze zu treffen.

Wir machten uns wieder auf den Weg zur Treppe nach oben, und Angela stürzte sich in eine ihrer Tiraden, diesmal über den Preis von Kunst, darüber, ob es tatsächlich Kunst *war* und dass Denzil sein Geld lieber für etwas anderes ausgeben sollte, wie besseren Kunstunterricht an Schulen, die Rettung Syriens oder für den Schutz von Hunden. Doch dann verstummte sie. Ein Mann kam die Treppe herunter und schickte sich an, an uns vorbei in das silbergraue Gewölbe zu gehen. Er sah sehr gut aus. Als er uns erreichte, blieb er kurz stehen, verlegen, aber auch interessiert; sein Blick ruhte auf Angela. Sie trug dasselbe wie auf Mels Hochzeit und sah trotz ihrer etwas verquollenen Augen und zerzausten Haare sehr hübsch aus.

Ich lächelte ihn an. »Möchten Sie sich den Hirst ansehen? Wir haben ihn auch gerade bewundert.«

»Ja, ich bin neugierig«, sagte er. Er hatte einen amerikanischen Akzent und erinnerte mich an Clark Kent aus den Superman-Filmen. Amüsiert bemerkte ich, dass Angela nervös an ihren Haaren herumzupfte, dann stellte ich fest, dass ich gerade unser beider Gläser hielt.

»Tja, ich muss das hier jemandem bringen«, sagte ich fröhlich und verließ die beiden. Auf der Treppe hörte ich, wie Angela ein glockenhelles Lachen à la Alicia von sich gab, und musste schmunzeln.

Mehrere Gläser später amüsierte ich mich prächtig. Ich kannte genug Leute, um mich gut zu unterhalten, und ein netter Kellner sorgte für den Getränkenachschub. Ich sprach mit Simon, einem Hundebesitzer, dessen Frau Maddie gerade ein Kind zur Welt gebracht hatte und der zu der Party geschickt worden war, um allen von ihrem neugeborenen Sohn Timothy zu berichten. »Er ist wunderschön«, sagte er ständig. »So wunderschön. Wie konnte ich nur fürchten, wir würden ihn nicht so sehr lieben wie Tiggy?« Tiggy war sein Border Terrier. Ich plauderte mit einem weiteren Hundebesitzer namens Phillip, der mir von der neuesten Missetat seines Retrievers Dexter beichtete. Er war in einen Fluss gesprungen, um einem Schwan nachzujagen, und das direkt vor den Augen eines Parkwächters. Phillip schloss mit den Worten: »Dabei ist er doch so ein lieber Hund.« Meiner Meinung nach war Dexter eher ein Soziopath und Phillip hatte kein Rückgrat, aber an einem Tag hatte ich im Park beobachtet, wie sie zusammen mit einem alten Seil spielten, an beiden Enden zogen, und sie hatten so glücklich ausgesehen, dass ich stehen blieb und ihnen zusah. Manchmal durchbohrt die Liebe einem nicht das Herz, sie lässt es einem aufgehen.

Später am Abend stand ich neben Miguel, der den Blick über die Partygesellschaft schweifen ließ und mit dem Fuß den Takt der Musik mitklopfte. Er war unglaublich schlank und von katzenhafter Grazie. Ganz anders als Denzil und seine Boxer, aber vielleicht war das ja das Anziehende. Als würde er meinen Blick spüren, musterte er mich plötzlich mit seinen bernsteinfarbenen Augen von Kopf bis Fuß.

»Hübsches Kleid«, sagte er. »Ein Erbstück?«

Ich nickte und zog die Stola hoch, die mir die Schultern hinuntergerutscht war. »Es gehörte meiner Großmutter.«

»Sie hatte einen guten Geschmack« sagte er. Sein Akzent klang schleppend und exotisch, fast affektiert. Er war unglaublich elegant, wie die Lilien mit den goldenen Spitzen in der Vase neben ihm.

»Ja«, stimmte ich zu.

»Und wie war sie?«

Ich sah ihn an, verdutzt über die Frage. »Sie war … depressiv, glaube ich. Sie hat viele Dinge selbst gemacht. Viel genäht. Auch dieses Kleid. Aber ich glaube, das war so eine Art Therapie. Wenn sie traurig war, schneiderte sie etwas.«

»Worüber war sie denn traurig?«

»Über nichts im Besonderen. Über alles.«

Miguel nickte, den Blick wieder auf das Gewirr der anderen Gäste gerichtet. »Wenn ich mich so fühle, tanze ich. Was tun Sie, wenn Sie sich so fühlen?«

Ich dachte kurz nach. »Ich gehe spazieren.«

»Da haben Sie aber Glück, dass Sie das noch können.« Er bedachte mich mit einem frechen Seitenblick, und ich erkannte wie Angela, wie er Denzils Herz durchbohrt hatte.

Später tanzten wir, er und ich, einen schönen, altmodischen Tango, angefeuert von den anderen Partygästen, die um uns herumstanden, jubelten und applaudierten. Sylvie war auch dabei, klatschte begeistert in die Hände, und als wir uns drehten, sah ich, dass Angela, immer noch in Begleitung von Clark Kent, im Türrahmen auftauchte. Ihr blieb der Mund offen stehen, als sie mich entdeckte, dann grinste sie und lehnte sich an den Mann, um weiter zuzusehen. Meine alten Knochen knarzten protestierend, als wir hierhin und dorthin tanzten, aber wie Miguel sagte, ich hatte Glück, dass ich es immer noch konnte. Denzil, der sich den Zigarettenhalter hinters Ohr gesteckt hatte, beobachtete Miguel mit dem amüsierten Lächeln eines nachsichtigen Vaters. Badger und Barker saßen zu beiden Seiten neben ihm wie Leibwächter, die niemanden an ihn heranließen.

Die Musik verstummte, und alle johlten. Miguel verbeugte sich vor mir, küsste mir die Hand, und ich zog mich außer Atem auf die Chaiselongue zurück, um mich zu erholen. Angela kam mit ihrem neuen Verehrer im Schlepptau zu mir.

»Du warst großartig!«, verkündete sie. »Ich hatte keine Ahnung, dass du so was überhaupt kannst!«

»Leo und ich sind hin und wieder tanzen gegangen«, erwiderte ich und fächelte mir mit einer Serviette Luft zu. »Das ist eins meiner vielen verborgenen Talente.«

»Und was sind die anderen?«, fragte Angelas Gefährte lächelnd.

»Zu wissen, wann man würdevoll den Rückzug antritt«, sagte ich und stand auf. »Ich glaube, ich gehe jetzt lieber nach Hause. Ich bin ziemlich müde.«

»Wir besorgen dir ein Taxi«, sagte Angela, drehte sich um und winkte Denzil heran.

»Nein, nein, es ist doch gar nicht weit«, sagte ich schwach, obwohl es das sehr wohl war, besonders um diese Zeit.

»Blödsinn«, sagte sie und unterhielt sich kurz mit Denzil, der nickte und etwas in sein Handy tippte. Eine Sekunde später sah er auf. »Ist schon auf dem Weg.«

Sie ignorierten meine Proteste, halfen mir in meinen Mantel, und Denzil eskortierte mich persönlich zur Tür. Als wir vor seinem von zwei Steinhunden flankierten Eingang standen, fuhr bereits ein Wagen vor. Denzil winkte dem Fahrer zu und wandte sich dann noch einmal an mich.

»Toll getanzt«, sagte er. »Siehst du? Ich hab dir ja gesagt, mit der Zeit wird es leichter.«

Ich lächelte und tätschelte ihm die Hand. »Danke. Für alles.«

Er grinste. »Ich muss mich bei dir bedanken. Schließlich hast du für Unterhaltung gesorgt.«

»Ich mag Miguel.«

»Ich auch«, sagte er ruhig und streichelte einem seiner Steinhunde den Kopf.

Ich hatte Angst, das Taxi könnte zu teuer sein, aber als wir vor meinem Haus hielten, wollte der Fahrer mein Geld nicht nehmen und sagte, die Gebühr würde auf Mr Denzil Josephs Konto gehen. Ich war so dankbar und froh, dass ich einen derart schönen Abend gehabt hatte, dass ich mit Tangoschritten zur Haustür tanzte. Ich hatte in der Küche das Licht für Bobby angelassen, das mich mit einem warmen Leuchten empfing. Ich suchte nach einem kleinen nächtlichen Imbiss für sie und machte mir eine Tasse Kakao.

Kurz bevor ich ins Bett ging, überprüfte ich meinen E-Mail-Account und war glücklich, eine Nachricht von Alistair vorzufinden. Ich setzte mich mit dem Kakao hin, um sie zu lesen. Wahrscheinlich machte er schon Pläne für Weihnachten, zum Beispiel, was wir unternehmen konnten, wenn sie in London waren. Ich hatte bereits eine Kiste Doom Bar, sein Lieblingsbier, für ihn bestellt.

Ich weiß nicht, wie ich es dir mitteilen soll, begann die Mail. Emily hatte eine Fehlgeburt gehabt. Sie war in der zehnten Woche gewesen. Es habe sich um ein Abortivei gehandelt, sagten die Ärzte. Ich dachte an das durchbohrte Herz in dem Glas. Ich las weiter, und Tränen liefen mir die Wangen hinunter, als Alistair erklärte, dass sie nun nicht nach London kommen könnten, sondern zu Emilys Eltern fahren würden, bis es ihr wieder besser ging. Er sprach davon, vielleicht im nächsten Sommer zu kommen. Mindestens weitere sechs Monate, ohne ihn und Arthur zu sehen. Ich schob den Laptop von mir, saß da, blind vor Tränen, und grübelte über mein einsames Weihnachtsfest nach.

»Ich hätte es wissen müssen«, sagte ich schluchzend zu Bobby. »Ich hätte wissen müssen, dass es so endet.« Sie schmiegte sich an mich, und ich vergrub die Finger in ihrem Fell, presste ihren warmen Körper gegen meine Beine und starrte auf die ersten Regentropfen, die auf der Fensterscheibe landeten.

Einmal, nachdem er ein Buch besonders lukrativ verkauft hatte, nahm Leo mich mit auf eine Seychellen-Reise. Die Inseln kamen mir so märchenhaft vor, ich konnte kaum glauben, dass sie echt waren, als wir im Flugzeug darüberflogen. Wir wohnten in einem winzigen Urlaubsort, und ständig brandeten türkisfarbene Wellen bis zu unserer kleinen Hütte. Während Leo seine Forschungsnotizen durchging, bohrte ich die Zehen in den heißen Sand und schaute aufs Meer hinaus. Die Korallenbänke faszinierten mich besonders – von oben betrachtet sahen sie aus wie dunkle Schatten, stinklangweilig. Aber kaum tauchte man den Kopf unter Wasser, verwandelten sie sich in eine quicklebendige, prachtvolle andere Welt voller winziger Fische in Neonfarben, die hin und her huschten, umtanzt von den Skeletten des Meeres. Eines Tages gingen wir schnorcheln, aber ich fand die Intensität des Spektakels zu überwältigend. Als ich zum Riff schaute und einen Blick auf die Tiefen dahinter erhaschte, war ich so desorientiert, dass Leo mich an die Oberfläche ziehen und halten musste, während ich vor Ehrfurcht nach Luft schnappte.

Am letzten Tag saßen wir wieder am Strand, standen bis zu den Knöcheln im schäumenden Ozean, und ich bewunderte, wie das flirrende Wasser meine Haut aufleuchten ließ. Da erhob sich plötzlich eine Unterwasserbrise, Sand wirbelte auf, und die runden Umrisse eines Tieres, eines Stachelrochens, wurden sichtbar, der langsam an der Küstenlinie entlang davonschwamm. Der gewaltige Flossenschlag des Meerestieres verunsicherte mich, und ich zog mich an den Strand zurück, hob beim Gehen die Beine so hoch wie möglich aus dem Wasser und dachte darüber nach, dass die Art und Weise, wie das Unterwasserleben im Korallenriff hin und her schoss, nichts anderes war als ein farbenprächtiger Tanz des Todes, ein Warten darauf, dass der Räuber zuschlug. Ich war immer noch wie hypnotisiert von jenem Schlag, der mich nur um Millimeter verfehlt hatte. Leo hatte ihn nicht einmal bemerkt. Später wurde mir klar, dass ich dieses Gefühl von Bedrohung immer noch mit mir herumschleppte. Dass ich immer darauf wartete, dass das Damoklesschwert fiel. Auf den brennenden Schmerz wartete, der meiner Geschichte ein Ende setzte.

Kapitel 29

»Machst du mir das Kleid zu?«

Es wurde allmählich dunkel in unserem Schlafzimmer, als Leo und ich uns ankleideten und gereizt aneinander vorbeischoben. Er trug eine Krawatte, was er ungern tat, und murrte, als er sie vor dem Spiegel gerade rückte, während ich eine Strumpfhose über meine vom Alter gezeichneten Beine zog und versuchte, nicht mit den frisch lackierten Nägeln daran hängen zu bleiben. Der Coq au Vin schmorte unten im Herd vor sich hin und würde trocken werden, wenn wir noch mehr Zeit damit verbrachten, uns herauszuputzen. Aber Alistair hatte darauf bestanden, dass wir uns schick anzogen. Ich drehte Leo in meinem grauen Chiffonkleid den Rücken zu. Er strich sich die Haare glatt und zog geistesabwesend den Reißverschluss hoch. Er wäre lieber in seinem Arbeitszimmer geblieben und hätte sich mit Disraeli befasst, aber wir hatten bei der ganzen Sache keine Wahl gehabt. Es ging um ein Dinner, bei dem uns Alistair seine Freundin vorstellen wollte, und alles musste perfekt sein, trotz meiner Vorbehalte und Leos Gleichgültigkeit.

Sie war jünger als Alistair. Mindestens zehn Jahre. Das hatte Ali uns zwar nicht direkt gesagt, aber aus bestimmten Details, die er preisgab, konnte ich ableiten, dass sie Anfang dreißig war und dass ihr Beruf mit etwas namens Experimentelle Archäologie zu tun hatte, was für mich albern klang und wobei man sich wahrscheinlich verkleidete und berühmte Schlachten nachstellte. Ali hatte uns noch nie jemanden auf diese Weise vorgestellt, und ich fühlte mich geschmeichelt und zugleich eingeschüchtert davon, was das wohl bedeutete. Als wir in der Woche zuvor telefonierten, hatte er gesagt, er komme aus Birmingham und bleibe über Nacht, woraufhin ich mich kopfüber in die Vorbereitungen stürzte, das Gästezimmer vorbereitete, beim Metzger ein Huhn bestellte und mir ein neues Kleid kaufte. Leo hatte sich noch nicht dazu geäußert. Als er sich jetzt aufrichtete, sah er ausgesprochen distinguiert aus, die silbergoldenen Haare aus der Stirn gekämmt, ganz der angesehene Professor. Vielleicht hatte er vor, diese Emily zu seinem Vergnügen ein bisschen einzuschüchtern – was, wenn es nach mir ging, völlig in Ordnung war.

»Dann lass es uns hinter uns bringen.«

Unten legte ich am Esstisch letzte Hand an, zog die Damasttischdecke glatt und rückte das Festtagsbesteck zurecht. Die Schublade, in der es aufbewahrt wurde, hatte geklemmt, und ich hatte mir einen blauen Fleck an der Hüfte geholt, als ich sie gewaltsam öffnete. Ich schaute nach dem Coq au Vin und dem Kartoffelgratin, die beide vor sich hin köchelten, dann rief ich ins Wohnzimmer zu Leo, er solle uns etwas zu trinken eingießen. Als er mir meinen Gin Tonic reichte, verzog ich das Gesicht, so schwach war er.

»Das Kleid ist neu, oder? Alles für deinen Goldjungen?« Selbst damals ärgerte mich Leo noch, weil ich ein Lieblingskind hatte, obwohl unsere »Kinder« mittlerweile fünfzig und fünfundvierzig waren. Aber ich wollte für Alistair und seine Hoffentlich-nicht-Verlobte elegant aussehen. Ich wollte, dass sie mich mochte und dann jemanden in ihrem Alter kennenlernte und die alte Dame vergaß, von der sie gedacht hatte, sie könnte ihre Schwiegermutter werden. Ich weiß nicht genau, warum, aber ich wusste, dass sie nicht die Richtige für ihn war.

Pünktlich wie immer klopfte Alistair an die Tür, und Leo ging öffnen, während ich eine möglichst natürliche Pose auf dem Sofa einzunehmen versuchte, schließlich aufstand und mich ans Kaminsims lehnte. Dann setzte ich mich wieder aufs Sofa, schlug die Beine übereinander, den Drink in der Hand, in höchstem Maße entspannt und gastfreundlich, aber nicht zu überschwänglich. Sollten wir Musik auflegen? Etwas Diskretes, Elegantes – Mahler vielleicht. Die achte Sinfonie. Aber dann kam Alistair mit Emily ins Zimmer, und in dem Moment veränderte sich etwas, weil ich sofort sah, dass dort eine Frau stand, die er mehr liebte als mich. Ich hatte verloren, noch bevor die Spiele begonnen hatten. Ich schalt mich selbst – reiß dich zusammen, Iokaste – und erhob mich, um sie zu begrüßen.

Sie war jung und natürlich, auf eine dezente Art, wunderschön, die blonden Haare zu einem strengen Pferdeschwanz zurückgebunden, ein dichter Pony über blauen Augen hinter einer seriösen Brille. Was für ein schönes Paar sie abgaben; er hielt ihren Ellbogen, schob sie ins Zimmer. Sie kam zu mir, der Matriarchin, und hielt mir die Hand hin. Auch an der anderen konnte ich Gott sei Dank keinen Ring entdecken. Ich schüttelte sie kurz, dann deutete ich auf die Hausbar.

»Hallo, Liebes. Möchten Sie etwas zu trinken? Ich hoffe, Sie hatten eine angenehme Fahrt.«

»Liebend gern, danke. Ja, Gin Tonic wäre toll. Der Verkehr war grässlich!«

Australierin. Sie war Australierin. Ich konnte sehen, wie Leo angesichts ihres Akzents das Gesicht verzog, und ich erinnerte mich, wie geschockt und bestürzt er gewesen war, als Melanie uns vor Jahren Octavia als ihre Freundin vorstellte. Jetzt war ich dran. Ich versuchte, mich zu erinnern, was für eine Art Freundin ich mir für

Ali ausgemalt hatte, das weibliche Pendant zu Leos Caius-Gelehrtem, aber tatsächlich war mir nie jemand eingefallen – nicht einmal in meiner Fantasie –, der gut genug für ihn gewesen wäre. Ich wäre nie zufrieden gewesen, aber der Anblick dieser sonnengebräunten Amazone, die ihre Schönheit hinter den zurückgekämmten Haaren und der Brille zu verstecken versuchte, traf mich sogar noch härter, als ich befürchtet hatte. Als mein Sohn – ein Ebenbild seines Vaters – auf mich zukam, lächelte ich und versuchte, mir meine grenzenlose Liebe nicht anmerken zu lassen.

»Ma«, sagte Ali und küsste mich auf die Wange, und ich widerstand dem Drang, ihn am Kragen zu packen. »Du siehst großartig aus.«

»Sie hat diese Woche die ganze Upper Street abgeklappert«, scherzte Leo, und ich funkelte ihn an, während er mir meinen zweiten Drink reichte.

Einen Moment lang breitete sich das unvermeidliche peinliche Schweigen aus, dann sagte Leo etwas über Michael Vaughan, den Cricketspieler, und Neuseeland, und schon legten er und Ali los. Die Vorliebe für Cricket war ihre einzige Gemeinsamkeit. Und so war es mir überlassen, mich mit Emily zu unterhalten, die sich irritierend wohl in ihrer Haut zu fühlen schien, an ihrem Aperitif nippte und sich in unserem Wohnzimmer umsah.

»Ali hat mir erzählt, dass Sie an der Universität arbeiten.«

Sie schüttelte den Kopf. »Eigentlich nicht. Ich war ein Semester dort angestellt, aber jetzt arbeite ich auf einem Bauernhof in der Nähe von Kinver Edge.«

»Einem *Bauernhof?*« Ich konnte meine Bestürzung kaum verhehlen. Alistairs Freundin, die Bäuerin.

Sie lachte. »Ja, er wird wie in der Eisenzeit geführt. So erfahren wir mehr über die Landwirtschaft und die Haushaltsführung jener Zeit. Macht wirklich Spaß.«

»Das klingt … faszinierend.« Vor meinem inneren Auge sah ich sie in Schafsfelle gehüllt eine Sense schwingen.

»Ich finds großartig. Ich mag es, mir die Hände schmutzig zu machen.« Zu den Männern, die immer noch über Sport redeten, sagte sie: »Ihr habt doch nur gewonnen, weil ihr einen Südafrikaner im Team hattet.« Die Männer schmunzelten anerkennend, und Alis Stolz war offensichtlich.

Ich lächelte strahlend, mit zusammengebissenen Zähnen. »Gehen wir ins Esszimmer?«

Der Coq au Vin war wirklich trocken, das Gratin zu salzig, aber wenigstens gab es genug Wein. Alistair und Emily waren so vertraut, dass sie die Sätze füreinander beendeten; sie sagten gleichzeitig dasselbe, brachen ab und lächelten sich zu. Beide aßen nur mit der Gabel, damit sie unter dem Tisch Händchen halten konnten. Es war unerträglich. Leo sah mich nie so an, und Emily nahm Alis Vernarrtheit gleichmütig hin, wie eine Frau, die geradezu erwartete, angebetet zu werden. Natürlich hatte sie auch Leo bald am Haken; er stellte ihr Fragen über Wallburgen und wurde rot, als sie sagte, sie hätte sein neuestes Buch gelesen.

Zum Nachtisch servierte ich ein *Clafoutis,* Alis Lieblingsgericht, aber er erwähnte es nicht einmal, mampfte achtlos vor sich hin, gab nur hin und wieder das Stichwort für ihre gemeinsamen »Weißt-du-nochs«, während Leo vor Lachen brüllte und ihr Wein nachschenkte. Sie war *jede* Frau, gegen die ich je einen Groll gehegt hatte, eine ganze Hemisphäre aus Verbitterung und Unsicherheit richtete sich gegen diese im Kerzenlicht zu weiß leuchtenden Zähne, den langen, zurückgeworfenen Schwanenhals und die ständig verschränkten Finger.

Abrupt stand ich auf, sammelte ihre Schälchen ein und brachte sie in die Küche, um meine Fassung zurückzugewinnen. Ich spülte das Geschirr, schwang die Spülbürste wie eine Waffe und fuhr zusammen, als ich plötzlich ein Paar Hände auf meinen Schultern spürte. Ali war zum »Und-wie-findest-du-sie«-Gespräch gekommen.

»Und, wie findest du sie?«, flüsterte er und nahm ein Geschirrtuch in die Hand, als wollte er helfen.

Ich schluckte und brachte »Sie macht wirklich einen netten Eindruck« heraus, voller Liebesschmerz und Sehnsucht, weil ich ihm immer die Bestätigung gegeben hatte, die er brauchte. Doch nun, zum wichtigsten Zeitpunkt, konnte ich sie nicht aus vollem Herzen geben, nicht einmal annähernd. Aber zu meinem Glück (oder Pech) bekam er nichts davon mit, war blind vor Verliebtheit. Mein lauwarmes Lob wurde in seinen Ohren zu einem überschwänglichen, und er zählte mir all ihre Vorzüge haarklein auf – dass sie ihre Arbeit so ernst nahm, dass sie mit Kreidestaub bedeckt nach Hause kam, dass sie im Morgengrauen über die Heide joggte, dass sie Spanisch sprach, dass sie die Spinnen hier liebte, weil sie sie im Vergleich zu denen in ihrer Heimat niedlich fand.

Dann seufzte er und fuhr sich mit der Hand durch die Haare, genau wie Leo. »Natürlich will sie eines Tages zurück.«

Ich hatte bisher kaum zugehört, weil ich mich ganz darauf konzentriert hatte, so auszusehen, als würde ich zuhören, aber das drang zu mir durch. »Zurück, wohin?«

Er warf das Geschirrtuch auf die Anrichte und wirkte etwas verloren. »Australien.« Dieses eine Wort war wie ein Lichtstrahl, und ich verstand, was er mir mitzuteilen versuchte. Ihre Beziehung hatte ein Verfallsdatum. Sie war schön, solange sie anhielt, aber das Ende war nur eine Frage der Zeit. Und dann musste ich da sein, um die Scherben aufzuheben. Ich hatte das Gefühl, mir fiele eine Last von den Schultern, als könnte ich fliegen, und wäre dieser Spinnen liebenden, Spanisch sprechenden, im Morgengrauen joggenden Frau, die meinen Sohn verhext hatte, ihn aber irgendwann wieder freigeben würde, am liebsten um den Hals gefallen.

»Ah«, sagte ich, nahm das Geschirrtuch und wandte mich ab, damit er die Euphorie nicht sah. »Nun ja, das ist eben ihr Heimatland. Und sie hat bestimmt Familie dort.«

»Nicht wahr?«, sagte er. »Du verstehst es. Ich wusste, dass du es verstehen würdest. Ich wusste es!« Er stellte sich hinter mich, drückte mir erneut die Schultern, und zusammen kochten wir Kaffee und brachten ihn ins Esszimmer.

Später, als sie sich ins Gästezimmer zurückgezogen hatten und Leo und ich in unserem Schlafzimmer waren – ich massierte mir die schmerzenden Füße, und er beäugte seine zunehmend buschigen Augenbrauen im Spiegel –, bemerkte er, dass ich ihn ansah, und zog sie hoch.

»Und?«

Ich zuckte die Schultern. »Sie ist ganz nett. Ein bisschen sehr hippiemäßig.«

Er grinste. »Du nimmst es sehr gut auf, das muss ich schon sagen.«

»Was meinst du?«

»Die Sache mit Australien.« Er hängte seine Krawatte über einen Stuhl und schlug die Bettdecke zurück.

Ich setzte ein mitfühlendes Gesicht auf. »Das wird natürlich schwer für Ali. Aber er lernt bestimmt andere Frauen kennen. Und er kann ja nicht von ihr erwarten, alles für ihn aufzugeben.«

Leo, der gerade die Kissen aufschüttelte, hielt inne und sah mich verwirrt an.

»Missy.«

Ich nahm meine Ringe ab und cremte mir die Hände ein. »Was?«

Er starrte mich ein paar Sekunden lang ernst an, dann schüttelte er den Kopf. »Nichts. Warten wir es ab.«

»Natürlich.« Ich legte mich neben ihn, und er löschte das Licht. »Gute Nacht.«

»Gute Nacht, Mrs Carmichael.«

Ich lauschte seinem Atem in der Dunkelheit und fragte mich, was er hatte sagen wollen.

Kapitel 30

Ich wollte im Haus bleiben und meine Wunden lecken, über ein einsames, unglückliches Weinachten nachdenken und mich fragen, ob ich meinen Sohn und meinen Enkel je wiedersehen würde. Aber meinen Hund interessierte nur, wann er endlich seinen Darm entleeren konnte, und so zogen wir am nächsten Morgen los. Es war grau und nieselig draußen, und die Kälte zog mir sofort in die Knochen, die noch vom Vortag schmerzten. Ich hätte kein fröhliches Geplauder über die Party ertragen können und hatte keine Lust auf Trunkenheitsvergleiche oder Scherze über Miguels geschmeidigen Hüftschwung, also hielt ich den Kopf gegen den Regen gesenkt und begegnete auch niemandem, bis Bobby sich zum letzten Mal hinhockte und ich sie wieder an die Leine legte, um mich nach Hause zu schleppen.

»Na, wenn das nicht Ginger Rogers ist.« Sylvie war mit Decca und Nancy unterwegs, die in ihren Barbourmäntelchen um sie herumtollten. Ich versuchte zu lächeln, brachte jedoch nur eine Grimasse zustande. Ich fürchtete Sylvies Mitgefühl; sie wusste, wie sehr ich mich auf Alis und Arthurs Besuch gefreut hatte.

»Ich hatte gehofft, dich zu treffen«, fuhr Sylvie fort und nahm ihr Smartphone aus der Tasche. »Du hast mich doch gefragt, was als Weihnachtsessen besser wäre, Truthahn oder Huhn. Ich habe einen Vorschlag.«

Das Gesicht immer noch zu einem krampfhaften Lächeln verzogen, trat ich näher, heuchelte Interesse und überlegte dabei, wie ich mich der Situation entziehen konnte. Es schien eine Ewigkeit her zu sein, dass ich sie um Rat gefragt hatte. Als ich noch gedacht hatte, ich würde Gäste haben. Als ich noch nicht wusste, dass ich allein sein würde. Könnte ich doch nur die Zeit zurückdrehen und die E-Mail einfach vergessen.

»Du hast mir doch von den Weihnachtsfeiern in Yorkshire erzählt, weißt du noch?«, sagte Sylvie, die eifrig vor sich hin scrollte.

»Und da dachte ich: Was wäre mit einem wirklich guten Hühnchen? Truthahn ist tatsächlich sehr trocken – man muss sich ganz schön ins Zeug legen, mit Marinaden, Füllungen und so weiter, damit er einigermaßen genießbar ist. Ich habe einen Biobauernhof nicht weit von Hebden Bridge entdeckt, ganz in der Nähe von dem Ort, wo deine Tante gewohnt hat. Was gibt es Besseres als zwei schöne fette Hühner aus Yorkshire?«

Es war ein wundervoller Vorschlag, der von Herzen kam – und der alles noch viel schlimmer machte. Aber Sylvie durfte nichts merken, und so nickte ich lächelnd, entschuldigte mich und ging so schnell weiter, wie ich konnte, obwohl ich Angst hatte, sie mit meinem hastigen Rückzug zu verstimmen. Sie waren alle so freundlich – Sylvie, Denzil und sogar Angela, wenn sie nicht gerade betrunken war und schimpfte, und auch die anderen Hundebesitzer, die mir das Bett für Bobby geschenkt hatten. Wenigstens waren meine Tränen bei dem Regen nicht zu sehen.

Zu Hause machte ich mir eine Wärmeflasche und wollte mich für den Rest des Tages – oder zumindest bis zu Bobbys Nachmittagsspaziergang – aufs Sofa zurückziehen. Ich hatte ein Feuer im Kamin gemacht, und Bobby hatte sich auf ihrem Bett zusammengerollt, und so grübelte ich ausgiebig darüber nach, warum immer alles schiefgehen musste.

So verbrachte ich mehrere Tage, meldete mich in der Bibliothek krank und verließ das Haus nur zu den Spaziergängen mit Bobby, die ich so schnell wie möglich hinter mich brachte, indem ich in forschem Tempo und mit gesenktem Kopf die vorgeschriebene Stunde durch den Park stapfte. Zu Hause brütete ich dann weiter vor mich hin, trank nach und nach den Weihnachtssherry aus und ignorierte die diversen Umschläge, die durch den Briefschlitz geworfen wurden, weil es ja nur die üblichen Rechnungen sein konnten. Angela schickte mir mehrere Textnachrichten, von Sylvie hörte ich dagegen nichts, was, wie ich annahm, bedeutete, dass ich sie mit meiner brüsken Reaktion auf ihren Vorschlag vor den Kopf gestoßen hatte. Aber was spielt es schon für eine Rolle? Das Ergebnis war immer dasselbe: Ich saß allein in meinem leeren alten Haus und dachte an die Leute, die nicht mehr da waren.

Irgendwann schleppte ich mich nach draußen, wagte mich in ein paar Läden, um meine Vorräte aufzufüllen, und verzog das Gesicht, als ich die Rauschgolddekorationen in den Schaufenstern sah und die Weihnachts-Popsong-Endlosschleife hörte, die aus allen Geschäften plärrte. Dann igelte ich mich wieder in meinem Haus ein, saß zusammengesunken auf dem Sofa, las in einem von Mels Nancy-Mitford-Büchern, blätterte in alten Alben mit Fotos von uns allen, »wie kleine Fliegen eingeschlossen in den Bernstein dieses Augenblicks«, während ich doch in Wahrheit unausweichlich weiter und weiter von jenen Zeiten wegdriftete.

An einem Samstagnachmittag saß ich im Halbdunkel da, während die Überreste des Feuers im Kamin verglommen, als plötzlich laut an die Tür geklopft wurde. Ich stürzte den Rest Sherry hinunter, erhob mich, um zu öffnen, und Bobby folgte mir laut bellend auf dem Fuße – sie sehnte sich nach Ablenkung, da meine Untätigkeit sie langweilte. An der Tür sah ich mich mit einer Wand aus Grün konfrontiert, denn eine Fichte nahm fast den gesamten Türrahmen ein – mein ganz persönlicher Wald von Birnam. Nach einigem Geraschel tauchte Angelas Kopf dahinter auf.

»Jetzt steh da verdammt noch mal nicht rum, hilf mir gefälligst!«, knurrte sie und hievte den Baum durch die Tür. Perplex griff ich nach einem der größeren Zweige und half, ihn durch die Diele zu schleppen, wobei wir eine Spur aus Fichtennadeln hinterließen. Bobby winselte und rannte zurück ins Wohnzimmer. Gemeinsam bugsierten wir den Baum in eine aufrechte Position, und Angela, keuchend und mit vor Anstrengung gerötetem Gesicht, hielt ihn fest. Otis war hinter ihr ins Haus geschlüpft und sofort in die Küche gehuscht, um sich nach etwas Süßem umzusehen. Triumphierend sah Angela mich an.

»Und, was meinst du? War ein Schnäppchen bei Mrs Anthony, der Blumenhändlerin. Zwei für fünfzig Pfund! Der hier ist für dich.«

Verwirrt und gereizt starrte ich sie an. Es stimmte, ich hatte davon gesprochen, einen Baum zu kaufen und ihn von Otis schmücken zu lassen, aber da hatte ich noch Gäste erwartet. Jetzt jedoch kam mir die Vorstellung absurd vor. Eine einsame alte Frau brauchte solch einen Unsinn nicht.

»Ich will ihn nicht.« Ich schlug nach einem der Äste und runzelte die Stirn, als Nadeln zu Boden rieselten, die irgendjemand aufkehren musste.

Angela machte große Augen. »Was? Aber ich habe ihn den ganzen Weg von Highbury Barn hergeschleppt!«

»Tja, aber du kannst ihn gleich wieder mitnehmen. Er ist viel zu groß, außerdem kann ich ihn mir nicht leisten.«

Sie schnaubte. »Du brauchst ihn dir nicht leisten zu können. Er sollte mein Weihnachtsgeschenk für dich sein.«

Tränen prickelten in meinen Augen. »Und vermutlich soll Otis hierbleiben und ihn schmücken, während du dich um irgendeine Deadline kümmerst?« Die Worte sprudelten aus meinem Mund, ehe ich mich zurückhalten konnte.

Otis kam mit einem Keks in der Hand aus der Küche und lungerte an der Tür herum. Angela funkelte mich an, während noch mehr Nadeln zu Boden rieselten.

»Na schön.« Sie hievte sich den Baum mühsam auf die Schulter und trug ihn wieder zur Haustür. »Ich dachte, du freust dich über einen Weihnachtsbaum für Arthur, aber wenn du so drauf bist …« Sie begann, den Baum nach draußen zu ziehen. »Los, Otis, wir gehen.«

»Er kommt nicht.« Jetzt war es raus.

Angela drehte sich um und linste durch die Zweige, aber ich vermochte sie nicht anzusehen. »Warum denn nicht?«

Ich zuckte die Schultern und deutete auf Otis. »Es ist kompliziert.« Ich wischte eine Träne fort, die mir die Wange hinunterrollte, aber es war zu spät, Angela hatte sie gesehen.

»Otis, geh mit Bobby spielen«, sagte sie, ließ den Baum draußen fallen und schloss die Tür. Otis wollte widersprechen, aber sie hob mahnend den Finger, und er rannte davon. Dann schob sie mich in die Küche und sah sofort die fast leere Sherryflasche auf dem Tisch.

»Was ist los?«

»Sie kommen Weihnachten doch nicht zu Besuch«, murmelte ich, stellte den Wasserkessel auf die Herdplatte, um mich zu beschäftigen.

»Aber wieso denn nicht? Du hast dich doch so darauf gefreut.«

»Emily.«

»Wer?«

»Alistairs Frau. Sie hatte eine Fehlgeburt.«

Angela sank auf einen Stuhl. »O Gott! Wie schrecklich. Geht es ihr denn gut?«

»Ähm … ja, vermutlich schon.«

»*Vermutlich* schon? Hast du nicht mit ihr gesprochen?«

Ich zögerte. »Emily und ich stehen uns nicht sehr nahe. Ich glaube, sie mag mich nicht besonders. Wie auch immer, jetzt kommen sie nicht.«

Ich sah Angela zwar nicht an, spürte aber, dass sie mich nicht aus den Augen ließ, und hörte, dass sie mit den Fingern auf den Tisch trommelte.

»Sie ist um einiges jünger als Alistair. Sie haben geheiratet, kurz nachdem sie sich kennengelernt hatten. Wir haben nicht viel gemeinsam.«

»Aber sie hat Arthur zur Welt gebracht.«

»Ja.« Sie hatte mir meinen geliebten Enkel geschenkt.

Das Wasser kochte, und ich bereitete zwei Tassen Tee zu und stellte eine vor Angela. Sie legte die Hände darum. Ich ahnte, dass sie mir einen Vortrag halten würde, und wappnete mich.

»Du sprichst nie über Emily«, sagte sie schließlich. »In der ganzen Zeit, die wir uns kennen, hast du immer nur von Arthur und Alistair erzählt, sie hast du nie erwähnt. Ich hab schon gedacht, sie wären vielleicht geschieden oder sie wäre tot.«

Ich schluckte. »Ich gebe ihr die Schuld.«

»Für die *Fehlgeburt?*«

»Nein, natürlich nicht. Dafür, dass sie ausgewandert sind. Sie ist Australierin. Wenn Alistair ein britisches Mädchen kennengelernt hätte, dann würden alle jetzt hier leben. Und ich hätte Arthur in meiner Nähe. Stattdessen ist er Tausende von Meilen entfernt, hat dort sein eigenes Leben und vergisst mich. Er spricht mit einem australischen Akzent, wusstest du das? Ich bin jetzt neunundsiebzig Jahre alt. Wie lange habe ich denn noch etwas von ihm? Und diese Zeit, diese kostbare Zeit wird mir genommen, und mir bleiben nur E-Mails und Anrufe über Skype. Das ist nicht genug.« Meine Stimme brach, und ich holte tief Luft. »Das ist einfach nicht *genug.*«

Angela legte ihre Hand auf meine. »Ich verstehe dich«, sagte sie. »Manchmal liege ich nachts wach, aus lauter Angst vor der Zeit, wenn Otis erwachsen wird und von zu Hause weggeht. Mich verlässt. Es ist unvermeidlich, ich weiß. Aber ich kann es nicht ertragen. Trotzdem heißt es: ›Ich lass los.‹« Sie sang die ersten drei Worte des Liedes, das wir Otis den ganzen Sommer über vorgesungen hatten, und ich brachte ein mattes Lächeln zustande.

Angela war noch nicht fertig. »Ich schätze, er hat da drüben auch Großeltern?« Ich nickte. »Also musste einer verlieren. Und das bist du. Ist echt übel, aber so ist es nun mal. Du siehst dich nur als Arthurs Großmutter und Alistairs und Mels Mutter und schätzungsweise auch immer noch als Leos Frau, aber du bist doch viel mehr! Steh dazu.« Sie erhob sich. »Und jetzt geh ich nach oben auf deinen Dachboden und hol die Weihnachtsdeko, von der du mir erzählt hast. Und dann werden Otis und ich den Baum schmücken. Weil ich nämlich keine Deadline habe.«

»Es tut mir so leid. Ich weiß auch nicht, warum ich das gesagt habe. Du weißt, dass ich Otis liebe.«

Sie grinste. »Na klar. Aber du kannst manchmal eine richtige Hexe sein. Geh mit deinem Hund spazieren und bring uns auf dem Rückweg was mit. Aber nicht dieses süße Sherryzeug.«

Als sie das Wort »spazieren« hörte, kam Bobby in die Küche geschlittert. Ich nahm ihre Leine und mein Portemonnaie, während

Angela den Dachbodenschlüssel holte und Otis zurief, er solle ihr helfen.

Draußen wappneten wir uns gegen die Dezemberkälte und liefen die Straße hinunter zu dem kleinen Stück Brachland, wo Bobby ihr Geschäft erledigen konnte. Danach band ich sie an einem Laternenpfahl an und ging in einen Spirituosenladen, wo ich eine Flasche Wein und Schokolade für Otis kaufte. Auf dem Rückweg ließ ich mir Zeit und spähte in die Häuser hinein. Die Leute stellten ihre Weihnachtsbäume jedes Jahr früher auf, aber mir gefiel es, die Weihnachtszeit dadurch herbeizulocken und die Vorfreude noch länger auskosten zu können; der schönste und lohnendste Teil des Ganzen. Jedes Fenster bedeutete einen Blick in eine andere Welt, und der Baum war ein Spiegelbild davon, ganz gleich, ob er mit selbst gebastelten, überhaupt nicht zueinanderpassenden Dekorationen oder mit prächtigen Karomusterkugeln geschmückt war. Die Lichter funkelten mich an, ich nahm ihren Glanz in mich auf und spürte einen schwachen Anflug von Hoffnung.

»Vielleicht komme ich auch allein ganz gut zurecht«, sagte ich zu Bobby, und sie schnüffelte am Unkraut, das trotz des Winters in den Gehsteinrissen wuchs. Dann sah sie mich so voller Zuneigung an, dass ich ganz überwältigt war. »Du hast recht. Ich wäre sowieso nie allein gewesen. Ich habe ja dich.«

Später, als ich zusah, wie Angela und Otis Jettes reizende Weihnachtsdekoration auswickelten, entzückt aufschrien und den Baum damit schmückten, dachte ich über all die anderen Persönlichkeiten nach, die ich war. Eine Altphilologin, eine Bibliothekarin, gelegentlich eine Hexe (im wörtlichen wie im übertragenen Sinne), eine Spaziergängerin und Tänzerin und – zumindest für den Moment – Bobbys Frauchen. Als ich an meinem Wein nippte und Otis auf noch leere Zweige hinwies, drehte sich Angela zu mir um und lächelte. Vielleicht war ich auch eine Freundin. Zumindest konnte ich es versuchen.

Während Otis und seine Mutter die letzten Strickpüppchen und bemalten Zuckerstangen aufhängten, schlüpfte ich auf den Dachboden und wühlte in den Truhen, bis ich gefunden hatte, was ich suchte. Im Gästezimmer entdeckte ich etwas übrig gebliebenes Geschenkpapier und packte rasch zwei Geschenke ein, dann ging ich wieder nach unten und hielt ihnen meine Gaben schüchtern hin.

»Ihr verbringt Weihnachten doch in Irland, oder? Also gebe ich euch das hier besser jetzt schon, falls ich euch vorher nicht mehr sehe.«

Otis stürzte sich sofort auf sein Geschenk, und auch Angela nahm ihres in Empfang. Otis bekam seine geliebten Dinky-Autos, die zwar etwas ramponiert, aber immer noch einsatzfähig waren. Er schrie entzückt auf und verschwand damit unter lautem Gebrumme im Flur. Angela löste die Schleife, und Jettes grünes, seidiges, wunderschönes Zwanzigerjahrekleid kam zum Vorschein; die winzigen Perlen glitzerten, die zarten Federn flatterten leicht. Sie starrte es kurz an, dann sah sie auf, das Gesicht vom Kaminfeuer in ein rötliches Licht getaucht.

»Das geht doch nicht. Es gehörte deiner Großmutter. Das muss doch ein Vermögen wert sein!« Sie drückte es sich an die Brust.

Ich zuckte die Achseln. »Ein Vermögen nicht gerade. Wie auch immer, so ist es allemal besser, als es an irgendeinen Sammler zu verhökern. Zieh es an. Geh darin tanzen. Dich betrinken. Jemanden verführen.«

Sie grinste vielsagend. »Nicht in Irland. Meine Mutter würde ausflippen.« Sie umarmte mich. »Vielen Dank! Tut mir leid, dass ich an Weihnachten nicht da bin. Aber du kommst bestimmt klar.«

»Mach dir um mich keine Sorgen. Ich hab ja noch Bobby.« Ich deutete auf den Hund, der am Kamin schnüffelte. »Wir essen Würstchen im Schlafrock und spielen Canasta. Übrigens, was ist eigentlich aus Clark Kent geworden?«

Angela, die immer noch über das Kleid strich, sah auf. »Wer?«

»Der Amerikaner. Von der Party. Ich fand ihn nett.«

Sie runzelte die Stirn und wickelte das Kleid wieder in das Papier. »Jack? Der musste zurück nach New York. Aber war schön, solange es angehalten hat.«

»Oh. Na ja, andere Mütter haben auch hübsche Söhne. Manche sind sogar verkleidete Superhelden.«

Kurze Zeit später schloss ich mit einem Lächeln auf dem Gesicht die Tür hinter ihnen. Doch als ich mich wieder meinem leeren Haus zuwandte, verblasste es. Es ließ sich nicht leugnen, dass die Aussicht, Weihnachten allein zu verbringen, beängstigend war. Aber dann sah ich den wunderschönen Baum in meinem gemütlichen Wohnzimmer, Bobby öffnete schläfrig ein Auge und trommelte mit dem Schwanz, und ich setzte mich aufs Sofa und beschloss, zusammen würden wir das Beste daraus machen.

Ich ging in die Küche, um Kakao zu kochen, und sah meinen Laptop auf dem Tisch stehen. Altphilologin, Bibliothekarin, Hexe (im wörtlichen und übertragenen Sinn), Spaziergängerin, Tänzerin, Hundebesitzerin, Freundin. Und Schwiegermutter. Ich setzte mich an den Tisch, zog den Laptop zu mir her, schaltete ihn ein und öffnete meinen E-Mail-Account.

»Liebe Emily«, schrieb ich.

Kapitel 31

Da ich nichts mehr hatte, worauf ich mich mit Blick auf Weihnachten freuen konnte, wurde mir die Zeit bis zu den Feiertagen lang. Normalerweise hätte ich mich kopfüber in die Vorbereitungen gestürzt, und die Tage und Nächte wären nur so verflogen, aber dieses Jahr flossen sie träge dahin. Ich besuchte Mel in Cambridge, denn sie und Octavia würden die Feiertage in Italien bei Octavias Eltern verbringen. Mel zeigte auf ihre forsche Art Verständnis für meinen Kummer, aber sie und ihre Frischangetraute waren mit dem Kauf ihrer neuen Wohnung beschäftigt und hatten kaum Zeit für mein Lamentieren. Und so ging ich stattdessen in der Stadt spazieren, schlenderte durch die Kopfsteinpflasterstraßen und bewunderte die Schaufensterauslagen. Dann wagte ich mich sogar in die Collegehöfe vor, sah zu den hell erleuchteten Fenstern empor und fragte mich, wer in all den Zimmern wohl gerade las, sich unterhielt oder sich verliebte.

Auf der Rückfahrt im Zug dachte ich, was soll's?, und bestellte mir eine dieser schrecklichen, kleinen Weinflaschen, die sonst nur spärlich bekleidete junge Mädchen auf dem Weg zum Pferderennen dabeihatten. Ich muss seltsam ausgesehen haben mit dem Plastikbecher und der Promenadenmischung zu meinen Füßen, aber ich hatte gelernt, mich nicht darum zu scheren, und saß einfach da, streichelte Bobby und schaute zu, wie die tintenschwarze Landschaft an mir vorbeiraste.

Am Bahnhof Finsbury Park ging ich zum Taxistand und fand einen Fahrer, der nichts dagegen hatte, einen Hund mitzunehmen. Er besaß ebenfalls einen, einen Riesenschnauzer namens Stanley, der Angst vor Weihnachtsknallbonbons hatte und jedes Mal zusammenzuckte, wenn jemand mit einem herumfuchtelte. Er zeigte mir ein Bild von dem prachtvollen Hund, dessen unergründlich dreinblickende Augen von gekräuselten, schwarzen Haaren halb verdeckt wurden. Vor meinem Haus sprang der Hundeliebhaber aus dem Wagen, öffnete mir die Tür und kraulte Bobby ausgiebig den Kopf.

Ich schloss die Tür auf und musste bei dem Gedanken an Stanley den Schnauzer, der Angst vor Knallbonbons hatte, immer noch schmunzeln. *Cosaques* hatte man sie ursprünglich genannt, nach den Kosaken, die mit ihren Gewehren in die Luft feuerten – kein Wunder, dass es manche Hunde erschreckte. Ich fragte mich, wie Bobby darauf reagieren würde. Leo hatte mir mal ein Knallbonbon gebastelt, mit einer Mandel und einem griechischen Gedicht darin. Es dauerte eine Weile, bis ich es übersetzt hatte, weil ich es nicht kannte, aber ich war froh, als es mir gelungen war. Ich hatte den handgeschriebenen Zettel und meine Notizen dazu neulich oben auf dem Dachboden zwischen den Seiten eines Fotoalbums gefunden.

Ich kann nur singen, weil du mich geliebt hast
all diese Jahre.
In der Sonne und im Schatten,
im Regen und im Schnee,
ich kann nur singen, weil du mich geliebt hast.

Seit du deine Hände auf mich gelegt hast,
in jener Nacht, als du mich küsstest,
seitdem bin ich zart, wie eine aufgeblühte Lilie,
und trage ein Beben im Herzen,
nur weil deine Hände mich nicht loslassen.

Ein Beben in seinem Herzen. Das war ich. Ich hatte die Hände auf ihn gelegt und nie mehr losgelassen.

Zu Hause hob ich die Post auf und ging damit ins Wohnzimmer, wo ich die Lichterkette am Baum einschaltete, die den Baumschmuck hell und warm beleuchtete. Ich setzte mich, sortierte die unausweichlichen Rechnungen aus, fand darunter jedoch einen dickeren Umschlag, auf dem in wunderschöner, eleganter Handschrift mein Name und meine Adresse geschrieben standen. Es befand sich eine Art Weihnachtskarte darin, eine reizende Federzeichnung von einem Platz, der ein bisschen nach Islington aussah, mit einem Weihnachtsbaum in der Mitte und einer singenden Menschenmenge ringsherum. Aber als ich die Karte aufschlug, las ich statt Weihnachtsgrüßen:

Ms S. Riche
bittet Mrs M. Carmichael (und Bobby)
am Samstag, den 25. September 2016
um zwölf Uhr
in 14, Lennox Square
um die Ehre ihres Besuchs

Nicht einmal das leidenschaftlichste Liebesgedicht hätte mich glücklicher machen können. »Bobby«, platzte ich heraus, »wir haben eine Einladung bekommen!« Sie kam zu mir getrottet, schnüffelte vorsichtig an der Karte und wedelte mit dem Schwanz. Ich umarmte sie entzückt, doch dann kamen mir Zweifel. Konnte ich die Einladung annehmen? Wäre das nicht eine schreckliche Zumutung? Was würde Sylvie mit Aphra, ihrer tyrannischen Katze machen? Ich nahm das Handy und rief Angela an. Sie ging nach dem ersten Klingeln ran.

»Sag's mir nicht – du hast eine Einladung von Sylvie bekommen, und jetzt weißt du nicht, ob du zusagen sollst.«

»Ja.«

»Jetzt hör auf, rumzuzicken! Sag einfach Ja.«

»Aber … wer kommt denn sonst noch?«

»Weiß ich nicht. Frag sie doch, sie lädt immer eine bunt gemischte Truppe ein. Da passt du doch bestens rein.«

Wie so oft bei Angelas Bemerkungen wusste ich nicht genau, ob ich mich darüber freuen oder beleidigt sein sollte. »Sie hat Bobby auch eingeladen.«

»Geil, das wird wie in einem dieser alten Cartoons – lauter Haustiere, die sich durchs ganze Haus jagen.«

»Vielleicht sag ich Ja«, sagte ich.

»Na, Gott sei Dank. Frohe Weihnachten.«

Kapitel 32

Ich verbrachte die nächsten Tage in einer Art wundervollem Rausch, ließ mich von Sylvie beraten, kaufte (dank meines winzigen Bibliotheksgehalts) Geschenke, verpackte sie, suchte auf dem Dachboden nach einem Kleid und bürstete Bobbys Fell trotz ihres

Protests besonders gründlich. An Heiligabend ging ich mit dem vertrauten Prickeln der Vorfreude ins Bett, nahm den magischen Funken in der Nachtluft in mich auf, der Kinder so begeistert. Wie sich herausstellte, konnte auch ich ihn genießen, selbst wenn ich ganz allein war.

Am nächsten Morgen brachen wir, nachdem wir uns beide schick gemacht hatten, auf. Bobbys Schwanz glänzte seidig. Unter meinem alten, schwarzen Mantel trug ich ein Kleid, das Jette für meine Mutter genäht hatte: ein scharlachrotes Wickelkleid mit ausgestelltem Rock, dessen Saum mit Stechpalmzweigen bestickt war. Sie hatte es bei einem Weihnachtsfest in Yorkshire getragen, der Rock hing über den Klavierstuhl, als sie »O Come All Ye Faithful« spielte, und ich saß zu ihren Füßen und befühlte die Stechpalmbeeren. Der Inhalt der Truhen auf dem Dachboden war wie ein Stoff gewordener USB-Memory-Stick – jedes Kleidungsstück löste eine Flut von Erinnerungen aus.

Wir machten einen kleinen Umweg, um Leo Blumen zu bringen. Ich band Bobby draußen am Tor an, und sie wartete geduldig, wie sie es immer tat, während ich zu ihm ging, die Blumen niederlegte und mich eine Weile hinsetzte, über seine Eiche nachdachte und mich fragte, was ich ihm erzählen sollte. Wie Melanie verspürte ich manchmal den Drang, mit ihm zu reden, und so berichtete ich ihm gelegentlich, was wir machten, oder schwelgte in Erinnerungen. Heute erzählte ich ihm eine Geschichte von einer vergangenen Weihnacht, als Mel zum ersten Mal nicht mehr an den Weihnachtsmann glaubte und schrecklich muffig war, bis sie ihr Geschenk öffnete – eine prachtvolle Mahagonigitarre, die Leo ausgesucht hatte. Ihr Freudenschrei brachte Alistair zum Weinen. Weihnachtsfeste waren damals immer eine ziemlich laute Angelegenheit.

Ich ging zurück zu der hechelnden Bobby, und wir setzten unseren Weg fort, sodass wir um Punkt zwölf Sylvies kleines georgianisches Reihenhaus erreichten. Der Vorgarten und der Eukalyptuskranz an ihrer Tür waren von einer Frostschicht überzogen, und ich konnte das warme, gelbe Licht ihres Weihnachtsbaumes durch das Fenster funkeln sehen. Etwas nervös betätigte ich den Türklopfer, und einen Augenblick später öffnete mir Sylvie. Sie trug eine Mrs-Claus-Schürze, die von weißem Kunstpelz gesäumt war, und große Christbaumkugel-Ohrringe. Decca und Nancy, beide mit Rentiergeweihen ausgestattet, sprangen ihr um die Füße. Der Anblick brachte mich zum Lachen. Sie strahlte und breitete die Arme aus.

»Komm rein, Liebes, wir wollten gerade den Sekt köpfen«, sagte sie und ging voran durch den Flur. »Das hier ist ein Geschenk von Denzil«, fuhr sie fort und deutete auf die Schürze. »Ich finde sie super.«

»Bist du dir auch ganz sicher wegen Bobby?«, fragte ich. »Wo ist Aphra?«

»Keine Sorge, sie ist bei meinen Nachbarn und macht mit einem Siamkater namens Tyson einen drauf. Sie wird sich köstlich amüsieren.«

Denzil und Miguel waren schon in der Küche, Denzil hantierte mit einem Fleischthermometer, Miguel faltete einen Stapel schneeweißer Servietten zu Schwänen. Ich reichte Sylvie eine Flasche Sekt und meinen jüngsten und bislang gelungensten hausgemachten Panettone, und beides wurde, ebenso wie mein Stechpalmenkleid, angemessen bewundert. Dann kamen Sylvies andere Gäste, zuerst Desiderata Haber, die Historikerin von Denzils Party, und Hanna, die Kellnerin aus meinem Lieblingscafé.

»Ich wusste gar nicht, dass Sie Sylvie kennen«, sagte ich, als sie mich begrüßte.

Sylvie trat hinzu, um unsere Gläser zu füllen. »Ich gebe einen Designkurs am Chelsea College of Arts, und Hanna war eine meiner Meisterschülerinnen.«

»Ich studiere jetzt am Royal College of Art«, sagte Hanna. »Sylvie hat mir den Job im Café besorgt, damit ich mein Studium finanzieren kann.«

Ich sah Sylvie nach, die von einem Gast zum anderen ging und jedem ihre Getränke aufdrängte, genau wie damals, als wir uns kennenlernten. Anfangs hatte sie mich an Leo erinnert, aber im Grunde war es ein unfairer Vergleich. Leo war zwar freundlich und jovial, aber sein Interesse an anderen Menschen eher flüchtig, ähnlich wie meins früher. Wir hatten in unserer eigenen Blase gelebt, uns darin treiben lassen, ohne uns je groß darum zu kümmern, was außerhalb lag, oder – Gott bewahre – die schützende Hülle ganz zu verlassen. Aber darüber nachzudenken, beschämte mich und machte mich traurig, und so trank ich meinen Sekt und lächelte die letzten Gäste an, die gerade angekommen waren – Desis Mann Simeon, der noch den Wagen geparkt hatte, und ihr Sohn Sam, der im Teenageralter war und entsetzt darüber wirkte, an dieser Feier teilnehmen zu müssen, auch wenn ihn das Glas Sekt, das man ihm in die Hand drückte, etwas zu besänftigen schien.

Wir standen in Sylvies Küche herum, mampften Kanapees, tranken und tratschten, während Ella Fitzgerald uns ein Ständchen brachte, und Sylvie selbst schwirrte geschäftig hin und her, marinierte, rührte und sorgte dafür, dass der Nachschub an Knabbereien und das Gespräch nicht abrissen. Die Hunde saßen sabbernd unter der Kochinsel, ergatterten hin und wieder ein Stück Räucherlachs oder Fleisch. Um eins klatschte Sylvie in die Hände, und wir gingen im Gänsemarsch ins Esszimmer, das in einem dunklen Waldgrün gehalten und mit Dutzenden Kerzen beleuchtet war. Efeuzweige hingen vom Kaminsims. Ich saß zwischen Miguel und Simeon, einem belesen wirkenden Mann mit Brille und leicht gebeugter Haltung, der ständig zu seiner Frau hinübersah. Ich fürchtete, er wäre enttäuscht, neben mir sitzen zu müssen, doch im Lauf der Zeit erkannte ich, dass er nur sehr schüchtern und auf seine Frau fixiert war.

Sylvie und Denzil trugen unter viel Tamtam den ersten Gang auf – eine Kastaniensuppe, mit einem Zickzackmuster aus Sahne und Petersilie verziert. Wir ließen die Knallbonbons – die schießenden Kosaken – krachen, und die Hunde zogen sich eilig in die Küche zurück, während wir unsere Ausbeute begutachteten. Wir setzten die goldenen Kronen auf, speisten königlich und gratulierten der Köchin, die, wie immer, unglaublich zufrieden mit sich wirkte. Sylvie besaß einen wundervollen Wesenszug namens *Philautia,* wie die alten Griechen jene kühnste Art von Liebe, die Eigenliebe, nannten – eine weit angenehmere Eigenschaft als Narzissmus, mit der sie oft verwechselt wird. So wie ich es sah, starrte man bei Narzissmus nur sein eigenes Spiegelbild in einem See an. Bei *Philautia* dagegen planschte man im See herum und lud andere Leute ein, ebenfalls dazuzukommen. Menschen, die sich selbst wirklich mochten, schienen eine größere Fähigkeit zu besitzen, andere Menschen aus der Reserve zu locken und Freundschaften aufzubauen. Vielleicht war das der Grund, warum ich in der Vergangenheit eine Einzelgängerin war. Aber ich ging davon aus, dass ich mittlerweile hin und wieder den Zeh ins Wasser tauchte.

Es war ein lautes, fröhliches und köstliches Mal, gespickt mit Witzen und Komplimenten, und anerkennender Jubel ertönte, als Sylvie die beiden fetten Hühner von der Hebden-Bridge-Farm auf einem Bett aus braunen Röstkartoffeln auftrug. Als ich den ersten Bissen aß, fühlte ich mich in das Pfarrhaus von Kirkheaton zurückversetzt, wo Tante Sibby in ihrer Schürze im Hintergrund stand, während wir uns Elspeth, Marigold oder irgendein anderes armes Huhn schmecken ließen, das für das Festmahl geopfert worden war.

Simeon musste Sam ermahnen, der dem Pouilly Fumé zu sehr zugesprochen hatte. Danach fragte ich ihn nach seiner Arbeit und war entzückt, als ich erfuhr, dass er ebenfalls Archäologe war und schon von Alistair gehört, ja sogar einen seiner Forschungsberichte gelesen hatte. Meine Wangen brannten vor Stolz, und ich erzählte ihm von Alis Feldforschungen. Miguel und Denzil stritten darüber, dass Miguel seine Kartoffeln nicht essen wollte. Nach einer Weile setzte sich Desiderata zu uns. Sie war atemberaubend attraktiv, mit ihrer dunklen Haarmähne, den mandelförmigen Augen samt Schlafzimmerblick und einer verführerisch sinnlichen Ausstrahlung; ich konnte verstehen, warum Simeon so vernarrt in sie war.

»Sylvie hat mir erzählt, dass Sie die Frau des berühmten Leonard Carmichael sind! Ich bewundere sein Werk sehr«, sagte sie und nippte an ihrem Wein.

Ich verspürte einen Anflug von Unbehagen. Wie viel wusste sie über ihn? Wäre Leo hier gewesen, hätte er sie mit Sicherheit ebenso bewundert. Aber er war nicht hier, also nahm ich mir Sauce nach und versuchte mich zu erinnern, wie Angela auf Partys Small Talk machte.

»Angela Brennan hat mir erzählt, dass Sie ein Buch über Elisabeth I. schreiben? Das klingt sehr interessant.«

Sie lachte und warf ihre Haare zurück. »Das Lesben-Ding? Meine Agentin hat gesagt, ich soll es schreiben, es könnte eine BBC-Serie dabei rausspringen«, sagte sie gedehnt. »Man muss sich ja irgendwie profilieren.«

»*War* Elisabeth denn lesbisch?«, fragte Sylvie und schenkte uns Wein nach.

»Vielleicht. Vielleicht auch nicht. Ich bin mir sicher, wir befinden uns alle irgendwo im Spektrum«, antwortete Desiderata, nahm sich mit perfekt manikürter Hand die letzte Röstkartoffel aus der Bratenform und aß sie wie einen Apfel. Ihr Sohn war knallrot vor Verlegenheit und verschluckte sich an seinem Wasser, deshalb hielt ich es für besser, das Thema zu wechseln.

»Lasst uns doch mal die Knallbonbonwitze vorlesen«, sagte ich, und alle stürzten sich darauf.

»Worunter leidet Santa Claus, wenn er im Schornstein stecken bleibt?«, fragte Denzil.

»Nicht vorsagen!«, rief Sylvie und stellte den Wein zurück in den Kühler. »Ich hab's gleich!« Sie setzte sich, legte sich die Finger an die Schläfen und schloss die Augen. Nachdem sie kurz nachgedacht hatte, riss sie sie weit auf. »Klaustrophobie!«, rief sie triumphierend.

»Richtig«, sagte er und warf den Zettel auf den Tisch.

»Was kriegt ein Schneemann, dem man mit dem Hammer auf den Kopf schlägt?«, fragte Simeon.

»Das ist leicht. Frostbeulen«, erwiderte Sylvie. »Der Nächste!«

Dann machten wir ein Spiel daraus, schneller auf die Antwort zu kommen als Sylvie, aber sie war so gut darin, dass wir keine Chance hatten.

»Was bekommt ein Weihnachtsbaum, der sich besonders auf Weihnachten freut?«, fragte Desiderata.

»Äh … leuchtende Kerzen?«

»Nein. Gebt ihr auf?«, sagte sie und wedelte provozierend mit ihrem Zettel.

»Ja«, sagte Sylvie. »Ich will endlich den Nachtisch holen.«

»Einen Ständer«, sagte Desiderata schmunzelnd.

Sylvie erhob sich. »Ganz schön gewagt für einen Weihnachtswitz. Du schummelst, ich wette, den hast du dir selbst ausgedacht.« Gespielt empört rauschte sie aus dem Zimmer.

Das Schmunzeln wurde zu seinem breiten Grinsen. »Vielleicht habe ich meinen Beruf verfehlt und sollte umsatteln. Unanständige Knallbonbons.«

»Scharfe Knallkörper«, sagte Simeon trocken. Desiderata legte die Hand auf seine Wange, und wieder wurde Sam rot.

Sylvie kam mit einer riesigen Schüssel zurück, unter deren Gewicht sie schier zusammenzubrechen drohte. »*Sufganiyot,* zu Ehren unserer jüdischen Gäste«, sagte sie und verbeugte sich vor den Habers und Hanna, dann stellte sie die Schüssel mit braunen, gezuckerten Krapfen auf den Tisch. Ich nahm mir einen, biss hinein, und die nach Zimt schmeckende Puddingfüllung lief mir das Kinn hinunter. Ich wollte schon nach der Serviette greifen, überlegte es mir aber anders, wischte mir mit dem Finger den Pudding vom Kinn und leckte ihn ab. Ich hatte bemerkt, dass Bobby wieder ins Zimmer geschlichen war und jetzt hechelnd zu meinen Füßen saß, und nach meinem zweiten Bissen gab ich ihr etwas von der Puddingcreme, und sie schleckte mir gierig die Finger ab.

Wir gingen zum Käse über und schlugen uns den Bauch mit triefendem Brie und salzig nussig schmeckendem Comté voll, dazu wurden herzhafte Haferkekse und Quittenkonfitüre gereicht. Dann wanderten wir alle pappsatt ins Wohnzimmer, wo die Weihnachtsbaumlichter und die Flammen des Feuers in der Dämmerung noch heller strahlten. Wir öffneten die Geschenke, während Nat King Cole sang und die Hunde das Papier beschnüffelten.

Sylvie war entzückt von ihrer Muranovase und arrangierte sofort ein paar weiße Chrysanthemen darin. Für Denzil hatte ich seine Lieblingszigarren gekauft, für Miguel eine Biografie von Ninette de Valois, einer Balletttänzerin, die ich besonders verehrte, weil meine Mutter sie in den Zwanzigerjahren im Royal Opera House tanzen gesehen hatte. Desiderata schenkte ich eine signierte Ausgabe von Leos Disraeli-Biografie – von Historiker zu Historiker – und Simeon eine Flasche Portwein, weil Sylvie gesagt hatte, dass er ihn mochte. Sie sagte, wegen Sam sollte ich mir keinen Kopf machen, Teenager fänden sowieso alles uncool, aber ich wollte ihn nicht als Einzigen übergehen, und so hatte ich ihm mit Angelas Hilfe einen kleinen Apparat gekauft, der sein Handy in einen Projektor verwandelte. Hanna hatte ich einen paillettenbesetzten Schal mitgebracht, nur eine Kleinigkeit, aber sie hatte Tränen in den Augen, als sie mich umarmte. Sie schienen sich alle so über ihre Geschenke zu freuen, dass es die ganze Grübelei wert gewesen war. Im Gegenzug bekam ich lauter wundervolle Dinge – Kaschmirhandschuhe von Sylvie, silberne Ohrringe von Miguel, ein wunderschönes neues Lederhalsband für Bobby von Denzil, ein Buch mit dem Titel *Backen für Hunde* von den Habers und eine Schachtel Mandelkekse von Hanna. Sogar Bobby erhielt einen Beutel Leckerlis.

Sam brachte seinen neuen Handyprojektor an und projizierte an Sylvies Wohnzimmerwand ein YouTube-Video mit Katzen, die sich auf Gurken stürzten. Besonders Bobby war wie hypnotisiert davon, starrte die flackernden Bilder mit schräg gelegtem Kopf an und knurrte. Ich schaute mich im Raum um, sah, wie alle gemütlich beisammensaßen, lachten und sich über die Geschenke freuten, und konnte mich an kein herrlicheres Weihnachtsfest erinnern. Letztes Jahr war ich die ganze Zeit angespannt gewesen, immer darauf bedacht, dass es allen gut ging, voller Sorge, ob das Essen gelang und ob alle Spaß hatten, und voller Furcht vor der Zeit, wenn alles vorbei war und ich in der darauffolgenden schrecklichen Stille das Geschirr abwaschen und die Betten abziehen musste.

Sylvie legte neue Musik auf, und wir tanzten ein bisschen, dann tranken wir Kaffee, aßen selbst gemachte Trüffeln und Stücke von meinem Panettone, der perfekt geworden war. Dann verabschiedeten sich Desiderata und Simeon, weil Sam ziemlich betrunken war, und auch Denzil und Miguel sagten, sie würden sich auf den Weg machen, denn Miguel müsse am nächsten Morgen den Flieger nehmen. Hanna wollte ebenfalls los, weil sie am zweiten Weihnachtsfeiertag Frühschicht hatte. So waren am Ende nur noch Sylvie und ich da, um abzuräumen. Ich half ihr, den Geschirrspüler zu füllen, und als er mit ihren Kristallgläsern darin vor sich hin gurgelte, setzten wir uns und tranken, inmitten von in Frischhaltefolie verpackten Essensresten, ein Gläschen Brandy.

»Und, wie hat's dir gefallen?«, fragte Sylvie.

»Es war wunderbar«, seufzte ich. »Ich danke dir ganz herzlich. Was für ein schöner Tag.«

»Ich glaube, Bobby hat sich auch gut amüsiert«, bemerkte Sylvie und deutete auf den Boden. Alle drei Hunde lagen schnarchend und zuckend auf einem der Hundebetten.

»Sie würde sicher gern über Nacht bleiben, aber wir machen uns besser auf die Socken«, sagte ich und stand auf. Bobby hob müde den Kopf, öffnete ein Auge, dann, als sie sah, dass ich aufbrechen wollte, rappelte sie sich hoch und kam auf die Beine. Sie schob die Schnauze in meine Hand, und ich tätschelte sie liebevoll. Sylvie brachte mich zur Tür und half mir, meinen Schal umzulegen und den Mantel anzuziehen.

»Dein Panettone war köstlich«, sagte sie. »Und danke noch mal für die Muranovase. Wunderschön.«

»Ich habe dir zu danken«, sagte ich. »Für alles.«

»War mir ein Vergnügen«, erwiderte sie. Ich drehte mich auf dem Weg durch ihren Vorgarten noch einmal zu ihr um.

»Was lernen die Elfen vom Weihnachtsmann in der Elfenschule?«

Sie grinste. »Das Elfabet.«

Auf dem Heimweg machten wir einen längeren Spaziergang über leere Seitenstraßen und Plätze, zu Hause schaltete ich die Weihnachtsbaumbeleuchtung ein und setzte mich neben den kleinen Berg Geschenke auf den Boden. Ich gab Bobby ihres zuerst – sie knabberte die Verpackung auf, und ein flauschiger Stoffhase kam zum Vorschein. Nachdem sie ihn, beide Pfoten von sich gestreckt, eine Zeit lang eindringlich angestarrt hatte, gab sie ihm einen Stups mit der Nase und schaute mich fragend an.

»Ja, meine Hübsche. Frohe Weihnachten.« Die Lichter auf Angelas Weihnachtsbaum erhellten das von Sylvie geschaffene, kunstvolle Chaos, die Bilder meiner Familie und die Geschenke unter dem Baum. »Das hast du dir verdient. Du bist für mich das beste Geschenk von allen.« Ich sah sie an – meine Bobby, die morgens in den Garten hinausstolzierte und die Nase in den Wind hielt, um herauszufinden, was der Tag bereithielt. Deren Hüfte sich jeden Abend an mein Kreuz schmiegte, den Dämonen die Stirn bot. Die mir zuhörte, wie es noch nie jemand getan hatte. Lebhaft, gegenwärtig, warm, nicht mehr wegzudenken. Das schönste Geschenk, das man sich wünschen konnte.

Sie schaute den Hasen zwischen ihren Pfoten an, dann stürzte sie sich auf ihn und trug ihn davon. Während sie auf dem Hundebett liebevoll auf ihrem neuen Spielzeug herumkaute, wandte ich mich dem Rest der Geschenke zu. Mel und Octavia hatten mir Gummistiefel und einen Thermokaffeebecher für unterwegs gekauft, auf dem ein Zitat aus *Blackadder* prangte. Alistair hatte mir einen wunderschönen dunkelblauen Parka mit Kunstfellkapuze geschickt. Ich probierte ihn an und betrachtete mich im Spiegel über dem Kamin. Als ich in die Taschen fasste, entdeckte ich ein weiteres verpacktes Geschenk. Ich zog es heraus; auf dem Schildchen stand in krakeliger Kinderschrift: »Für Grandma, alles Liebe von Arthur«. Darin fand ich den lang ersehnten USB-Stick. Immer noch im Mantel, ging ich in die Küche und schloss ihn an meinen Laptop an.

Ich suchte eine Weile nach den Dateien, aber schließlich fand ich einen ganzen Ordner mit Fotos. Nicht nur die, die mir gestohlen worden waren, sondern auch neue. Fotos über Fotos von Arthur, wie er sein Leben in Australien genoss. Am Strand, auf der Terrasse beim Grillen, auf dem Sofa neben einem riesigen Teddybären, mit seinen australischen Großeltern am Esstisch – Emilys Mutter sah aus, als wäre sie ebenso in ihn vernarrt wie ich. Dann Bilder von unserem gemeinsamen Weihnachtsfest im letzten Jahr, wie wir auf dem Sofa saßen und *Der Schneemann* schauten, ich ihm über die Haare strich und auf ihn hinunterblickte. Und schließlich, ein letztes Bild, auf dem Alistair, Emily und Arthur, strahlend und braun gebrannt, in die Kamera schauten und ein Banner mit der Aufschrift »Frohe Weihnachten, Grandma!« hielten. Ich nahm es in allen Details in mich auf, dachte, wie tragisch es war, dass Emily das Baby verloren hatte, und was für ein Glück sie hatten, denn wie vollkommen – wie herzzerreißend vollkommen – war der Junge, den sie schon hatten.

Ich klappte den Laptop zu und blinzelte die Flut in meinen Augen weg, schaltete alle Lichter aus und ging, gefolgt von Bobby, nach oben. Ich klopfte aufs Bett, und sie sprang hinein, bereit zu kuscheln. Als sie sich an mich schmiegte und ich den Arm um sie legte, merkte ich, dass sie den Stoffhasen mit ins Bett genommen hatte. Anscheinend hatte unsere Familie – unser kleiner *Oikos* – Zuwachs bekommen.

Teil 4

Transit umbra, lux permanet –
Schatten vergehen, Licht bleibt bestehen.

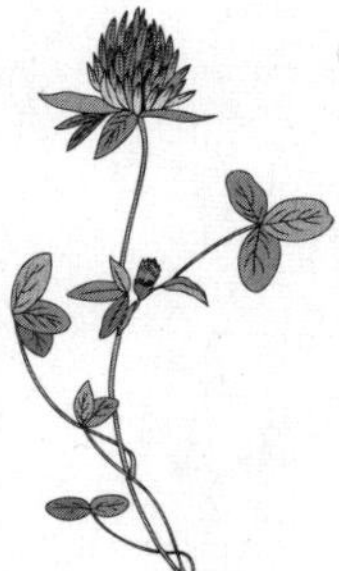

Kapitel 33

Ich hatte mich bereit erklärt, am Silvesterabend auf Decca und Nancy aufzupassen, die Angst vor dem Feuerwerk hatten, weil Sylvie zu einer Party in Maida Vale gehen wollte. Die Aussicht, diesen Abend allein zu verbringen, machte mir nicht besonders zu schaffen, ich war sowieso immer der Meinung gewesen, dass Silvester überbewertet wird – zu viel Erwartungsdruck, ganz zu schweigen davon, unbedingt bis Mitternacht wach bleiben zu müssen.

Ich war damit zufrieden, einfach nur mit den Hunden auf dem Sofa zu sitzen, fernzusehen und die Shepherd's Pie zu essen, die Sylvie als Dankeschön mitgebracht hatte. Alle schienen froh zu sein, dass das alte Jahr zu Ende war, als würden sich all die schrecklichen Dinge, die auf der Welt geschehen waren, Schlag zwölf in Luft auflösen. Für mich persönlich waren es alles in allem so glückliche Monate gewesen, dass ich mich lieber nicht von ihnen trennen wollte. Vielleicht konnte ich, wenn ich um Mitternacht schlief, etwas von diesem Zauber mit ins neue Jahr nehmen.

Abends, als ich gerade die Hunde fütterte und abräumte, klopfte jemand an der Tür, was Bobby in die übliche Raserei versetzte, zu der Nancy und Decca die Begleitung lieferten. Angela stand vor der Tür. Sie sah dünn und blass aus, trug die Haare zu einem unordentlichen Knoten gebunden und hatte eine nach Essig riechende Tüte dabei.

»Hast du was dagegen, wenn ich die bei dir esse? Meine Mutter ist mit mir nach London gekommen, und sie treibt mich in den Wahnsinn. Ich hab die ganze Milch in den Ausguss geschüttet, nur damit ich welche kaufen gehen kann. Mam muss das alte Jahr, und alles andere auch, unbedingt mit einer Tasse Tee verabschieden. Kann ich reinkommen?«

»Natürlich.« Ich trat beiseite, um sie hereinzulassen, und sie folgte mir in die Küche, wo ich weiter das Geschirr spülte, während die Hunde geräuschvoll fraßen. Angela öffnete die Tüte auf dem Küchentisch, setzte sich, dippte ihre Pommes in Ketchup und betrachtete die diversen Bilder von Otis, die ich an meinen Kühlschrank geheftet hatte.

»Wie war dein Weihnachtsfest?«, fragte ich und stellte einen Teller auf den Stapel auf der Anrichte.

»Angespannt«, murmelte sie mit vollem Mund. »Meine Mutter ist nur glücklich, wenn sie mir von allen Leuten erzählen kann, die gestorben sind, und was noch schlimmer ist, sie trinkt keinen Tropfen Alkohol. So nach dem Motto, sie hatte im Jahr 1992 ihr letztes Piccolöchen, und alle, die allein trinken, sind Alkoholiker. Außerdem findet sie, ich hätte Otis' Vater Sean heiraten sollen, obwohl er ein nichtsnutziger Depp ist. Aber er ist immerhin ein nichtsnutziger Depp aus unserem Dorf, also der ideale Schwiegersohn. Und jetzt ist sie zu Besuch, was bedeutet, dass ich auf dem Sofa schlafen muss und sie mich fragt, warum ich mir noch kein Haus gekauft habe. ›Liegt es an all den Migranten?‹ ›Großer Gott, Mam, ich *bin* eine scheiß Migrantin‹, hab ich geantwortet, und sie meinte nur: ›Missbrauche den Namen des Herrn nicht.‹«

»Oje«, sagte ich und verkniff mir ein Lachen. »Willst du was trinken?«

»Nein«, sagte sie seufzend. »Sie würde die Fahne riechen, und dann setzt es was. Es ist, als wäre ich wieder ein Teenager, nur ohne den heimlichen Sex.«

Ich hängte das Geschirrtuch auf und setzte mich zu ihr an den Tisch, und die Hunde, die mittlerweile aufgefressen hatten, stromerten in der Küche herum in der Hoffnung, noch einen Leckerbissen zu ergattern.

»Sylvie ist bei der Party?« Angela deutete auf Decca und Nancy.

Ich nickte. »Ich muss wohl das Radio anmachen, wenn die Knallerei losgeht, die armen Dinger. Hast du irgendwelche guten Vorsätze fürs nächste Jahr?« Leo und ich hatten sie immer zusammen gefasst, für jeden drei. Seine waren immer dieselben: ein Buch fertig schreiben, das nächste anfangen und keine Schokolade mehr essen – Toblerone mochte er am liebsten, er brachte immer welche von seinen Vortragsreisen mit. Die ersten beiden guten Vorsätze konnte er meist umsetzen, den dritten nie. Meine Vorsätze waren jedes Jahr andere, für gewöhnlich ging es um neue Hobbys, die ich mir zulegen wollte. In einem Jahr hatte ich mir vorgenommen, Cello spielen zu lernen, und mir sogar eins in einem Laden in der Church Street angesehen, aber der Preis schreckte mich ab. Leo zog mich gern damit auf, nannte mich Jacqueline du Pré und fragte, wie ich mit dem Elgar-Cellokonzert zurechtkam. Ich würde es immer noch gern lernen.

Angela schluckte und leckte sich die fettigen Finger ab. »Das Rauchen aufgeben«, sagte sie. Ich lächelte nachsichtig. Sie wollte damit aufhören, seitdem ich sie kannte, und hatte versucht, es sich mit diversen Hilfsmitteln abzugewöhnen. Die Hilfsmittel kamen und gingen, die Zigaretten blieben.

»Und was sind deine?«, fragte sie und warf Decca eine Pommes zu. Decca fing sie noch in der Luft und lief damit fort, um sie genießen zu können, ohne von Nancy gestört zu werden. Bobby hechelte und wartete geduldig, bis sie an die Reihe kam.

Ich zögerte. »Ich weiß nicht. Ich glaube … im Moment ist alles gut so, wie es ist.« Angela warf Nancy eine Pommes zu, dann wandte sie sich zu mir um, und ihre Augen wurden schmal.

»Das ist gut.« Sie warf für Bobby ebenfalls eine Pommes, aber die Hündin schnappte ins Leere, und die Pommes fiel auf den Boden, wo Decca sie erhaschte. »Ach, arme Bobby. Hier hast du auch eine.« Angela hielt Bobby eine Pommes hin, die sie vorsichtig annahm.

»Das konnte sie noch nie gut«, bemerkte ich und stand auf, um den Wasserkessel aufzusetzen.

Angela lachte und zerzauste Bobby das glänzende Fell. »Und was machst du, wenn Fix sie zurückhaben will?«, fragte sie.

Ich drehte ihr weiterhin den Rücken zu, während ich den Kessel mit Wasser füllte und ihn auf den Herd stellte. Die Uhr an der Wand tickte. Bobby fraß unter dem Tisch ihre Pommes. Das Geschirrtuch hing etwas schief, ich rückte es gerade.

»Na?«, sagte Angela sanft.

Ich drehte mich zu ihr um. Sie sah besorgt – fast betroffen – aus. Bobby legte ihr gerade den Kopf aufs Knie, in der Hoffnung auf mehr.

»Ich … ich habe noch nicht darüber nachgedacht«, stotterte ich. »*Will* sie sie denn wirklich zurückhaben?« Ich hatte gehofft, dass Fix beschlossen hatte, ohne Hund in ihr neues Leben zu starten, und dass ich meins mit Hund erhellen konnte. Schiffe, die sich nachts begegnen, mit Bobby als Rettungsboot dazwischen.

Angela rieb sich die Nase und seufzte. »Ich weiß es wirklich nicht. Ich hör kaum was von ihr. Ursprünglich hat sie gesagt, es wäre für ein paar Monate, vielleicht sogar ein Jahr. Aber der Plan war immer, dass Bobby am Ende wieder zurückgeht. Sie gehört Fix.«

Ich sah Bobby an, die sich die Lefzen leckte, und dachte: Stimmt nicht, sie gehört mir. Und in dem Moment wurde mir klar, dass ich alles tun würde, um sie zu behalten.

»Tut mir leid«, sagte Angela, als sie mein Gesicht sah. »Ich hätte nicht davon anfangen sollen. Es ist nur … ich bin nicht davon ausgegangen, dass es so gut läuft. Ihr passt echt gut zusammen. Es ist eine Schande – na ja, du weißt, was ich meine.«

Der Kessel fing an zu pfeifen, und ich bereitete den Tee zu.

»Denk einfach nicht dran«, sagte Angela. »Vielleicht will Fix sie erst in ein paar Monaten oder noch später zurückhaben. Kein Grund zur Panik.« Es hörte sich an, als wollte sie sich selbst ebenso beruhigen wie mich.

Wir tranken Tee, und Angela erzählte von Otis, der sich auf das nächste Halbjahr in der Schule freute, aber ich konnte mich nicht auf das Gespräch konzentrieren, dachte an meine Mutter, an Jonas den Labrador und an den Tag, an dem wir von Leos Diagnose erfuhren. Der Kloß im Hals war wieder da, mir fielen ständig irgendwelche Flecken in der Küche auf, und es juckte mich in den Fingern, sie mit Desinfektionsmittel zu entfernen, um mich davon abzulenken, dass mein Gesichtsfeld immer enger wurde. Bobby, meine Bobby, mein *Oikos*.

Schließlich sagte Angela, sie müsste nach Hause gehen, sonst würde ihre Mutter garantiert einen Suchtrupp losschicken. Sie wünschte mir ein frohes neues Jahr, warf ihre nach Essig riechende Tüte in den Müll und verschwand in der Dunkelheit. Schon wurden die ersten Feuerwerkskörper gezündet. Die Hunde wurden unruhig, legten die Ohren flach zurück, und so beschloss ich, ins Bett zu gehen. Im Badezimmer wusch ich mir das Gesicht und putzte mir die Zähne, aufmerksam beobachtet von drei Paar Hundeaugen – Bobby stand mit ihrem Stoffhasen im Maul in der Mitte. Ich schaltete das Radio ein, um den Lärm auszublenden, ging ins Bett und klopfte auf die Matratze. Alle drei sprangen herauf und drehten sich im Kreis, um eine bequeme Schlafposition zu finden, ohne sich um meine zu kümmern. Mit Hunden auf meinen Beinen lauschte ich den entfernten Böllern und den Freudenschreien, die von dem Klassiksender kaum übertönt wurden. Sie spielten Elgar. Nicht das Cellokonzert, sondern die Enigma-Variationen, die ich immer geliebt hatte, besonders »Nimrod«. Doch jetzt bekam das Thema einen unangenehm unheilverkündenden Beigeschmack, wie ein Vorbote des neuen Jahrs und dessen, was es mit sich bringen würde. Als die Glocken von Big Ben erklangen, war ich immer noch wach und schaute aus dem Fenster, während der eine oder andere Feuerwerkskörper im Dunkel aufblitzte. 2017, mein einundachtzigstes Jahr auf dieser Erde.

Bobby spürte mein Unbehagen und rieb den Kopf an meinem Arm. Ich umarmte sie, streichelte ihr weiches Fell, atmete ihren warmen Geruch ein und fühlte mich von dem leisen Seufzen und

Schnarchen ringsum getröstet. Letztes Jahr hatte ich mich nach Veränderungen gesehnt, in diesem wünschte ich mir, dass alles so blieb, wie es war. *Semper eadem.* Das war mein guter Vorsatz für dieses Jahr. So weitermachen wie bisher.

Kapitel 34

Nachdem Sylvie ihre Hunde abgeholt hatte, ging ich mit Bobby an Neujahr in das Café im Park, um einen Toast zu essen. Wir setzten uns nach draußen auf die Terrasse, beobachteten Passanten, ich gab ihr ein Stück der butterigen Kruste und erinnerte mich an meine einsamen Spaziergänge vor einem Jahr. Als ich mein verlorenes Leben betrauerte und den Besuch an einem verseuchten See geplant hatte, nur um zuzusehen, wie Fische betäubt wurden. Jetzt saßen wir hier gemütlich zusammen, grüßten – sowohl menschliche als auch vierbeinige – Bekannte, planten die Aktivitäten des Tages und freuten uns auf die Woche, die vor uns lag. Wir planschten in unserem See und luden andere ein, dazuzukommen.

In den nächsten Tagen verdrängte ich den Gedanken, dass Bobby nicht für immer bei mir sein würde, und genoss es, meine Alltagsroutine wiederaufzunehmen. Angela ging arbeiten, Otis zur Schule und ich in die Bibliothek, um Bücher zu archivieren, Kindern vorzulesen und Leuten zu helfen, die Bücher zu finden, die sie suchten. Nebenbei hörte ich mir Deirdres Klagen über Mittelkürzungen und deren Auswirkungen auf die angebotenen Dienste an. Sie ereiferte sich richtig, zitierte Statistiken und erzählte mir, dass es in Großbritannien jährlich 280 Millionen Bibliotheksbesuche gebe und dass die Leute öfter in die Bücherei gingen als zu Fußballspielen, Theaterstücken, in die Notaufnahme eines Krankenhauses und die Kirche zusammengenommen.

Alle neun Sekunden besuche jemand eine Bibliothek, sagte sie. Das glaubte ich nur zu gern, und manchmal saß ich auf meinem Stuhl am Empfang, zählte mithilfe des Tickens der Uhr die Sekunden und stellte mir vor, wie überall im ganzen Land Menschen Bibliotheken betraten und die gleichen Fragen stellten, die ich jeden Tag hörte. »Jemand hat mir ein Buch empfohlen, aber ich kann mich weder an den Titel noch an den Autor erinnern … Wie benutzt man den Computer …? Könnten Sie mir helfen, dieses Formular auszufüllen …? Ich brauche ein Buch, das mir hilft, Shakespeare zu verstehen … Haben Sie diesen neuen Film mit dem Hai? Nicht *Der weiße Hai,* den anderen.« Meine ganz persönlichen Enigma-Variationen, die es zu entschlüsseln galt.

Das Wetter war kälter und nasser geworden, sodass ich froh war, den neuen Parka und die Gummistiefel zu haben, denn die Wege auf meinen Spaziergängen mit Bobby wurden immer matschiger. Allmählich erkannten wir die Schönwetter-Gassigeher oder bemerkten vielmehr ihre Abwesenheit, wenn es regnete. Denzil war bei Wind und Wetter anzutreffen, obwohl ihm Miguel fehlte, der nach Spanien zurückgeflogen war. Maddie und Simon kamen ebenfalls mit ihrem Border Terrier und ihrem neugeborenen Sohn Timothy, obwohl beide fahl und erschöpft aussahen. Tim schlief nicht gut durch. »Wir sind zu dem Schluss gekommen, dass wir Tiggy doch lieber mögen«, scherzte Simon. Ich sah auch Phillip und Dexter – wenn auch nicht zur gleichen Zeit. Dexter rannte mit flatternden Ohren an mir vorbei, in der Schnauze etwas, das wie eine tote Ratte aussah, und kurze Zeit später kam Phillip keuchend angelaufen. »Hast du ihn gesehen? Und in welche Richtung ist er?«

Dann gingen wir wieder nach Hause, wo es immer einen Leckerbissen gab, den man suchen, ein Feuer, vor dem man sitzen, oder einen Besucher, den man empfangen konnte, sei es Sylvie, die vorbeikam, um zu tratschen, oder Hanna, die es sich zur Gewohnheit gemacht hatte, auf einen Tee und einen Plausch hereinzuschneien, um ihr Englisch zu verbessern. Nur Angela bekamen wir kaum zu Gesicht, anscheinend hatte sie viel Arbeit – oder vielleicht wollte sie einfach nicht zugeben, dass sie ihren Vorsatz fürs neue Jahr nicht eingehalten hatte.

Ich werkelte zufrieden im Haus herum, nahm die Weihnachtsdekorationen ab, sortierte die letzten Dinge auf dem Dachboden aus, schickte Alistair gelegentlich eine E-Mail, suchte häufig Bobbys Stoffhasen, den ich an allen möglichen und unmöglichen Orten wiederfand. Bruce Bunny, wie Otis ihn getauft hatte, war mittlerweile ziemlich ramponiert, und ihm fehlte ein Ohr, aber er war zu einem festen Bestandteil unseres Haushalts geworden. Nachdem Bobby ihn irgendwo unter einem Berg Kissen, einem Teppich oder unter dem Bett »verbuddelt« und dann den Ort vergessen hatte, streifte sie winselnd durchs Haus, bis Bruce wieder auftauchte, woraufhin sie und er ein rührendes Wiedersehen feierten und sie ihn in ihre Ecke schleppte, um ihm eine gründliche Abreibung zu verpassen. Sie war ein seltsamer Hund, und ich liebte sie über alles.

An einem Abend, als wir Bruce verloren und wiedergefunden hatten, wollte ich mich gerade mit einem Teller Pasta hinsetzen und mir ein neues Historiendrama anschauen, als Sylvie anrief.

»Hast du Angela in letzter Zeit mal gesehen?«, fragte sie.

»Nein«, antwortete ich. »Ich glaube, sie hat viel gearbeitet. Warum?«

»Ich hab eben mit ihr telefoniert, und sie klang irgendwie seltsam.«

»War sie vielleicht betrunken?«

»Nein, aber sie war angespannt. Es kam mir vor, als hätte sie mich aus einem bestimmten Grund angerufen und dann beschlossen, doch nicht darüber zu reden.«

»Möchtest du, dass ich mal bei ihr vorbeigehe?«

»Würdest du das tun? Das wäre eine große Erleichterung für mich.«

Und so zog ich meinen neuen Parka und die Stiefel an, nahm Bobby an die Leine, und wir gingen die Straße hinunter zu Angelas Wohnhaus. Das Licht im obersten Stock brannte, und ich klingelte. Eine Weile lang passierte nichts, dann hörte ich ihre leise, heisere Stimme durch die Gegensprechanlage. Sie ließ mich hinein, und wir machten uns daran, die Treppen hinaufzusteigen. Als wir oben angekommen waren, war ich außer Atem, und mir war etwas schwindelig. Deshalb schob ich mich, sobald Angela die Tür aufmachte, an ihr vorbei und setzte mich aufs Sofa, um zu verschnaufen.

»Was machst du hier?«, fragte sie ziemlich brüsk.

Ich hustete. »Ich dachte, ich schau mal vorbei, weil du dich schon länger nicht mehr hast blicken lassen. Geht es dir gut?«

»Bestens.« Sie stand immer noch an der Tür, und nach kurzem Zögern schloss sie sie etwas widerstrebend.

»Wo ist Otis?« Ich sah mich um.

Sie runzelte die Stirn. »Der schläft. Es ist fast neun.«

»Oh«, sagte ich, hustete wieder und versuchte, Zeit zu schinden. Sie sah ungepflegt aus, ihre Haare waren am Ansatz grau, ihre Augen gerötet, als hätte sie geweint. »Ich habe mich nur gefragt … möchtest du morgen vielleicht mit spazieren gehen?« Am nächsten Tag war Samstag, und sie und Otis begleiteten mich am Wochenende oft.

Sie wollte schon widersprechen, dann überlegte sie es sich anders und zuckte die Achseln. »Na gut.« Ich verharrte auf dem Sofa und fragte mich, ob sie mir vielleicht etwas zu trinken anbieten würde, aber sie blieb an der Tür stehen und wartete eindeutig darauf, dass ich wieder ging.

Also erhob ich mich mühsam, immer noch etwas außer Atem. »Ich hole euch um zehn ab, ja? Wir können ja auch einen Kaffee trinken gehen.« Sie nickte und folgte mir, als ich auf den Treppenabsatz hinaustrat und Bobby wieder an die Leine legte. Ich winkte ihr zum Abschied zu, aber sie hatte sich schon weggedreht, und so machten wir uns langsam auf den Weg nach Hause.

»Irgendetwas stimmt nicht«, murmelte ich, als ich mit Bobby durch die Dunkelheit trottete. Sie blieb stehen, schnüffelte an einem Laternenpfahl und würgte, vermutlich weil ihr etwas im Hals feststeckte.

Am nächsten Vormittag holte ich Angela und Otis wie versprochen ab. Wir warteten unten an der Tür, und ein paar Minuten später kamen sie runter, beide in warmen Winterjacken, weil es kalt und alles von einer Frostschicht überzogen war, der die Sonne noch nichts hatte anhaben können. Angela war so dick eingepackt, dass ich ihr Gesicht kaum sehen konnte, sie hatte sich den Schal über den Mund und die Mütze tief ins Gesicht gezogen. Otis trug alles Notwendige, aber der Schal schleifte schon jetzt über den Boden, die Jacke drohte ihm von den Schultern zu rutschen, und die Mütze saß schief. Normalerweise wäre Angela stehen geblieben, um den Reißverschluss wieder zu schließen, den Schal richtig festzubinden und die Mütze gerade aufzusetzen, aber diesmal überließ sie es mir, ihn wieder richtig anzuziehen, während sie auf den Boden starrte und nach kleinen Steinen trat.

Wir machten uns auf den Weg, wortlos, was nicht ungewöhnlich war, aber heute fühlte es sich anders an als sonst. Normalerweise war unser Schweigen kameradschaftlich, ungezwungen, aber diesmal hatte ich das Gefühl, Bemerkungen über das Wetter machen, irgendetwas sagen oder tun zu müssen, um eine Reaktion von ihr zu erhalten. Otis dagegen bekam nichts davon mit, rannte hierhin und dorthin, suchte sich Stöckchen, jagte Vögel und stampfte in Pfützen.

Ich öffnete den Mund, um dem Drang nachzugeben, doch dann musste ich an Jettes Schweigen denken und schloss ihn wieder. Meine Mutter hatte mir einmal erzählt, es mache keinen Unterschied, ob man in solchen Situationen mit meiner Großmutter redete, für sie sei das nur leeres Rauschen, wie bei einem Radio, bei dem kein Sender eingestellt ist. Und so betrachtete ich stattdessen die nackten, kahlen Bäume, dachte daran, wie Sylvie und ich, als wir uns kennenlernten, auf der Bank gesessen und kaum geredet hatten, nur Croissants gegessen und die Bäume betrachtet hatten. Ich ging ins Café, kaufte Kaffee für uns und einen Keks für Otis, dann standen wir auf dem Spielplatz, während er, die Jacke voller Krümel, auf dem Trampolin herumsprang.

»Ich möchte, dass du für mich auf Otis aufpasst.«

Verwirrt runzelte ich die Stirn. Angela hielt den Blick unverwandt auf ihren Sohn gerichtet.

»Natürlich, jederzeit.«

»Ich meine, er müsste auch bei dir schlafen. Nur eine Nacht. Würdest du das tun?« Sie sah mich jetzt an, ein kriegerisches Funkeln im Blick, das ich verstörend fand.

»Ja, er kann gern über Nacht bleiben. Wann soll es denn sein?«

Angela wandte sich wieder Otis zu, der jetzt vom Trampolin stieg, zu den Schaukeln ging, sich abstieß und mit seinen dünnen Beinen Schwung holte. Sein Atem bildete kleine Wölkchen.

»Ich weiß noch nicht genau. Bald.« Sie umfasste ihren Kaffeebecher fester und pustete. »Ist das okay?«

Ich zögerte, überlegte mir verschiedene Antworten und verwarf sie alle. »Ja«, sagte ich schließlich nur. »Wann immer du willst.«

»Danke«, erwiderte sie. Und es fühlte sich an, als hätten wir einen Pakt geschlossen, allerdings einen, über den wir nicht weiter sprechen würden, und so riefen wir Otis, sagten ihm, es sei zu kalt, und als er anfing, sich zu beschweren, schlug Angela vor, zu Hause einen heißen Kakao zu trinken, und wir gingen wieder. Ich sah zu, wie sie im Haus verschwanden, dann ging ich ebenfalls nach Hause und grübelte auf dem Weg darüber nach, was hinter Angelas Bitte stecken könnte.

»Über Nacht!«, sagte ich zu Bobby. »Was hat das zu bedeuten?«

Aber Bobby war auch nicht schlauer als ich. Ich schrieb Sylvie in einer Textnachricht, dass ich Angela besucht hätte und es ihr gut gehe, denn obwohl das offensichtlich nicht stimmte, fühlte es sich wie ein Vertrauensbruch an, Sylvie die Wahrheit zu verraten. Ich dachte mit Sorge an kalte Winter und Gasherde, doch dann beruhigte ich mich mit dem Gedanken, dass Angela schon keine Dummheiten machen würde, denn anscheinend hatte sie ihren guten Vorsatz trotz aller Widrigkeiten einhalten können. Sie hatte während des gesamten Spaziergangs nicht eine Zigarette geraucht.

Kapitel 35

Lancaster Villas
Kensington W8
15. Februar 1955

Liebe Sibyl,
ich habe es nicht fertiggebracht, dir das Folgende am Telefon zu erzählen, was schrecklich feige ist, und ich kann es kaum ertragen, dir auch nur davon zu schreiben, aber wir wollten uns schließlich immer alles sagen. Mama hatte gar keinen Schlaganfall, wie alle verbreiten. Sie hatte etwas geschrieben. Als Henry und ich sie gefunden haben, hielt sie in der einen Hand ihren alten Knopfhaken, in der anderen einen Zettel: »Dieses ständige Auf- und wieder Zuknöpfen.« Ich glaube, das ist ein Zitat von jemandem, der ebenfalls am Leben verzweifelt ist. Es tut mir schrecklich leid, obwohl es nach Vaters Tod – und überhaupt – ja keine allzu große Überraschung war. Mutter war immer in ihrem eigenen Wintermärchen gefangen. Henry will es verheimlichen – er sagt, es würde nichts bringen, wenn alle darüber Bescheid wüssten. Ich bin mir nicht sicher, ob ich ihm da zustimmen kann – Mama hat nie darüber geredet, und vielleicht war das das Problem. Aber jeder lebt sein Leben so, wie er es will, und ihr Leben war ein sehr zurückgezogenes, also war es vielleicht am besten so. Behalten

wir sie also in guter Erinnerung, auch anhand der Dinge, die sie genäht und geliebt hat – ich lege dem Brief ihren Lieblingsfingerhut als Andenken bei, aber du musst unbedingt hierherkommen und alles, was du sonst noch von ihr haben möchtest, mitnehmen.
Deine dich liebende Schwester
Lena

Der Knopfhaken und der Fingerhut lagen bei dem Brief auf dem Dachboden. Ich strich über die Messingkappe mit den winzigen Einbuchtungen, die Jettes Fingerkuppen vor der Nadel geschützt hatte, während ihr übriger Körper den ständigen Stichen und Schlägen des Lebens ausgesetzt blieb, bis sie es einfach nicht mehr aushielt. Nicht alles ließ sich mit Nähen therapieren. Aber war das wirklich so anders als bei meiner Mutter, die einer womöglich heilbaren Krankheit erlag?

Als Leo krank wurde, dachte auch er darüber nach und ließ sogar Andeutungen fallen, ich könnte ihm dabei helfen, aber ich wollte nichts davon hören, und dann war es zu spät, der Zug war abgefahren. Als er nicht mehr da war, erwog ich es selbst, aber etwas hielt mich immer davon ab – ein letzter Rest von Optimismus, der Jette abgegangen war, die zwar wunderschöne Dinge hergestellt hatte, aber ihre Schönheit nicht sehen konnte. Dieses ständige Auf- und wieder Zuknöpfen. Bei sich selbst oder bei anderen. Ich verstand, dass einem das zu viel werden konnte. Da war es wesentlich leichter, so zu leben wie Fa-Fa; weniger nach innen gekehrt, die Schufterei den anderen überlassend, ausschließlich daran interessiert, woher die nächste Pfeifenfüllung kam. Oder wie Tante Sibby, die Pfarrersfrau, die sich nur um ihre Hühner kümmerte und doch bereit war, ihnen bei Bedarf den Hals umzudrehen. Seelenfrieden erforderte eine gewisse Rücksichtslosigkeit und ein gewisses Phlegma. Es ging ja nicht nur darum, mit seinem *eigenen* Schicksal zufrieden zu sein. Es schloss auch ein, dass man sich nicht um das der anderen sorgte. Sobald man damit anfing, war der Damm gebrochen.

Ich hörte erst Anfang Februar, zwei Wochen später, wieder von Angela. Eines Abends stand sie mit verquollenem Gesicht und geröteten Augen vor meiner Tür und bat mich, ab dem nächsten Nachmittag auf Otis aufzupassen. Sie wollte nicht hereinkommen, schüttelte nur den Kopf und taumelte auf den Gehsteig zurück. Ich verbrachte eine schlaflose Nacht, in der ich die Schatten an der Wand beobachtete, dann einen hektischen Tag damit, das Haus zu putzen, Arthurs Bett frisch mit Dinosaurier-Bettwäsche zu beziehen, in der Bücherei eine DVD auszuleihen, die Deirdre mir empfohlen hatte, und Plätzchen zu backen, hungrig beobachtet von einer sabbernden Bobby.

Ich holte Otis um halb vier von der Schule ab. Ich fragte mich, was Angela ihm über den spontanen Übernachtungsbesuch erzählt hatte, aber er schien sich zu freuen, mit mir gehen zu dürfen, und reagierte nicht auf meine vorsichtigen Fragen über die Laune seiner Mutter. In Anbetracht der Tatsache, dass er nicht einmal mehr wusste, was er heute zu Mittag gegessen hatte, war es sowieso unwahrscheinlich, dass er mir irgendwelche brauchbaren Einsichten in das Seelenleben seiner Mutter vermitteln konnte. Wir gingen mit Bobby eine schnelle Runde durch den Park, bevor es dunkel wurde, und dann nach Hause, wo ich Otis mit Plätzchen und Milch vor den Fernseher setzte. Bald hörte ich, wie er über den Film lachte, während ich Würstchen mit Backkartoffeln zubereitete. Ich fragte mich, ob Angela sich melden würde, aber sie schickte mir nicht einmal eine Textnachricht. Otis aß sein Abendessen in der Küche, unter Bobbys gierigem Blick, und es schien ihm zu schmecken, obwohl er etwas gegen meinen hausgemachten Apfelkuchen hatte, weil Äpfel darin waren. Ich hatte ihn schon viele Äpfel essen sehen, aber sie zu backen war in seinen Augen anscheinend eine Sünde. Und so aß er nur den Teig und den Vanillepudding, dann gingen wir auf den Dachboden und spielten mit

Henrys alter Modelleisenbahn, bis es Zeit wurde, ihn ins Bett zu bringen.

Wir ließen sein abendliches Bad ausfallen, das wurde mir dann doch zu viel, aber ich sorgte dafür, dass er sich die Zähne putzte, half ihm in seinen Minions-Schlafanzug und brachte ihn in Arthurs Zimmer, wo wir uns ins Bett kuschelten und ich ihm noch ein neues Buch über einen Drachen vorlas, der verzweifelt nach einer Arbeit suchte. Otis fielen immer wieder die Augen zu, also küsste ich ihn auf die Stirn und setzte mich auf einen Stuhl in der Ecke, bis er fest eingeschlafen war. Er lag da wie jemand, der aus einem Flugzeug gefallen war, auf dem Bauch, alle viere von sich gestreckt, seine dunklen Wimpern flatterten, den Daumen hatte er im Mund.

Leise trat ich in den Flur. Bobby saß kerzengerade auf dem Treppenabsatz und starrte mich an. In ihren Augen bestand unser Haushalt nur aus ihr, Bruce und mir, und jede Veränderung des Status quo machte sie misstrauisch. Ich nahm sie mit nach unten, gab ihr ein Stück Wurst, das Otis übrig gelassen hatte, und sie legte sich auf ihr Bett. Ich aß im Wohnzimmer und blätterte in den Einrichtungsmagazinen, die Sylvie bei ihrem letzten Besuch mitgebracht hatte. Dann fütterte ich Bobby, räumte auf und lauschte dem Klappern ihres neuen Namensschildes am Fressnapf. Denzil hatte mir gesagt, man sollte nicht den Namen des Hundes darauf prägen, das spiele nur Hundeentführern in die Hände, sondern den Namen des Eigentümers. Ich war zwar nicht Bobbys richtige Besitzerin, trotzdem ließ ich beim Schuhmacher »Carmichael« auf eine Seite und meine Telefonnummer auf die andere des Schildes gravieren. Es gefiel mir, wie es an ihrem neuen Halsband glitzerte.

Nach dem Fressen war Bobby nach Spielen zumute, und sie brachte mir Bruce. Ich saß auf dem Sofa und zog an dem ramponierten, feuchten Hasen, während sie gespielt grimmig knurrte und sich auf ihn stürzte. Plötzlich klingelte mein Handy. Ich ließ den Hasen fallen, ging ans Telefon und beobachtete dabei, wie

Bobby ihr Spielzeug malträtierte, es schüttelte, bis sie sicher war, es »erlegt« zu haben. Dann legte sie Bruce zärtlich auf den Boden und leckte ihn hingebungsvoll ab.

»Hallo?«

»Ich bin's. Ich steh draußen. Ich wollte nicht, dass Bobby anfängt zu bellen. Kannst du mich reinlassen?«

Ich öffnete die Tür und hielt Bobby dabei die Schnauze zu. Als ich mich aufrichtete und Angelas tränenverschmiertes Gesicht sah, fielen mir ihr Zigaretten- und Alkoholverzicht wieder ein, und plötzlich war alles klar. Ich verfluchte mich dafür, so begriffsstutzig, so unglaublich blind gewesen zu sein. Ausgerechnet ich hätte die Anzeichen sehen, hätte besser auf diesen Moment vorbereitet sein sollen. Ich breitete die Arme aus, und sie warf sich schluchzend hinein.

»Tut mir leid«, murmelte sie an meiner Schulter. »Ich wusste nicht, wo ich sonst hingehen sollte.«

»Pst, schon gut, alles ist gut«, sagte ich. Ich brachte sie ins Wohnzimmer, suchte nach Taschentüchern und setzte mich zu ihr, während sie sich die Nase putzte. Dann ließ ich sie mit Bobby auf dem Sofa zurück, um Kakao zu kochen, auch wenn sie ihn nicht wirklich trank, sondern nur ihre Hände am Becher wärmte und dabei in die verglühenden Kohlen im Kamin starrte. Später machte ich ihr eine Wärmflasche und brachte sie ihr in das Gästezimmer, in dem Alistair und Emily schliefen, wenn sie mich besuchen kamen. Er war ein bisschen kahl und kalt, aber ich nahm den Paisley-Überwurf aus dem Wohnzimmer mit und wickelte ihn ihr um die Schultern. Sie lag zitternd im Bett. Dann setzte ich mich daneben, hielt ihre Hand und dachte an all die Dinge, die ich sagen wollte, aber nicht über die Lippen brachte. Ich fand nicht die richtigen Worte, wollte endlich gestehen, aber selbst jetzt war es mir immer noch nicht möglich, das Richtige zu gestehen.

»Ich habe für Leave gestimmt.«

Angela blinzelte und sah mich mit leerem Blick an. »Was?«

»Ich habe für Leave gestimmt. Bei dem Referendum. Ich konnte es dir nicht sagen, aber ich habe mich die ganze Zeit schlecht gefühlt. Es war dumm, ich hatte unrecht, und ich hab mich schrecklich gefühlt, wegen der Schmiererei an Hannas Tür, weil Otis nicht mehr reisen kann, weil Mels Finanzierung in Gefahr ist und wegen allem anderen, was schiefgelaufen ist. Es tut mir so leid.« Ich verstummte und biss mir auf die Lippe, ohne sie ansehen zu können.

Nach einer Sekunde fing sie an zu lachen, zuerst noch schwach, dann lauthals, sie schnappte nach Luft, und neue Tränen traten ihr in die Augen, aber diesmal die gute Art.

»Du verdammter Dummkopf«, sagte sie schließlich. »Was hast du dir dabei gedacht?«

»Ich dachte, es wäre das, was Leo gewollt hätte. Aber Mel hat später gesagt, das stimmt gar nicht.«

»Das will ich auch nicht hoffen«, schnaubte sie.

»Tut mir leid«, sagte ich wieder. Sie drückte mir die Hand und legte sich mit geschlossenen Augen hin. Ich ließ sie nicht los, und noch lange nachdem sie eingeschlafen war, saß ich da und dachte nach, über Bertie und das, was ich damals getan hatte.

Kapitel 36

Ich hatte ihn von dem Moment an Bertie genannt, als mir klar wurde, dass ich schwanger war. Im Sommer 1956, nachdem Leo gegangen und ich in den Semesterferien zurück nach Lancaster Villas gefahren war, wo ich angeblich für mein drittes Jahr am Newnham College lernen wollte. Es dauerte eine Weile, bis ich begriff, vielleicht auch, weil ich nicht begreifen wollte, aber schließlich machte die Übelkeit mir alles mehr als deutlich. Ein paar Wochen lang übergab ich mich im Geheimen, schlich ins Badezimmer, hielt mich am Waschbecken fest und erbrach mich, bis nur noch Galle kam. Dann sank ich, zitternd und mit kaltem Schweiß bedeckt, auf den Fliesenboden. Selbst wenn die Übelkeit nachgelassen hatte, würgte ich vor lauter Elend und Angst weiter und grübelte über den Abgrund aus Verwirrung, Hoffnung und Entsetzen nach, in den ich gefallen war.

Unten waren meine Mutter und ihre Kameradinnen mit der Organisation ihres jüngsten Kreuzzugs beschäftigt, verteilten Flugblätter, malten Plakate und marschierten durch die Stadt. Sie hatte sich in eine Kampagne für die Abschaffung der Todesstrafe gestürzt, denn nach der Hinrichtung von Ruth Ellis im Jahr zuvor war sie am Boden zerstört und zutiefst empört gewesen. Daher nahm sie oft an Demonstrationen vor den Gefängnissen Wandsworth und Holloway teil und bekam nicht mit, wie ihre abgemagerte Tochter leise würgend durch das Haus geisterte und darauf wartete, dass jemand hinter ihr Geheimnis kam. Am Ende musste ich es ihr erzählen, weil ich keine Ahnung hatte, was ich tun sollte. Sie stand mit einem Plakat mit der Aufschrift »Du sollst nicht töten« in unserem Wohnzimmer, während ich es ihr flüsternd gestand und ihr dabei nicht ins Gesicht sehen konnte. Die Stille danach, in der ich beschämt weinte, dann die grenzenlose Erleichterung, als sie das Plakat wegstellte und ich spürte, wie sie die Arme um mich legte … »Pst, schon gut, alles wird gut«, sagte sie.

Ich hatte nie Zweifel daran, dass meine Mutter die Eigenschaften einer Kriegerin besaß, und in den nächsten Tagen stellte sie diese völlig in meinen Dienst. Geld wurde aufgetrieben, diskrete Erkundigungen wurden eingeholt, Termine gebucht. Aber abgesehen von der unbeirrbaren Entschlossenheit, mit der sie sich um alles kümmerte, legte sie außerdem eine Zärtlichkeit und eine ergebene Akzeptanz an den Tag, die mich demütig und meine Schuldgefühle noch schlimmer machten. Einem Teil von mir wäre es lieber gewesen, wenn sie geschimpft und mich verurteilt hätte, ein anderer wünschte sich, sie würde sagen, ich solle das Kind behalten. Es war schließlich Leos Kind, Bertie, obwohl ich nie erfuhr, ob es wirklich ein Junge war. Bertie, der nie geboren wurde.

Ich ging zu zwei Psychiatern, und meine Mutter sagte, ich müsse so tun, als wäre ich geistig verwirrt. Das fiel mir nicht einmal schwer, weil die Übelkeit und der Schlafmangel mir zu dem Zeitpunkt schon so zugesetzt hatten, dass ich ein Zimmer betrat und vergaß, was ich dort gewollt hatte, mir Haare um die Finger wickelte und sie mir büschelweise ausriss.

Ich ging an zwei verschiedenen Tagen zu ihnen, obwohl ihre Praxen in derselben Straße in der Londoner Innenstadt lagen. Beide stellten mir die gleichen Fragen und machten sich Notizen, um mich nicht ansehen zu müssen. Beim ersten Mal bekam ich kaum Luft und musste den Kopf zwischen die Knie legen, um den Schwindel zu bekämpfen. Beim zweiten Mal verfiel ich in eine Art Geistesabwesenheit, starrte ins Leere und spürte kaum, wie die Stimme des Psychiaters in mein Ohr drang, ein Echo in meinem Kopf. Ich wusste nicht genau, ob das alles echt war oder einfach nur die bravouröse schauspielerische Leistung, die es brauchte, um mich aus dieser Notlage zu befreien. Als ich die zweite Praxis verließ, erhaschte ich einen Blick auf die Notizen des Arztes: »Fälle von Geisteskrankheit in der Familie«. So wie Sibby ihren heiß geliebten Hühnern manchmal die Hälse umdrehte, war auch meine Mutter bereit, das eine oder andere Opfer zu bringen.

Wir nahmen uns ein Taxi, um zum Krankenhaus nach Ealing zu fahren, an das ich, bis auf die weißen Laken und den Geruch nach Desinfektionsmitten, nur wenige Erinnerungen habe. Als meine Mutter mich fragte, wie es gelaufen sei, und ich es ihr erzählte, sagte sie: »Gott sei Dank.« Ich hatte nur ein, zwei Tage Blutungen und Schmerzen, weit weniger, als ich verdient gehabt hätte, und verbrachte die nächsten Tage im Bett, starrte an die Decke, fühlte mich euphorisch und elend, hoffnungsvoll und verzweifelt, eingeengt und zugleich in Auflösung begriffen. Meine Mutter brachte mir Tee und Toast, von dem sie die Kruste abgeschnitten hatte; ich aß ihn nicht, sondern ließ ihn auf dem Nachttisch vertrocknen und dachte an die faden Karottensandwiches im Keller. Dann, nach drei Tagen, sagte sie, ich solle aufstehen und anfangen zu lernen. »Es gibt einen Grund, warum wir das alles gemacht haben.«

Ich bekam ein Summa cum laude in Klassischer Literatur, was niemand am Newnham erwartet hatte, am allerwenigsten meine fassungslosen Tutoren. Aber das war mein Geschenk an meine Mutter, diese Zuflucht in der Not; es war das Einzige, was ich für sie tun konnte, nach allem, was ich ihr und mir zugemutet hatte. Ich schuftete wie eine Besessene, blieb lange in der Bibliothek, besuchte jede Vorlesung, verschlang jedes Buch, konjugierte jedes Verb, vom ersten bis zum letzten. Ich war kein Stein mehr, der nur die Oberfläche streifte; jetzt schob ich eine schwere Steinkugel einen Hügel hinauf, auch wenn es mir ohne Bertie nichts bedeutete.

Ich verließ Cambridge mit hervorragendem Abschluss und leerem Leib am Arm meiner Mutter, stolz und anerkannt. Aber als Leo zu mir zurückkehrte und wir uns verlobten, war sie entsetzt. Wie konnte ich diesen Mann heiraten, nach allem, was passiert war? Bei der Hochzeitsfeier nahm sie mich beiseite – »Liebling, bist du dir auch ganz sicher?«. Ich nickte, denn er war mein Odysseus, mein Schicksal. Vom ersten Moment an, als ich ihn sah, wusste ich, dass wir zusammengehörten. Man konnte sich nicht vollständig vor dem Unglück schützen – ein Pfeil würde immer irgendwo eine ungeschützte Stelle finden –, aber mit dem richtigen Menschen an seiner Seite konnte man, wenn das Leben einen niederstreckte, einfach wieder aufstehen. Vorwärts, immer vorwärts, wie Leo zu sagen pflegte. Als ich ihn heiratete, hatte ich das Gefühl, Wiedergutmachung zu leisten, wieder aufzustehen, und wenn ich das nächste Mal schwanger wurde, auch Bertie wiederauferstehen zu lassen.

Wie konnte ich dieses Wissen all die Jahre für mich behalten? Was für eine Ehe führte ich? Eine, die nicht im Gleichgewicht war, wie ich immer gewusst hatte, überschattet von meiner Liebe und meinen Geheimnissen, während Leo unbelastet blieb. Und so trieben wir immer weiter dahin, er und ich, der Anker und die Boje, aber unser leises Lied wurde nie ganz übertönt. Ich konnte es immer noch hören, wenn auch nur schwach, als ich in unserem Gästezimmer saß, Angelas Hand hielt und ihr und mein verlorenes Kind betrauerte, während Bobby geduldig meiner Beichte lauschte.

Kapitel 37

Am nächsten Morgen ließ ich Angela ausschlafen und stand mit Otis zu einer unchristlichen Zeit auf, gab ihm Cornflakes zu essen, ließ ihn ein bisschen fernsehen und hielt die Wohnzimmertür dabei geschlossen, damit Angela nicht wach wurde. Ich erzählte Otis nicht, dass sie da war, sondern nahm die schwierige Aufgabe in Angriff, ihn für die Schule fertig zu machen, suchte ein Paar Socken, packte seinen Tornister und gab mir Mühe, ihn zum Anziehen zu bewegen, während er versuchte, mit der Modelleisenbahn zu spielen, ein Bild von einem Monster zu malen und Bobby seinen Schal umzulegen. Als wir schließlich das Haus verließen, war ich vor Anstrengung schweißgebadet und außer Atem, und erst nachdem ich ihn an der Schule abgesetzt hatte, merkte ich, dass Bobby immer noch den Schal umhatte. Ich nahm ihn ihr ab, steckte ihn in die Tasche und nutzte die Gelegenheit, um sie am Kopf zu kraulen.

Als wir von unserem Spaziergang zurückkamen, saß Angela in der Küche, trank Tee und hörte Radio. Sie war immer noch blass, wenn auch nicht mehr ganz so spitz im Gesicht. Sie sah mich etwas betreten an.

»Hast du gut geschlafen?«, fragte ich.

Sie nickte und nippte an der Tasse. »Nicht schlecht, wenn man die Umstände bedenkt. Danke, dass du Otis zur Schule gebracht hast. Wie hat er sich benommen?«

»Gut. Er darf heute den Tisch für das Mittagessen decken, was anscheinend ein riesiges Privileg ist.«

Sie lächelte. »Komisch, wie die Lehrkräfte es immer schaffen, Pflichten als Belohnungen zu verkaufen. Das ist mir noch nie gelungen.«

Ich goss mir Tee ein und aß ein paar Cornflakes, wozu mir vorher die Zeit gefehlt hatte. Die Nähe vom Vorabend war dahin, Angela hatte wieder einen Schutzwall um sich errichtet. Als ich fertig gefrühstückt hatte, stand ich auf und stellte die Schale in die Spüle.

»Hanna sagt, ihr Chef erlaubt neuerdings Hunde im Café. Also könnte ich mit Bobby Kaffee trinken gehen – möchtest du mitkommen oder dich lieber weiter ausruhen?«

Das brachte sie auf die Beine, genau wie ich gehofft hatte. »Ich komm mit«, sagte sie und holte ihren Mantel.

Es war ein schöner, klarer Tag mit einer leichten, kalten Brise, und als wir langsam Richtung Café schlenderten, zog mich Bobby hierhin und dorthin, weil sie unbedingt jeden Laternenpfahl, jede Mülltonne und jeden Zweig in der Umgegend beschnüffeln musste. Angela hatte die Hände tief in den Taschen vergraben, hielt den Blick gesenkt und starrte auf ihre klirrenden Stiefel.

»Warum hast du Sylvie nichts davon erzählt?«

Sie sah auf, und ihre Augen wurden schmal. »Was?«

»Sie hat gesagt, du hättest sie angerufen, weil du ihr irgendetwas erzählen wolltest, es dir dann wohl anders überlegt hättest.«

Sie zögerte. »Weil sie so furchtbar nett ist. Außerdem wollte sie nie Kinder.«

»Wäre das nicht eher hilfreich gewesen?«

Sie schüttelte den Kopf, und wir gingen für eine Weile schweigend weiter. Dann, als wir uns dem Café näherten, sagte sie: »Ich wollte unbedingt, dass Otis einen Bruder oder eine Schwester bekommt. Ich bin ein Einzelkind, und für ihn hatte ich mir das anders vorgestellt. Aber als es so weit war, konnte ich das alles nicht noch einmal allein durchstehen. Ich konnte es einfach nicht.«

Ich dachte an den Tag, an dem Ali sich auf den Teppich übergeben hatte, als beide Kinder schrien und weinten, dachte an das Brennen in meinem Knöchel, die unterdrückte Wut und Frustration, die nervenzerfetzende Ohnmacht eines Augenblicks, in dem einem einfach alles zu viel wurde. Wenn man alleinerziehend war, bedeuteten zwei Kinder mehr als zwei, da wurde die Zwei schnell zu einer unvorstellbar großen Zahl.

»Hast du … dem Vater davon erzählt?«

»Jack? Nein. Der ist in New York, das wär mir nie in den Sinn gekommen. Es hätte gar nicht passieren dürfen, ein dummer Fehltritt, mehr nicht.« Sie atmete tief ein und band ihren Pferdeschwanz neu. »Trinken wir jetzt Kaffee?«

Wir gingen ins Café, wo es ebenso warm und einladend war wie immer, und setzten uns auf unsere Stammplätze. Bobby, die sich freute, einen neuen Ort erkunden zu können, begann sofort die Kuchentheke zu beschnüffeln. Ich zog sie zurück, befahl ihr, sich unter meinen Stuhl zu legen, und sie gehorchte mit einem missmutigen Seufzen und zuckenden Augenbrauen.

»War Leo ein guter Vater?« Angela biss ein Stück von einem Zuckerwürfel ab und fing mit einer Hand die Krümel auf.

Ich hielt kurz inne, rührte in meinem Kaffee. »Nein, ich glaube, in vielerlei Hinsicht war er das nicht.« Ein Schauder der Erleichterung über dieses Eingeständnis breitete sich in mir aus. »Er hat gern mit ihnen Quatsch gemacht, mit ihnen gespielt, worin ich nie besonders gut war. Aber seine Geduld war begrenzt. Er wollte nicht mit den Details der Kindererziehung belästigt werden, und wenn es langweilig oder schwierig wurde, hat er sich einfach in sein Arbeitszimmer zurückgezogen oder ist zu einer seiner Konferenzen gefahren. Und ich musste bleiben und aufräumen. Aber ich weiß auch nicht, ob ich eine gute Mutter war. Ich kann nur mit Sicherheit sagen, dass ich immer da war.«

Ungeweinte Tränen glitzerten in Angelas Augen. »Glaub mir, es gibt nichts Besseres, als da zu sein.«

»Du bist noch jung, du kannst immer noch Kinder kriegen. Otis muss kein Einzelkind bleiben, und wenn doch, es gibt Schlimmeres.«

»Ich bin jetzt siebenunddreißig. Sean und ich waren mit Unterbrechungen dreizehn Jahre zusammen. Ich glaube nicht, dass ich es noch mal auf die Reihe kriege, jemanden ganz neu kennenzulernen. So zu tun, als wär ich nicht bekloppt und würde nicht fressen wie ein Schwein.«

Ich dachte daran, wie viel Mühe ich mir gegeben hatte, Leo etwas vorzuspielen, wie ich seine Einladungen abgelehnt, mich zurückgehalten und mich heimlich geschminkt hatte. Ich war froh, dass ich jetzt zu alt war, um so etwas noch einmal mitzumachen.

»Vielleicht könntest du, tja, keine Ahnung, einfach du selbst sein?«, schlug ich vor.

Sie starrte mich kurz an, dann fingen wir beide an zu kichern.

»Allein schon die Vorstellung!« Sie schnappte nach Luft. »Teufel auch!«

Wir verstummten. Ich fühlte mich ausgelaugt, als hätte ich mich gerade richtig ausgeweint. »Das wird schon wieder«, sagte ich. »Bald geht es dir wieder gut.«

Wir tranken unseren Kaffee aus, dann wurde Angela müde. Als wir die Rechnung bezahlten, nutzte Ahmed, Hannas überschwänglicher Chef, die Gelegenheit, um uns die Hand zu schütteln, Bobby den Kopf zu tätscheln und uns zu versichern, Hunde seien in seinem Café jederzeit willkommen.

»Nur, dass du's weißt«, sagte Angela grimmig auf dem Weg zu ihr nach Hause. »Irgendwann führen wir noch ein Brexit-Gespräch.« Sie zog die Augenbrauen hoch und steckte die Hände tiefer in die Manteltaschen, während sie mich niederstarrte, bis ich den Blick senkte.

Ich blieb auf dem Gehsteig stehen, und Bobby zerrte ungeduldig an der Leine. »Ich wünschte, ich hätte dir das nicht erzählt«, sagte ich schließlich seufzend. »Ich weiß, wie du darüber denkst. Aber am

Tag des Referendums wollte ich einfach, dass sich irgendetwas ändert. Es hatte eigentlich nichts mit der Wahl zu tun. Es war eher … als würde man in die Luft schießen, um die Tauben zu erschrecken.«

Angela schnaubte. »Wohl eher so, als würde man sich in den eigenen Fuß schießen! Ich hätte dich wirklich für klüger gehalten. Du bist doch eine gebildete Frau. Du hast den Krieg miterlebt, verdammt noch mal.«

»Ich weiß. Ich fühl mich schrecklich deswegen. Tut mir leid.«

»Entschuldige dich nicht bei mir, entschuldige dich bei deinem *Land.*« Ich spürte, dass eine Tirade im Anzug war, was hieß, dass es Angela anscheinend ein bisschen besser ging. »Dieses arme Land, das bald vor die Hunde geht. Tut mir leid, Bobby«, sagte sie und strich ihr über den Kopf. »Ich hab damit kein Problem, ich hab ja einen irischen Pass, aber ihr anderen seid verdammt, das kann ich dir sagen. Verdammt dazu, als zweitklassiges, heruntergekommenes, verlorenes Empire in der Bedeutungslosigkeit zu versinken. Souveränität, so ein Schwachsinn. Da krieg ich *so* 'nen Hals …«

Dann strauchelte Angela plötzlich und sog scharf die Luft ein. Ich folgte ihrem Blick und sah einen kräftig gebauten Mann vor ihrem Haus stehen, der uns anstarrte.

»Das ist Adrian«, hauchte sie. »Der Mann von Fix.«

Wir traten vorsichtig näher, Bobby hielt sich im Hintergrund und schnüffelte. Als wir ihn erreicht hatten, nickte Angela ihm steif zu.

Er hatte eine Hand locker auf den schmiedeeisernen Zaun gelegt, aber sein Körper strahlte eine unterdrückte Anspannung aus, wie der einer Katze kurz vor dem Sprung. Adrians Blick streifte mich kurz, nahm meine Anwesenheit nur beiläufig zur Kenntnis, bevor er mit einem unergründlichen Ausdruck auf Angela zu ruhen kam. Selbst im grellen Licht der Wintersonne konnte ich seine Augenfarbe nicht erkennen, die Augen sahen tiefschwarz aus, als würden sie nur aus der Pupille bestehen. Die Augen eines Jägers. Er sagte nichts, sah sie nur unverwandt an.

»Adrian. Hätte nicht erwartet, dich hier zu sehen.« Ihre Hände zitterten leicht, und so steckte sie sie wieder tief in die Taschen und richtete sich auf.

Er atmete langsam ein, und seine Nasenflügel blähten sich. »Ich bin hier, um Felicity zu sehen.«

»Sie ist nicht hier. Wie kommst du darauf, dass sie bei mir ist?«

»Überall sonst war ich schon.« Die Hand umfasste den Zaun etwas fester.

»Ich weiß nicht, wo sie ist«, sagte Angela. »Aber sie meldet sich bestimmt bei dir, wenn sie will, dass du es erfährst.«

Adrian schmunzelte. »Tja, weißt du, ich glaube, sie will gar nicht, dass ich es erfahre. Aber ich will es … dringend … unbedingt wissen.«

»Tut mir leid, da kann ich dir nicht helfen.« Angela hatte Angst; ich spürte die Anspannung in ihrem Körper. Ich dachte daran, was sie hatte durchmachen müssen, wie verletzlich sie noch war, und fürchtete mich schrecklich für sie.

»Ach, Angela, ich wette, du *könntest* mir helfen, wenn du wirklich wolltest.« Jetzt umfasste er den Zaun mit beiden Händen, und seine Fingerknöchel hoben sich weiß von den schwarzen Eisenstangen ab.

Zorn stieg in mir auf. Wie konnte dieser Mann es wagen, bei Angela zu Hause aufzukreuzen und sie einzuschüchtern, wie irgendein Bösewicht aus einer Soap Opera? Obwohl ich Angst um Angela hatte, kochte mein Zorn plötzlich über und setzte alles andere außer Kraft. Und ausnahmsweise wollte ich meine Wut – anders als an jenem schrecklichen Tag, als ich Melanie in der Küche angeschrien hatte – diesmal zur richtigen Zeit, auf die richtige Art und an der richtigen Person auslassen.

»Ach, hauen Sie doch ab!«, sagte ich, trat vor und legte meine Hand ebenfalls auf den Zaun. Er blinzelte, als würde er mich zum ersten Mal richtig sehen, und machte ein verwirrtes Gesicht, als ich mich an ihm vorbeischob. *So* groß war er nun auch wieder nicht.

»Nicht, bis ich meine Frau gesehen habe«, sagte er, wieder an Angela gewandt.

»Tja, sie ist nicht hier, also lassen Sie uns jetzt endlich in Ruhe.« Ich blieb auf der untersten Stufe der Treppe zum Haus stehen, sodass ich aus der Distanz von oben auf ihn hinabblicken konnte. Er war einer dieser eigennützigen, selbstherrlichen Männer, von denen ich mittlerweile gründlich die Nase voll hatte: der nichtsnutzige Sean, die Einbrecher, die mein Haus ausgeplündert hatten, der Mann, den Angela gedatet und der ihr Trinkgeld geklaut hatte, Percy der Kampfküsser. Und selbst Leo, wie ich in irgendeinem dunklen Winkel meines Unterbewusstseins zugeben musste – Leo, der sich zurückgezogen hatte, als er hätte da sein müssen.

»Ich kann Männer wie Sie nicht ausstehen«, fauchte ich. »Tun so, als würde ihnen alles gehören, als sollten wir uns überschlagen, um ihnen nur ja zu geben, was sie wollen. Ich sag Ihnen mal, was *ich* will. Ich will, dass Sie sofort hier verschwinden, oder ich ruf die Polizei.«

»Und was wollen Sie denen erzählen?«, antwortete Adrian leise.

Ich legte den Kopf schräg. »Ich sage denen, dass Sie *das* hier getan haben.« Ich riss mir die Bluse auf, und die Perlmuttknöpfe lösten sich und fielen zu Boden. Dann kniff ich mir fest in die Haut über meinem Schlüsselbein. »Alte Menschen bekommen unglaublich leicht blaue Flecken«, murmelte ich und genoss seinen schockierten Gesichtsausdruck.

Perplex trat er einen Schritt zurück. »Sie sind ja völlig verrückt!«

»Stimmt.« Ich grinste wie eine alte Hexe. »Und ich hab keine Lust mehr, es zu verbergen.« Ich beugte mich vor und rieb mir etwas Dreck ins Gesicht. »Oje, jetzt bin ich doch tatsächlich hingefallen. Und ich glaube, ich hab mir den Arm verrenkt.«

»Ich will nur meine Frau sehen«, sagte er fast flehentlich, jetzt wieder zu Angela.

»Und dann ist die Situation ein bisschen aus dem Ruder gelaufen, nicht wahr?«, antwortete ich, zupfte mir Strähnen aus dem Zopf und zerwühlte mir die Haare.

Er drehte sich wieder zu mir um. »Verdammtes Miststück«, zischte er. Als er einen Schritt auf mich zumachte, hörte man ein Knurren, und Bobby tauchte zwischen uns auf, zerrte mit gefletschten Zähnen an der Leine. Adrian sah zu ihm hinab, und Wiedererkennen lag in seinem Blick. Mit vor Wut und Verwirrung gerötetem Gesicht schaute er mich an.

»Das … das ist mein Hund«, stotterte er und zeigte mit dem Finger auf Bobby.

»Nein.« Ich schüttelte den Kopf. »Das war Felicitys Hund, und jetzt ist er meiner. Also *verpissen* Sie sich gefälligst, bevor ich ihn auf Sie hetze.«

Bobby knurrte immer noch, und ich hielt Angela die Hand hin, die auf mich zustolperte, während Adrian, der anscheinend nicht wusste, was er tun sollte, auf der Stelle stehen blieb.

»Sie haben zehn Sekunden, sich zu entscheiden, Sonnenschein, danach ruf ich die Polizei«, sagte ich und nahm mein Handy aus der Tasche. Ich begann, rückwärts zu zählen, zitternd vor Zorn, Euphorie und auch vor Unsicherheit, denn ich war mir eigentlich gar nicht so sicher, was ich tun würde, wenn er nicht ging, bevor ich bei null angekommen war. Bei sechs trat er mehrere Schritte zurück.

»Na schön, ich gehe«, sagte er. »Kein Grund, sich ins Hemd zu machen.« Er drehte sich um und marschierte davon, die Schultern unter seinem Mantel gebeugt. Wir sahen ihm nach. Billige Schuhe mit erhöhten Absätzen; Achillesfersen für einen widerlichen kleinen Mann. Ich schaute Angela an und legte den Arm um sie.

»Alles kommt wieder in Ordnung«, sagte ich und drückte sie. »Und du bist bald wieder fit.«

Sie sah auf, hin- und hergerissen zwischen Lachen und Tränen. »Scheiße auch«, keuchte sie und ließ sich auf die Stufen der Vortreppe sinken. »Scheiße, Missy. Du warst … der Hammer.«

»Nicht der Rede wert.« Plötzlich ebenfalls wackelig auf den Beinen, setzte ich mich neben sie, schaute auf meine zerrissene Bluse hinunter und fragte mich, ob ich die Knöpfe wieder annähen konnte, für den Fall, dass wir sie fanden. Bobby stand schwanzwedelnd vor uns, und wir kraulten und lobten sie über den grünen Klee – sie war großartig gewesen. Wir saßen eine Weile lang da, weinten und lachten zusammen, und Bobby leckte uns die Gesichter ab und stupste uns an, um Leckerlis zu bekommen. Dann sagte Angela, es müsse endlich ein Ende haben, dass ich mich vor ganz Stoke Newington unsittlich entblößte. Wir standen auf, klopften uns den Schmutz ab und gingen ins Haus, um nach Wein und Hundekeksen zu suchen.

Später, nachdem Angela Otis von der Schule abgeholt hatte, lag er wieder in seinem eigenen Bett, während wir Pizza aßen und uns irgendein angenehm seichtes Drama im Fernsehen ansahen. Sie lugte verstohlen über das Glas zu mir.

»Vorhin hab ich gesagt, ich wollte nicht mit Sylvie darüber reden, weil sie zu nett ist«, sagte sie. »Das tut mir leid, weil man daraus ableiten könnte, dass du *nicht* nett bist.«

»Bin ich auch nicht«, sagte ich. »Nicht so nett wie Sylvie zumindest.«

»Nein«, stimmte Angela mir zu. »Aber manchmal braucht man mehr als nett. Und das warst du heute. Und gestern Abend.«

»Das ist eins der schönsten Komplimente, die ich je bekommen habe.«

Sie lachte. »Gewöhn dich bloß nicht dran. Aber eins sag ich dir: Diese Brexit-Geschichte – die kannst du aus deinem Sündenregister streichen. Wir sind quitt.«

Ich strahlte sie an und spürte, wie mir ein Stein vom Herzen fiel. »Danke.« Dann, ernster: »Was machst du, wenn er noch mal wiederkommt?«

Ohne zu zögern, antwortete sie: »Ich füge mir selbst eine Verletzung zu und rufe die Polizei.«

»Sehr gut.« Wir gossen uns gerade den Rest Wein ein, als wir ein Plumpsen im Schlafzimmer hörten, gefolgt vom Trippeln kleiner Füße.

»Mummmieeee!«, rief Otis und rieb sich die Augen. Ein großer feuchter Fleck prangte auf seiner Schlafanzughose.

»Ach, du Schande«, sagte Angela. »Ich hab vergessen, ihn vor dem Zubettgehen noch mal aufs Klo gehen zu lassen.«

»Sauber machen und dann immer vorwärts«, sagte ich und trank mein Glas aus. Ich hätte ihr helfen können, aber so nett war ich nun auch wieder nicht. Stattdessen dachte ich an Adrian und wie befriedigend es gewesen war, dem Dreckskerl einen Dämpfer zu verpassen. Im Schlafzimmer war es sehr still, und Angela war nicht wieder herausgekommen. Ich warf einen Blick in den Raum und entdeckte beide schlafend in dem schmalen Kinderbett; Otis hatte sich in die Arme seiner Mutter gekuschelt. Ich deckte sie zu, schlich wieder in den Flur und schnippte mit den Fingern, um Bobby zu rufen.

Wir machten uns daran, die Treppe hinunterzusteigen, auf der ihre Krallen kaum Halt fanden. Auf halbem Weg sah sie zu mir auf und grinste mich mit heraushängender Zunge an. Nichts war unüberwindlich, wenn sie bei mir war.

»Ich finde, *du* bist mehr als nett«, sagte ich. Zusammen schafften wir es bis nach unten auf die Straße, wo wir uns, geleitet von den Sternen, auf den Heimweg machten.

Kapitel 38

Etwa eine Woche lang fragten wir uns nervös, ob Adrian wiederkommen würde, aber dann bekam Angela eine Nachricht von Felicity, die beschlossen hatte, ihn anzuzeigen. Gleichzeitig erhielt ich eine E-Mail von dem Polizisten, der mich nach dem Einbruch im Jahr zuvor besucht hatte. Er schrieb, das Verbrechen sei »so weit wie möglich« untersucht worden, und die Ermittlungen seien abgeschlossen, »sofern sich nicht weitere ermittlungstechnische Möglichkeiten ergeben«. Wieder einmal war ich unendlich dankbar für Bobbys Anwesenheit und hoffte, Fix werde es mit ihrem Verfahren besser ergehen.

Ein paar Tage später fand ich einen Strauß Blumen auf meiner Türschwelle, mit einer Karte von Sylvie, auf der stand: *Du* bist *genauso nett wie ich.* Violette Gladiolen, deren Name vom lateinischen *gladius* abgeleitet ist, was »Schwert« bedeutet. Ich mochte Sylvies Hang zu Pflanzensymbolismus; es war wie eine Art Geheimsprache, und ich hoffte, das bedeutete, dass Angela ihr die ganze Geschichte erzählt hatte und nicht nur einen Teil davon.

Der März kam und mit ihm der beginnende Frühling, und wieder explodierte der Park zu neuem Leben. Der Matsch trocknete, Knospen erblühten, nach und nach zeigte sich das erste Grün. Auf unseren Spaziergängen war es jetzt wärmer, wir gingen gemächlicher und mussten uns nicht mehr so dick anziehen. Inzwischen war eine routinierte Hundebesitzerin aus mir geworden, und ich hatte kein Problem mehr damit, Leuten, die drängelten und missbilligend den Kopf schüttelten, wenn sie einen Bogen um das Rudel machen mussten, oder Radfahrern, die zu schnell an uns vorbeirasten, etwas nachzurufen. Wir Hundebesitzer waren die selbst ernannte Aufsicht im Park, wohlwollende Polizisten auf Streife, die die echten Parkwächter informierten, wenn einer der Schwäne im Teich verletzt war oder Wespen in gefällten Bäumen ihr Nest bauten.

Ich liebte diese morgendlichen Versammlungen an den Picknicktischen, wo wir uns auf einen Kaffee zum Plaudern trafen, während die Hunde spielten und tobten. Phillip und Dexter hatten sich für einen Hundetrainingskurs angemeldet, und Dexter war prompt mit dem Clipboard des Trainers abgehauen; Maddie und Simon hatten einen Schlafberater konsultiert, der Timothy helfen sollte – sie hatten zweihundertfünfzig Pfund dafür bezahlt, und er hatte drei Nächte durchgeschlafen, bevor er wieder anfing zu schreien wie zuvor, aber sie fanden, die wenigen seligen Nächte seien das Geld wert gewesen. Denzil wollte bei einer Ausstellung von Martin Creed einen Lichtschalter kaufen, bis sich herausstellte, dass es nur ein ganz normaler Schalter war. »Hab zehntausend gespart.« Sylvie hatte das Wohnzimmer einer Hausbesitzerin mit künstlichem Fertigrasen statt mit Teppich ausgelegt. »Die blöde Gans hat zu mir gesagt, ich soll die Natur ins Haus bringen.«

Ich ließ Bobby sich immer mit ihren pelzigen Artgenossen in der noch zögerlichen Frühlingssonne austoben, dann schlenderten wir, nach der Verabschiedung von unseren tierischen und menschlichen Freunden, wieder nach Hause.

An einem Samstag schlug Sylvie mir nach einem gemeinsamen Spaziergang einen Abstecher in die Upper Street vor, und nachdem wir die Hunde bei mir zu Hause abgesetzt hatten, nahmen wir den Bus und gingen anschließend über die belebte Einkaufsstraße. Zu meiner Überraschung nahm Sylvie meinen Arm und bugsierte mich in einen sehr nobel aussehenden Friseursalon. Die Frau hinter der Theke lächelte und reichte mir ein Glas Sekt. »Guten Morgen, Mrs Carmichael.« Verwirrt sah ich Sylvie an, und sie zwinkerte mir zu. »Das ist mein Geschenk für dich.«

Sie führten mich zu einem Lederdrehstuhl, wo ein sehr hipper junger Mann mit etlichen Piercings sich mir als Barnaby vorstellte. »Wie hätten Sie es denn gern, Liebes?«, fragte er, als ich mich setzte, und drehte mich so, dass ich mich im Spiegel betrachten konnte.

»Ich weiß nicht …« Ich betrachtete mein verblüfftes Spiegelbild.

»Aber ich«, sagte Sylvie, die, ebenfalls mit einem Glas Sekt in der Hand, im Hintergrund stand. »Alles muss ab.«

Barnaby ignorierte meinen Protest, rieb sich die Hände und steckte sich einen Kamm hinter das mit Ohrsteckern gespickte Ohr. Sylvie legte mir die Hände auf die Schultern und sah mich im Spiegel an. »Vertrau mir«, sagte sie. »Es ist Zeit für eine Veränderung.«

Und so verstummte ich und ließ zu, dass Barnaby mir einen Umhang umlegte. Er und Sylvie führten noch eine lebhafte Diskussion über »Blunt Cuts«, Wellen und »Lowlights«, dann winkte sie zum Abschied und verließ uns, während die Dame hinter der Theke mir auf einem winzigen weißen Teller einen Brownie brachte. Barnaby drehte mich hierhin und dorthin, löste meine Haare, sodass sie mir über die Schultern fielen, legte die Finger auf meine Schläfen und schaute eindringlich in den Spiegel. Dann wusch er mir das Haar, und als ich das warme Wasser auf der Kopfhaut spürte, nickte ich ein.

Die ganze Behandlung hatte etwas zutiefst Beruhigendes. Barnaby redete nicht, denn er war zu sehr damit beschäftigt, mich hin und her zu drehen, Haare hochzustecken und abzuschneiden, Folien zu falten, und seine Konzentration bewirkte, dass ich mich löste wie mein Zopf. *Lyō, altgriechisch λύω – lösen, losmachen, losknüpfen, losbinden.* Über zwei Stunden später erwachte ich aus meinem Halbschlaf und hörte jemanden applaudieren. Ich blinzelte und sah im Spiegel Angela und Otis hinter mir stehen. Beide grinsten.

»Na, so was«, sagte Angela. »Du bist ja eine Augenweide.«

Trotz meiner Verwirrung über ihr plötzliches Auftauchen schaute ich wie gebannt in den Spiegel. Meine Haare waren zu einem kurzen Blunt Bob geschnitten, die Naturwelle zu leichten Locken verstärkt worden. Barnaby hatte nicht versucht, das Grau zu übertönen, sondern nur hier und da ein paar dunklere Strähnen eingefügt, um einen Ausgleich dazu zu schaffen. Das Ganze ließ meine Augen noch grüner wirken. Ich wirkte elegant – schick sogar. Hinter all den Tränensäcken und Falten sah ich aus wie meine Mutter, Jette und Melanie und irgendwie mehr wie ich selbst, als ich mich je gefühlt hatte.

Ich lächelte Angela im Spiegel an. »Nicht schlecht für eine alte Schachtel.«

»Nicht schlecht?«, erwiderte sie. »Ich sag's gern noch mal: Sylvie ist ein Genie! Und jetzt komm mit.«

Angela ging mit mir in eine bezaubernde Boutique, in der ich noch nie gewesen war, weil ich mich nicht getraut hatte. Sie lief im ganzen Laden herum, nahm alle möglichen Sachen von den Kleiderstangen, rief den Verkäuferinnen Anweisungen zu, die anfangs überheblich gewesen waren. Wir zogen uns in die Umkleide zurück, während Otis draußen mit seinen Autos spielte. Angela reichte mir eine schwarze Hose und eine olivgrüne Chiffonbluse. Während ich sie anzog, ging sie weitere Teile suchen.

Ich beachtete die Kleidung kaum, weil ich so von meinen Haaren abgelenkt war, schüttelte den Kopf, schob mir Strähnen hinter die Ohren. Leo hatten die langen Haare gefallen, und hin und wieder, wenn ich die Nase voll hatte und vorschlug, sie abschneiden zu lassen, hatte er so energisch protestiert, dass ich nachgab, geschmeichelt darüber, dass er das Thema so wichtig nahm. Was würde er sagen, wenn er mich so sehen könnte?

Angela platzte mit diversen Kleidungsstücken über dem Arm in die Kabine und musterte mich von oben bis unten. »Ja«, sagte sie. Dann drehte sie mich vom Spiegel weg und half mir, eine Strickjacke und Schuhe anzuziehen, legte mir etwas um den Hals, zupfte hier und zupfte dort.

»Gut, so müsste es gehen.« Sie drehte mich wieder zum Spiegel, und wir bewunderten mein neues Ich. Ich war immer noch so groß und dünn wie eh und je, aber wesentlich eleganter – der stumpfe Zwanzigerjahreschnitt, die perfekt sitzende Hose, deren Beine etwas kürzer geschnitten waren, um die grünen Wildlederschuhe mit Blockabsatz zur Geltung kommen zu lassen, die zu der weich fließenden, hellgrünen Strickjacke über der dunkleren Bluse passte. Das Outfit sah toll aus und war perfekt aufeinander abgestimmt, etwas, das ich selbst nie zuwege gebracht hatte – ding, dong, die Hex war tot.

Kurz vor ihrem Tod besuchte ich Tante Sibby, die in ihrem Schlafzimmer in Yorkshire dahinsiechte. Sie war damals fast neunzig, ein stolzes Alter, aber es war ein bemitleidenswerter Anblick.

Die meiste Zeit redete sie wirres Zeug, hatte nur hin und wieder klare Momente. Zuerst fragte sie, wer sich um ihre Tiere kümmerte, dann sprach sie von ihrem Mann Randolph, der schon vor Jahren gestorben war. Aber an eine Bemerkung erinnere ich mich besonders. »Ich finde es furchtbar, wie hässlich ich geworden bin«, hatte sie gekrächzt. »Innerlich bin ich so wunderschön; warum kann das Äußere nicht genauso sein?« Als ich älter wurde, meine Haut immer mehr erschlaffte und Altersflecken und Falten zunahmen, verstand ich, was sie gemeint hatte. Ein Teil von mir glaubte, ich müsste immer noch aussehen wie die Braut, die Leo vor so vielen Jahren liebevoll angesehen hatte. Ich hatte all diese Versionen meiner selbst verloren – das kleine Mädchen im Keller, die Studentin, die Ehefrau und die junge Mutter. Aber jetzt konnte ich Spuren dieser früheren Ichs in meinen Gesichtszügen erkennen und empfand Zuneigung für sie alle.

Ich spielte mit der pechschwarzen Perlenkette um meinen Hals. »Es ist wunderschön, aber ich kann mir all das einfach nicht leisten.«

»Unsinn«, erwiderte Angela bestimmt. »Der Haarschnitt ist Sylvies Geschenk, das hier ist von mir und Denzil. Hauptsächlich von Denzil. Aber er geht nicht gern shoppen.«

»Aber … aber …« Ich deutete auf mein Outfit. »Das ist viel zu viel!«

»Blödsinn«, sagte sie und sammelte meine alten Sachen auf. »Otis möchte, dass seine Adoptivgroßmutter cool aussieht. Ich folge nur seinen Befehlen.«

Als wir aus der Umkleidekabine traten, brach Otis in Tränen aus.

»Du siehst gar nicht mehr aus wie Missy!«, heulte er mit zitternder Stimme.

Angela unterhielt sich mit der entzückten Verkäuferin, und so kniete ich mich neben ihn und nahm seine Hand.

»Ich bin immer noch ich«, sagte ich. »Nur ein bisschen schicker angezogen.«

Er schniefte und wischte sich mit dem Ärmel das Gesicht ab. »Und du bist auch immer noch eine Hexe?«

»Natürlich. Werde ich immer sein. Aber so ist es unser kleines Geheimnis. Niemand wird davon erfahren.«

Er nickte befriedigt, und wir verließen das Geschäft mit meinen alten Sachen in einer Tüte. Draußen trafen wir Sylvie, deren Beerenaugen noch mehr funkelten als sonst.

»Großartig!«, rief sie aus und zupfte an meiner Kette. »Du siehst sensationell aus. Ich weiß ja nicht, wie es euch geht, aber die ganze Aufbrezelei macht mich hungrig. Sollen wir was essen?«

Angela sagte, sie kenne ein kleines Restaurant gleich um die Ecke, und Arm in Arm machten wir uns auf den Weg, während Otis vorausĥüpfte. Von beiden Seiten sicher flankiert, fragte ich mich, was Sylvie und Angela zu diesem Missy-Makeover bewegt hatte. Doch als wir die Tür zu dem Restaurant öffneten und Jubel ausbrach, war alles klar.

Wir wurden von einer kleinen Menschenmenge begrüßt, die alle mit Gläsern in den Händen herumstanden und durcheinanderriefen. Denzil und Miguel, Deirdre aus der Bibliothek, Hanna aus dem Café, Simon und Maddie mit Baby Timothy, Phillip, diverse andere Hundebesitzer und schließlich Mel und Octavia, die strahlend Händchen hielten. Ich drehte mich erstaunt zu einer grinsenden Angela um und entdeckte dann ein riesiges Banner an der Wand.

HERZLICHEN GLÜCKWUNSCH ZUM 80.!

»Überraschung!«, kreischte Sylvie, sichtlich überdreht.

Sprachlos dachte ich an mein anderes Ich, das vor einem Jahr niedergeschlagen auf dem Sofa gehockt hatte. Dass ich jetzt hier stand, in schicker Aufmachung, zusammen mit all diesen Menschen, kam mir wie ein Ding der Unmöglichkeit vor. Ich spürte einen Kloß in meinem Hals, aber diesmal einen des Glücks, der

Freudentränen ankündigte. Und so schluckte ich ihn hinunter und lächelte alle an, als sie auf mich zustürmten, um mir zu gratulieren.

Wir aßen, alle an einem langen Tisch platziert, ein köstliches Mittagessen, waren viel zu laut und tranken viel zu viel Rotwein. Alle hatten mir ein Geschenk mitgebracht – Kerzen, Bücher, Flaschen und Pralinen *en masse*. Ich öffnete die Päckchen, bestaunte sie, und Toasts wurden ausgebracht, hauptsächlich von Sylvie, die gern bei jeder Gelegenheit anstieß. Dann war ich an der Reihe. Ich stand auf, wartete, bis der Lärm sich gelegt hatte, und hangelte mich durch meine improvisierte Rede.

»Ich hab mit dem hier überhaupt nicht gerechnet«, sagte ich, und alle lachten. »Wirklich nicht. Ich bin so dankbar, dass ihr alle hier seid, und bedaure lediglich, dass ein anderer Jemand nicht auch hier ist.« Ich dachte kurz an Leo, an Alistair und Arthur, die so weit weg waren, aber ausnahmsweise meinte ich keinen von ihnen. »Ich bedaure zutiefst, dass Bobby nicht hier ist, immerhin ist sie der Grund, warum ich euch alle so gut kennenlernen durfte und warum ihr alle bei mir seid. Darum möchte ich auf Bobby trinken.«

Wir stießen an. »Auf Bobby!«

Danach kam Angela zu mir und reichte mir mit den Worten »Bobby ist *dafür* nicht der Grund« ein Päckchen. Ich öffnete es und fand darin eine kleine Kette mit Perlmuttkügelchen – die Knöpfe, die mir an dem Tag, als ich Adrian die Stirn geboten hatte, zu Boden gefallen waren. Sie hingen wie Charms an einem zierlichen Armband mit winziger Silberschließe. Ich betastete die winzigen, elfenbeinweißen Kugeln wie Rosenkranzperlen, dachte daran, wie sie verstreut vor Angelas Haus gelegen hatten, und stellte mir vor, wie sie sie aufhob.

Dann wandte ich mich Angela zu, die verlegen aussah. »Danke«, flüsterte ich. »Es ist wunderschön.« Und sie nickte, schnappte sich schnell Otis, der gerade an ihr vorbeirannte, und tat, als müsste sie ihm unbedingt Schokolade aus dem Gesicht wischen.

Melanie und Octavia kamen zu mir, beide mit geröteten Gesichtern und leicht beschwipst.

»Tut mir leid, Mum, aber wir müssen schon gehen. Morgen ist der Umzug, und wir müssen noch fertig packen. Was für ein wunderbares Essen.« Mel sah mich prüfend an. »Du siehst toll aus.«

Ich strich mir über die Haare. »Danke. Und vielen, vielen Dank, dass ihr gekommen seid. Ich hatte wirklich keine Ahnung.«

Octavia umarmte mich, und ich begleitete sie zum Ausgang. An der Tür drehte sich Mel, plötzlich verlegen, noch einmal zu mir um.

»Der Brief, den du mir letztes Jahr geschrieben hast … Ich wollte nur sagen … Er hat mir eine Menge bedeutet. Mir war nicht klar, dass du so empfunden hast, aber ich bin froh, dass ich es nun weiß. Und dass die Lage sich zum Guten zu verändern scheint.« Sie deutete auf die Leute, die immer noch lachend und trinkend am Tisch saßen. »Ich freue mich für dich«, sagte sie. »Du hast wirklich nette Freunde.« Sie streckte die Hand aus, und ich nahm sie in meine.

»Mehr als nett«, sagte ich und drückte sie. »Wirklich mehr als nett.«

Kapitel 39

Melanie und ich hatten unseren Riesenstreit an meinem achtundsiebzigsten Geburtstag. Sie kam vorbei und wollte mit mir feiern, aber da Leo erst seit Kurzem nicht mehr da war, war mir nicht danach zumute. Und doch verlangte der Anlass nach irgendeiner Art von Getöse, und so hatten wir statt einer Party einen Streit. Gefühle, Lärm, Erinnerungen – nur eben die falsche Art.

Ich beobachtete, insgeheim vor Wut kochend, wie sie sich in meiner makellosen Küche zu schaffen machte, und beschloss, dass ich es nicht schweigend hinnehmen wollte. Zum wiederholten Mal ließ sie sich darüber aus, wie groß das Haus sei, ob ich überhaupt allein damit zurechtkommen würde und ob ich nicht darüber nachdenken wolle, mir etwas Kleineres zu suchen. Mein Haus war die einzige Verbindung zu Leo, die ich noch hatte, und sie wollte, dass ich es abstieß, zusammen mit allem anderen, was mir etwas bedeutete. Die Zimmer, in denen Alistair und Arthur wohnten, wenn sie zu Besuch kamen, der Dachboden voller Erinnerungen an meine Familie, der Garten, um den ich mich kümmerte, der Ort, wo nach dem Verlust meines Kindes zum ersten Mal wieder Licht in mein Herz gedrungen war. Deshalb beschloss ich, nachdem ich sie eine Weile angefunkelt hatte, während sie ihre alberne Quinoa kochte, was ja nun wirklich kein angemessenes Geburtstagmahl war, sie ebenso wütend zu machen, wie ich es war.

»Es muss wunderbar sein, so selbstsicher zu sein, Octavia findet das bestimmt gut. Zweifellos habt ihr beide ein Auge auf eine so begehrte Immobilie geworfen. Wahrscheinlich würdet ihr gern hier leben, aber ich bin noch nicht bereit, das Haus aufzugeben.«

Mel fuhr herum, ihre dunkelgrünen Augen funkelten. »Was um Himmels willen willst du damit andeuten?«

Ich zuckte die Schultern. »Nun, setzt die alte Mutter vor die Tür, damit Platz ist für euer neues Londoner Leben. Ich werde mich bestimmt pudelwohl fühlen in meiner schäbigen kleinen Wohnung, während ihr beide in eurem Palast Hausherrin und Hausherrin spielt.«

»Wie kannst du es wagen … Allein schon die Vorstellung! Octavia und ich sind glücklich in Cambridge, herzlichen Dank. Wir wollen ganz sicher nicht in diesem alten Kasten leben.«

»Ach, es ist also ein alter Kasten? Dann passt es doch bestens zu mir, schließlich bin ich ja auch eine alte Frau.«

Mel schnaubte. »Ach, jetzt hör aber auf! Ich will einfach nur, dass du es bequem hast, und dieses Haus ist … schwer zu managen.«

»Und wir wissen ja alle, wie gern du alles managst.«

»Das ist nicht fair. Ich will doch nur das Beste für dich …« Sie verstummte, als ihr klar wurde, wie abgedroschen das klang.

»Das Beste für mich wäre, wenn du mich in Ruhe lassen würdest. All dieser« – ich deutete auf die Quinoa, die nicht besonders gut roch – »Blödsinn! Lass es sein. Nimm das Essen mit nach Hause zu Octavia. Ich will das alles nicht. Ich komme gut allein zurecht. Ich will dich hier nicht haben.«

Mel warf den hölzernen Kochlöffel auf den Tisch und stützte die Hände in die Hüften. »Stimmt, du willst mich nicht. Genauer gesagt hast du mich nie gewollt.«

Ich mochte die Unterhaltung nicht fortsetzen, aber es war, als würden wir vor einem Abgrund miteinander kämpfen und könnten nicht mehr aufhören, obwohl es katastrophal enden würde. Die Luft knisterte förmlich. Ich leckte mir über die Lippen, die sich trocken und wund anfühlten.

»Was willst du damit sagen?«

»Du hast mich nie gewollt. Du wolltest immer nur Dad und Ali. Und Bertie.«

Es war, als wären Feuerwerkskörper im Zimmer gezündet worden, die zischend herumflogen und gegen die Wände prallten, und wir blieben geschockt zurück. Ich spürte eine Beklemmung in der Brust, mein Gesichtsfeld verengte sich, bis ich nur noch ihre ungeweinten Tränen und die gebeugten Schultern sah, mit denen sie vor ihrem eigenen Tiefschlag zurückwich. Bertie, Bertie, Bertie. Ich hatte seinen Namen nie ausgesprochen, außer in meinem Kopf, die ganze Zeit, wie ein Echo in einer uralten, verschütteten Höhle. Jetzt hatte Mel ein Streichholz darin entzündet und dadurch enthüllt, dass die Wände mit unzähligen kleinen Handabdrücken übersät waren. Das war der Tropfen, der das Fass zum Überlaufen brachte.

»Raus hier«, flüsterte ich mit rauer Stimme, ehe ich mich zurückhalten konnte. »Und komm nie wieder.«

Sie sank in sich zusammen. »Es tut mir leid … ich wollte nicht … Sibyl hat mir davon erzählt, bevor sie gestorben ist. Ich glaube, sie wusste gar nicht mehr, was sie sagt. Sie hat behauptet … deine Mutter hätte es ihr erzählt.«

»Ist mir egal. Verschwinde. Du hast recht, ich hab dich nie gewollt. Also geh jetzt.« Es auszusprechen wirkte irgendwie reinigend. Endlich hatte mein Zorn ein Ventil gefunden, und ich ließ ihm freien Lauf. »Los, mach, dass du wegkommst!«

Sie schwieg für einen Augenblick, dann legte sie das Geschirrtuch ordentlich auf die Anrichte. Sie nahm den Topf vom Herd und stellte ihn in die Spüle. Das verdampfende Wasser darin zischte. Die Uhr tickte.

»Ich sagte, verschwinde.« Ich konnte nicht anders als noch Salz in die Wunde zu streuen. Es fühlte sich schrecklich an, aber das war immer noch besser als gar kein Gefühl.

Sie drehte sich zu mir um, atmete ruhig und gleichmäßig. Ich verabscheute ihre Selbstbeherrschung. Woher hatte sie die? Ich konnte mich kaum zurückhalten – sie musste verschwinden, bevor ich vollends die Kontrolle verlor.

»Ich gehe. Aber ich möchte, dass du eins weißt. Was du getan hast … es war nicht falsch. Sibyl hat gesagt, du hättest es dir nie verziehen, aber … es gab nichts zu verzeihen. Du solltest dir keine Vorwürfe machen.«

Etwas Schlimmeres hätte sie nicht sagen können. Die Wut kochte über und explodierte in der dunklen Ecke, wo sie gelauert hatte, bereit, jeden zu versengen, der sich ihr in den Weg stellte. Unsicher erhob ich mich, stützte mich mit beiden Händen auf dem Küchentisch ab.

»Ich habe mir tatsächlich nichts vorzuwerfen«, sagte ich mit zittriger Stimme. »Aber dir.«

Sie runzelte die Stirn. »Was habe ich damit zu tun? Ich verstehe nicht ganz.«

»Als du geboren wurdest«, sagte ich und sprach jede Silbe so deutlich aus wie möglich. »Du warst nicht er.«

Sie ging mit geweiteten Augen rückwärts zur Tür, dann nahm sie mit zitternden Händen ihren Mantel, machte sie nicht die Mühe, ihn anzuziehen, ergriff ihre Tasche und umfasste den Türknauf. Kurz lehnte sie die Stirn gegen die Tür, dann zog sie ihn zurück und sah mir in die Augen.

»Herzlichen Glückwunsch zum Geburtstag«, sagte sie, und gleich darauf war sie weg.

Ich aß die Quinoa, die genauso schmeckte, wie sie roch, und trank den Rotwein, den Mel mitgebracht hatte, saß fröstelnd in meinem kahlen Wohnzimmer und vermied es bewusst, zu denken. Die Höhle war wieder dunkel und leer, und ich konnte beinahe die Echos ignorieren, indem ich das Radio anstellte, noch ein Glas trank und den Herd schrubbte, der immer noch mit diesen blöden Körnern übersät war. Als das Telefon klingelte, waren meine Hände rissig vom Putzen, und ich war leicht benommen, aber als ich den Anruf annahm, merkte ich, dass sie ebenso betrunken war wie ich.

»Leg nicht auf«, sagte sie. Ich schwieg, blieb aber dran. Plötzlich hatte ich keine Energie mehr. Die Wut hatte ein Ventil gefunden, und jetzt war sie verschwunden.

»Ich wollte nur sagen, dass es mir leidtut. Noch einmal. Ich hätte das nicht sagen dürfen, es geht mich nichts an, es war falsch von mir, davon anzufangen. Aber ich wünschte, du … du hättest mir gesagt … ich wünschte, du … würdest sagen …«

Aber ich konnte es nicht. Genau wie Leo es nicht konnte oder wollte. Zuneigung, nicht Liebe. *»Nun, wir wissen alle, wie herzlich wenig du an mir liebst, Mutter.«* Und so saß ich wortlos da, lauschte ihrem stockenden Atem und starrte in mein leeres Glas, bis ich es in der Leitung klicken hörte, und dann das nicht enden wollende Freizeichen.

Kapitel 40

23B Garrod Street,
Cambridge
15. Mai 2016

Liebe Melanie,
was für eine seltsame Art, einen Brief so zu beginnen, obwohl du mir nie »lieb« warst, nicht wahr? Von Anfang an habe ich so getan, als wärst du ein Fehltritt, und vermutlich warst du das auf gewisse Art – denn du warst nicht Bertie.
Das Schmerzlichste für mich ist, dass du es gemerkt hast. Dadurch habe ich mich doppelt schuldig gemacht. Du sagst, ich hätte mir nichts vorzuwerfen, aber ein Leben voller Selbstvorwürfe ist schwer abzuschütteln und wirkt sich auch auf anderes aus. Zum Beispiel durch die Vorwürfe, die ich dir gemacht habe. Ich habe dich behandelt, als würdest du daran eine Mitschuld tragen, was natürlich falsch ist. Was ich an jenem Tag im letzten Jahr zu dir gesagt habe, war unverzeihlich, und es kam nur daher, dass ich so unglaublich wütend war – wütend auf mich, auf deinen Vater, auf das Leben selbst. Aber nicht auf dich.
Jetzt bin ich nicht mehr wütend. Ich bin traurig, ich empfinde Reue und, meine Melanie, ich weiß, ich hätte dir eine gute Mutter sein sollen statt Berties trauernde. Als ich dich heute mit Octavia da vorn stehen sah, war ich sehr froh, dass du anscheinend jene Art von einfachem Glück gefunden hast, das sich mir immer entzogen hat.
Aber seit Bobby bei mir ist – diese alberne Hündin, die fast deine Hochzeit ruiniert hätte –, hat sich etwas in mir geöffnet. Es ist eine wunderbar unkomplizierte, direkte Beziehung, die weder von dunklen Geheimnissen noch von ungleichen Bedürfnissen getrübt ist. Wir brauchen beide etwas voneinan-

der, und wir geben es uns auch. Bis jetzt hat sich das als wunderbar wohltuend erwiesen. Ich wünschte, ich hätte ebenso offen zu dir sein können, Liebes.
Noch einmal herzlichen Glückwunsch zu deiner Hochzeit. Du hast meinen Segen, und wenn er ihn noch geben könnte, auch den deines Vaters. Nicht dass das nötig wäre. Du bist eine eigenständige Frau, und jeder könnte sich glücklich schätzen, dich seine Frau oder Tochter zu nennen.
Ich hoffe, eines Tages kannst du mir verzeihen. Nicht nur wegen meiner Worte, sondern auch wegen allem anderen.
Mit all meiner Liebe
deine Mutter

Kapitel 41

»Und das Ende vom Lied ist, ich habe mir den Etat angesehen, und ich fürchte, es reicht einfach nicht. Dein Gehalt für diesen Monat erhältst du natürlich noch, und ich hoffe, du kommst bis zum letzten Tag, aber ich kann verstehen, wenn du das unter diesen Umständen nicht willst … Es tut mir wirklich leid.«

Anfangs hatte ich ihr gar nicht zugehört, so beschäftigt war ich damit, meine neue Frisur in der abgedunkelten Fensterscheibe neben dem Empfang zu bewundern. Aber nach und nach fiel mir Deirdres bekümmerter Gesichtsausdruck auf und die Art, wie sie die Hände im Schoß verschränkt hielt, so wie Jette damals im Keller. *Lyō.* Lösen, losbinden. Sie entbanden mich von meinen Pflichten. Ich merkte, wie unangenehm es Deirdre war, und versicherte ihr, ich würde es verstehen, es wäre absolut in Ordnung, und ich wüsste es durchaus zu schätzen, dass ich dann wieder etwas mehr Zeit für mich hatte. Anschließend nahm ich meine Tasche und ging, bevor sie mein langes Gesicht sehen konnte.

Als ich den ersten Schock überwunden hatte, versuchte ich, das Ganze positiv zu betrachten. Das zusätzliche Geld war mir zwar sehr willkommen gewesen, aber es war nicht so, als hätte ich sonst nichts zu tun gehabt – ich kümmerte mich weiterhin um Otis, um meine Freunde und natürlich um Bobby. Es gab so viel, wofür ich dankbar war. Ich traf mich mit Angela zum Mittagessen, sie reagierte erzürnt über meine Neuigkeit und setzte zu einer ihrer Lieblingstiraden über Etatkürzungen an, während ich in meinem Salat herumstocherte, optimistisch zu bleiben versuchte und mein Armband bewunderte. Es glänzte in den Strahlen der Frühlingssonne, die durch das Fenster unseres Cafés fielen.

»Wie auch immer, du könntest dir einen neuen Job besorgen«, schloss Angela, klappte ihr Sandwich auf und entfernte systematisch alle Gurkenstücke.

Mit der Gabel auf halbem Weg zum Mund hielt ich inne. »Doch nicht in meinem Alter! Du lieber Himmel, ich bin achtzig Jahre alt. Wer sucht sich mit achtzig noch einen Job?«

»Wer bekommt einen mit neunundsiebzig? Du hast es schon einmal geschafft, und jetzt kennst du dieses Dingsbums-Computerprogramm. Von wegen, was Hänschen nicht lernt, lernt Hans nimmermehr!«, verkündete Angela, den Mund voller Pommes.

Ich lachte. »Ich glaube, ich kümmere mich trotzdem nur noch um Bobby und Otis.«

»Tja, da gibt es auch eine Neuigkeit …« Eine Pommes fiel auf den Boden, und Angela bückte sich, um sie aufzuheben. Trotzdem sah ich den schuldbewussten Ausdruck, der über ihr Gesicht huschte. »Ich habe es geschafft, Otis nachmittags im Hort unterzubringen. Er hat ständig rumgejammert, weil alle seine Freunde auch da sind, und es wurde gerade ein Platz frei.« Sie setzte sich wieder aufrecht hin. »Dadurch gewinne ich mehr Zeit, ich hab ja jetzt mehr zu tun. Er geht nächste Woche zum ersten Mal hin.

Dann muss ich dich auch nicht mehr so oft belästigen.« Angela plapperte immer weiter und wich meinem Blick aus, aber als sie endlich den Kopf hob, merkte ich, dass ich sie nicht ansehen konnte und stattdessen auf der Suche nach Oliven den Rucola auf meinem Teller herumschob.

»Oh, das ist schön. Macht ihm bestimmt Spaß, mit seinen Freunden zusammen zu sein.« Sie hatte recht, er würde garantiert nicht für ewig mit einer alten Schachtel wie mir aus Zweigen Häuser für Käfer bauen wollen. Ich hatte also an einem einzigen Vormittag die Bibliothek und Otis verloren. Mir blieb nur noch Bobby.

»Du kannst ihn weiterhin an den Wochenenden sehen«, bot Angela an. »Und in den Schulferien natürlich auch.«

Ach, ja. Die Ferien. Ich fand ein letztes, in Dressing getränktes Stück Hähnchenfleisch und spießte es mit der Gabel auf.

»Apropos«, fuhr sie fort, »hat Sylvie dir schon erzählt, dass sie den Sommer über nach Frankreich fährt?«

Sofort waren die Befürchtungen wieder da. »Den ganzen Sommer?«

»Ja, ihre Mutter muss operiert werden, und sie will sich danach um sie kümmern, ihr im Haushalt helfen.« Angela berührte über den Tisch hinweg meine Hand, aber es war einfach zu viel für mich, und ich zog sie weg und wischte mir den Mund mit der Serviette ab.

»Ich dachte, ihr Bruder lebt auch in Frankreich?«

»Schon, aber anscheinend hat er zu viel zu tun. Typisch.«

»Oje, ihre arme Mutter.« Ich hatte ein schlechtes Gewissen, weil meine erste Sorge meinem eigenen Verlust gegolten hatte, und weil ich neidisch war auf diese Unbekannte, die Sylvie einfach so zu sich zitieren und einen ganzen sonnigen Sommer lang bei sich behalten konnte. Wenn ich operiert werden müsste – würde Melanie kommen und mich pflegen? Natürlich, und Octavia vermutlich auch. Wir waren weit gekommen, seit meine Mutter für Frauenrechte marschiert war, aber wir übernahmen immer noch die gesamte Pflegearbeit.

Die Bibliothek, Otis und Sylvie. Ich spürte, wie mein Kartenhaus ins Wanken geriet, befingerte nervös das Perlenarmband und erinnerte mich an meine Neujahrsvorsätze. Angela rauchte immer noch nicht. Und es schien ihr viel besser zu gehen, worüber ich sehr froh war. Sie hatte ein glückliches Leben verdient, keins, das von Reue getrübt wurde.

Ich ging nach Hause, hauptsächlich, um Bobbys überschwängliche Begrüßung zu genießen – sie brauchte mich, und ich brauchte die Erinnerung daran, dass jemand mich brauchte. Aber statt grübelnd zu Hause herumzusitzen, beschloss ich, spazieren zu gehen, damit wir beide an die frische Luft kamen.

Wie ferngesteuert ging ich auf Sylvies Haus zu, wo sie gerade eifrig die Büsche in ihrem Vorgarten zurechtstutzte. Als sie uns sah, hielt sie inne und strahlte.

»Missy! Wie schön, komm doch auf einen Kaffee herein. Ich habe gerade trotz der Knappheit einen Zucchinikuchen gebacken.«

»Und was ist mit Aphra?« Ich umfasste Bobbys Leine fester.

»Keine Sorge, die ist irgendwo unterwegs und massakriert kleine Tiere.« Sylvie legte die Gartenschere auf die Eingangstreppe und führte mich ins Haus, wo wir von Decca und Nancy begrüßt wurden. Sie verschwanden mit Bobby, um irgendwelchen Blödsinn anzustellen, und ließen uns in der Küche allein, die wie üblich nach tausend Köstlichkeiten roch.

Ein riesiger, mit Zuckerguss überzogener und mit winzigen Zitronenschalenstückchen bestreuter Biskuitkuchen thronte auf der Kücheninsel. Sylvie nahm einen silbernen Tortenheber und schnitt ein großes Stück ab, das sie mir auf einem Teller und mit einem Löffel servierte. »Lass es dir schmecken.« Eine Weile lang saßen wir schweigend da und bestaunten ehrfürchtig den Kuchen. Jeder Bissen wanderte durch meinen Mund wie eine Spielautomatenkugel und wurde von jeder Geschmacksknospe ausgiebig genossen. Die Zitronenschalenstückchen verliehen dem süßen Zuckerguss einen Hauch von Säure und mehr Biss. Sylvie war wirklich ein Genie, sie verwandelte alles, was sie anfasste, in Ambrosia. Ich bemerkte, dass Bobby sich wieder zu uns gesellt hatte und sabbernd zu meinen

Füßen saß. Normalerweise hätte ich ihr ein Stück abgegeben, aber der Kuchen war einfach zu köstlich.

»Lieber Himmel, bin ich gut«, sagte Sylvie, leckte den Löffel ab und lehnte sich mit einem zufriedenen Seufzen zurück. Ich nickte, den Mund immer noch voller Kuchen. Bobby kratzte an meinem Bein, aber ich schüttelte den Kopf und kaute und genoss weiter, bis sie wieder zu Nancy zurücklief und mir dabei einen vernichtenden Blick zuwarf.

»Und, was gibt's Neues?« Sylvie goss mir aus einer Stempelkanne eine Tasse Kaffee ein und schob sie mir hin.

»Ich habe die Stelle in der Bibliothek verloren«, murmelte ich und kratzte die letzten Kuchenreste vom Teller.

Überrascht riss sie den Mund auf. »Nein! Warum denn, um Himmels willen?«

»Etatkürzungen. Es tat Deirdre wirklich leid.«

»*Merde*. Armes Ding, bist du sehr traurig?«

»Ja, ein bisschen schon.« Ich schwieg kurz. »Es fehlt mir, gebraucht zu werden.«

Sylvie beäugte mich über den Rand ihrer Kaffeetasse hinweg. »Hm. Wo wir gerade dabei sind – es gibt etwas, worüber ich mit dir sprechen wollte. Letzte Woche habe ich Desiderata Haber getroffen …«

»Ach, die Habers sind so reizend miteinander. Ihr armer Sohn.«

»Ja, der arme Sam, wird hoffnungslos von seinen liebenden und immer noch ineinander verliebten Eltern verwöhnt«, scherzte Sylvie und brachte unsere Teller zum Geschirrspüler. Mit dem Rücken zu mir sagte sie: »Wie auch immer, wir sind ins Plaudern gekommen, und Desi hat gesagt … ich meine, sie hat erwähnt – ich hoffe, es stört dich nicht, wenn ich danach frage …«

»Was denn?« Ich erspähte noch einen Kuchenkrümel auf dem Tisch und pickte ihn mit dem Finger auf.

»Warum hast du mir das mit Leo nie erzählt? Ich hatte ja keine Ahnung!«

Ich hörte die Hunde im Wohnzimmer herumrennen, man vernahm leises Knurren und Jaulen, vermutlich waren sie bei einer ihrer kleinen Raufereien. Der Kuchenkrümel fiel mir vom Finger, und ich starrte ihn an, während ich gegen eine wachsende Übelkeit ankämpfte und der Geruch des Zuckergusses mir jetzt unangenehm süß in die Nase stieg. Ich hatte zu viel gegessen. Ich spürte, dass Sylvie mich beobachtete, und riskierte einen Seitenblick. Sie sah besorgt aus, den Tortenheber in der einen, ein Geschirrtuch in der anderen Hand. Ich schwieg immer noch.

»Missy, ich wollte nicht zu neugierig sein. Es tut mir nur … so leid.«

»Das braucht es nicht. Ist schon gut. Ich … ich muss jetzt los. Ich habe versprochen, heute Nachmittag mit Otis auf den Spielplatz zu gehen.« Ich stieg mühsam von dem Barhocker, stolperte und suchte kopflos nach meiner Tasche und Bobbys Leine. »Danke für den Kuchen, er war köstlich. Du musst mir bei Gelegenheit mal das Rezept geben.« Ich plapperte immer weiter, musste da raus, bevor ich mich noch mehr blamierte. Als Bobby das Klimpern ihrer Leine hörte, kam sie in die Küche gelaufen und schnüffelte. Mit zitternden Händen leinte ich sie an.

»Oje, tut mir so leid, ich wollte doch nur … Bitte, geh nicht.«

»Ich muss.« Eine Träne fiel und verschwand in Bobbys dichtem Fell. Mit gesenktem Kopf ging ich durch den Flur zur Tür, ließ Sylvie und ihr Mitleid hinter mir.

»Ich hätte nicht danach fragen sollen«, hörte ich sie sagen. »Aber ich wollte einfach wissen … wenn du je darüber sprechen willst …«

»Ja, natürlich«, sagte ich. »Jetzt muss ich aber wirklich gehen.« Ich riss die Tür auf und spürte, wie mir die Galle hochkam. Ich zog Bobby hinter mir her, und wir stolperten die Treppe hinunter und zwischen den sorgfältig gestutzten Büschen hindurch. Als ich hörte, wie die Tür hinter mir zufiel, würgte ich und zerrte erneut an Bobbys Leine. Wir schafften es um die Ecke, bevor ich in hohem Bogen die gelbe Kuchencreme auf den Gehweg erbrach. Bobby schnüffelte vorsichtig daran und sah wachsam und neugierig zu mir auf.

»Keine Sorge«, keuchte ich und hielt mich an einem Gartenzaun fest. »In ein paar Minuten geht's mir wieder gut.«

Ich würgte noch ein paarmal. Dann, nachdem ich mich vergewissert hatte, dass niemand die entwürdigende Szene mitbekommen hatte, bedeckte ich das Erbrochene mit ein paar Blättern. Gleich darauf entdeckte Bobby ihren Lieblingsplatz und hockte sich prompt hin, um ihr Geschäft zu verrichten, und ich musste erneut würgen. Ich spürte Schweißperlen auf meiner Stirn, und meine Beine zitterten. Als ich langsam nach Hause taumelte, klingelte mein Handy.

»Hör zu, das mit deinem Job und dem Hort tut mir echt leid«, sagte Angela, als ich ranging. »Ich wollte dich eigentlich nicht fragen, weil Kindergeburtstage so verdammt schrecklich sind, aber würdest du am Sonntag zu Otis' Geburtstag kommen? Du musst nichts tun, nur mit mir rumhängen, Prosecco trinken und dir anhören, wie die Kinder die Ballons platzen lassen. Und vielleicht möchtest du ja gern zuschauen, wie er seine Torte bekommt.«

Ich dachte an Sylvies Kuchen, der so makellos auf der Kücheninsel gestanden hatte, dann an den widerlichen gelben Brei auf dem Gehsteig.

»Liebend gern«, krächzte ich. »Danke für die Einladung.«

»Kein Problem. Auch wenn du mir am Sonntag bestimmt nicht mehr danken wirst, weil du die kleinen Scheißer am Hals hast. Ich schreibe dir noch die Details.« Sie legte auf, ich steckte mein Handy wieder in die Tasche und versuchte mich auf die einzige Sache zu konzentrieren, auf die ich mich freuen konnte – und den Geist auszutreiben, den Sylvie geweckt hatte. Wenn ich das schaffte, würden die bösen Vorahnungen, die mich in letzter Zeit quälten, vielleicht endlich verschwinden. Ich war sicher, Sylvie würde Leo nicht noch mal erwähnen, und wir konnten einfach vergessen, dass es passiert war. Manchmal war es einfach besser, *nicht* an etwas zu denken –

wie Rechnungen, Anrufe oder Streit –, weil man sich dadurch alles vom Leib halten konnte, vielleicht sogar auf unbestimmte Zeit. Wenn ich noch eine Weile durchhalten konnte, würde sicher alles besser werden, und ich konnte wieder vergessen.

Kapitel 42

Am Sonntagmorgen war es klar und sonnig. Es war einer dieser wunderschönen Tage, an denen man den Sommer schon zu spüren glaubte. Als ich an jenem Morgen mit Bobby durch den Park spazierte, die anderen Hundebesitzer grüßte und die frische Luft in mich aufsaugte wie ein Stärkungsmittel, waren meine Schritte beschwingt. Nach den beunruhigenden Geschehnissen der letzten Tage freute ich mich auf Otis' Geburtstagsparty, ihn mit seinen Freunden zu sehen, zu klatschen, wenn er die Kerzen ausblies, und ihm sein Geschenk zu geben, auf dessen Auswahl ich so viel Zeit verwendet hatte. Ich würde die Jugend und Energie der anderen Gäste in mich aufnehmen und meine Akkus wiederaufladen. Was spielten Jobs, Rechnungen, Telefonanrufe und ächzende Knochen schon für eine Rolle? Der Tag war noch jung, die Sonne warm, und ich konnte es kaum erwarten, zu Otis aufzubrechen.

Sechs Stunden später konnte ich es kaum erwarten, wieder zu gehen. Ich hatte keine Ahnung gehabt, wie schrecklich Kindergeburtstage waren. Zu Zeiten meiner Kinder war es viel zahmer zugegangen – ein paar Freunde, Bockwurst und Pommes und ein Kuchen mit einer Anzahl von Smarties, die das Alter des Kindes verkündete. Ich erinnerte mich an eine von Mels Partys, an das gedämpfte Licht und den vor Vorfreude angehaltenen Atem, als ich den Kuchen ins Zimmer brachte und sie ihr kleines Gesicht konzentriert in Falten legte. »Was ist, wenn ich es nicht schaffe, sie alle auszupusten? Geht mein Wunsch dann nicht in Erfüllung?« Darüber hatte sie sich schon Tage vorher den Kopf zerbrochen.

Angela jedoch hatte zu Otis' Geburtstag dreißig vermutlich chemisch aufgeputschte kleine Monster und ihre mit Prosecco ruhiggestellten Zoowärter eingeladen. Die kleinen Teufel wüteten in der beengten Wohnung, während ihre Eltern Kribbelwasser tranken, plauderten und ihre schrecklichen Sprösslinge komplett ignorierten. Die arme Angela eilte umher, füllte die Gläser der Eltern, bot Oliven an und entfernte scharfe Küchenutensilien aus winzigen Händen.

Ich stand in einer Ecke und fühlte mich auf vielerlei Art an die St-Botolph's-Party erinnert, bei der ich Leo kennengelernt hatte. Zu heiß, zu laut, ständig flogen Dinge durch die Gegend, und die Leute redeten nur Unsinn. Trotzdem, wenigstens wurde ich diesmal nicht wegen einer anderen Frau übersehen. Ich schnappte mir ein Glas, nippte daran und duckte mich, als ein Karottenstäbchen an meinem Ohr vorbeiflog. Eins der kleinen Monster tauchte brüllend vor mir auf, das Gesicht mit Hummus verschmiert, als wäre es eine Art Kriegsbemalung. Ich hielt das Glas über meinen Kopf, brüllte zurück und fing mir ein paar missbilligende Blicke von den Zoowärtern ein. Kurz eingeschüchtert, erholte das Monster sich bald und randalierte weiter, trat einen Stuhl um und brachte ein jüngeres Kind mit einem gezielten Stoß zu Fall. »Horatio!«, ermahnte ihn eine der Frauen vage, dann nahm sie sich noch eine Olive und redete weiter über die Stadtplanungsgesetzgebung.

Ich verspürte den Wunsch, diesem Chaos zu entfliehen, und bahnte mir einen Weg in den Flur, um von dort in die Küche zu gehen. Angela saß an dem kleinen Tisch und hatte das Gesicht in die Hände gelegt. Als ich hereinkam, sah sie auf.

»Ach, du bist es. Und, freust du dich, dass du gekommen bist?« Sie senkte den Kopf wieder und presste sich die Finger gegen die Schläfen. »Ich hab dir ja gesagt, es wird grässlich.«

Ich holte ihr ein Glas und goss ihr aus einer der Flaschen einen Rest Prosecco ein.

»Ich darf nicht trinken, ich muss nachher noch aufräumen. Ich hätte einen Clown oder so etwas buchen sollen, aber das kann ich mir nicht leisten. Die meisten Eltern buchen einen, die bringen dann alles mit, Regenbogenschwungtücher und so, und sorgen dafür, dass die Kinder beschäftigt sind. Aber ich dachte, ich krieg das schon hin, wir spielen einfach Stoppessen und so. Was für ein verdammter Witz.« Sie trank einen Schluck Prosecco. »Es sind fünf Kinder hier, mit denen ich nicht gerechnet habe, weil die Eltern nicht rechtzeitig Bescheid gegeben haben, und jetzt hab ich nicht genug Geschenktüten und muss ihnen auf dem Weg nach draußen 'nen Fünfer in die Hand drücken, verdammte Scheiße.« Sie nahm noch einen Schluck. »Und die anderen Mütter können mich nicht leiden, weil ich alleinerziehend bin. Die glauben, ich will ihnen den Mann wegnehmen. Pah! Das sind alles Bankwichser, die ständig Überstunden machen, damit sie die Kinder nicht ins Bett bringen müssen, und die am Wochenende für Marathonläufe trainieren, weil sie ihre Frauen nicht bei der Erziehung unterstützen wollen.« Sie trank das Glas aus. »Warum mache ich das hier noch gleich?«

»Mummiiieee!« Wir fuhren herum. Otis stand in der Tür. Er sah ein bisschen geknickt aus in seinem neuen Roboterkostüm. »Können wir jetzt Stoppessen spielen?«

»Ja, mein Schatz, ist es schon so spät?« Angela sprang auf und strich sich die zerzausten Haare glatt. Otis streifte neugierig durch die Küche.

»Wo ist denn der Kuchen?«, fragte er nach einem Blick in den Kühlschrank.

»Da drüben neben der Spüle«, antwortete Angela und packte leere Flaschen in eine Mülltüte.

»Nein, da ist er nicht.«

Angela drehte sich um und sah zur Theke hinüber. Darauf stand eine Tortenplatte mit Aluminiumfolie, auf der sich jedoch kein Kuchen befand.

»Wo ist der scheiß Kuchen?«

Sie eilte durch die Küche, fegte Pappteller und Servietten beiseite, riss den Kühlschrank auf und schaute mit zunehmender Verzweiflung sogar in den Müllsack. Nachdem sie alle Schränke durchsucht hatte, kehrte sie zum Tisch zurück, packte die Tischplatte mit beiden Händen und starrte mich niedergeschlagen an.

»Wo ist der Kuchen?«, flüsterte sie.

Otis' Oberlippe zitterte. »Hast du ihn vergessen?«

Sie fuhr zu ihm herum. »Nein, mein Schatz, natürlich nicht. Mummy findet ihn schon. Geh einfach wieder rüber. Wir fangen in einer Minute mit Stoppessen an.« Sie ignorierte seinen Protest und komplimentierte ihn nach draußen, dann sah sie mich keuchend an.

»Der scheiß Kuchen ist verschwunden! Wir brauchen einen neuen.«

»Wo soll er denn hingekommen sein?«

»Einer der kleinen Scheißer muss ihn sich gekrallt haben. Ich hoffe, er erstickt dran. Hör zu, uns bleibt eine halbe Stunde, höchstens vierzig Minuten. Ich geb dir Geld, kannst du dir ein Taxi nehmen und einen neuen Kuchen besorgen?«

»Natürlich.« Ich war etwas eingeschüchtert, aber zugleich entzückt von der Chance, dieser Hölle zu entkommen. Angela zog ein Bündel Scheine aus ihrem Portemonnaie.

»Hier, bitte, das sollte reichen. Aber du musst um fünf zurück sein, sonst setzt der Zuckerentzug ein, und sie laufen Amok.«

Ich kicherte leicht hysterisch, während ich das Geld nahm und in meiner Handtasche verstaute.

»Ach, und Missy? Es muss eine Robotertorte sein.«

Perplex fuhr ich herum.

»Eine Robotertorte?«

Angela nickte düster. »Er steht im Moment total auf Roboter. Ich war bis drei Uhr morgens auf, um den Kuchen mit silbernem Zuckerguss zu garnieren und Antennen aus Brause-Ufos reinzustecken. Wir dürfen ihn nicht enttäuschen!«

Ich atmete tief ein. »Eine Robotertorte, kommt sofort, die Dame.«

Das Glück war auf meiner Seite. Ein schwarzes Taxi, das noch frei war, stand auf der gegenüberliegenden Straßenseite. Schnell hob ich die Hand und wartete, während der Fahrer wendete.

»Wohin soll's denn gehen?«

Ich stieg hinten ein und überlegte. Wohin ging man, wenn man an einem Sonntagnachmittag unbedingt eine Robotertorte brauchte? Ich nahm das Handy aus der Tasche und gab dem Fahrer die Anweisung, zur Upper Street zu fahren, dann rief ich den einzigen Menschen an, dem ich zutraute, den Tag retten zu können.

»Schätzchen, ich bin so froh, dass du anrufst«, sagte Sylvie. »Es tut mir so leid wegen neulich …«

»Ist schon gut«, blaffte ich. »Ich brauche deine Hilfe. Der Geburtstagskuchen von Otis ist verschwunden, und ich muss einen neuen besorgen, aber Angela sagt, es muss eine Robotertorte sein. Ich habe Geld, aber ich weiß nicht, wo ich so einen bekomme!«

»Wo bist du?«

»In einem Taxi, auf dem Weg zur Upper Street. Ich muss um fünf zurück sein.«

»Gib mir zwei Minuten.« Sie legte auf, und ich lehnte mich zurück und schnallte mich an, während die Straßen von Highbury an mir vorbeisausten.

»Das hatte ich auch noch nicht«, bemerkte der Taxifahrer und beäugte mich im Rückspiegel.

»Kindergeburtstag.«

»Damit hab ich zum Glück nichts mehr zu tun«, antwortete er und bog nach Canonbury ab. Als wir über eine Reihe von Bodenschwellen rumpelten, klingelte mein Handy, und ich ging hastig dran.

»Okay«, sagte Sylvie. »Hör genau zu. Es gibt einen kleinen Laden unweit von Angel, der einem Freund gehört. Er schuldet mir noch einen Gefallen. Ich texte dir seine Adresse, und wenn du bei ihm ankommst, sollte er etwas für dich haben.«

»Vielen, vielen Dank.«

»Dank nicht mir, dank Etienne Durand, einem der besten Patissiers auf diesem Planeten. Mach's gut und gute Fahrt!«

Wir rasten durch die Straßen von Islington, mein Fahrer legte sich jetzt voll für unser Unternehmen ins Zeug und versprach, vor dem Geschäft zu warten, während ich die Ware abholte. Er erzählte mir, seine drei Kinder seien schon erwachsen und über den ganzen Globus verstreut – »Sie machen halt ihr eigenes Ding, und das ist gut so« – und hätten sehr unterschiedliche Berufe und Leben, während er und seine Frau in Enfield lebten und auf Enkelkinder warteten. »Klar, wir werden sie nicht oft zu Gesicht bekommen, wo doch alle so weit weg leben, aber es ist einfach schön, welche zu haben, nicht? Dann schaut man sich halt Fotos an.«

Sylvie schickte mir die Adresse, und wir bogen bald in eine Straße mit teuer aussehenden georgianischen Reihenhäusern ab, die vor jedem Fenster einen kleinen Balkon hatten. Dann ging es in eine schmale Sackgasse mit Kopfsteinpflaster. An deren Ende befand sich ein winziger Laden, der direkt aus der Winkelgasse entsprungen schien. Auf einem Schild über der Tür stand in verschnörkelter Schrift »Durand's«.

»Sind Sie sicher, dass das ein Konditor ist?«, fragte mein Fahrer und parkte direkt davor.

»Keine Ahnung, ob der Besitzer es so nennen würde«, erwiderte ich, stieg aus und überprüfte das Bündel Geldscheine in meiner Tasche.

Ich gab acht, nicht auf dem Kopfsteinpflaster zu stolpern, klopfte an die glänzende Tür und trat einen Schritt zurück. Nach sekundenlangem, quälendem Warten öffnete sie sich. Ein großer, dunkelhaariger Mann streckte den Kopf heraus und sah mich feierlich an.

»Ich … bin Millicent Carmichael«, stammelte ich. »Sylvie Riche schickt mich.«

»Etienne Durand«, sagte er, verbeugte sich und bedeutete mir, hereinzukommen. Ich winkte dem Taxifahrer zu und trat ein.

Das Geschäft glich keinem anderen, in dem ich bisher gewesen war. Wir standen in einer Art elegantem Wohnzimmer mit einer

Chaiselongue in einem Ende und einem runden Eichentisch in der Mitte, der von Stühlen umgeben war. Aus irgendeinem Grund fühlte ich mich an ein Beerdigungsinstitut erinnert. Ich unterdrückte ein Kichern.

»Sylvie hat Ihnen alles erklärt? Wir brauchen einen Kuchen. Eine, äh, Robotertorte.«

Er verzog das Gesicht zu einem widerwilligen Schmollmund. »Ja, sie 'at es mir erklärt. Nicht gerade das, was wir üblicherweise tun, aber sie ist eine gute Freundin.«

»Was tun Sie denn üblicherweise?«

Er deutete auf den Tisch. »Die Leute sitzen dort. Dann bringe ich Ihnen … *les gâteaux*. Wenn Sie 'ier warten wollen, bringen ich Ihren.«

Er verschwand durch eine Tür am anderen Ende des Raumes, und ich stand da, schaute auf die Uhr und klopfte mit dem Fuß auf den Boden. Uns blieben noch fünfzig Minuten. Vierzig Fußklopfer später kam er mit einer riesigen Schachtel zurück.

»Sie 'aben keine Ahnung, was ich tun musste, um das 'ier zu schaffen«, sage er und stellte sie vorsichtig auf den Tisch. Ich trat vor und wollte sie öffnen. Er schlug mir auf die Finger.

»Nicht aufmachen, bis Sie bei der Party sind.« Ich zuckte zusammen. Er war sehr unfreundlich. Ich hatte mir Konditoren immer fröhlich vorgestellt.

Ich schwieg kurz. »Aber … ich wollte doch nur nachsehen, ob es auch … ein Roboter ist.«

Er schnaubte. »Es ist ein Roboter. Der beste Roboter, den Sie je sehen werden. Glauben Sie mir.« Er reichte mir eine Papiertüte. »Darin ist noch ein kleines i-Tüpfelchen, das dürfen Sie nicht vergessen.«

»Was schulde ich Ihnen?«, fragte ich mit einem unguten Gefühl in der Magengrube. Ich war mir plötzlich sicher, dass Angelas Scheine nicht annähernd ausreichen würden. Aber er wischte die Frage ebenso beiseite wie vorher meine Hand.

»Nichts. Es 'andelte sich um einen Gefallen für meine Freundin Sylvie.« Mir wurde vor lauter Erleichterung und Verlegenheit schwindelig.

»'aben Sie einen Wagen draußen?«, unterbrach er meine gestammelten Dankesworte. Ich nickte, und er nahm die Schachtel und befahl mir, ihm die Tür zu öffnen. Zusammen manövrierten wir die Torte auf den Rücksitz des Taxis. Ich schaute auf die Uhr. Noch fünfzehn Minuten. Wir konnten es schaffen, aber wir mussten langsam fahren, damit die Torte heil blieb. Als der Motor ansprang, sah ich Monsieur Durands Gesicht vor dem Fenster. Er klopfte an die Scheibe, und ich kurbelte sie herunter.

Er beugte sich bedrohlich vor. »Und sagen Sie Sylvie, wir sind jetzt quitt, ja? Keine Gefallen mehr.« Er lächelte, und seine spitzen Zähne glitzerten.

»Definitiv. Ich sag's ihr«, stotterte ich. Er zog sich zurück, klopfte auf das Dach, und wir fuhren los. »Fahren Sie vorsichtig«, bat ich den Taxifahrer und sah, wie er, den Blick auf die Straße gerichtet, nickte.

Das Herz rutschte mir bei jeder Bodenwelle in die Hose, aber die Schachtel blieb aufrecht stehen. Wir hielten um 16:56 Uhr vor Angelas Haus. Sie stand draußen. Als ich aus dem Taxi ausstieg, sah ich, dass sie eine nicht angezündete Zigarette in der Hand hielt.

»Nur zur Beruhigung«, sagte sie. »Und, wie ist es gelaufen?«

»Ich weiß nicht genau«, erwiderte ich und wandte mich an den Fahrer. »Derek, wie viel bekommen Sie?« Aber wieder wurde mein Bündel Geldscheine verschmäht. »Gar nichts«, sagte er fröhlich. »Ich habe mich nicht mehr so amüsiert, seit ich einen Typen im Batman-Kostüm aufgelesen habe, der auf das Auto vor uns gezeigt und ›Folgen Sie diesem Wagen‹ gesagt hat.«

»Oooh«, sagte Angela. »Hat er einen Bösewicht verfolgt?«

»Nicht ganz«, sagte Derek. »Er war auf dem Weg zu einer Junggesellenparty.« Er stieg aus und nahm die Schachtel vom Rücksitz. »Wo soll ich die hinbringen?«

Ich beugte mich vor und küsste ihn auf die Wange. »Vielen Dank.«

»Komm mit«, sagte Angela.

Zusammen trugen wir den Kuchen in die Küche. Der leere, silberne Tortenboden stand immer noch neben der Spüle.

»Ist das Original nicht wieder aufgetaucht?«

Grimmig schüttelte Angela den Kopf. »Das war garantiert dieser kleine Scheißer Horatio, das hab ich im Gefühl. Er hat Silberfarbe in den Haaren.«

Derek stellte die Schachtel auf den Tisch, Angela nahm den Deckel ab, und wir warfen einen Blick hinein.

»Meine Fresse«, sagte sie.

Vor uns stand die unglaublichste Robotertorte, die ich je gesehen hatte. Na ja, eigentlich hatte ich noch nie eine gesehen, aber sicher konnte sich keine mit der Schönheit und Pracht dieses Exemplars messen. Der Roboter, der mit ausgestreckten Beinen in der Schachtel saß, war leuchtend blau, hatte knallrote Knöpfe und einen Bildschirm auf der Brust, auf dem »Otis« stand. Sein aus Lakritz und Zuckerguss bestehender, gitterförmiger Mund lächelte uns an.

»Das nenne ich mal eine Robotertorte«, sagte Derek und trat einen Schritt zurück, um sie noch besser bewundern zu können.

»Mist, ich hab keine Kerzen mehr«, sagte Angela und durchsuchte hektisch alle Schubladen.

Mir fiel das i-Tüpfelchen wieder ein, und ich warf einen Blick in die Tüte in meiner Hand. Darin befanden sich fünf Kerzen und zwei Wunderkerzen.

»Hier sind welche.« Ich steckte die Kerzen in die ausgestreckten Beine des Roboters und die Wunderkerzen wie Antennen in seinen Kopf. Dann schaute ich auf die Uhr und stellte fest, dass es genau 17:02 Uhr war. »Los geht's.«

»Du solltest ihn hineinbringen«, drängte mich Angela. »Schließlich haben wir ihn dir zu verdanken.«

»Nein, ich will zusehen.« Ich gab Derek die Hand und sagte, ich hoffte, er würde bald Enkel bekommen, und er verließ das Haus.

So wie ich meine eigenen Kinder vor Jahrzehnten beobachtet hatte, behielt ich jetzt Otis' kleines Gesicht in der Dunkelheit im Blick, das vor Erwartung und Vorfreude strahlte. Sein winziger Körper zitterte vor Aufregung, und seine kleinen Monsterfreunde standen um ihn herum. Selbst die Eltern hörten lange genug mit ihrem Gerede über Loftrenovierungen auf, um sich Angelas Auftritt anzusehen. Ihr Gesicht wurde von den Wunderkerzen erhellt, und sie lächelte, als sie die »Ooos« und »Aaahs« der Partygäste hörte. Ihre Augen glänzten, und sie blinzelte ein paarmal, als Otis vor lauter Staunen nach Luft schnappte und alle zu singen anfingen. Er kniff vor Anstrengung, weil er gleichzeitig pusten und sich etwas wünschen musste, die Augen zusammen, blies die Kerzen aus, und alle jubelten, als die Flammen erloschen. Der Rauch trug unsere Gebete in den Himmel. Ich dachte darüber nach, was Derek gesagt hatte. Dass es darum ging, die Kinder ihr Ding machen zu lassen und es zu genießen. Warum hatte ich so lange gebraucht, um das zu verstehen? Ich klatschte und jubelte wie alle anderen. Dann, als das Licht wieder anging, schrie plötzlich eine der Mütter gellend auf.

»Horatio Lysander Swinton!«, brüllte sie. »Was in aller Welt ist das?«

Sie hielt ihre braune Lederhandtasche mit Schnalle hoch, die aussah, als hätte sie mehrere Boni gekostet, und die jetzt mit den Überresten einer Robotertorte mit Brause-Ufo-Antennen gefüllt war. Während die anderen Mütter sich um sie scharten und sie zu trösten versuchten, hörte ich Angelas dreckiges Lachen aus der Küche.

Die Eltern verabschiedeten sich, die Kinder schrien nach ihren Geschenktüten, und so eilte Angela, die unter der Last fast zusammenbrach, hastig mit einem Tablett voll herbei und verdrehte die Augen, als sie die Anzahl der Kinder mit der der Tüten verglich. Gierige kleine Hände krallten sich die Geschenke, und die Kinder zogen sich zurück, um ihre Beute in Augenschein zu nehmen und mit der der anderen zu vergleichen. Ein zunehmend erschöpfter Otis kuschelte sich an seine Mutter. Sie hatte immer noch nicht geraucht.

»Fantastischer Kuchen«, sagte eine der Mütter bei der Verabschiedung.

»Hab ich selbst gemacht«, erwiderte Angela mit Pokerface.

Später, als Otis auf dem Boden seine Geschenke öffnete, saßen wir in der Küche, leerten die letzte Prosecco-Flasche und zogen über die anderen Mütter her.

»Verdammt viele abschreckende Bespiele für schlechte Erziehung«, sagte Angela und beobachtete ihren Sohn, der gerade ein Star-Wars-Aufkleberbuch auspackte. »Eins von den Früchtchen – Tybalt oder Gawain, was weiß ich – hat ein anderes Kind so fest gebissen, dass es geblutet hat. Und als seine Mutter die Bisswunde sah, meinte sie nur: ›Das Problem ist, hochbegabte Kinder haben einfach viel zu viel *Energie*.‹«

Ich kicherte, dann schaute ich auf die Uhr. »Es ist fast sechs, ich muss los, mit Bobby Gassi gehen. Oder soll ich dir rasch noch weiter beim Aufräumen helfen?« Die kümmerlichen Überbleibsel des Roboterkuchens lagen neben der Spüle – Angela hatte ihn skrupellos benutzt, um die Geschenktüten aufzufüllen.

»Nein, keine Sorge, es ist nicht mehr viel zu tun, außerdem hast du den heutigen Tag gerettet.«

»Eigentlich nicht. Das war Sylvie.«

»Ich habe ihr ein Stück aufgehoben. War ein verdammt guter Kuchen.«

»Hab ich selbst gemacht«, äffte ich sie nach.

Sie zwinkerte mir zu. »Ich denke, ich habe mir ein bisschen Anerkennung verdient, schließlich ist mein Kunstwerk in Mama Swintons Handtasche gelandet.«

Ich verabschiedete mich von Otis, dann schlenderte ich nach Hause und genoss die Tatsache, dass es abends immer länger hell blieb, je weiter der Frühling voranschritt. Als ich die Haustür aufschloss, wappnete ich mich gegen Bobbys stürmische Begrüßung. Bruce Bunny hing ihr wie immer aus dem Maul.

Wir brachen zu unserem Spaziergang auf, und weil es so ein schöner Abend war, gönnte ich ihr sogar eine Runde durch den Park, wo sie ausgiebiger schnüffeln und all die neuen Gerüche des Frühlings in sich aufnehmen konnte. Wie immer wünschte ich mir, Leo wäre hier, um den Spaziergang mit mir zu genießen, und ich wusste, wie sehr er Bobby gemocht hätte, sie vielleicht sogar ebenso lieben gelernt hätte wie ich, ihre Eigenarten und Macken, die Art, wie sie sich kopfüber ins Leben stürzte.

Als die Sonne über dem immer dichter werdenden Grün unterzugehen begann, ließ ich die Ereignisse des Tages noch einmal Revue passieren, lachte bei dem Gedanken an Horatio, der den Kuchen versteckt hatte, und über meinen Abstecher in die Welt französischer Patissiers. Doch mir blieb das Lachen im Halse stecken, als wir aus dem Park traten und Bobby plötzlich mit einem markerschütternden Heulen an der Leine zerrte. Auf der anderen Straßenseite sah ich eine Katze, eine von Bobbys absoluten Todfeinden. Ihr Schwanz zuckte, während sie uns mit undurchdringlicher Miene beobachtete. Mit einem erstickten Knurren blieb Bobby stehen, riss den Kopf nach hinten, schlüpfte, wie sie es auf Mels Hochzeit getan hatte, aus ihrem Halsband und stürzte auf ihre Feindin zu.

Alles Weitere ging sehr schnell. Wie aus dem Nichts tauchte ein Wagen auf, Bobby war nur noch ein verschwommenes Bündel, das über die Straße flitzte und von einem scharlachrot-silbernen Blitz in die Luft geschleudert wurde. Ich stand wie gelähmt vor lauter Schock auf dem Gehsteig und versuchte zu begreifen, was gerade passierte, dann sank ich zu Boden, Kiesel bohrten sich in meine Knie. Das Auto kam mit quietschenden Reifen zum Stehen. Der Fahrer stieg aus, ging um seinen Wagen herum und entdeckte bestürzt Bobbys armen, verkrümmt daliegenden Körper. Ich dachte unwillkürlich an den Roboterkuchen, anfangs noch makellos in der Schachtel, dann in seine Einzelteile zerlegt. Eben noch intakt, im nächsten Augenblick völlig zerstört. Losgelöst, freigelassen, ausgelöscht.

Auf der anderen Straßenseite schrie jemand, ein anderer stürzte auf meine Bobby zu und beugte sich über sie. Erst da kam wieder Leben in mich; niemand außer mir durfte sie berühren. Ich eilte auf die Straße, hockte mich neben sie und nahm ihren blutigen, zerschundenen Körper in meine Arme, wiegte sie wie ein Kind, summte ihr etwas in die seidigen Ohren und vergrub das Gesicht ein letztes Mal in ihrem üppigen, glänzenden Fell. Ihre Augen waren geöffnet, die wunderschönen, schokoladenbraunen Augen, die immer mein Herz erweicht hatten, wenn sie um Leckerbissen gebettelt hatte. Sie war noch warm, das Wärmste in meinem Leben. Meine Bobby, der Hund, den ich zuerst nicht gewollt, der mir nicht gehört hatte, und der am Ende doch mehr zu mir gehört hatte als alle anderen in meinem Leben.

»Ich liebe dich, ich liebe dich … Bitte, komm zurück.«

Ich schluchzte in ihr weiches Nackenfell, aber es kam keine Antwort, und ich konnte spüren, dass ihre Essenz nicht mehr da war – als sei ein Stern erloschen.

So verharrten wir für eine lange Zeit, und der Fahrer stammelte über unseren Köpfen eine Entschuldigung, während um uns herum Kirschblüten fielen wie Schneeflocken. Schließlich näherte sich jemand – war es Phillip? Oder Simon? –, half mir auf und versprach mir, Bobby nach Hause zu bringen. Als sie mich wegführten, sah ich, dass die Katze noch an derselben Stelle saß und uns beobachtete. Ihr Schwanz zuckte wie der eines im Sand verborgen liegenden Rochens.

Kapitel 43

Eine Woche nachdem man uns Leos Diagnose mitgeteilt hatte, beschlossen wir, uns ein Feuerwerk anzusehen.

Wir hatten die Tage im Haus verbracht, Leo in seinem Arbeitszimmer, ich im Wohnzimmer; manchmal lungerte ich auch im Flur herum, wo meine Hand über dem Türknauf zu seinem Zimmer verharrte, weil ich hineingehen wollte, aber nicht genau wusste, was ich sagen sollte. Ich hörte, dass er hin und her ging, Papiere und Bücher umräumte, etwas von Bach auflegte und manchmal auch – schrecklicherweise – weinte. Da hätte ich ins Zimmer treten sollen, aber mir fehlten die Worte, um ihn zu trösten, denn das Gefühl der Leere überwältigte auch mich. Was sollte man zu einem Mann sagen, mit dem man seit über fünfzig Jahren verheiratet war und der von dieser schrecklichen Krankheit unbarmherzig zerfressen wurde? Und so putzte ich die Küche, kochte herzhafte Eintöpfe, deren Duft sich im ganzen Haus ausbreitete, die ihn jedoch nicht aus seinem Zimmer locken konnten.

So vieles zwischen uns blieb ungesagt. Während ich wie besessen sauber machte und kochte, hallten die Worte in meinem Kopf wider, kämpften darum, ausgesprochen zu werden. Aber ich wusste, es würde nicht gehen, und ich schluckte sie hinunter, so wie ich es immer getan hatte. Als ich den Briefkasten quietschen hörte, ging ich, um die Post zu holen, sie irgendwohin zu stopfen, sie loszuwerden. Der Lokalanzeiger lag auf dem Fußabtreter, und ich hob ihn auf, um ihn sofort zum Altpapier zu bringen. Doch dann setzte ich mich auf einen Stuhl am Küchentisch und blätterte darin. Das emsige, banale Treiben im Stadtteil beruhigte mich vorübergehend – irgendwo ereiferte sich jemand über Schulkinder, die vor einem Schwimmbad herumlungerten; jemand anders plädierte für zusätzliche Straßenlaternen in einem Wohngebiet; ein weiterer Artikel beklagte den Mangel an Mülltonnen für Hundekotbeutel. Das Leben ging weiter, auch wenn in unserer Welt alles stillstand.

Eine Anwohnervereinigung veranstaltete auf einem nahe gelegenen Platz ein Feuerwerk. Als wir noch in Cambridge gewohnt hatten, waren wir zu dem Feuerwerk auf dem Midsummer Common gegangen, und ich erinnerte mich, wie ich mich an Leos beruhigend massigen Körper gelehnt hatte, als wir in der schneidend kalten Luft nach oben blickten und unser Atem sich mischte. Es war ein ermutigendes Bild, an dem man sich festhalten und dem man vielleicht neues Leben einhauchen konnte. Also brachte ich die Zeitung in sein Arbeitszimmer und fand ihn am Schreibtisch sitzend, das Gesicht in die Hände gelegt. Als er aufschaute, sah er hoffnungsloser aus denn je. Ich hätte ihn am liebsten in die Arme genommen, die Falten der Verzweiflung geglättet und sein zerfallendes Ich mit Muttern und Bolzen gesichert. Stattdessen hielt ich ihm die Zeitung vor die Nase und sagte: »Da sollten wir hingehen.«

»Immer vorwärts, vorwärts«, antwortete er, wie so oft. Nur dass die Reihenfolge diesmal nicht stimmte. Ich verkniff mir eine Grimasse.

Am Abend, an dem das Feuerwerk stattfinden sollte, gingen wir zu dem Platz, mit langsamen Schritten, um nicht auf dem Laubteppich auf dem Gehsteig auszurutschen. Schließlich nahm Leo meinen Arm; ich weiß nicht, ob er es tat, damit *ich* nicht stürzte oder damit *er* nicht stürzte. »Ein schöner Abend«, sagte er. Ich sah zu dem schmalen Sichelmond auf, der am schwarzen Himmel leuchtete und der, wie Leo, immer mehr schwand, bis er nur noch ein schmaler Lichtstreifen sein würde. Bald war es zu spät. All die ungesagten Dinge zwischen uns.

Als wir ankamen, stellten wir fest, dass sich fast die gesamte Nachbarschaft eingefunden hatte und jetzt mit Plastikbechern voll Punsch auf dem Platz herumschwirrte. Einige hatten Wunderkerzen dabei, andere Leuchtstäbe, die in der Dunkelheit tanzten. Ich konnte Hotdogs, Rauch und Karamell riechen und war dankbar für diesen Angriff auf meine Sinne. Dieselben Gerüche, dieselben Traditionen, dieselben Erwartungen, Jahr für Jahr. Etwas, an dem man sich festhalten konnte, wenn einem alles andere entglitt.

So wie wir es viele Jahre lang getan hatten – als frisch verheiratetes Liebespaar, als gestresste junge Eltern umgeben von schreienden Kindern und jetzt, als älteres Ehepaar, das Ruhe vor dem Sturm der Diagnose suchte –, lehnten wir uns aneinander und schauten zum Himmel auf, als das Knallen und Krachen begann. Und wie so oft gab ich mich mit offenem Mund dem kindlichen Vergnügen hin, diese ganz speziellen strahlenden Sterne zu bestaunen, die aufleuchteten, als Funken niederregneten und wieder verblassten. Das Zischen, das sie begleitete, hallte auf dem gesamten Platz wider.

Und als mein Herz im Gleichklang mit den Detonationen zu klopfen begann, spürte ich, wie ein Dämon sich darin einnistete. Das Feuer und die Unmittelbarkeit des Augenblicks. So viel Ungesagtes. Ich konnte es nicht mehr ertragen, das Wichtigste, das, was ich all die Jahre in mir getragen hatte, weiterhin für mich zu behalten. Plötzlich schien es zwingend erforderlich, das Unsagbare zu sagen, bevor es zu spät war. Mein Mund öffnete sich – blieb nur noch, es auszusprechen. Sprich es aus. Bertie.

Sein Name stieg immer wieder auf, blieb mir in der Kehle stecken. Die Beine wurden mir weich. Ich spürte Leo hinter mir und drehte mich halb um, weil ich ihn anschauen wollte, um zu prüfen, ob es tatsächlich der richtige Moment war. Er hatte den Kopf in den Nacken gelegt, den Blick auf das flackernde Schauspiel am Himmel gerichtet, und er sah so sehr aus wie jener Leo in jungen Jahren, der gegangen war, ohne etwas von dem Trümmerhaufen zu ahnen, den er hinterließ, dass ich erneut vor dem Abgrund zurückscheute.

Nach zwanzig Minuten war es vorbei. Das Feuerwerk, und mein kurzer Moment des Wahnsinns. Die Vorführung endete mit einer

Salve aus Krachen, Knallen und Pfeifen, einem Chor aus begeisterten Rufen und einem letzten Trommelfeuer aus blendend hellen Funken. Leo nahm erneut meinen Arm, und wortlos machten wir uns auf den Heimweg, während anderswo, vielleicht in privaten Gärten, noch Feuerwerkskörper zischten und knallten. Die Nachwirkungen des Umstands, dass ich es ihm beinahe gebeichtet hätte, und der Lärm der Raketen erinnerten mich an die Nächte im Keller mit Fa-Fa, voller Nervenkitzel und Entsetzen, Licht und Dunkelheit, Sicherheit und Gefahr, Fiktion und Realität, die sich mischten und miteinander verschmolzen, bis man das eine nicht mehr vom anderen unterscheiden konnte.

Zu Hause angekommen, blieben wir vor dem Vorgarten stehen, genossen die eisige Stille und die Vorfreude auf das warme Haus, aber als Leo die Hand ausstreckte, um das Tor zu öffnen, platzte ich heraus: »Ich muss dir etwas sagen.«

Seine Hand verharrte auf halbem Weg, und in dem Bruchteil einer Sekunde, bevor er sich umdrehte, spürte ich, dass er wusste, was kommen würde. Die Frage hing unausgesprochen zwischen uns in der Luft, aber ich war jetzt zu weit gegangen, um noch umzukehren, und fuhr fort: »Ich war damals schwanger. Zumindest für eine Weile.«

Sein Gesicht wirkte verschlossen, wie ein für die Ferien verbarrikadiertes Haus. Ich stammelte: »1956. Du warst gegangen. Und ich … habe es zuerst nicht bemerkt.«

Er nahm die Hand herunter, sagte aber immer noch nichts. »Ich war völlig verängstigt. Du weißt, wie es damals war. Und ich dachte, ich würde dich nie wiedersehen. Also habe ich nichts gesagt. Und als du zurückgekommen bist …«

Seine Augen sahen in der Dunkelheit aus wie Schlitze, Bruchstücke von Sichelmonden. »Und was ist daraus geworden?«

Ich hatte zwar den Sprung in die Tiefe gewagt, aber jetzt standen wir vor einem noch tieferen Abgrund. Ich schluckte. »Ich … wir … haben es wegmachen lassen. Mama und ich. In dem Sommer, nachdem wir zum ersten Mal … Ich dachte, du hättest mich für immer verlassen.«

Er presste sich Daumen und Zeigefinger gegen die Nasenwurzel, während er die Informationen zu verdauen versuchte.

»Warum erzählst du mir das jetzt?«, fragte er und hob resigniert die Schultern.

»Es … es tut mir leid«, stotterte ich. »Ich musste es dir erzählen. Bevor … bevor es zu spät ist.« Ich weinte jetzt, drehte meinen Schal in den Händen. »Ich habe ihn Bertie genannt«, flüsterte ich. »Ich werde es nie vergessen. Oder mir verzeihen. Aber ich hatte das Gefühl, dass du es wissen musst.«

»Bevor ich auch nicht mehr da bin?«, gab er zurück. »Schönes Abschiedsgeschenk.« Er fuhr sich mit der Hand über das Gesicht, als wollte er den Gedanken daran auslöschen.

»Entschuldige«, schluchzte ich. »Es hat mich zerrissen! Dass ich es getan habe. Und dass ich dir nichts davon erzählt habe. Ich will nicht, dass jetzt noch irgendwelche Geheimnisse zwischen uns stehen. Es tut mir leid. Ich … ich liebe dich.«

Das Böllern, das um uns herum weitergegangen war, verstummte abrupt, und es herrschte Stille; nur mein stoßweiser Atem war zu hören. Leo hatte die Augen geschlossen. Dann seufzte er, und es war, als würde eine große Eiche das letzte Herbstlaub abschütteln. »Es tut mir leid«, sagte er und sah mich schließlich an. »Es ist nur … ich muss es erst verdauen. Und ich weiß nicht, was ich dazu sagen soll. Was du von mir erwartest.«

Ich streckte die Hand aus. »Ich weiß auch nicht, was ich von dir erwarte. Ich weiß nur, dass ich es dir erzählen musste.«

Die Knallerei ging jetzt weiter. Nach kurzem Zögern nahm Leo meine Hand. »Das zwischen uns war nie das große Feuerwerk, oder, Missy?«, sagte er, fast wie zu sich selbst. »Es ging immer nur darum, sich zu Hause zu fühlen.« Ich nickte, wagte es nicht, etwas zu sagen. Er drückte meine Finger. »Komm, gehen wir rein und gönnen uns etwas Heißes zu trinken. Ich kann hier draußen nicht klar denken.«

Wir traten ins Haus, stampften mit den Füßen auf und rieben uns die Arme, nachdem wir die Mäntel ausgezogen hatten. Leo stellte in der Küche heißes Wasser auf, und ich ging, um etwas zu tun zu haben, ins Wohnzimmer zum Kamin, knüllte Zeitungspapier als Anzünder zusammen und schichtete ordentlich das Brennholz auf, als könnte ich durch die sorgfältige Positionierung der Scheite überall wieder Ordnung schaffen. Das Feuer flammte gerade auf, als Leo mit zwei dampfenden Tassen ins Zimmer kam. Er stellte sie auf dem Beistelltisch neben dem Sofa ab. Dann schob er mich beiseite, ließ sich steif auf die Knie sinken, kümmerte sich um das Feuer und hielt anschließend die faltigen Hände vor die lodernden Flammen. Pranken, wie die von Fa-Fa.

Ich erhob mich ebenso steif, ging zum Sofa, nahm mein Getränk und beobachtete, wie er mit dem Schüreisen hantierte und ein Holzscheit nachlegte. Danach stand er auf und rieb sich die Hände. »Dann machen wir es uns mal gemütlich.«

Er ließ sich neben mir auf dem Sofa nieder, und wir saßen für eine Weile im Feuerschein und nippten an unserem Kakao. Wir waren geborgen in unserem Kokon. Schließlich trank Leo die Tasse aus und wandte sich mir mit erwartungsvollem Blick zu. »Nun, Missy? Was wolltest du mir denn erzählen?«

Eine Böllersalve begleitete den Schlag. Ich tat so, als würde ich an meinem Kakao nippen, obwohl die Tasse mittlerweile leer war. So viel Ungesagtes. Und Gesagtes. Und schließlich wieder Ungesagtes. Verbitterung und Scham stiegen in mir auf, als ich in das lodernde Feuer starrte, die Tränen zurückdrängte und Leo schließlich mit einem schiefen Lächeln ansah.

»Nichts, Liebling«, sagte ich und gab erneut vor, Kakao zu trinken. »Rein gar nichts.«

Kapitel 44

Phillip trug Bobby zu mir nach Hause, und wir begruben sie später im Garten bei den Rosen. Denzil hob das Grab aus, wir anderen standen im Kreis darum herum, als sie zur Ruhe gebettet wurde. Sylvie hatte mir eine kleine Zypresse mitgebracht, die wir auf ihr Grab pflanzten, auch wenn weder sie noch ich je in ihrem Schatten sitzen würden.

Angela hatte Otis dabei, weil sie wollte, dass er über den Tod Bescheid wusste, aber ich konnte den Anblick seines angespannten kleinen Gesichts nicht ertragen, als er beobachtete, wie Erde auf Bobbys Grab geschaufelt wurde. Und so starrte ich auf den Boden, wo ein Wurm aus der lockeren Erde kroch, und dachte daran, dass ich noch die Krusten der Sandwiches abschneiden musste, die ich anschließend servieren würde.

Bobby hätte ihren kleinen Leichenschmaus genossen und überall nach Krümeln gesucht. Ich reichte den wenigen Gästen Schinkensandwiches und Würstchen im Schlafrock, weil sie die am liebsten gemocht hatte, und wir redeten davon, was für ein wundervoller Hund sie gewesen war – was sie ebenfalls genossen hätte. Sie hätte den Kopf schief gelegt und auf ihren Namen gelauscht.

Der schlimmste Moment war, als Felicity kam. Angela hatte sie angerufen, um sie darüber zu informieren, und meine Trauer war mit Schuldgefühlen gespickt, weil ich gezwungen wurde zu akzeptieren, dass Bobby nicht mein Hund gewesen war, dass ich aber für sie die Verantwortung getragen und meine Pflichten vernachlässigt hatte. Ich hatte Angst, sie könnte wütend auf mich sein, aber als wir uns in der Diele anstarrten – ihre Wangen ebenso mit Wimperntusche verschmiert wie damals, als ich sie zum ersten Mal gesehen hatte –, bemerkte ich, dass sie mir die Hände hinhielt, und nach kurzem Zögern nahm ich sie, obwohl ich befürchtete, ihre nächsten Worte könnten mir den Rest geben.

»Millicent, es tut mir so leid.«

Angela kam aus der Küche, und als sie uns sah, legte sie den Finger an die Lippen und deutete in Richtung Wohnzimmer. Wir setzten uns auf das Sofa, und mit leiser, förmlicher Stimme erzählte ich Felicity, was passiert war. Sie war nicht mehr so dünn und hatte den leeren Blick von damals verloren. Den hatte jetzt vermutlich ich.

Ich konnte ihre Dankbarkeit kaum ertragen. Sie dankte mir wieder und wieder dafür, dass ich Bobby bei mir aufgenommen hatte, als wäre sie eine Riesenlast gewesen, als hätte ich *ihr* einen Gefallen getan, nicht umgekehrt.

»Es gibt noch etwas, wofür ich Ihnen danken möchte«, sagte sie, nachdem Angela ins Zimmer geschlichen war und uns Tee gebracht hatte, »und zwar dafür, wie Sie sich Adrian gegenüber verhalten haben.« Sie schaute auf mein Armband, aber ich war eher verlegen als geschmeichelt; die Missy, die ihren Ehemann zur Rede gestellt hatte, war jemand ganz anderes als die steife, förmliche Frau, die ihr jetzt gegenübersaß. Ich fühlte mich durch die Perlenknöpfe beschämt, wenn ich nur daran dachte – eine achtzigjährige Großmutter, die mitten auf der Straße ihre Brust entblößt hatte. Die Vorstellung war vulgär und absurd. Aber Felicity sprach davon, wie ermutigt sie sich durch diese Geschichte fühlte, während ich mich weiterhin innerlich wand und mich fragte, ob ich noch mehr Würstchen im Schlafrock in den Ofen schieben sollte.

Doch dann hörte ich mich mit einer brechenden Stimme, die jemand anders zu gehören schien, flüstern: »Ich habe mit ihr geredet.«

Fix beugte sich vor. »Wie bitte?«

»Ich habe mit ihr geredet. Mit Bobby. Bob. Wir haben uns unterhalten … Ich habe ihr alles erzählt. Sie hat mir zugehört. Mich verstanden.«

Sie nahm erneut meine Hände in ihre. »Ach, Millicent. Das *tun* die besten Hunde einfach.«

Ich hatte meinen Tee kalt werden lassen. Als ich jetzt daran nippte, verschluckte ich mich, bekam einen Hustenanfall, und die Tränen, die ich bisher mit so großer Anstrengung zurückgehalten hatte, liefen mir jetzt in Strömen über die Wangen. Angela, die den Lärm hörte, kam herein und nahm Fix mit zu den anderen, damit ich meine Fassung wiedergewinnen konnte.

Als die meisten fort waren, saß ich immer noch da, dachte an Leo und an den Brief, der heute Morgen gekommen war, dann ging ich in die Küche, wo Angela und Sylvie bereits aufräumten. Ich legte die noch nicht aufgebackenen Würstchen im Schlafrock in den Kühlschrank, wickelte ein paar übrig gebliebene Sandwiches, die ich am Abend essen wollte, in Frischhaltefolie. Eine von Otis' jüngsten Zeichnungen fiel von der Kühlschranktür, als ich sie schloss – ein Bild von Bobby und mir vor meinem Haus. Mit kindlicher Missachtung der Proportionen hatte er Bobby so groß gezeichnet, dass sie bis an die Fenster im zweiten Stock reichte. Würde sie in dem Leben, das mir noch blieb, weiterhin eine so überragende Stellung einnehmen?

Als Angela und Sylvie sich mit Umarmungen und lieben Worten von mir verabschiedeten, hörte ich kaum hin, so begierig war ich darauf, das Haus wieder für mich zu haben. Sobald sie weg waren, ging ich in die Küche, holte die Sherryflasche aus dem Schrank, hörte das Tick-tick-tick der Uhr und die Stille dazwischen. Ich goss mir ein Glas ein, dann noch eins und noch eins.

Ich nahm die Flasche mit in Leos Arbeitszimmer, setzte mich in seinen Sessel und strich über seinen Schreibtisch, ehe ich mich wieder erhob. Aus einer Laune heraus fing ich an, seine Bücher aus dem Regal zu nehmen – *Mörder der Königin,* das er seinen »Blockbuster« genannt hatte. Sein Verleger hatte ihn dazu gedrängt, es zu schreiben, und Leo fand sowohl die Arbeit daran als auch das Endergebnis schrecklich. *Die drei Ziele des Archibald Rosebery* über einen weiteren Premierminister von Königin Victoria. Je mehr Leo über ihn herausgefunden hatte, desto weniger hatte er ihn leiden können. Dann

Der erste Viktorianer, die Disraeli-Biografie – sein gelungenstes Werk, wie einige behaupteten. Eins nach dem anderen zog ich heraus, bis ich bei *Die Hofdamenaffäre* angekommen war – seinem ersten Buch, von dem wir unser Sofa bezahlt hatten. Es fiel mir aus der Hand und landete auf dem Boden; die Seiten öffneten sich flatternd, und ein Stück Papier rutschte heraus. Als ich Leos krakelige Handschrift erkannte, wurde mir heiß und kalt; ich schwankte zwischen Hoffnung und Verzweiflung, wollte es unbedingt lesen und fürchtete mich gleichzeitig vor dem, was darauf stehen würde.

Ich nahm den Zettel mit zum Schreibtisch und faltete ihn mit zitternden Händen auseinander.

»Liebe Missy«, las ich. Dann brach ich ab. Ein Brief. Sein letzter Brief an mich.

Kapitel 45

Liebe Missy,
es gibt so viele Gründe, warum ich mir wünschte, diesen Brief nicht schreiben zu müssen. Der erste Grund ist offensichtlich – ich muss ihn schreiben, solange ich es noch kann. Am Ende wird der Nebel kommen und mich verschlingen, und dann wird der Leo, den du kennst, für immer verschwunden sein. Also werde ich, während ich gerade eine dieser kurzen, schrecklichen Phasen der Klarheit habe, die Dinge sagen, die gesagt werden müssen. Verzeih die krakelige Schrift – ich will schnell schreiben. Nicht, um es hinter mich zu bringen, sondern um sicherzustellen, dass alles richtig erledigt ist, bevor es zu spät ist.
Zuerst zum Thema Geld. Horace Simmonds wird sich um unsere Anlagen kümmern, und die Erträge sollten noch eine

ganze Weile reichen, aber wenn es zum Schlimmsten kommt, tu, was du für richtig hältst. Mach dir keine Gedanken um mich, ich werde zu dieser Angelegenheit dann ohnehin nichts mehr sagen können. Wofür auch immer du dich entscheidest, du hast meinen Segen.

Dann: Melanie und Alistair. Es tut mir leid, dass ich dich nicht rechtzeitig vor Alistairs Plänen gewarnt habe, für mich waren sie offensichtlich. Bitte, Missy – wenn sie gehen, verabschiede ihn mit einem Lächeln. An jenem Tag, als wir ihn zu dieser tristen Studentenbude in Selly Oak gebracht haben … Ich weiß zwar nicht mehr, was ich heute Morgen gefrühstückt habe, aber ich erinnere mich noch genau an dein Gesicht an jenem Nachmittag, daran, wie du seinen Pullover nicht loslassen konntest. Damals hast du so tapfer gelächelt, und das musst du jetzt wieder tun. Denn auch wenn du es nicht tust, wirst du ihn verlieren.

Wenn er fort ist, stütz dich auf Melanie. Sie war immer mein Mädchen, nicht wahr? Vom Moment ihrer Geburt an war sie mein kleines Igelchen. Ich weiß, ihre Stacheln haben dich immer abgeschreckt. Du findest sie aus demselben Grund schwierig, aus dem ich sie so bewundere: Sie erinnert uns beide an dich. Versuche, Mels gute Eigenschaften als deine eigenen zu erkennen, und dich darauf zu verlassen, dass sie dir durch diese schwierigen Zeiten hindurchhelfen. Mel wird dir ein Fels in der Brandung sein.

Ein Lob, das ich im Gegensatz zu ihr nicht verdiene. Eins der Dinge, die ich am meisten bedaure, ist, dass ich dir kein besserer und treuerer Ehemann war. Jetzt sitze ich inmitten all der Bücher, die ich geschrieben habe, und frage mich, ob es nicht besser gewesen wäre, weniger zu schreiben und mehr da zu sein. Du warst immer da, immer zur Stelle, immer voller Liebe, ganz gleich, wie viel Mühe du dir gegeben hast, es zu verbergen, wohingegen ich … tja, vielleicht passt meine jetzige

Situation zu meinem gesamten Leben – immer abwesend zu sein.
Und ich bedaure noch etwas anderes sehr – was der Hauptgrund ist, warum ich mir wünschte, diesen Brief nicht schreiben zu müssen –, und zwar, dass ich dich im Stich gelassen habe. Ich erinnere mich an Bertie. An dem Abend, als du mir von ihm erzählt hast, habe ich alles falsch gemacht. Der Schock, der Ärger, die Trauer … und dann war alles wie weggeblasen, wie von einem grässlichen Schneesturm, in dem alles verschwimmt und ich das, was mich ausmacht, kaum noch festhalten kann. Aber die Erinnerung kehrte Stück für Stück zurück, und ich weiß wieder, dass du mir davon erzählt hast. Es tut mir so furchtbar leid, dass ich damals nicht sagen konnte, was ich dir jetzt schreibe: Lass es los. Die Schuldgefühle, den Schmerz, den Verlust – alles, was du mit dir herumschleppst, trägst du jetzt nicht mehr allein. Ich trage es mit dir, und wenn ich gehe, nehme ich es mit.
Wir hatten so glückliche Zeiten, du und ich, und ich möchte, dass du sie festhältst. Mehr als ein halbes Jahrhundert lang haben wir uns zusammen durchgeschlagen, und das ist etwas, was ich wahrlich nicht bedaure. Du warst immer die Liebe meines Lebens, Missy. Die, die ich auf der St-Botolph's-Party am anderen Ende des Saales stehen sah und die so verloren wirkte. Die, die mit mir die Sidgwick Avenue hinuntergegangen ist, während ihre Locken in der Sonne glänzten. Die, die damals in der Kellerjazzbar mit Tränen in den Augen in meinen Armen tanzte. Du dachtest, ich hätte es nicht gesehen, aber ich habe es gesehen. Ich habe nur nichts gesagt. Nie etwas gesagt.
All die Dinge, die ich nie gesagt habe, all das, was ich nie für dich war, tun mir leid. Verbring nicht den Rest deines Lebens damit, dich schuldig zu fühlen – leb dein Leben weiter. Vorwärts, immer vorwärts, Mrs Carmichael. Ich werde dich

vergessen – du hast meine Erlaubnis, das Gleiche zu tun. Lass los. Und als Letztes: Wir mögen unterschiedliche Lieder gesungen haben und manchmal auch falsch, aber ich glaube, alles in allem haben wir doch ganz gut harmoniert. Findest du nicht?

Kapitel 46

Sherry war immer mein *Nepenthes*, mein bevorzugtes Allheilmittel gegen Kummer, das Schmerz und Leid linderte. Nachdem ich Leos Brief gelesen hatte, trank ich noch ein Glas, zog meinen Mantel an – den alten, schwarzen, nicht den Parka, den ich zu Weihnachten bekommen hatte – und brach auf.

Es war kein weiter Weg, außerdem ging ich ihn regelmäßig. Ich nahm die übliche Route, durch eine kleine Seitengasse, dann über eine Allee, bis ich ein lang gezogenes, flaches Gebäude erreichte, im Erdgeschoss mit Holz verkleidet, der erste Stock mit Backstein verklinkert. Wir hatten es zusammen ausgesucht, und Leo hatte über die roten Backsteine gescherzt, die ihn an die modernen Redbrick-Universitäten erinnerten; damals hatte er noch Witze gemacht. Er hatte mich immer zum Lachen gebracht, von Anfang an. Selbst wenn ich mich über ihn ärgerte, schaffte er es, meine schlechte Laune zu vertreiben und mir gegen meinen Willen ein Schmunzeln abzuringen. Es heißt, Lachen sei die beste Medizin, aber das hat ihn am Ende auch nicht gerettet.

»Guten Abend, Mrs Carmichael.«

Ich grüßte Rachel nicht wie üblich zurück, denn ich musste hineingehen und es hinter mich bringen, bevor ich die Nerven verlor. Und so ging ich an ihr vorbei, den mit einem weichen Teppich ausgelegten Flur hinunter bis zur letzten Tür auf der linken Seite. Ganz hinten, mit Blick auf die Eiche. Das war das Zimmer, das er sich ausgesucht hatte. Ich drehte den Türknauf, betrat den Raum und roch den schwachen Duft der Narzissen, die ich ihm vor vierzehn Tagen gebracht hatte. Sie waren bestimmt schon verwelkt.

»Hallo, Leo, mein Liebling.«

Einen Moment lang konnte ich ihn im Profil betrachten; die faltige Stirn, die Adlernase, das markante Kinn. Sein starkes, geliebtes Gesicht. Dann drehte er sich um, schenkte mir ein vages Lächeln und hob einen Finger von der Lehne, bevor er sich wieder über seine Karten beugte. Die *Goldberg-Variationen* liefen leise im Hintergrund; hier sorgte man zuverlässig dafür, dass er immer seine Musik anhören konnte – das war eins seiner Auswahlkriterien gewesen. Ich setzte mich in den Sessel neben ihn und schaute eine Weile zu, wie er die Karten nach Art einer Patience auslegte. Aber wenn man genauer hinsah, erkannte man, dass ihre Anordnung ohne Sinn und Verstand war – genau wie Leo.

Er sah immer noch gut aus, der Mann, den ich vor fast sechzig Jahren geheiratet hatte. Die Haltung kerzengerade, die Haare noch voll und größtenteils silbern, auch wenn hier und da das Gold seiner Jugend hindurchschimmerte. Er hatte sich für sein Alter gut gehalten, zumindest körperlich. Was für eine Tragödie, denn ich wusste, was ihm lieber gewesen wäre, wie er so dasaß in seinem Sessel, stets dieselben Karten umdrehte, denselben Baum anstarrte, Tag für Tag. Nach einer Weile räusperte ich mich und begann mit meiner Rede, um sie hinter mich zu bringen, bevor die Wirkung des Sherrys nachließ.

»Leo, es gibt etwas, das ich dir sagen will.«

Er drehte sich wieder zu mir um und richtete einen Augenblick lang den Blick seiner strahlend blauen Augen auf mich, der natürlich nicht mehr so durchdringend war wie in der Blüte seines Lebens, aber immer noch beeindruckend, und ich schöpfte neuen Mut.

»An dem Abend, als wir uns das Feuerwerk angesehen haben, da habe ich dir … von Bertie erzählt.«

Leo runzelte leicht die Stirn und legte eine verirrte Karte zurück an ihren Platz.

»Leo, hör mir zu.« Gehorsam wandte er sich um und sah mich an.

»Und dann hast du es vergessen. Gleich nachdem ich es dir erzählt habe, gleich nachdem ich all meinen Mut zusammengenommen hatte, hast du es wieder vergessen. Ich war unglaublich niedergeschlagen, weil ich weiterhin dachte, ich hätte versagt. Und dann bekam ich Bobby, den Hund – ich habe dir schon von Bobby erzählt, nicht wahr? Und plötzlich war es, als wäre die Wunde ein bisschen verheilt. Als wäre ich am Ende vielleicht doch ganz liebenswert. Aber jetzt ist sie fort, und ich wusste nicht, was ich tun soll. Aber dann habe ich deinen Brief gefunden. Leo, du hast dich erinnert! Und du hast mir geschrieben, und der Brief, der Brief … Er bedeutet mir alles.«

»Knüppel«, sagte Leo traurig.

»Was?«

»Knüppel«, wiederholte er. »Niedergeschlagen. Mit einem Knüppel.«

»Er hieß Bertie«, sagte ich, und meine Stimme zitterte vor Anstrengung. »Ich habe ihn Bertie genannt. Ich habe mir immer vorgestellt, dass es ein Junge war. Mit deinen Augen.«

»Bertie«, sagte er. Wieder sah er mich an, mit diesen wunderschönen, leeren Augen, und dann nahm er plötzlich meine Hand, was er seit Ewigkeiten nicht mehr getan hatte. Er hielt sie fest und streichelte sie, dann sagte er: »Ich liebe dich, Missy. Das weißt du doch, oder?«

Ich schaute nach draußen, zu der vom Fenster eingerahmten Eiche. Er sah sie jeden Tag, und während Menschen kamen und gingen, die Blätter sich entfalteten, sich kräuselten und abfielen, hatte der Stamm weiterhin Bestand. Etwas, woran man sich festhalten konnte, wenn alles andere einem entglitt.

»Ich liebe dich auch, Leo. Von ganzem Herzen.«

Da es nicht mehr viel zu sagen gab, streichelte ich ihn ebenfalls, und wir saßen Hand in Hand da. Dann, als es Zeit wurde zu gehen, löste ich seine Finger sanft von meinen, ließ ihn los, meinen Odysseus, der in seinem Sessel saß und zu seiner grünen Eiche hinausschaute.

Kapitel 47

Der alte Leo fehlte mir so sehr, dass es wie ein ständiger Schmerz war, und meist konnte ich mich nur überwinden, den neuen Leo zu besuchen, weil ich hoffte, einen Blick auf den Mann zu erhaschen, der er früher gewesen war. Einmal, als ich gerade die Blumen in der Vase arrangierte und über Belanglosigkeiten plauderte, schaute er plötzlich auf und sagte: »Also, wirklich, Missy! Schluss mit dem Geplapper!« Und es war so nah dran an dem, was er früher gesagt hatte, dass ich erschrocken zusammenfuhr und mich an den Rosen stach. Ich steckte mir den Finger in den Mund und starrte ihn an, in der Hoffnung auf mehr, aber er wandte sich wieder dem Buch zu, in dem er gerade las. Er las immer noch Bücher; er hatte einen kleinen Stapel auf dem Tisch neben sich, und er saß da und blätterte langsam und mit Bedacht um. Manchmal hielt er sie verkehrt herum. Das Licht war erloschen, und niemand war zu Hause, ganz gleich, wie oft ich an die Tür klopfte.

Manchmal ließ ich, wenn ich ging, den Tränen freien Lauf und weinte auf dem ganzen Weg zurück zu dem stillen, leeren Haus, das voller Erinnerungen war, wohin man auch schaute. Aber nach dem Besuch, bei dem er mir gesagt hatte, dass er mich liebte, ging ich mit trockenen Augen. Als ich mich am Empfang vorbeistehlen wollte, rief Rachel: »Mrs Carmichael!«, doch ich ignorierte sie, so wie ich schon seit Monaten all die Briefe und Anrufe von Horace Simmonds ignorierte. Ich wusste, dass uns das Geld ausging, aber wie bei allen anderen Dingen dachte ich, wenn ich den Kopf in den Sand steckte, würde vielleicht alles beim Alten bleiben. *Semper eadem.* Aber nichts blieb immer beim Alten. Haare wurden abgeschnitten, Kuchen wurde gegessen, und Hunde rannten auf die Straße. Also würde ich irgendwann akzeptieren müssen, dass unser Erspartes fast aufgebraucht war, und die Folgen ertragen.

Ich würde mein Haus verkaufen müssen. Mein riesiges Haus in erstklassiger Lage in Stoke Newington würde auf den Markt kommen, damit Leos Pflege bezahlt werden konnte. Ich würde mir irgendwo eine kleine Wohnung kaufen müssen, wahrscheinlich, den Häuserpreisen der Umgebung nach zu urteilen, ziemlich weit weg, und das übrige Geld musste auf die Tilgung der Schulden verwandt werden – und um Leos kostbaren Status quo zu erhalten. Ich musste Veränderungen angehen, damit er so weiterleben konnte wie bisher.

Doch ich konnte es nicht ertragen, mein Haus zu verlieren. Ich wusste, dass irgendeine glückliche, dynamische Familie mit 2,4 Kindern, einem Hybridwagen und einem Labradoodle es kaufen würde. Ich hatte Sylvies Einrichtungsmagazine gelesen – sie würden meine Küche abbauen und sie durch eine glänzende Küchenzeile ersetzen, die hintere Wand rausreißen, stattdessen eine aus gehärtetem Glas hochziehen und diese Outdoor-&-Indoor-Fliesen verlegen, damit die Räume »etwas Fließendes« bekamen. Ich würde unterdessen in irgendeinem gottverlassenen Teil von Nord-London festsitzen, den Immobilienmakler optimistisch als »das neue Trendviertel« anpriesen, in einer Wohnung, neben der Angelas wie ein Penthouse wirkte.

Ich würde all meine Freunde verlieren. Niemand würde den weiten Weg in die Pampa auf sich nehmen, und ich würde allein zurückbleiben, dahinwelken und gelegentlich meinen Mann besuchen, der mich nicht mehr erkannte. Angesichts dieses Schicksals war es eigentlich kein Wunder, dass ich so tat, als würde es nicht existieren.

Aber es spielte keine Rolle, wie sehr ich mich bemühte, nicht daran zu denken, denn in Wahrheit dachte ich ja doch ständig daran und hatte schon alles fix und fertig geplant.

Als ich nach Hause kam, holte ich sofort den Sherry. Ich ging mit der Flasche und einem Glas ins Wohnzimmer, setzte mich aufs Sofa und starrte Bobbys Bett vor dem Kamin an. Das wunderschöne, luxuriöse Bett, das die anderen Hundebesitzer mir geschenkt hatten. In dem flauschigen Stoff zeichnete sich noch der Abdruck ihres Körpers ab. Ich trank ein Glas, dann noch eins, dann ging ich in die Küche und nahm zwei Müllbeutel aus einer Schublade.

Im Wohnzimmer stopfte ich Bobbys Bett in einen Beutel, so fest, dass es völlig zerknautscht war. Dann tat ich mit all dem Schnickschnack, den Sylvie überall im Raum verteilt hatte, dasselbe. Fotos, Vasen, Stifte, Ornamente – alles wanderte in den anderen Müllbeutel, bis der Raum wieder leer war. Es war nur Gerümpel. Belangloses Zeug. Schwer atmend und benommen vom Alkohol stand ich in der Mitte des Zimmers.

Die Türklingel riss mich aus meinem Stumpfsinn. Ich stellte mir vor, wie Bobby jetzt bellen und in die Eingangshalle springen würde, freudig und empört zugleich. Es klingelte erneut, und wieder ignorierte ich es und schaute mich nach weiteren Dingen um, die ich wegwerfen konnte.

Angelas Stimme schallte durch den Briefschlitz. »Missy! Lass mich rein! Ich weiß, dass du da bist.«

Ich setzte mich aufs Sofa, goss mir noch einen Sherry ein und überlegte, was ich als Nächstes machen sollte. Ich wusste nicht genau, wie ich den Sekretär allein nach oben auf den Dachboden bekommen würde, aber es musste irgendwie gehen.

»Ich kann sehen, dass das Licht an ist! Bitte, lass mich rein!«

Ich sah zu dem Bild meines Vaters auf, dieses kluge, sensible Gesicht, das mit einem kleinen Lächeln auf mich herunterblickte. Das konnte ich wahrscheinlich mit in die neue Wohnung nehmen. Alles andere aber nicht. Es musste verschwinden.

»Ich hab mit Sylvie geredet. Sie hat mir das von Leo erzählt. Warum hast du es mir verschwiegen?«

Desi Haber hatte Sylvie von Leo erzählt, genau wie ich befürchtet hatte, und Sylvie hatte Angela davon berichtet. Die Welt der Historiker war eben sehr klein. Aber nichts davon spielte noch eine Rolle. Ich dachte an den schrecklichen Streit mit Melanie. Wir hatten danach monatelang nicht mehr miteinander gesprochen, dann hatte sie mich eines Tages angerufen, und ich hatte mich so weit beruhigt, dass ich mit ihr redete. Aber dann konnte sie nicht widerstehen und sprach Leos Pflege an, weil sie sich weigerte zu glauben, dass unsere Ersparnisse ausreichten, um die Kosten zu decken, und sie schlug vor, ich sollte ihn in ein Heim in Cambridge verlegen, das sie gefunden hatte, und mir dort in der Nähe eine Wohnung suchen. Betreutes Wohnen hatte sie es genannt. Ich hatte aufgelegt.

»Wir können das Problem lösen, Missy. Das verspreche ich dir.«

Ich schaltete das Licht im Wohnzimmer aus und saß im Dunkeln, bis Angela gegangen war. Dann rollte ich den Aubusson-Teppich zusammen wie all die Jahre zuvor und schleppte ihn auf den Dachboden. Danach war ich schweißüberströmt und bekam langsam Kopfschmerzen. Und so ging ich ins Schlafzimmer, machte mich bettfertig und nahm Paracetamol, um dem unausweichlichen Kater zuvorzukommen. Ich hatte morgen viel Arbeit vor mir. Obwohl Bobby nicht mehr da war. Ich machte mir nicht die Mühe, noch eine Kontrollrunde durchs Haus zu gehen – was kümmerte es mich, was in den Schränken war? Als ich mich ins Bett legte und die Beine ausstreckte, stieß ich gegen einen Klumpen und ertastete Bobbys Stoffhasen. Wir hätten ihn mit ihr zusammen begraben sollen. Jetzt war es zu spät. Ich nahm ihn in den Arm und starrte an die Wand, versuchte in den Schatten Gestalten zu erkennen, bis es zu dunkel dafür war.

Kapitel 48

Ich verließ das Haus drei Tage lang nicht, saß in meinem Morgenmantel auf dem Sofa, starrte das Porträt meines Vaters an, las weitere Briefe meiner Mutter und schaute mir Fotos von Arthur an. Ich wollte alles aus meiner Vergangenheit in mich aufnehmen, um besser für das gerüstet zu sein, was vor mir lag. Gelegentlich klopfte jemand an die Tür und rief etwas durch den Briefschlitz, aber ich lernte, es auszublenden, und als ein Gesicht vor dem Fenster auftauchte, zog ich einfach die Vorhänge zu.

Ich aß die Reste des Leichenschmauses – vertrocknende Schinkensandwiches und kalte Würstchen im Schlafrock. Der Blätterteig schmeckte fettig und fade; Krümel fielen auf das Sofa, und es war keine Bobby mehr da, die sich als Staubsauger betätigen konnte. Ich war so allein, wie ich immer gewesen war, losgelöst und im Fluss, ein Chaos aus verknäuelten Gedanken und willkürlichen Impulsen. Der Alkohol war mir ausgegangen, also trank ich Milch.

An dem Tag, als es keine Sandwiches und Würstchen im Schlafrock mehr gab, aß ich trockene Cornflakes und rief schließlich einen Immobilienmakler an, um den Wert des Hauses schätzen zu lassen. Ich vernahm die Aufregung in seiner Stimme, als ich ihm die Adresse nannte, und konnte mir vorstellen, wie gierig er auf seine Maklergebühr lauerte. Dies hatte zur Folge, dass ich bei dem Telefongespräch ungewöhnlich kurz angebunden war. Danach musste ich die Küche putzen, wusch wie besessen alle Schränke aus und schrubbte den Boden, bis alles glänzte wie eine frisch vom Baum gefallene Rosskastanie.

Am späten Nachmittag fühlte ich mich ausgelaugt, und es zog mich auf den Dachboden zu den alten Truhen meiner Mutter. Im Halbdunkel durchwühlte ich die Kleider, strich mit den Händen über Seide und Chiffon, ließ Federn und Perlen zwischen meinen Fingern hindurchgleiten. Aus einer Laune heraus nahm ich ein langes Jugendstilkleid mit hochgeschlossenem Kragen, hielt es mir vor den Körper und betrachtete mich in dem schrägen Standspiegel in der Ecke. Es war zartlila, die Farbe der Trauer. Ich streifte den Morgenmantel ab, zog mir das Kleid vorsichtig über den Kopf, und es fiel in seidigen Falten an mir hinab, umfloss die Konturen meines Körpers, als wäre es für mich gemacht. Im Zwielicht sah ich aus wie meine Großmutter, zupfte mit rastlosen Händen an dem üppigen Rock herum. Jette und ihre Singer-Nähmaschine; sie hatte sich mit ihrem Summen und Rattern abzulenken und den Geist darin zu ignorieren versucht. Am Ende war sie gescheitert – das Einzige, was wirklich funktionierte, war, sich ganz von seinem Elend zu erlösen. Wie Jette. Nimm die Pillen, gib den Geist auf.

»Missy.«

Geschockt schrie ich auf. Im Spiegel sah ich Angela hinter mir stehen, mit weißem Gesicht und roten Augen. Ich wirbelte herum, und sie war tatsächlich hier, auf meinem Dachboden.

»Wie bist du hier hereingekommen?«

Wortlos hielt sie einen Schlüssel hoch – den Schlüssel, den ich Sylvie gegeben hatte. Sylvie selbst kam gerade die Treppe hoch, und nach ihr – ich sog scharf die Luft ein – Melanie. Sie sah sich auf dem Dachboden um, bevor ihr Blick an dem Kleid hängen blieb, das ich über dem Nachthemd trug.

»Komm mit nach unten, wir müssen reden«, sagte sie.

Ich zog in Erwägung, mich zu weigern und den Rest meines Lebens, wie lange das auch sein mochte, hier auf diesem Dachboden umzugehen, wie die Art von Gespenst, nach der ich abends in meinen Schränken suchte, aber ein Blick in Sylvies und Angelas entschlossene Gesichter überzeugte mich, dass sie durchaus willens waren, mich mit Gewalt nach unten zu zerren. Und so nahm ich die Schleppe meines Kleides und rauschte hocherhobenen Kopfes an ihnen vorbei.

Unten in der Küche wollte ich Tee machen, aber dann fiel mir ein, dass ich keine Milch mehr hatte. Melanie, die mein Zögern bemerkte, griff in ihre Tasche und zog eine Packung heraus. Gereizt nahm ich sie ihr aus der Hand. Während die drei sich über das wunderbare Wetter unterhielten, kochte ich eine Kanne Tee, stellte alles Nötige auf ein Tablett und trug es ins Wohnzimmer. Sylvie bemerkte die kahlen Wände, sagte aber nichts.

Ganz die perfekte Gastgeberin im eleganten Kleid, goss ich uns allen eine Tasse Tee ein, lehnte mich dann auf dem Sofa zurück und wappnete mich für die Moralpredigt. Wenn sie wieder weg waren, würde ich einen weiteren Immobilienmakler anrufen – es war wohl am besten, mehrere Schätzungen einzuholen, bevor man den Preis festlegte. Ich sah Melanie mit hochgezogenen Augenbrauen an, aber ausnahmsweise schien sie es nicht zu bemerken.

Stattdessen stellte jetzt Sylvie ihre Tasse hin, stand auf und ging zum Kamin, um das Porträt meines Vaters zu betrachten.

»William Jameson«, sagte sie und strich über den Rahmen. »Ich habe mich über ihn informiert. Du hast mir gar nicht erzählt, dass er ein Kriegsheld war.«

Die Teetasse zitterte an meinen Lippen. »Er hätte nicht gewollt, dass man Aufhebens um ihn macht«, sagte ich und trank einen Schluck, um mich wieder zu fangen, verbrannte mir allerdings die Zunge.

»Er hat dreiundzwanzig britische und amerikanische Soldaten aus einer ukrainischen Scheune gerettet. Alle sind entkommen, nur er wurde von einem russischen Wachposten erschossen. Der Krieg war damals schon vorbei. Er hätte nach Hause fahren können. Aber er ist geblieben.«

»Er hat durchgehalten«, flüsterte ich.

»Und deine Mutter, Helena Jameson. Sie hat Selbstverteidigungs- und Fahrunterricht für Frauen abgehalten. Im Geheimen, sodass ihre Männer nichts davon erfuhren. Sie hat Hunderten von Frauen beigebracht, wie man sich selbst verteidigt und Auto fährt. Sie hat nie Geld dafür genommen. All diese Frauen waren dank ihr sicherer und unabhängiger als zuvor. Sie war auch eine Heldin.«

»Worauf willst du hinaus?« Tränen stiegen mir in die Augen, aber ich schluckte sie mit zu heißem Tee hinunter.

Angela nahm mir die Tasse aus den Händen und umfasste sie mit ihren eigenen.

»Sie will darauf hinaus, dass sie anderen Menschen geholfen haben. Menschen helfen anderen Menschen. Du hast mir geholfen. Und jetzt wollen wir dir helfen.«

»Niemand kann mir helfen.« Ich verstand zudem nicht, warum irgendjemand das tun sollte. Ich war kein Kriegsheld wie William Jameson. Oder eine Aktivistin wie Helen Jameson. Ich war nur Missy Carmichael.

»Falsch«, sagte Sylvie und schlug mit der Hand auf den Kamin. »Ich habe eine Idee, und wie du weißt, sind meine Ideen immer hervorragend.«

»Es ist zu spät. Du weißt nicht, in was für Schwierigkeiten ich stecke.«

»*Au contraire*. Ich weiß genau, in welchen Schwierigkeiten du steckst, und ich weiß auch, wie wir dich da rausholen können.«

Melanie, die im Sessel ihres Vaters saß, mischte sich ein. »Ich habe ihnen alles erzählt, Mum.«

Ich funkelte sie an. »Das haben wir doch schon x-mal durchgekaut. Ich werde nicht in irgendeinen schrecklichen Bungalow in Cottenham ziehen, mit alten Schachteln Bridge spielen oder mich im Bus ans Meer karren lassen.«

»Du liebes bisschen, natürlich nicht«, sagte Sylvie herzlich. »Melanie, ich muss schon sagen, das war ein schrecklicher Plan. Meiner ist viel besser.«

»Die Kosten für Dads Heim sind exorbitant«, erklärte Melanie. »Ali und ich steuern gern etwas bei, wenn sie uns lässt, aber selbst dann …«

Selbst dann konnten wir es uns nicht leisten. Ich hatte es ausgerechnet, als die ersten Briefe von der Bank kamen, und wusste, dass wir uns nicht länger über Wasser halten konnten.

»Ich will ihn nicht woandershin verlegen lassen«, murmelte ich. »Er ist dort glücklich. Auf eine gewisse Art.«

»Du musst ihn nicht verlegen«, sagte Sylvie. »Er kann genau da bleiben, wo er ist. Und du auch.«

Ich fuhr mir durch die kurzen Haare und hörte, wie das Kleid unter den Armen einriss. »Aber wie?«

Sylvie lächelte. »Es hat mit dem Dachboden zu tun«, sagte sie.

Ich hatte mein Haus immer als Vermögenswert betrachtet, aber nur in dem Sinne, dass man es zu Geld machen konnte. Aber Sylvie sah etwas anderes. So viele Räume, so viel Platz. So viel Potenzial, aus dem man auf andere Art Kapital schlagen konnte.

»Wir werden den Dachboden renovieren«, verkündete sie. »Ich habe alle Kontakte, die Arbeiter, die Maler. Ich entwerfe alles. Wir bauen ein kleines Bad ein, dann kannst du den Dachboden vermieten und davon Leos Pflege bezahlen.«

»Aber wer soll dort einziehen?«, fragte ich.

»Ich«, sagte Angela. »Otis und ich, wir ziehen bei dir ein. Ich hab die Schnauze voll von meinem Vermieter. Da zahl ich lieber dir Miete. Außerdem hab ich den Babysitter dann direkt im Haus, Otis kriegt einen Endlosnachschub an Plätzchen, und das Allerbeste an dem Ganzen ist …« Sie verstummte und sah mich bedeutungsvoll unter gesenkten Wimpern an.

»Was ist das Allerbeste?«

Sie grinste. »Dass wir uns einen Hund anschaffen können.«

Plötzlich machte mein Herz einen Satz, mir blieb die Luft weg, und ich war wie gelähmt. »Einen Hund?«

Sylvie platzte dazwischen. »Und dann wäre da noch das Gästezimmer. Wenn wir es ein bisschen auf Vordermann bringen, kannst du es an Studenten vermieten. Mehr Geld. Mehr Gesellschaft.«

»Aber wie soll ich dafür aufkommen? Ich habe kein Geld für den Ausbau eines Dachbodens, den Einbau eines Badezimmers oder neue Tapeten oder … egal, was. Es ist nichts mehr übrig.« Ernüchtert ließ ich mich wieder aufs Sofa sinken. Einen Moment lang hatte ich doch tatsächlich einen Hoffnungsschimmer am Horizont gesehen.

»Du *wirst* für das alles aufkommen. Aber für den Moment gibt Denzil dir ein Darlehen. Nein, keine Widerrede!« Sie hob den Finger, als ich den Mund aufmachte, um zu protestieren. »Ein Darlehen. Er kann es sich leisten, außerdem zahlst du es ja zurück. Wir werden ein paar Sachen verkaufen. Für den Anfang all das Zeug auf dem Dachboden. Und Leos Bücher. Die sind Tausende wert.«

»Leos Bücher? Aber …«

»Kein Aber. Das Geld nutzt ihm mehr als die Bibliothek. Phillip Kingston ist Antiquar, er hat ein Geschäft in der Charing Cross Road, und er wird dir für alle Bücher einen guten Preis machen. Sie sind ein Vermögen wert. Simon Charles ist Bauunternehmer, seine Frau Maddie Klempnerin. Sie warten schon darauf, alles auszumessen, um zu sehen, was getan werden muss. Wir sind alle startklar.«

»Sie warten …?«

»Sie stehen draußen im Garten. Sieh nach.«

Ich stand auf und ging durch den Flur in die Küche und zur Hintertür. Als ich sie öffnete, sah ich eine kleine Schar von Menschen und Hunden auf dem Rasen bei Bobbys Zypresse – Denzil mit Badger und Barker, Phillip mit Dexter, Simon und Maddie mit Tiggy und dem kleinen Timothy, Octavia, Hanna und Otis mit Decca und Nancy. Alle standen plaudernd in der Sonne. Als sie mich entdeckten, winkten sie fröhlich. Wieder ging mir das Herz auf, und ich schlug mir die Hand vor den Mund. Hier war er, mein Gordischer Knoten, nonchalant aufgeknotet, zerschlagen, mit einem einzigen Schwerthieb durchtrennt von den Menschen, die ich liebte und die mich liebten. Sie brauchten es nicht zu sagen, es zeigte sich in allem, was sie taten.

»Siehst du?«, sagte Sylvie mir ins Ohr. »Ein ziemlich guter Plan, oder? Was hältst du davon? Dürfen sie reinkommen?«

Sie, Angela und Melanie starrten mich erwartungsvoll an, warteten auf eine Antwort. Aber ich konnte nichts sagen, nur hinschauen. Die aufgeregten, freundlichen Gesichter, die Art, wie sie vor Ideen und Plänen übersprudelten. All diese Freunde in meinem Garten, die bereit waren, mir ihre Fähigkeiten und ihre Dienste zur Verfügung zu stellen. Die Hilfe, die ich brauchte, befand sich gleich vor meiner Haustür, ich brauchte sie nur hereinzubitten.

»Ich glaube«, sagte ich schließlich, drehte mich lächelnd zu Melanie um und legte ihr die Hand auf die Wange, bis ich meine Stimme wieder unter Kontrolle hatte, »ich glaube, wir brauchen noch viel mehr Milch …«

Kapitel 49

»Das ganze Dachgeschoss ist wie verwandelt, du würdest nicht glauben, wie sich alles verändert hat. Allein schon die Fenster zu putzen – die waren völlig verdreckt. Aber jetzt glänzen sie, und es ist viel heller im Raum. Auf der einen Seite haben wir Schlafzimmer für Angela und Otis eingebaut – sie haben jetzt beide eins, obwohl seins ziemlich klein ist. Auf der anderen Seite gibt es ein kleines Wohnzimmer und ein Badezimmer. Es ist wirklich reizend, Sylvie ist ein Genie.«

Ich war gerade damit fertig, die Blumen für Leo in der Vase zu arrangieren – Geißblatt aus dem Garten – und trat einen Schritt zurück, um mein Werk zu bewundern. Er saß in seinem Sessel und schaute wie üblich nach draußen, seine Finger zuckten im Takt zu dem Präludium, das gespielt wurde. Aber ich wusste, dass er mich hörte, denn manchmal, wenn ich verstummte, packte er meinen Arm und bedeutete mir mit einer Geste, weiterzureden. Und genau das tat ich.

»In der ersten Etage haben wir das Gästezimmer neu gestrichen, und Maddie hat ein Waschbecken installiert. Jetzt ist alles bereit, und der junge Mann, er heißt Aleksander, kann einziehen. Ich hatte gehofft, dass Hanna das Zimmer nehmen würde, aber sie ist gerade mit ihrem Freund in eine neue Wohnung gezogen. Aleksander ist ein Freund von ihr, er studiert an der Royal Academy of Music und spielt Cello. Ich muss schon sagen, ich finde es sehr nützlich, wieder einen Mann im Haus zu haben, obwohl er erst zwanzig ist. Wir hatten etwas Sorge, dass er Tag und Nacht üben würde, aber Hanna sagt, das macht er an der Uni, er braucht nur einen Platz zum Schlafen und Essen. Aber vielleicht spielt er uns ja abends mal etwas vor, das wäre schön.«

Nachdem ich Leo etwas zu trinken gegeben hatte, stapelte ich seine Bücher auf dem Tisch neben ihm auf und öffnete ein Fenster, um etwas frische Luft ins Zimmer zu lassen. Es war immer noch warm und würde noch ein paar Stunden hell sein. Ich strich ihm die widerspenstigen Haare glatt, küsste ihn auf die Stirn, hob eine Karte auf, die auf den Boden gefallen war, und legte sie zu den anderen. Dann setzte ich mich auf sein Bett, weil die Geschichte, die ich ihm erzählen wollte, eine Art Gutenachtgeschichte war.

»Eleni war ein wunderschönes junges Mädchen, aber sehr schüchtern, und eines Tages lief ihr im Wald Apollo über den Weg, der dort jagte. Er hatte zwar an diesem Tag bisher jede Beute verfehlt, aber nach einem Blick auf Eleni beschloss er, dafür zu sorgen, dass sie sich unsterblich in ihn verliebte. Er durchbohrte sie mit einem seiner Pfeile, und sie verfiel ihm mit Haut und Haaren, folgte ihm überallhin und bot ihm Geschenke an. Aber eines Tages musste Apollo gehen und ließ Eleni zurück. Am Boden zerstört über den Verlust ihres Geliebten, wurde Eleni stumm und konnte von da an kein Wort mehr sprechen.«

Ich wischte mir eine einzelne Träne aus dem Augenwinkel und fuhr fort: »Wenn sie hungrig war, konnte sie nicht um Essen bitten. Wenn sie durstig war, konnte sie nicht um Wasser bitten. Wenn sie einsam war, konnte sie nicht um Gesellschaft bitten.«

Leo lehnte sich zurück; seine Hände lagen jetzt still in seinem Schoß. »Eleni streifte durch den Wald, wurde immer dünner, durstiger und unglücklicher, bis sie eines Tages auf Skyla traf. Skyla war eine gute, treue Hündin, die Eleni fortan auf ihren Streifzügen durch den Wald begleitete. Wenn Eleni hungrig war, bellte Skyla die Bauern an, bis sie ihr etwas zu essen gaben. Wenn sie durstig war, führte Skyla sie zu einem Bach, damit sie trinken konnte. Wenn sie einsam war, schmiegte Skyla sich im Mondschein an sie, damit sie schlafen konnte. Nach und nach gewann Eleni ihre Kraft zurück. Sie und Skyla wurden unzertrennlich. Doch Apollos Schwester Artemis, die vom Himmel aus alles beobachtet hatte, wurde neidisch auf Eleni. Sie schoss einen Pfeil zur Erde, der Skyla auf der Stelle tötete. Skyla starb in Elenis Armen. Aber als sie den Tod ihres Hundes beweinte, gewann sie ihre Stimme zurück. Eine andere Göttin, Acheloias, hörte ihr Weinen und hielt inne, um zu lauschen.«

Ich atmete tief ein. »Erzürnt über die Grausamkeit der Artemis verwandelte Acheloias Skyla in eine Sternenkonstellation, und wenn du heute Nacht zum Himmel aufschaust, kannst du den Hundsstern dort oben sehen …«

Irgendwann fielen Leo die Augen zu, sein Atem wurde regelmäßiger, und ich sprach immer leiser, bis meine Stimme nicht mehr war als ein Summen im Kosmos. Mein geliebter Leo, dessen Pfeil immer noch in meinem Herzen steckte, eine Wunde, mit der ich immer leben würde. Und Bobby, mein Leitstern, der immer auf mich herabschaute. Die Sterne scheinen auch bei Tag. Wir können sie vielleicht nicht sehen, aber sie sind trotzdem da.

Eine Weile saß ich da, sah ihm beim Schlafen zu und lauschte der großen Eiche, deren Blätter im Wind seufzten. Ich stellte mir vor, dass Leos Geist sich eines Tages dieser wispernden Kraft anschließen und, endlich frei, zum Himmel aufsteigen würde. Bevor noch mehr Tränen kamen, ging ich aus dem Zimmer und durch den Flur, winkte Rachel zu und trat hinaus in die milde Luft des Sommerabends.

Ich wühlte in meiner Tasche und nahm die Postkarte heraus, die heute Morgen angekommen war. Sylvie kümmerte sich in Südfrankreich immer noch um ihre Mutter, obwohl die Operation ein voller Erfolg gewesen war. Sie hatte mich eingeladen, sie eine Woche dort zu besuchen, und ich dachte, wenn Aleksander sich erst ein bisschen eingelebt hatte, wäre ein Abstecher in die Provence genau die Art von Abenteuer, die ich brauchte. Bei dem Gedanken an Baguette und Käse knurrte mir der Magen, und mir fiel ein, dass Angela gesagt hatte, sie wolle heute Abend versuchen, einen Sonntagsbraten zuzubereiten. Das war sehr lieb von ihr, auch wenn die Küche immer aussah, als hätte eine Bombe eingeschlagen, wenn sie kochte.

Wir waren noch nicht dazu gekommen, uns einen Hund zuzulegen, obwohl Angela ständig auf den Seiten von Tierheimen unterwegs war und mir Bilder von Hunden zeigte, die ihr gefielen. In der Zwischenzeit hatten wir aber eine Katze bekommen, die Angela nach ihrem Einzug eines Abends mitgebracht hatte. Eine Familie in der Nachbarschaft zog in den Norden und konnte sie nicht mitnehmen. Es war ein riesiger, rotbrauner Kater mit wilden gelben Augen und einem Riss im Ohr, der von dem einen oder anderen Kampf kündete. Er hieß Sourpuss – Griesgram – und machte seinem Namen alle Ehre, er war unnahbar, unfreundlich und gelegentlich sogar boshaft. Wir liebten ihn abgöttisch. Trotzdem wollte ich immer noch einen Hund. Wir waren zwar nicht sicher, wie Sourpuss auf den Neuankömmling reagieren würde, aber sie würden einfach lernen müssen, miteinander auszukommen.

Ich ging durch den Vorgarten zu meinem Haus – *unserem* Haus – und blieb vor der Tür kurz stehen, um mich zu sammeln. *Leb dein Leben weiter*, hatte Leo in seinem Brief geschrieben. *Lass los*. Lyō – lösen, losmachen. Ich tat mein Bestes.

»Hallo, ich bin wieder zu Hause!«

Als ich die Haustür öffnete, hörte ich, dass Otis Motorgeräusche nachahmte, genau wie Alistair es früher getan hatte. Alle kleinen

Jungen sind gleich. Ich hängte meinen Mantel auf, warf die Schlüssel auf den Garderobentisch und ging nachschauen, was die beiden so trieben. Ich fand sie im Wohnzimmer; sie hatten den Teppich aufgerollt und zur Seite geschoben und krochen mit Kreide in den Händen auf allen vieren auf dem Holzboden herum. Er war mit weißen Markierungen übersät. Als ich mich umschaute, wurde mir klar, dass sie eine riesige Rennpiste gezeichnet hatten, die sich über den gesamten Raum erstreckte.

»Guck mal!«, rief Otis. »Wir haben Straßen für die Autos gemalt!«

»Keine Sorge, das lässt sich leicht abwaschen«, sagte Angela.

»Gefällt mir viel besser als vorher«, sagte ich und krempelte die Ärmel hoch. »Und, wer gibt mir ein Auto, damit wir ein Rennen fahren können?«

»Brumm!«, machte Otis und schob eins in meine Richtung. Und schon ging's los.

Danksagung

Den Silvesterabend 2014 verbrachte ich mit ein paar engen Freunden in Whitley Bay. Im Lauf des Abends fassten wir alle gute Vorsätze für das neue Jahr. Meine lauteten in etwa: erstens, weniger Fleisch essen, zweitens, ein Baby bekommen, und drittens, fünfzigtausend Wörter für einen Roman schreiben. Den zweiten Vorsatz konnte ich im Jahr darauf verwirklichen, den dritten allerdings erst 2016. An der Sache mit dem Fleisch arbeite ich noch. Aber ich möchte diesen Freunden – und auch all meinen anderen – dafür danken, dass sie mich angetrieben haben, weiterzumachen. Wie ein Marathonläufer am Ende eines Rennens braucht auch eine Schriftstellerin Ermutigung, um dranzubleiben, und ich hatte viele Leute, die am Wegesrand gestanden, Fähnchen geschwenkt und sich einfach gefreut haben, dass ich es versucht habe. Vielen Dank für eure Begeisterung und euren Enthusiasmus. Das hat wirklich viel bewirkt.

Dank schulde ich auch den Hundebesitzern im Clissold Park, die mir eine ganz neue Welt eröffnet haben. Bevor wir uns einen Hund anschafften, war ich mir kaum bewusst, dass es den Park überhaupt gibt; jetzt rahmt er meine Tage ein, und ich habe dort so viele interessante, witzige und nette Menschen kennengelernt, die Leinen über der Schulter, die Hundehäufchentüten in der Tasche. Ihr seid eine tolle Truppe, auch wenn ich eure Hunde fast noch lieber mag.

Danke auch den Mitarbeiterinnen und Mitarbeitern der Vor- und Grundschule, die sich um meine Söhne kümmern, während ich arbeite – sie geben mir die Sicherheit, eine Weile in ein Café gehen und mich dort in fiktiven Welten verlieren zu können.

Vielen Dank an alle bei RDF *Television,* meine Fernsehfamilie und das beste Testgelände, das eine angehende Autorin nur haben kann. Und an Jack – du hast mich angespornt; ich hoffe, ich kann eines Tages das Gleiche für dich tun.

Ein großes Dankeschön an meine ehemalige Studienleiterin in Newnham, Jean Gooder, die mich an einem Vormittag in Cambridge empfangen und mit herrlichen Anekdoten erheitert hat. Sie dienten als Inspiration für die St-Botolph's-Partyszene im Besonderen und das Leben in Newnham im Allgemeinen. Jean hat mich auch auf das faszinierende Archiv der Newnham College Library aufmerksam gemacht, deren Mitarbeiter so freundlich waren, mir bei meinen Recherchen zu helfen.

Dank auch an Marianne Levy, eine fantastische Schriftstellerin und wunderbare Freundin, die es in die Hand genommen hat, mein Buch an Verlage zu schicken, und mir kluge, praktische Ratschläge dazu gab, wie ich es verkaufen soll, die sich als unschätzbar wertvoll erwiesen haben. Und an die fabelhafte Meg Rosoff, die ich verehre, seit ich *So lebe ich jetzt* gelesen habe, und die so freundlich war, meine Anfangskapitel zu lesen und zu kommentieren. Ihre ermutigenden, herzerfrischenden Einsichten waren anregend und hilfreich zugleich. Danken möchte ich auch Alison Carpenter, der ich Textnachrichten mit allen möglichen Fragen über diverse klassische Anspielungen und lateinische Verben schicken durfte. Um ihren Ruf zu schützen: Für etwaige Fehler bin nur ich allein verantwortlich.

Zu Dank verpflichtet bin ich zudem der griechischen Dichterin Maria Polydouri, die das wunderschöne Gedicht »Weil du mich geliebt hast« verfasst hat, das Missy in einem Knallbonbon von Leo findet und übersetzt. Ich hoffe, sie hätte nichts gegen die Freiheiten einzuwenden gehabt, die ich mir bei meiner eigenen Übersetzung genommen habe.

Meinen wundervollen Lektorinnen, Martha Ashby von HarperCollins und Tara Singh Carlson von Putnam: Ihr habt auf die beste Art an einem Strang gezogen, und jede Notiz von euch war wie ein Lichtstrahl für mich. Ich danke euch für eure Drängelei, eure Pedanterie und euren gelegentlichen »stürmischen Applaus«, die die Überarbeitung des Manuskripts zur reinsten Freude gemacht haben. Dank auch an eure Teams – die Marketingleute, die Korrektoren, die Designer und die vielen anderen, die zusammenarbeiten, um ein Buch zu erschaffen.

Und Madeleine Milburn … Einfach nur wow. Du bist höchstpersönlich verantwortlich für die zwei besten Tage meines Lebens auf diesem Planeten (mal abgesehen von meinem Hochzeitstag, dem Tag, an dem wir uns den Hund zugelegt haben, und dem, an dem wir die Kinder bekommen haben), du bist die Kaiserin unter den Agentinnen und hast womöglich sogar übernatürliche Kräfte. Herzlichen Dank an Giles, Alice und alle anderen in der Agentur, die sich täglich abrackern, um unsere Bücher in die Welt zu bringen. Ihr vollbringt wahre Wunder.

Um zu meiner Familie zu kommen: Ich danke meinen Eltern für die unermüdliche Unterstützung und die aufopferungsvolle Liebe für euer verwöhntes Einzelkind. Danke, Dad, dass du das Manuskript gelesen und mit Anmerkungen versehen hast, besonders das letzte Kapitel. Du hattest vollkommen recht.

Und natürlich komme ich nicht umhin, Polly zu erwähnen. Für mein Lieblingsmädchen, meinen Augapfel, meinen Leitstern und meine Muse, danke dafür, dass du der beste Hund der Welt bist. Und für meine Lieblingsjungs, Wilfred und Edmund – die lautesten, verrücktesten, witzigsten und besten Jungen der Welt. Ihr sorgt dafür, dass ich immer im gegenwärtigen Moment bleibe und dass ihr all diese Momente zu etwas Außergewöhnlichem macht.

Und schließlich an Tom, meinen Mann: Ich sage es nicht oft genug, aber du bist der Allerbeste. Ohne dich wäre dieses Buch nicht geschrieben worden. Nicht nur, weil du mich unterstützt, mir Selbstvertrauen und die Gelegenheit dazu gegeben hast, es zu versuchen, sondern weil man, wenn man einen Marathon läuft, jemanden braucht, zu dem man nach Hause kommen kann, der einem die Füße massiert und einem sagt, wie toll man war. Es gibt niemanden, zu dem ich lieber nach Hause komme als zu dir.

Mit freundlicher Genehmigung wurde aus folgenden Quellen zitiert:

Jane Austen: Emma. Aus dem Englischen übersetzt von Helga Schulz. ©2012 dtv Verlagsgesellschaft, München, S. 93. Mit freundlicher Genehmigung von dtv Verlagsgesellschaft mbH & Co. KG.

Frances Hodgson Burnett: Sara, die kleine Prinzessin. Aus dem Englischen neu übersetzt von Felix Mayer. © 2015, 2020 by Anaconda Verlag, einem Unternehmen der Verlagsgruppe Random House GmbH, Neumarkter Straße 28, 81673 München.

Nancy Mitford: Englische Liebschaften. Aus dem Englischen übersetzt von Reinhard Kaiser. ©2012 Graf Verlag in der Ullstein Buchverlage GmbH, Berlin.